杜拉拉
大结局

李可◎著

中国白领必读的职场修炼小说

FOLLOW YOUR HEART,FOLLOW YOUR DREAMS

与理想有关

CNS 湖南文艺出版社
HUNAN LITERATURE AND ART PUBLISHING HOUSE

博集天卷
CS-BOOKY

图书在版编目（CIP）数据

杜拉拉大结局：与理想有关 / 李可著 .—长沙：
湖南文艺出版社，2011.10
ISBN 978-7-5404-5122-6

Ⅰ . ①杜…　Ⅱ . ①李…　Ⅲ . ①长篇小说 – 中国 – 当代
Ⅳ . ① I247.5

中国版本图书馆 CIP 数据核字（2011）第 187081 号

杜拉拉大结局：与理想有关

作　　者：李　可
出 版 人：刘清华
责任编辑：丁丽丹　刘诗哲
监　　制：蔡明菲
特约编辑：潆　娜
营销编辑：欢　莹
装帧设计：熊琼工作室
出版发行：湖南文艺出版社
　　　　　（长沙市雨花区东二环一段 508 号　邮编：410014）
网　　址：www.hnwy.net
印　　刷：北京京都六环印刷厂
经　　销：新华书店
开　　本：787×1092　1/16
字　　数：365 千字
印　　张：21
版　　次：2011 年 10 月第 1 版
印　　次：2011 年 10 月第 2 次印刷
书　　号：ISBN 978-7-5404-5122-6
定　　价：32.80 元

（若有质量问题，请致电质量监督电话：010-84409925）

杜拉拉 大事记
Events

2007年9月，《杜拉拉升职记》出版；

2007年12月，豆瓣网最受读者关注图书，豆瓣新书榜第一名；

2007年12月底，当当网每日更新的"24小时小说畅销榜"第一名；

2008年1月，卓越网图书排行榜小说类第一名；

2008年4月2日～5月2日，中央人民广播电台播出同名广播剧；

2008年5月29日，日本《产经新闻》报道，《参考消息》全文转载；

2008年5月30日，当选为当当网终身五星书；

2008年7月4日，中央人民广播电台经济之声专题报道；

2008年8月，开卷数据社科类图书销售榜第一名；

2008年10月，繁体版在台湾出版，金石堂文学类图书榜第一名；

2009年1月，《杜拉拉升职记》第二部《杜拉拉2华年似水》出版；

2009年4月～2010年7月，《杜拉拉升职记》话剧、电影、电视剧轮番出镜；

2009年7月，《杜拉拉2华年似水》电视剧改编权售出；

2010年1月，《杜拉拉升职记》荣获"2009中国图书势力榜文学类年度好书"奖；

2010年4月，《杜拉拉升职记》第三部《杜拉拉3我在这战斗的一年里》出版；

2010年4月，《杜拉拉2华年似水》电影改编权售出；

2010年9月8日，央视2套《经济半小时》专题探解《杜拉拉升职记》商业潜力；

2010年12月，《杜拉拉升职记》荣获2010年首都大学生读书节"年度大学生最喜爱图书"奖；

2011年1月，《杜拉拉3：我在这战斗的一年里》荣获卓越亚马逊"2010年度十大畅销书"奖；

…………

P reface 自序

对普罗大众而言，不论情愿还是不情愿，竞争总是无所不在。竞争通常由两种情形造成：资源不足造成的竞争，以及为维持现状而进行的竞争。

来看看我们面临哪些自觉不自觉的竞争。

大多数人倾向于拥有一份压力不大的工作，高薪，工作内容有意思，那么其实现概率如何呢？时光倒退20年，在中国的很多城市，高考录取率大概是8%——当年的大学生因此被冠名以天之骄子——而现在，这个数字被放大了10倍。数字是最客观的，80%的高考升学率的背后有两个事实——高校已经营成了庞大的产业，以及与之成反向的竞争激烈、不容乐观的应届生就业形势。

想象一下，当面对一份陌生的简历，HR首先会检视应聘者的相关工作经历、技能、学历等，这些都合适后，HR才会试图在面试中探寻应聘者的智商、性格、价值观——这几点构成了一个人的基本特质。根据近年来在一线招聘网站投放招聘广告的经验，一个较好的职位能收到200份申请，从书面资料来看，其中合资格的大约是20份，那么无论如何，1∶20的竞争在所难免了。当一个人是新手的时候，这种竞争轻易地就被放大了10倍。

世界每天都在变，2007年《杜拉拉》第一部刚出版的时候，无数人都在致力于尽情分享黄金十年的盛宴。时至今日，当经济学家们争论着是经济将要二次探底还是经济正在二次探底的时候，人们——尤以日益消融的中产阶级为甚——殚精竭虑的是如何在通货膨胀中使个人资产免于贬值。

对于是否拥有自己的房产，一个人也许能相当的随遇而安，然而涨价的不仅是房价，还有房租，房租同样能够轻易地将人逐出市区，于是他（她）开始承受交通的折磨，日复一日地辗转跋涉所带来的疲乏足以动摇乃至破坏一个人的理想，使得淡泊名利的超凡脱俗成为形同鸡肋的想象。

简而言之，盲目的乐观于事无补，就未来几年的情形而言，最乐观的职场人恐怕也难以回避三种类型的压力：饭碗引起的压力，包括工作和就业；通货膨胀带来的压力，资产不断缩水，使人进退两难；环境带来的压力，以拥挤阻塞的上下班交通为典型。现实主义者倾向于未雨绸缪防患未然，悲观主义者更是极度渴望安全感，这两部分人群通常会把眼光稍微放远一点，那么还得加上对教育、养老和医疗的考量。

说到底，真正做到置身世外、独善其身，需要不菲的资本作为前提。每个人都是时代的动物，我们身不由己卷入竞争和竞争带来的压力。

在这样的情形下，仅仅靠追随喊口号式的励志或者鄙视厚黑并不解决问题，对于现实给予的种种难题，解决之道从来都不是那些玄而又虚的传销式煽动或者批评一切的愤世嫉俗，你喜欢也罢厌烦也罢，踏实加逻辑总是比较靠谱的路径，而源于智慧提炼和规律总结的职场规则，其作用正是为了让这条路走得更加容易而有效。

杜拉拉的特质中有不理想的地方，不够达观，宽容不足，但起码，从青涩到练达，她一直都是一个认真思考、坚忍不拔的理想主义者，杜拉拉式的职场哲学信奉的是踏实、唯物、努力并且适当忍耐，前提是理想和逻辑。

《杜拉拉大结局》讲述的是拉拉在SH的职场经历。在SH的头一年对拉拉而言充满压力，上司不体恤，下属不得力，本职工作不熟悉，公司制度不完备，当总监的奢望三年两载她顾不上想，只求能坐稳C&B经理的位置。然而，李卫东争当先进，偏偏麦大卫又不容后进，拉拉被动地和李卫东展开竞争。千头万绪之中，拉拉选择了做什么放弃什么，站稳了脚跟。然而，她发现自己夹在各有立场各怀心思的头头们之间。为了平衡好各方关系和公司的整体利益，拉拉在积极想办法解决问题的同时，谨慎地选择自己的位置——所谓做事又做人。拉拉在职场中忍耐，也在职场中成长，一步一步为自己的职业理想积累，她在时刻准备着。

在西式的职场词典中，说到理想，人们首先联想到的英文单词就是ASPIRATION（渴望，志向，抱负）和AMBITIOUS（野心勃勃的，雄心勃勃的），尤其是在谈到个人职业发展的时候，这两个单词频频出现，它们名下的内容经常抱负高远、激动人心，但有时候也颇为平和实在，而紧随其后的，必定是非常具体的行动计划，用以确保和组织目标结合了的个人愿望得以实现。

看看中式说文解字：所谓理想，是人们对未来事物的想象或希望（多指有根据的、合理的，跟空想、幻想不同），是人们在实践中形成的、有可能实现的、对未来社会和自身发展的向往与追求。

折中东西方的说法，理想未必非得光辉高大，完全可以是某个平和的愿望，但是，离开了踏踏实实的行动，就谈不上什么理想，只是空想和幻想罢了。

《杜拉拉》第一部出版至今已有四年，在《杜拉拉大结局》出版的今天，我想说，天下没有不散的宴席。再见，职场小说！再见了，杜拉拉！她属于这个时代。

曾尝试为杜拉拉写过一首歌词，允许我以此结尾，算是对我心目中的杜拉拉的一个注释。

　　　　我不是他们以为的那样。
　　　　有理想，
　　　　爱自由，
　　　　我喜欢聪明地努力。

　　　　升职没有那么简单，
　　　　爱情没有那么容易。

　　　　真话惹事，
　　　　假话没劲，
　　　　我笑而不语。

　　　　沉默了那么久，有你欣赏。
　　　　努力了那么久，自我激励。
　　　　你给了我所有的快乐，
　　　　有你，我感到幸福。

也许有一天，

抛下传说，

走遍万里，

看遍风情，

尽在我心。

我来过。我分享了。

从来就没有救世主，也不靠神仙皇帝，要创造人类的幸福，全靠我们自己。

谢谢！大家保重。

C目录
ontents

Characters
SH人物表

威　廉，SH亚太总裁

何查理，SH大中华GM，向威廉报告

麦大卫，SH亚太HR总监，向威廉报告

黄国栋，SH中国台湾HR总监，兼SH中国香港及SH中国HR总监，向麦大卫报告，虚线向何查理报告

荣之妙，财务总监，向亚太财务总监报告，虚线向何查理报告

陈　丰，高级销售总监，向何查理报告

易志坚，销售总监，向何查理报告

张　寅，销售总监，向何查理报告

冯　浩，销售总监，向何查理报告

马腾飞，效益总监，向何查理报告

孟　扬，商业总监，向何查理报告

万 方，大区销售经理，先后向易志坚
      和陈丰报告

曹远征，大区销售经理，先后向易志坚
      和陈丰报告

小 梁，大区销售经理，先后向张寅和
      陈丰报告

杜拉拉，HR经理，负责薪酬福利，兼
      支持销售市场，向黄国栋报告

李卫东，HR经理，负责培训，兼支持
      职能部门，向黄国栋报告

马 莱，HR经理，负责组织发展，兼
      支持供应链，向黄国栋报告

沈乔治，薪酬主管，向杜拉拉报告

陈 立，行政主管，向杜拉拉报告

潘吉文，招聘主管，向马莱报告

艾 玛，招聘专员，向杜拉拉报告

杰西卡，招聘专员，向杜拉拉报告

吴 爽，招聘专员，向李卫东报告

1 杜拉拉其人

有两件事情使杜拉拉在DB成为名人，其一是和王伟的私人关系，其二是她戏剧性的升职——此事可以充分说明杜拉拉其人的某些特点。

在DB，每年提拔的经理少说也有二十几号，这些人个个能打肯拼，但是杜拉拉拥有一项比别人牛逼的记录，升职前，她为了赶项目，半年加班700多个小时——折合88个工作日，按每月21个工作日计算，相当于4个多月的工作时间。该记录堪证此女韧劲非人。

要求不要太高的话，一个人在DB这样的公司升到经理就算是奔上了小康的大道，可作为事情的另一面，她同时还踏上了一条没完没了的辛苦之路。辛苦既来自工作任务本身，也来自人类彼此间的种种相互姿态，诸如竞争、合不来、看不顺眼、立场不同。杜拉拉欣然赴命，因为她觉得年轻的时候辛苦那就是个单纯的辛苦，年纪大了还在辛苦，恐怕就掺杂了辛酸和力不从心。总之，人一辈子要吃的苦头总量大致相当，大家玩的只不过是个时间差的游戏，出来混迟早是要还的，年轻时辛苦总比年纪大了辛苦强。此类想法暗示了杜拉拉其人缺乏安全感，是悲观主义者，凡事喜欢作个周全保险的打算。

大部分情况下，一个人升职的时候，听到最多的话是恭喜，但是杜拉拉听到最多的是YOU DESERVE IT！意思是"这是你应得的"，或者"实至名归"，总之YOU DESERVE IT意味着一个人在获得前必须先结结实实地付出。换言之，当时总裁何好德支持杜拉拉升职，那只能算她运气不差，因为她已经付出得足够；假如杜拉拉没碰上何好德，就得算她倒霉，因为她白忙乎了一场。这种评价大致体现了杜拉拉此人一直以来的运气——不好不坏，她得到应得的，想获得就得付出，是个劳碌命。

　　拉拉心里很清楚自己的这些特点，她从来就没指望过世上会有活少钱多的美事落在自己身上。工作这么些年，再累再难，拉拉总坚信"我"能吃苦，"我"有毅力，她会自我激励说挺住挺住！并且她还会像一个受虐狂那样，暗暗地为自己能挺过各种级别的苦头而滋长出一股自豪，因为她经常以能吃苦善坚持而让一些小瞧她的人大跌眼镜。有点儿像电影里演的那样，好汉拿刀嘿地扎进自己的手臂，血一点一点往下淌，把无赖吓跑了，好汉脸色苍白，可是好汉胜利了。

　　基于一贯的运气平平和非人韧劲，悲观主义者杜拉拉在加入SH前就为跳槽的苦日子作好了思想准备，可是，这次的考验似乎超出了她的耐受。这是一种不讲游戏规则的辛苦，它让人没有盼头，白白苦闷，而苦闷不但是一种了无生趣的游戏，还是一种潜伏着危险的状态。

　　让拉拉这么想的导火索是微波炉事件，有一回在使用微波炉的时候，因为过度疲劳精神不集中，拉拉没有关上炉门就按下了"开始"键。当然，有保护设置，炉门没有关上是不会"开始"的。可拉拉还是吓出一身冷汗，她呆呆地想，如果她的手没有从炉子里拿出来，如果微波炉没有保护设置，那么当时她的手是否会被"高火"烤成乳猪爪呢？

　　拉拉受此一吓，情不自禁地问了自己一个问题：我这都是为了什么呀？

　　她想参考一下王伟的成长历程，问王伟："在你的人生中，是否有过这样的时候，你问你自己，'我这是为了什么？'"

　　王伟正在电脑前忙着，嘴里哼哼哈哈地应付着拉拉。拉拉等了一会儿，王伟还是不知所云，拉拉对他的敷衍大为不满，礼貌而郑重地请求道："能否请您在百忙中抽出一小会儿时间专心跟我讲话呢？"拉拉把"您"和"一小会儿"咬得特别清晰，意在提醒王伟注意。

　　这么着重的强调，王伟当然不会听不出来，为了把吵架的苗头扼杀在萌芽状态，他及时而明智地转过头，回答得倒挺干脆："有，有过！不过我不是问'我这是为了什么'，而是问了一个类似的问题：'这种日子什么时候是个头？'"

　　拉拉本来并不指望像王伟那号乐观主义者真能考虑过如此忧郁的哲学问题，她以为王伟至少得先花上十秒钟想一想，然后才能编造出点什么打发自己。王伟却出人意料地给了个如此干脆的回答，似乎没编瞎话。

拉拉有些惊讶："发生在什么时候？"

王伟说："是在上海的时候。"

拉拉又追问："具体点，你那时候到上海多久了？"

王伟想了想说："没多久，好像我到上海的第一年就这么问自己了。"

拉拉说："我倒！你还真早熟。"

王伟笑道："我早熟吗？"

拉拉歪着头想了想，修正自己的说法："不完全的早熟，比如你在两性关系上就晚熟，但是你在生意上似乎一直很敏感。"

王伟说："不敏感不行呀，每次只要我讲一句错话，或者做错一个动作，客人可能立马就会给颜色，所有的错误都会以真金白银的形式让我付出代价。"

拉拉喃喃地说："也是，做销售的不敏感，要么是新手要么是笨蛋。"她穿着王伟的一件白色棉布衬衫，两只袖管挽起老高，光着两条腿晃晃悠悠地在客厅里来回打转，一副魂不守舍心事重重的模样。

那是2007年，行政出身的拉拉，当时的职业目标就是做一个有中国特色的学贯中西的牛逼的HR，这一点她倒是在DB的时候就反复对王伟表明过。因此，到SH当一个负责C&B的HR经理，可谓是她职业发展的里程碑，拉拉自己说其重要性堪比一个忍耐多时的通房大丫鬟终于被扶正。王伟也毫不怀疑，只要拉拉能在SH熬过一年，她的下一次跳槽将会容易很多，这是拉拉历经千难万险也要将这次匪夷所思难以置信的跳槽进行到底的原因之一吧。

问题是，一个HR可以是一个HR专员，也可以是一个HR经理，而一个牛逼的HR，王伟猜怎么着也得是一个HR总监吧，甚至是一个HR副总裁也难说。这中间的差别就大了去了。

一般情况下，王伟有着基本的好奇心，但他能克制自己，朋友心里有事儿愿意说两句，他就听着，不想说他绝不会强人所难，更不会去套对方的话。打个比方，即使王伟非常清楚地听说对方正为情所困，只要人家自己不说出口，他就绝不正面宽慰，更不会不知趣地盘问诸如你到底是不是跟人有一腿？在王伟看来，窥探他人内心隐私，特别是在毫无苦衷的情况下的窥探，是人类最猥琐的恶习之一。

基于上述价值观，但凡拉拉不愿意深谈的烦心事，王伟向来不轻易去探寻。但是2007年拉拉跳槽后健康便每况愈下，她灰头土脸地乘坐在SH这样一驾发足狂奔的战车上，令王伟没法儿不担心，于是王伟感到需要具体地去探寻她的个人野心究竟是什么。

那个阶段两人之间其实有很多具体事情需要讨论，小到诸如何时领结婚证，何时拜访双方家长，要不要在北京和杭州各办一次婚礼，大到是不是该要个孩子，未来去哪个城市定居，要不要换个大点的房子，自从王伟的母亲陆教授因高血压住院，又添了一件得抓紧考虑的，以后是否和陆教授同住？

但是这些王伟全都说不出口——SH非同一般的工作压力让拉拉饱受失眠之苦，她经常处于焦虑和烦躁中，这使得王伟不忍心让她再打起精神来逐一思考那些伤神费脑的事情。琢磨了半天，王伟自己也认为，除了啥时候去领结婚证，没一样省心。

关于个人前途和职场艰辛，在拉拉大彻大悟地说过IT NEVER ENDS（永无止境）以后，王伟意识到不能不严肃认真地对待了。据王伟看来，IT NEVER ENDS是一个非常模棱两可首鼠两端的理念：它既像是三字经，一本正经地劝人该收手时就收手；又像是一副迷魂汤一味兴奋剂，让人以为活着就该没完没了地扑向更高更远的目标才算有劲。

王伟开始考虑在不得已的时候向拉拉施加影响，虽然他原本是很不愿意干涉拉拉的个人志向的，他自知这也是拉拉喜欢他的一个原因。

拉拉还在客厅里慢悠悠地来回晃荡，王伟发现她的眼皮有些浮肿，这使她显得目光迷离。王伟感到，人一定是到了极度茫然的状态，才会问自己什么时候是个头、我到底是为了什么之类的。犹豫了一下，王伟还是正面问了拉拉一个讨人嫌的问题："拉拉，你准备在SH干到什么程度收手？"

"什么意思？"拉拉果然马上警惕地反问。

见她反应激烈，王伟赶紧做了个息事宁人的手势道："哎，不要这么不友好嘛，我就是顺嘴一问，完全没有干涉你志向的意思，只要你的身体吃得消。但是要让我说真心话，总监有什么好当的呢？虽然我们不是大富大贵，起码我们的实力高于平均水平，不需要为钱痛苦。"

拉拉站着不动，似乎在咀嚼王伟的话，过了一会儿她说："我有我的理想。"

王伟说："你的理想是什么？"

拉拉鼓了鼓腮帮子说："反正不是当总监。那只能算是职业目标，谈不上什么个人理想。"

王伟听了这话有些哭笑不得，劝拉拉道："既然只是个职业目标，那咱更犯不着这么拼命了，你看你天天累得都睡不着觉，不值当。"

拉拉认真地说："我的理想是做一个自由职业者，专职分享职场经验。我不喜欢同时忙乱地做很多的事情，我希望专心致志地做好一两件事情，用我的一生去做好。为了理想，现在我需要一些HR的积累打底。你认为我的理想如何？"

王伟点点头："太棒了！这就让人放心了。"他是真觉得放心不少，他就怕拉拉非要跟人家去拼个总监回来当当，连小命都不要。

拉拉没明白过来，她警惕地睁圆了眼睛，想辨别王伟是否企图给她下套。王伟摸摸拉拉那颗勤快的脑袋："你看你，我是真觉得这理想不错。"

这天晚上，理想这个词让拉拉心中透进一缕久违的灿烂，她是个为理想而活的人。

拉拉在黑暗中默默回味着自己告诉王伟的那句关于理想的话："我不喜欢同时忙乱地做很多的事情，我希望专心致志地做好一两件事情，用我的一生去做好。"

拉拉忽然想明白了一件事情，为什么当年在DB那么多加班她都能顶得住，现在却受不了SH的辛苦。因为过去拉拉是工作节奏的主人，她决定在什么时间做什么事情；现在却不是这样了，比如有些事儿她本来很乐意做，但是她的打算是半年后或者一年后一件一件地做，现在却被迫同时把五花八门的目标一股脑地装进任务篮。至于是什么原因导致了这种被迫，就说来话长了。

2 想维持现状也得竞争

SH有一栋像模像样的写字楼，许多设计上的细节，当初都是由何查理本人亲自拍板决定的。何查理每次站在门口，目光逐一扫视过办公室里的各个角落，心里就充满了自豪。他会情不自禁地想起初到中国大陆打江山的日子，那时候，办公室设在简易房里，就像货柜车的车厢，没有员工食堂，雇了一个年轻女孩管着大家的午餐，当然，当时办公室一共就那几个人，午餐的供应量不大。曾几何时，家大业大，要不了多久员工人数就要从两千扩到三千，谁能否认这是名副其实的大公司？

还是这栋写字楼，李卫东和杜拉拉看到的却是种种的对付凑合。入职没几天，李卫东就私下跟拉拉嘀咕过，说是发现在过去的几年里，SH的培训种类居然只有一种，那就是不得不做的入职培训！其中三分之一强的篇幅用于吹嘘SH的历史，另三分之一强的篇幅用于絮叨SH的全球大事，剩余不足三分之一的篇幅才轮到介绍企业的核心文化、SH中国的组织架构和业务模式，相比前两个篇幅的自恋以及喋喋不休，最重要的第三部分反而讲得最仓促，生怕惹人嫌似的缩手缩脚，整个一个本末倒置。

李卫东对拉拉解释说："我说的自恋和喋喋不休，不是指培训师，而是指PPT的内容，你知道的。"拉拉会意地笑了一下，两人同时想到黄国栋亲自给他们做的那个入职培训，一个腔调，讲起SH的历史，明明不足百年却没完没了，连最长命最古老的罗马帝国都要自愧不如。

李卫东摇摇头，说："这么些年他们居然就这么过来了，真是怪异。凭这个培训系统，我就能断定，SH根本就没有为今年的扩招培训好足够的管理人员！对了，说到这个大扩招，我就更佩服他们的敢想敢干了——哪怕再看好中国市场，至少得分两年完成招聘吧？这可是从两千人加到三千人呀，市场上有那么多合用的劳动力供应吗？又不是招民工！民工也没那么好招，没听说珠三角到处都闹民工荒吗！我还从没见识过这样缺章少法的500强！咱们算是跳进了一个大坑，这儿比什么都没有也强不了多少，从头收拾吧，先得建制度搭系统。"

拉拉没好意思像李卫东那样大放厥词，可在她眼里，C&B的状况又何尝不是一副因陋就简便宜行事的腔调，只怕还多了几分杂乱无序。这方面，让拉拉体会最深的就是PAY STRUCTURE（薪酬框架）带来的烦恼。

在DB的时候王宏看得严，拉拉无福得见DB的薪酬框架，但她确知王宏手上有这么一页纸，上面列着共九个级别的工资范畴，最低多少，最高多少，一目了然。而DB实施的是宽带薪酬制，依据的是著名咨询公司那一套国际通行的方法论，甭管您是什么部门的什么职位，从操作工到副总裁（总裁除外，美国总部说了算），都在那九个级别中规定有对应的位置——这就等于实行了标准化作业，不仅在内部不同部门的价值可横向比较，还很方便和市场上同类岗位的薪酬行情进行比对。如此，任凭谁来做C&B经理，拿起那一张"薪酬框架"，就知道该出人家多少工资。

但SH没有宽带制，它实行的是多层制，而且是一个无比复杂的多层制。首先，它的级别体系是按职能来区分建立的，于是在DB一页纸能表述清楚的东西，在SH得用十几页纸才行，而且级别分得太细，光是销售就分出十三个等级；其次，各职能又有各自的一套工资范围，销售有销售的规矩，财务有财务的章法，销售的六级和财务的六级压根儿不是一回事儿。总之，不但内部没法进行跨部门的价值互比，跟市场上的同行也不便互比。

拉拉很快就发现，沈乔治对薪酬框架看似侃侃而谈，其实他自己也没法记清所有的游戏规则，难免出现以子之矛攻子之盾的尴尬。因为实在不好用，这套薪酬框架多半时间被束之高阁，实际上几成摆设。

那么SH是怎么给新人定工资的呢？拉拉观察了几天，发现主要靠经验传承，而承担者非沈乔治莫属，别人都不行。

沈乔治能记住各部门所有重要员工的工资，还知道某甲的表现比某乙好，他甚至记得这些员工的大致服务年限，一言以蔽之，具有代表性的员工的薪资都在他脑子里装着，他是最了解情况的人。这些宝贵的历史资料，作为既成事实，成了录用新人时该给多少工资的依据，弄得跟英美判案似的，法官们拿过往著名案例的裁定作为现今的判案依据。

这样一来，离了沈乔治，拉拉还真拿不准该怎么给人家定工资了，因为她离记住众多的历史资料，路程还很远。偏偏碰上大扩招，几乎每天都要出五六张OFFER（录用通知，内容含薪资），拉拉感到很被动。

另一个问题是，就算沈乔治一天也不离开，这种经验传承式的运作还是会出现问题。比如某个部门的经理就曾经挑战过另一个部门的工资：我们的工作难度不比他们的低，为什么我们的工资比他们的低？人家这是从根上就质疑作为定薪依据的历史数据，历史也许就不对，现在复制历史岂不是在复制错误？沈乔治设法把这次挑战应付过去了，但是拉拉在旁边看出来，他应付得有些勉强。

　　拉拉认为李卫东说得很对，C&B的这种被动源于"这儿比什么都没有也强不了多少"，她回家跟王伟学舌，王伟问她："你自己怎么看？"

　　拉拉一时还搞不清在全球范围内SH和DB的区别到底有多大，但她已经看得很明白，SH中国和DB中国的区别很大。小气什么的就不说了，关键在于它缺乏DB那样严谨的制度。古人都知道兵马未动粮草先行，不打无准备之战嘛，SH却在干部培养和流程完善都没有准备好的情况下，就匆匆忙忙地超常规扩张，搞得顾头不顾尾。难怪麦大卫来了处处看不惯，老把"不专业"挂在嘴边。

　　王伟帮拉拉分析道："从你说的情况看，SH的HR确实缺乏严谨的制度和系统，但是，其他部门的情况也如此吗？现在你们在中国拼命扩张拼命招人，显然是生意做得好呀，要不美国总部哪肯这么砸钱！如果何查理在销售市场和供应链上没有好的系统和策略，生意做不到今天的规模吧？"

　　拉拉一下张口结舌，干瞪着眼答不上来。王伟说："知错就改还是好同志。"

　　王伟都走开了，拉拉还在使劲儿地想，过一会儿，她跑过去一把抓住王伟的胳膊嚷道："我承认销售和供应链都比较正常，可他们确实也没有为扩张准备好足够的干部，缺干部肯定是大问题！"

　　王伟被拉拉的较真给逗笑了，说："你还在琢磨着怎么还击我。"

　　同样面临着打造流程搭建系统的任务，杜拉拉满心焦虑，李卫东却胸有成竹。

　　作为一个训练有素的熟手，李卫东的大脑里和电脑里都存储着丰富的索引，他知道第一步要做的是甄别培训需求，确定了培训内容后，他马上就能告诉你有哪些合用的外部讲师，哪家贵，哪家性价比高，他都了如指掌，此外，他还有一套行之有效的办法来培训内部讲师。总之，李卫东只需要在自己的索引里灵巧地一翻，就能抽出最合适的方案，漂亮地摔出来给大家看。

　　拉拉却不能。她和李卫东的差别在于，她也知道问题在哪里，该做什么，但是她只有理论，而没有具体成型的工具能抄起来就用。

　　李卫东很快就设计好了一套用于收集培训需求的问卷，问卷设计得很聪明，既专业又简洁，李卫东发给各部门后马上就挑逗起了大家的好奇心和热心，这就等于一挑帘子亮相就得了喝彩。麦大卫感到脸上有光，大为高兴。

　　很快，李卫东从各部门收回了调查问卷，他迅速就确定了培训需求并提交了年度培训计划。何查理和麦大卫虽然经常不对付，在李卫东的培训计划上却一致给予了好评。人嘛，多半是你越激励他，他越来劲儿，李卫东也不例外——身为培训经理，他主动揽了一个黄国栋并没有让他干的活：整顿招聘流程。

说起来，相比薪酬福利、培训和组织发展，SH的招聘算是运作得比较常规的，当然，问题也不少，比如偌大个公司却没有JD（任职说明书，内容包括岗位职责，上、下级报告线，对任职者的资历要求和能力要求，以及下一步可能的发展目标）——麦大卫曾对此表示过不满，黄国栋明白他的意思是希望尽快整顿招聘流程。但是考虑到当年HR的任务已经太重，一些更急迫的问题尚未解决，黄国栋就装傻充愣没接麦大卫的话。麦大卫素来不太体谅下属难处，虽然没有再催促，心里多少有点儿不高兴，认为黄国栋怠慢。如今李卫东主动请缨，麦大卫龙颜甚悦，特发邮件表扬一次。

所谓表扬，自然是表彰先进，如果读者稍微认真一点儿，不难发现其中还含了"激励"或者说是"鞭策"后进的意思。马莱读了邮件没啥感觉，拉拉却急了，她知道自己属于被划拉到后进那一拨里的。

说实在的，以拉拉的C&B功底和C&B团队的现状，她还真不太在乎且当几个月后进，俗话说得好，冰冻三尺非一日之寒，罗马也不是一天建成的嘛。拉拉着急是因为她从麦大卫的邮件中嗅出了一股"不容后进"的味道。

竞争的产生，不仅是因为资源不足，有时候，为了维持现状也得参与竞争。比如杜拉拉无意和李卫东争抢未来总监的位置，她也不想争宠，可她要是再不积极投身到争当先进的集体活动中去，她的经理位置没准就要晃悠。

可拉拉既没有现成的绝活可以亮出来献宝，也没有精力马上赶一个绝活出来，因为当时有个火烧眉毛的任务正压着她——年度加薪。薪水不比货款，没得拖欠的，说好了什么时候加薪就得什么时候加，两千双眼睛在盯着，公家也容不得她杜拉拉有半点差池。

拉拉只得把摆脱后进的想法先放到一边，埋头做起了年度加薪，这活儿没两个月她做不完。一个月后，她又开始为参加"翰威特"和"美世"（两家著名的咨询公司）的年度薪酬调查准备数据，这事儿没两个月也弄不完。

薪酬调查和年度加薪都是C&B经理的重要任务，属于硬指标，当事人签字画押，年终要逐项考评的，做不好就得卷包袱走人，这和亮不亮绝活、做不做先进的后果不是一个数量级的。拉拉这年的硬指标有五条：年度加薪，年度薪酬调查，HR系统上PEOPLESOFT（软件名称），来年薪酬预算，以及完成年度大扩招。比较搞笑的是，这五条不是黄国栋给她规定的，而是她凭着职场常识，再东问西问弄明白的，归置出来五条后交给黄国栋，黄国栋看过没问题签字了事。

应该说，麦大卫肯定知道杜拉拉正在忙什么，因为这时候，SH在亚太各国的C&B经理都在忙于做年度加薪和薪酬调查。如果杜拉拉头脑发昏没在做这两样，黄国栋势必饶不了她。

可是，麦大卫是不满足于仅仅知道下属在干什么的。比如像李卫东这边，一会儿是问卷调查，一会儿是年度培训计划，每次他发邮件给各部门的时候，都会抄送给麦大卫、黄国栋和何查理。李卫东过硬的专业技术，他和业务部门有来有往的互动，都热热闹闹地随之抄送给了麦大卫。不到两个月的工夫，李卫东已经安排了一场卓有成效的培训，是特为嗷嗷待哺的中层经理设计的课程。

相比之下，杜拉拉这边的沉寂让麦大卫有些不耐烦，虽然没有证据表明她做得不好，但是她至少没有做到恰当地沟通进程。麦大卫嫌弃杜拉拉慢热，嘴上愈发一个劲儿地夸李卫东，光表扬的邮件就连发了两封。

黄国栋有些看不过眼了，找了个机会旁敲侧击地跟麦大卫说，杜拉拉也很辛苦，同时在做薪酬调查和年度加薪，忙得够戗，一千人的扩招她的组得负责完成其中的百分之六七十。

麦大卫这才收声，却并没有感到冤枉了人的内疚。黄国栋说的是事实，可麦大卫就是对杜拉拉喜欢不起来，有心挑剔吧找不到给力的事由，刻意闭嘴呢，又仿佛哈欠打了一半被打断似的心有不甘。也许这就叫磁场不对吧。

话说杜拉拉又不傻，热热闹闹地和大家互动，再聪明得体地写邮件报告进程，这个她会。可是她对要报告的东西不像李卫东那么胜券在握，与其迫不及待地显摆没有把握的成果，不如多琢磨几遍想好了再说。另一方面，一些有把握的东西她踌躇再三还是没发给麦大卫，而只给了黄国栋和何查理，她觉得如果黄国栋认为有必要发给麦大卫，他自然会做主转发。结果黄国栋没有转发，他认为不是很有必要。李卫东那些自作主张抄送给麦大卫的邮件，黄国栋则隐约感到有越级之嫌，至少是好出风头爱表现。

杜拉拉读得懂麦大卫那两封一语双关的邮件。她咬咬牙，下定决心要在那五条硬指标以外再揽一个活——她要做薪酬宽带制！

这不仅将是一个重量级的献宝，还能把她从尴尬的局面中解脱出来。拉拉憧憬着，有了宽带制，她就能自己给新员工定工资了，而不是像眼前，非沈乔治不行。

年度加薪方案一完成，拉拉马上提出了做宽带制的申请。这次她抄送给了麦大卫，只是抄送得比较含蓄，她先给黄国栋吹了吹风，然后巧妙地利用了麦大卫一封有些沾边的邮件，在回复的时候顺带提出了申请。

麦大卫接到申请后，既意外又高兴。他喜欢改革，喜欢先进事物，喜欢一个又一个的项目像春天的响雷那样挨着个儿地滚滚而来。麦大卫甚至因为杜拉拉的这个申请松了一口气，看来杜拉拉也算是个可造之材，能挑选宽带制这样先进的好玩意儿来进攻，起码说明她有眼光。

杜拉拉入职后一连两个月的静默曾让麦大卫暗自恼火，坦率说，既然当初做主用了杜拉拉，麦大卫也不希望她是个慢热的平庸货色。刚巧拉拉的年度加薪方案顺利地被亚太一次通过。两件事情碰到一起，麦大卫以为，也许杜拉拉喜欢后发制人。

黄国栋本来对宽带制还有些犹豫，他是个保守的人，总担心变化会带来不安。另外，他也担心拉拉的精力，年度加薪虽然顺利完成了，可系统上PEO-PLESOFT的事情又开始了，加上进行中的年度薪酬调查，拉拉手头上还是同时有两件大事。后来见麦大卫一力赞成，黄国栋也就爽快地投了支持票。

至此，杜拉拉的薪酬宽带制和李卫东的招聘流程整顿，就像两匹铆足了劲的马开始了赛跑。

3 没有态度，就是一种态度

当初黄国栋重组SH中国的HR团队的时候，就有两个凑合对付的地方。

第一个凑合是没有单设招聘经理的职位。

黄国栋把六个招聘专员打散分给了三个HR经理，实际上，就是让三个经理分了招聘这个重头任务。

有的公司会省了培训的钱，还有的公司甚至不做绩效考评，但是薪酬总得有人管，招聘也总得有人做，可以说，招聘和薪酬是HR里最大最基本的两个模块，有HR的公司就有这两个职能。那么黄国栋为什么省了招聘经理呢？说起来，他也是迫不得已而为之。

SH面临仓促的组织扩张，何查理本人也不得不承认，在人员培训和系统健全上没有准备好，于是他和麦大卫达成一致，马上招一个熟手承担起培训的重任。另外，麦大卫已经下决心要在SH中国开始推行"接班人计划"。这个计划，简单地说，就是逐一检视整个组织架构中的所有重要岗位，明确一旦现有任职者离岗，内部有哪些人够格成为继任者；如果内部有继任者，则会根据岗位需求和继任者的优势弱势有计划地加以重点培养，如果内部没有继任者，则会及时从外部寻找人才储备。一言以蔽之，"接班人计划"的目的就是为了确保组织的安全，通过未雨绸缪，在人才上作好准备，来支持组织的发展战略。在HR的内部分工中，这属于组织经理的重头活。

在这样的大背景下，SH中国必须要设置专职的培训经理和组织经理了。黄国栋一共只有三个经理的人头指标，剩余的一个人头指标，由于C&B经理实在没法省，他别无选择，只好砍了招聘经理的职位。

黄国栋的第二个凑合是对马莱的任命。

三个经理中，只有李卫东是培训出身，李卫东不做培训太浪费了，所以他就成了培训经理的不二人选；没有人做过C&B，都看出来马莱铁定不行，而杜拉拉至少算是个未知数，唯有让杜拉拉试一试了；本来，最合适的组织经理人选是李卫东，就算不上李卫东，也可以考虑上杜拉拉，但这两个人都已经有了安排，于是，黄国栋就只能让招聘出身的马莱去当组织发展经理了。

方案报给麦大卫的时候，他有些踌躇，半天不表态。黄国栋猜到他是对两个凑合不满意，就劝说道，好在招聘是HR的基本功夫，HR经理一般都能做招聘。

可麦大卫的本意，是让黄国栋自己承担起组织经理的活儿——以前陈杰就是自己抓组织发展那一摊的——那样的话，问题就能一箭双雕地解决了，不但招聘经理有了人头，而且也不用把组织战略这样的要害交给马莱。想到要由马莱去执行"接班人计划"的推广，麦大卫就觉得心里七上八下。

麦大卫最后还是没好意思说出自己的主张，因为黄国栋要照看三个地方的HR，大陆、香港、台湾连轴转，他这个总监确实辛苦。黄国栋也很知趣，主动表态会在"接班人计划"上对马莱多加辅导。

这一年招聘团队面临的重任黄国栋心里有数，招聘团队要是不能完成任务，他这个总监是过不了关的，何查理就头一个饶不了他。因此，当麦大卫提出对招聘流程的不满时，黄国栋打定主意，先过了千人扩招这一关，就算麦大卫不高兴，流程整顿的事儿也得等明年再说。黄国栋先是劝麦大卫把这个事儿缓一缓，麦大卫听不进去，黄国栋后来索性装傻，不接这个茬了。

不料半路杀出个程咬金，李卫东忽然向麦大卫主动请缨，事先一声招呼都不打。这令黄国栋既意外又尴尬。好在素来尖刻的麦大卫光顾了高兴，没有质疑他的觉悟还不如手下的经理。

黄国栋本来挺喜欢李卫东，因为这件事情，他正式意识到李卫东其实是个不好管束的下属，倒是原以为有些迟钝的杜拉拉似乎并不迟钝，而且为人还算厚道，遇到大事都会先向他请示报告，从不越级炫功。加法减法两边同时一做，杜拉拉的日子好过了一些。

黄国栋心里不痛快，懒得过问李卫东具体打算怎么做，爱怎么折腾就怎么折腾，李卫东来问意见，他打着官腔做欢快状道："YOU MAKE DECISION! YOU HAVE MY FULLY SUPPORT!（你作决定吧！我全力支持！）"

黄国栋敢于大撒把，还因为他认为项目不会出什么纰漏，李卫东那人技术过硬且人格剽悍，做起事来有章有法又有股狠劲，他想达到的目的就一定能达到，何况背后还有个麦大卫。黄国栋猜测，李卫东这次的主动出击，多半是有备而来志在必得。还真让他猜着了。

在正式提出申请前，李卫东确实已经作了不少准备工作。他想到杜拉拉和马莱都是做招聘出身的，就想联合这两个经理跟着他一起干。但是杜拉拉没有答应，这让李卫东有些失望。不过，杜拉拉提出了一个建议，从三个经理的招聘组中各抽一个人手出来组成一个小组，共同修整招聘流程。李卫东一想，没法拉两个经理入伙，让招聘专员成立个项目组归他指挥也不错，兴许还更好，最好再给这个小组设个组长，自己就能更省事儿。

英雄识英雄，李卫东一眼看出来，整个HR团队做招聘的六个人中，就数拉拉手下的高级专员艾玛能干，而马莱手下的潘吉文名为招聘主管，反而能力平平，比不上艾玛。因此，李卫东当即向拉拉提出让艾玛担当组长。

当时李卫东话一出口，拉拉就惊得心里一哆嗦，这是她第一次领教李卫东那种超强的自我，和对他人的毫不体恤。千人招聘拉拉的组得扛下三分之二的活儿，李卫东不说帮一把，反而指名要抽走实力最强的，拉拉顿时有一种被抓了壮丁的感觉。艾玛可是拉拉组里的壮劳力，不但重活累活都指着她，实际上她还是个有实无名的招聘主管，不时要照应协调另两位同伴。有了艾玛，拉拉就能放下招聘组，把精力都集中到薪酬组上。

所以，拉拉根本舍不得让艾玛去参加李卫东的项目组，她打算派出的是杰西卡。李卫东却是一副拿定主意的架势，拉拉怕伤了和气，咬咬牙还是放人了。但她心里有数，艾玛是去做小组长还是做组员，精力付出上还是大有差距的。拉拉便想了个法子，推说马莱手下的潘吉文是招聘主管，如果让艾玛当小组长，恐怕潘吉文会觉得尴尬，就连马莱说不定也要不自在。

李卫东不在乎潘吉文怎么想，但是当拉拉提到马莱的感受，他还是犹豫了一下，毕竟马莱手里抓着组织发展这块战略要害，不能太不给面子。

李卫东最终没有坚持非让艾玛当小组长，但是他察觉到了拉拉不太爽快。李卫东暗自不满，招聘流程又不是他一家的事情，三个经理都有招聘职责，他受累牵头，这些人不念他个好，反而一个个推三阻四起来。

拉拉更郁闷，她一共就三个招聘专员，活儿堆得跟三座大山也差不了多少了，本来就人困马乏，李卫东却要在这个节骨眼上把宝贵的人力投到并不急迫的招聘流程上。他要做也罢了，这是他的自由，凭什么非要大家都跟着他的指挥棒转呢？他又不是总监。明明是来请求协助的，却理直气壮挑三拣四非最好的不要！这不等于让人捐款给少了还不干嘛。

虽然面子上没有说破，芥蒂的种子却就此潜伏下来。

话说李卫东做了一阵的前期筹划，觉得心里有底了，便兴冲冲地向麦大卫提出了整顿申请。不出他所料，麦大卫赞赏有加十分支持。

李卫东去请黄国栋的示下，意思要他出面调度人手，没人怎么干活。黄国栋却表示完全授权，让他自己拿主意。李卫东就说请黄国栋给杜拉拉和马莱打个招呼，黄国栋说当然当然，后来，乘开周会三个经理都在场，黄国栋口头说了一下招聘流程整顿正式启动，李卫东负责，大家多多支持配合云云。他说得马虎，那两人答应得也有些潦草，倒不是成心的，都是活在当下的人，自己那一堆还顾不过来。

李卫东看出大家有些敷衍，以他的个性容不得旁人不予迎合。他不屑地想，我不管你们是真心还是假意，也不在乎你们高兴不高兴，只要麦大卫满意就成！你们敷衍我，我还就偏要按自己的意思把事情做到底了！

李卫东主意既定，便霸王硬上弓，直接发邮件给潘吉文、艾玛和自己手下的一名招聘专员，通知这三人加入项目组，并声明艾玛为小组长。邮件抄送给了黄国栋、杜拉拉和马莱。"抄送"的意思，就是让你们知道一下，而不是征求你们的同意。

再说艾玛一看拉拉只是被"抄送"，误以为李卫东和自己的经理事先已经达成了一致。艾玛暗自叫苦，掂量了一下，还是去找拉拉准备叹叹苦经。她刚开了个头，拉拉马上明确表态道："你的首要任务是完成招聘；第二要务是帮我照顾好招聘组；至于项目小组那边李经理分给你的活儿，非你不可的你就自己辛苦做掉，简单琐碎的杂务让杰西卡帮你做，这样好歹能给你减轻一点儿负担。"

拉拉这一表态，孰轻孰重艾玛就心中有数了。而且，拉拉把安排杰西卡协助艾玛的意图也说得很明确——就是为了给主力队员艾玛减负——她生怕杰西卡和艾玛没有完全理解这一安排，又特意强调了几句："艾玛，杰西卡是协助你，而不是协助李卫东！这次项目说好了三个经理各出一个人手，你是我名下唯一直接参与项目的人，由你决定你和杰西卡之间的分工。杰西卡做完功课就交给你，你对她的工作结果负责。杰西卡不参加项目组的任何会议，不直接接受李卫东的指令。清楚吗？"艾玛连连点头说完全清楚。

杰西卡那人爱犯迷糊，属于经常忘了谁是老大的类型，拉拉不得不三天两头提醒她你的本职任务是什么，我才是你的老板，你得听我的。明知杰西卡不是什么理想的人选，可现在就属她的工作负荷最轻，拉拉也只有让她帮艾玛分担一点儿了。拉拉就对艾玛说："一会儿你帮我把杰西卡找来，我把她的定位跟她强调清楚。"

艾玛点点头，身子却不动，拉拉就问她："还有事儿？"艾玛迟疑了一下说："李经理让我当小组长，我是当还是不当？"拉拉问她："你顾得过来吗？"艾玛发愁地说："哪还有那个精力！"拉拉说："那不得了！"

艾玛就要求拉拉跟李卫东明确打声招呼，拉拉笑道："我早和李经理表过态了，建议由潘吉文当组长，或者不设小组长也成。"艾玛这才愁眉稍展，起身去叫杰西卡。

艾玛一出门，拉拉脸上就暗了下来，自己当初明明已经清清楚楚地跟李卫东表过态的，李卫东还要写这种邮件，真够没劲的！一想到李卫东那个傲慢的"抄送"——没有一点儿"商量"的意思，摆明了是个"通知"——拉拉就气不打一处来。

拉拉倔劲上来了，对李卫东的邮件一声不吭。马莱对这封邮件也没有表示任何态度，不知是有意还是无心。

或许，没有态度本身就一种态度。

4 先完成本职，再助人为乐

要整顿招聘流程，可做的内容很多。

首先是逐一建立各部门各个级别岗位的JD；

然后是招聘工具的设计和招聘渠道的选择；

再往后就是建立"招聘有效性"的分析机制（包括招聘速度、空岗率、新录用人员通过试用期的比例等），以及"员工流失率"的分析机制（对各种离职原因的统计和分析）。

拉拉浏览过李卫东的项目计划，发现他已经清晰地把这些内容都列了上来，只是拉拉觉得，李卫东把事情看得太容易，目标也定得过高。

比如当头炮"任职说明书"，这个东西需要各职能部门的配合，因为用人部门最清楚什么样的人合用——总之不是HR一家就能搞定的，而李卫东的计划是让项目小组的成员自己把这些东西全部做出来。

再比如招聘工具的设计，最好就是先把用得最多的、也是最基本的"常规面试"的表格设计好，再设计出用于经理及其以上级别人员招聘的"评估中心流程"即可。李卫东雄心勃勃，不但计划要弄各种花哨的招聘工具，还想同时设计出管理培训生的招聘流程。尤其令拉拉惊讶的是，这事儿他居然也异想天开地责成三位项目小组的成员来落实完成。

拉拉在DB见识过童家明弄出来的"管理培训生招聘流程"，她知道要想做好那一套，单靠这三位的功力根本不现实。拉拉已经领教过李卫东超强的个性，就没好意思正面提醒，兜着圈子跟李卫东回忆童家明的培训生故事。尽管说得小心翼翼了，李卫东还是不爱听，他不以为然地说："童家明这个人我听说过，没你说的那么强大吧？"

拉拉马上知趣地闭了嘴，心中暗骂自己嘴欠，并且发誓从此对李卫东的东西不置一词，再多嘴就是猪！

艾玛三人当然达不到李卫东的期望。艾玛来请拉拉的示下，拉拉淡淡地说："会的你就做，不会的不能瞎编，老老实实说你不会，只要别让人误会你揣着明白装糊涂就成。"艾玛已经超负荷运转了三个来月，为了保证自己的工作重点，她对李卫东的流程再造多少有些敷衍，拉拉这番话不冷不热，艾玛听了觉得经理理解自己的苦衷，也默许了自己的行为。

难怪艾玛烦心，自从李卫东组建了他的项目小组，连拉拉都感到恼人的事情三天两头有。比如本来是为了解放艾玛，拉拉才让杰西卡去给艾玛打下手，结果李卫东发现后，就像多了一个人手似的，经常直接把杰西卡也叫去开会。这下可好，艾玛跑不脱，还搭进了杰西卡。王伟见拉拉为这事儿气得够呛，就说："你别憋在心里，跟他直说！"

拉拉果然乘着一次李卫东来她办公室谈事儿，跟人家摊牌。李卫东听了拉拉的话好像一时反应不过来似的没说话，过一会儿才似笑非笑道："我只跟你要了艾玛。至于杰西卡，她说是你让她跟艾玛一起参与项目小组这些事儿的。我理解有误？那就别让杰西卡做了，艾玛做就成！"

拉拉见他装傻，只得明说："艾玛工作负荷很重，所以我让杰西卡适当协助艾玛，但我派出的人是艾玛，不是艾玛和杰西卡。"

李卫东拖长声音说："我已经说了嘛，那就别让杰西卡做了，艾玛做就成！还有什么异议吗？"

论气人，拉拉不是李卫东的对手，她的脸涨得通红，却答不上话。房间里一时静悄悄的，两人对峙了足有半分钟之久，后来李卫东忽地站起身来不辞而别扬长而去。留下拉拉一个人，呆坐了十来分钟还没能恢复平静。

李卫东气人也就罢了，另一个让杜拉拉郁闷的人，却是她自己的下属杰西卡。

拉拉他们每个月都要交一次报告给黄国栋，黄国栋汇总后要再交给麦大卫的。这份报告大家都不敢掉以轻心，老板远在新加坡，就凭报告看你们都干了些啥。

当月到了日子，拉拉却发现招聘组的报告还没交。拉拉把艾玛找来问究竟，原来是杰西卡没交她那一份数据，拖累艾玛没法汇总。拉拉问提醒过她吗？艾玛解释说前几天就一直在催她了。拉拉压着恼火说："我要的是结果。"艾玛委屈地说："我知道今天是最后期限，我正在替杰西卡把那些数据补上，保证中午十二点前交给您。"拉拉问："杰西卡呢？"艾玛为难地看了看窗外杰西卡的座位，那里是空的。

拉拉看看表，时间已经很紧了，就对艾玛挥挥手道："你抓紧去做吧。"

拉拉差人去找杰西卡，好半天人才来。拉拉劈头就问："你上哪儿去了？"杰西卡还不知道拉拉为什么生气，她解释说："我帮李经理去复印一些资料了，东西多，所以花了比较长时间。"

这话不说犹可，一说让拉拉更加气恼，心说，李卫东手下有三个专员，他要复印资料不会差他自己的专员去干呀！杰西卡你怎么想的，自己的正事儿放着不办，去人家那里学雷锋做好事。拉拉就问她："今天是交报告的最后期限，记得吗？"

拉拉指望杰西卡经过这么一提醒，会猛然惊觉自己忘记了这个日子，并且为此吓一大跳。出乎拉拉意料，杰西卡只是斯斯文文地点点头说记得，艾玛提醒过。

小姑娘倒挺实诚，拉拉愣了一下，尽量和气地问杰西卡："那怎么不赶紧交报告？大家都在等你的数据，你看到现在还汇总不出来。"

杰西卡憨态可掬地挠挠头说："不好意思，拉拉，这两天我一直在帮李经理整理资料，所以才没顾上交报告。"

这下拉拉是真来火了，心说，你不知道你的老板是谁呀？你的经理是杜拉拉，不是李卫东！

拉拉忍了忍才没失态，好言相劝道："杰西卡，一个人不管做什么，首先都要搞清楚自己的定位，才可能把工作做好。比如你想过吗，哪些事儿是最急的，哪些事儿没那么急？什么是本职工作，是你必须完成的？你写在你的年度绩效目标里，你和我都签了字的那几件大事，还记得第一条是什么吗？"

杰西卡说是坚决完成今年的招聘任务。

拉拉严肃地说："你这不是都清楚嘛！助人为乐我赞成——可是假如你不好好完成本职工作，我不能因为你助人为乐而留用你。咱们举个例，遇到飞行故障的时候，航空公司都要求乘客必须先给自己带好氧气面罩，才能去帮助旁边的人，皮之不存毛将焉附的意思吧。我希望我说明白了。"拉拉说完，直勾勾地看着杰西卡的脸，想给她一点压力，让她意识到问题的严重性。

杰西卡"哦"了一下，没声了。拉拉最不放心她这种反应，嘴上哦呀嗯呀的，其实心里不同意或者没明白。要是其他下属，拉拉会告诉他想不明白也得先执行指令，但是对杰西卡，拉拉不敢来这一套，杰西卡是个正派而固执的人，如果一个指令她没想明白其中的道理，她执行起来就会走样，使劲把事情往她认为正确的方向推进。

拉拉就问她"哦"是什么意思。

果然，杰西卡说："杜经理您说完成招聘是我的'本职工作'，那您为什么不让我专心做招聘，而要我帮艾玛干项目小组的活呢？我帮艾玛也罢，帮李经理也罢，不都是没有在做我的'本职'吗？"

这话挺冲，不过拉拉也明白，杰西卡倒不是有意顶撞，她是真不知道这话没礼貌。

拉拉就耐着性子解释："你的本职是你的招聘任务，我的本职则是整个招聘组的招聘任务，而艾玛是这个招聘组的主力，我为了我的本职，才临时把你调配给艾玛做助手。至于你接受这个调配指令，是因为在组织架构上你归我领导，你得和我目标一致才成。这个定位不是一开始就跟你和艾玛谈清楚了吗？"拉拉有意强调了"我"字，意思是你得听我的，因为我才是你的老板。

杰西卡嘴上没再继续争辩，但她的小脑袋瓜里却继续振振有词地和拉拉理论：同样是项目小组的事情，您让我做就不是"定位不清"，李经理让我做就是"定位不清"，这不是只许州官放火不许百姓点灯吗？

要是杜拉拉发现杰西卡的脑子里已经又是一团面糊了，大概要气得呕出胆汁来吧。

杰西卡却一点儿没有意识到自己正在陷入狡辩，正因为此，她的内心在真诚地经历着一场郁闷，她觉得杜拉拉太难相处，自己已经小心翼翼，还是不知怎么就得罪了她。到底该怎么和拉拉相处，杰西卡一直在鬼打墙。迷惘苦恼之下，杰西卡拼命用一套类似"天将降大任于斯人必先苦其心志劳其筋骨"的励志说来激励自己忍耐下去。

杰西卡已经盘算过了，今年拉拉这组招聘任务最重，来年初的高级专员升职名额八成落到这组，自己只要熬过今年，也许就能升为高专，到时候再跟李卫东说一声调到他那组去，省得老是像现在这样动不动挨训。杰西卡喜欢跟李卫东干，自从帮着李卫东做项目以来，他已经表扬过杰西卡两次，杰西卡认为他很会鼓励人。

杰西卡自问没有偷过一天懒，一个人只有一双手，做了这就做不了那，杜拉拉的任务有时限，李卫东的任务有时限，他还说麦大卫要亲自过问呢！杰西卡隐约听人说，杜拉拉在麦大卫跟前似乎并不讨喜，李卫东则不然了，杰西卡相信麦大卫会直接给李卫东重要指令。麦大卫的话能不听吗？他可是杜拉拉老板的老板，说到底，HR这个团队里谁敢不听麦大卫的呢？！

杰西卡之所以不服，还在于她认为自己并没有主动去开项目会或者复印资料，都是李卫东吩咐了才做的，难道她能说我不接受你的指令，因为李经理你不是我老板吗？如果这算有错，错也在李卫东，杜拉拉应该去找李卫东理论。

总之，杰西卡觉得特委屈，很想和拉拉讲讲道理。后来转念一想好汉不吃眼前亏，顶撞已经眼冒火星的上司吃亏的总归是自己，以她现有的资历，要另找一份像SH这样的工作恐怕并不容易，她就以一种忍辱负重委曲求全的心情低低地答应了一声。

杰西卡的低姿态确实起到了效果，拉拉有些于心不忍起来，毕竟杰西卡大学毕业才三年，还年轻呢。拉拉放缓口气又给杰西卡解释："上个月你没有完成招聘指标，可你既不解释原因，又不提前打招呼，就像没有意识到这是你的分内事儿！是艾玛加班加点，才帮你把差额招齐的。你看，三个招聘专员中，我给你的任务已经是最轻的了，杰西卡呀，将心比心，我如果对你听之任之，就是对艾玛不公平了。"

拉拉说的这些杰西卡一时反驳不出什么来，就说："我知道你和艾玛一直都很照顾我。"

拉拉摆摆手，郑重地告诫说："不是照顾不照顾的问题，每个人都应该首先尽力完成自己的本职工作，然后才去助人为乐；而且，凡事有轻重缓急之分；就算真有不能按时完成的任务，至少要提前报告你的老板，及时说明原因并请求支持，这是你的本分——可千万不能再一声不吭甚至找不到你人去哪里了呀。"

　　杰西卡"嗯"了两声。拉拉一看又是一个含糊不清的表示，就马上追问她："杰西卡，你的'嗯'是什么意思呢，同意，还是没有想通？"

　　杰西卡其实还没想通，但是她不想听拉拉再啰唆下去，就说："明白了拉拉，我们已经达成了一致。"

　　拉拉半信半疑，她对杰西卡的类似辅导不是一次两次了，杰西卡一时明白一时糊涂，效果一直不太好。拉拉就对杰西卡说："好吧，有时候需要一些时间才能想通某个问题。如果你今天一时没有想明白，不妨慢慢消化，一年想不明白就过两年再说——但是我刚才的要求，作为一个结论，先记住，作为一个指令，得执行。"

　　杰西卡说："哦，好的。"

　　杰西卡走后，拉拉想，杰西卡好犯迷糊，工作习惯又不太好，像她目前这种情况，最好是能让她每周写一次周计划和周总结，自己看她看得牢一点，或许能慢慢培养出好习惯。

　　可是眼下拉拉实在是没有多余的精力能花在杰西卡身上了，就算有点儿精力，她也宁可投在艾玛或者沈乔治身上，产出大多了。拉拉叹了一口气，颇感无奈。

5　鸿鹄飞魔都

　　2007年的夏天，拉拉离开DB四个月了。陈丰是个细心的人，他一算时间，知道拉拉已经过了试用期，看来她应该安全了。陈丰放下心来，打电话给拉拉约见面吃饭，自从拉拉离开DB，他们一直没碰过面。拉拉却因为太忙，推说过两个月再说，陈丰也就没有勉强，两人只在电话里聊了聊股票的事情。

　　这个电话对拉拉很重要，陈丰虽然话不多，却透露了对大盘的担忧和落袋为安的打算。拉拉素知陈丰稳健，因此，尽管陈丰言语之间尚有保留，在接下来的半个月里，拉拉还是毫不犹豫地选择了陆续卖出手中的万科。后来证明，这几乎是最完美的逃顶。拉拉自己在投资上见识不够强大，但是至少她很清楚谁是强者，该听谁的。

正当拉拉为及时地落袋为安感到庆幸的时候，意外地接到张凯的电话。张凯带来一个重量级的八卦，DB刚刚宣布，商业客户部销售总监TONY林离职了。"听说他拉到了风投，自己做老板去了，"张凯说，"深层的原因，我猜是因为齐浩天对他不太满意，不像何好德那么重用他。"这点拉拉一直心中有数，所以，对TONY林的离开她并不意外，关键是，由谁接替TONY林呢？

张凯自鸣得意地嘿嘿两声，卖个关子道："你猜？"拉拉的好奇心果然一下被吊了起来，催促道："你先说是外招的还是内提的？"张凯说："当然是内部提拔的才让你猜嘛。"

DB现有的大区经理的情况拉拉稔熟于胸，她几乎不敢相信却又别无选择，迟疑地说："陈丰？"张凯哈哈笑了起来，"就是他！想不到吧？"拉拉高兴地说："这家伙！天大的好事呀，他可真沉得住气，一点儿消息都没给我透露！"张凯说："他这种人是鸿鹄，志向远大深藏不露，不像咱们是燕雀，有了快感就要喊。"

拉拉马上想到一点，陈丰空出来的那个大区经理职位，张凯就不想去争一争？对此张凯不好意思地干笑两声道："想呀，做梦都想。这不是找你给指点来了？有空吗？我想请你吃饭。咱俩都几个月没见面了，想得慌。"拉拉说："你要是会想我，母猪都能上树了！我们这儿剥削重，女的当男的使，男的当牲口使，吃饭我还真没空。你要去竞聘，总得准备个PPT吧，你把PPT发给我，我帮你参谋参谋。"张凯很高兴，假装扭捏道："那多不好意思，光让你干活，连饭都不管。"拉拉说："求你了，别装成吗？我要是去吃你这顿饭，回头得多加两小时班。"

撂下电话，拉拉才想起半个月前陈丰的那个电话。他说想见面一起吃饭，会不会就是想趁着吃饭说一说升了总监的事儿呢？拉拉赶紧给陈丰打电话，电话刚接通，拉拉劈头就埋怨道："你可真行，这么大的事儿都憋得住，还是张凯刚才告诉我的。"

陈丰笑道："本来想请你吃饭，当面跟你说的。"

拉拉责备说："我今天要是不打这个电话，你就打算这么鬼鬼祟祟地溜了？"

陈丰说："这不是还没走嘛。手头有些事情在处理，下周才走。"

拉拉关心地问陈丰："太太小孩都跟你一起去上海吧？"

陈丰解释说："我太太是公务员，她的工作还不错，就这么丢了有些可惜，所以岳父岳母都不太赞成她去上海，她自己一时也下不了决心。小孩上小学二年级，在省级重点小学。"

拉拉叹道："那学位很宝贵的。"

"就是呀，当初想了很多办法才搞到的学位，谁知道去了上海能进什么样的学校。商量来商量去，还是我自己一个人先去，他们的去留等过一年再议。"陈丰想起这些悬而未决的心事不由得喜忧参半，感叹道，"毕竟，换一个城市生活的成本很高，何况又是要去上海这样的魔都。"

拉拉很理解陈丰的情况，宽慰他道："我觉得你这样安排挺对，迁居是大事，是得从长计议。不管怎么说，恭喜你！刚才张凯还夸你是鸿鹄呢。"

陈丰马上否认，"我算哪门子鸿鹄。"

拉拉一本正经地说："你这号人，用农民起义军的话说，绝对是鸿鹄，搁现在，叫高潜力人才。我就是搞不明白，你干吗总要掩饰你是鸿鹄的事实。"

陈丰辩解说："这一去，太多的未知数了，我要是真以为自己是鸿鹄，没准哪天屁股就得摔成四瓣。"

拉拉笑道："那倒是，你自己得多加小心。好吧，福兮祸兮，咱们上海见。"

陈丰听拉拉这么说，以为她最近要去上海出差，拉拉却说："还没有出差计划，只是上海北京嘛，免不了要跑的。"

拉拉这天要是不打这个电话，陈丰也打算打给她的，他盘算着去上海前请拉拉吃饭，以后要见面，只怕越来越不方便了。

陈丰迟疑了一下，说："我原来还打算走之前请你吃饭，就怕你没空。"拉拉一愣道："你这都马上要走了，要处理的事情还不得一箩筐呀？"陈丰说："再忙，吃饭总是要吃的，手上的事情也不见得非得在这几天都处理好，以后我每个月应该都会回广州一次的。"

拉拉有些踌躇，她确实太忙了，忙得上厕所用跑的，吃饭用吞的。但是陈丰这一去，确实两人又远了许多，什么时候能再见，谁知道呢。

拉拉的眼睛瞟向办公桌上的台历，上面密密麻麻地做着一些记号，她心中迅速盘算着可能的时间表。陈丰在电话那头没有说话，耐心地等着她的结论。后来拉拉说："周三中午你方便吗？"陈丰说："我去接你，我的车型是……"拉拉打断他道："你没换车吧？"陈丰笑了，"没换。"拉拉也笑，"那就行了，我没那么健忘。"

周三中午，陈丰和拉拉在CBD一家有名的粤菜馆享用了一顿精致的午餐。这种精致是拉拉久违了的，SH毕竟地处开发区，周边环境和CBD地区不能比，平时难得有个周末，拉拉又累得根本不想下饭馆。饭吃得很好，话其实不算说了很多，有时候还有长时间的沉默，但两人都觉得很舒服自在。

陈丰发现拉拉吃饭的速度明显比以前快了不少，他关心地问拉拉是不是连吃饭都没有时间。拉拉"嗯"了一声，轻描淡写地说："有时候边开电话会议边吃饭，不吃快点不行。"陈丰愣了一下，劝道："你这速度真得放慢一点，不然，现在你折腾胃，以后它就要折腾你。"拉拉无奈地说："以后？我是活在当下的人，顾不上以后。"陈丰提醒拉拉说："不能太老实，你干活太老实了，得适当推活，特别是吃力不讨好的事情还是得想办法推掉。"拉拉笑起来，"看！承认了吧？我就是太老实！所以老被身边像你这样狡猾的家伙欺负。"

分手前，拉拉说："这儿离开发区太远，你别送了，我自己打的也很方便。"陈丰客气了一下，没再坚持，他在路边帮拉拉拦了一部的士，拉拉上车后隔着车窗对陈丰挥了挥手，两人就此别过。拉拉坐在车上忽然觉得一阵伤感，这阵伤感让她意识到自从离开DB，自己似乎难得再有诸如伤感、失落、惆怅之类温情脉脉的情绪了，在SH她有的只是惊吓、烦躁、焦虑、果断，更加粗鲁，更加简陋，也更加干脆。

在拉拉离开DB的时候，陈丰有些难过，但他不惊讶，他告诉拉拉早就知道会有这么一天。现在陈丰要离开广州了，拉拉在伤感的同时，忽然意识到自己的内心对陈丰的离去其实也没有一点儿诧异，也许因为潜意识里早已认定陈丰总要继续向上升的。

有的人，他的生活十年如一日，既没有变化也没有惊喜。还有的人，他的生活保不准在某一天就会突然出现惊喜的变化。这当中固然有命运的造化，更多却是这个人自身的特质决定的。人生这种变化的能力，就像人的牙齿，即使还没有长出来，其实已经埋好了根，这是一颗什么样的牙齿，萌发前就已经定了。

回公司的路上，拉拉想着陈丰吃饭时说的话，不能太老实了，得适当推活儿。拉拉不由得无声地苦笑了一下。

说到推活，拉拉就很郁闷，为什么自己总是那个被推的。

争取资源的事儿拉拉常干，特别是任务艰巨的时候；要是活实在干不完，她也会拣要紧的做，而放弃一些次要的目标；但是说到推活儿，她从来都是万分不好意思，还没开始往外推，自己就先红了脸。不像人家李卫东，索取资源也罢，推活儿也罢，哪一样不是做得理所当然理直气壮。难怪陈丰会说她干活太老实，人家早看在眼里。

最近李卫东老是对拉拉木着一张脸，拉拉心里明白他是为了什么，但是拉拉没有办法。李卫东想整顿好招聘流程给老板露一手，这个拉拉可以理解，但是既然是他自己主动请缨的，为什么倒一心指望着她杜拉拉的资源呢？这样的想法从技术上看颇有些异想天开，从人情世故上讲也不符合人之常情。

拉拉也是实在吃不消了，才和李卫东论了论江湖规矩，结果没讨回公道，反倒惹得李卫东老大的不高兴，以前两人经常结伴去吃午饭，这些天都各吃各的了。

6 "脾气"没有"机会"大

李卫东很欣赏一句话：民主的制度产生不了伟大的产品，只有专制的能人才能做出伟大的产品。

关于李卫东完善JD的计划，杜拉拉曾经说了一嘴，意思是最好让各部门指派一位成熟的经理来参与。当时李卫东在内心犹豫了一下，但他终归还是没有采纳杜拉拉的观点。

李卫东参与过很多头脑风暴，头脑风暴总是民主而热闹的，最狗屁不通的人也可以振振有词地反驳最懂行的人。他对于其中的绝大多数有如下评价：头脑混乱点子多，瞎出主意不负责。

从某种角度讲，李卫东有他的道理，不需要对结果负责的时候，特别敢说敢想的人数就会较一般情况下数倍递增。

李卫东最终还是选择了由自己来做那个专制的能人，他不需要各部门的经理来七嘴八舌指手画脚。

李卫东满怀希望地命令项目组的三位组员完成自己的指令。

应该说，那三位尽力了，他们做了一部分，但做不了全部，更达不到他要求的质量。这让李卫东很恼火，只是他的火气单单针对艾玛，没另外两个人什么事儿。

开始艾玛还忍着，次数多了，她也急了，有一次在项目组的会上，艾玛当众和李卫东顶起牛来。

李卫东那天是为了管理培训生流程大发雷霆。拉拉曾经拿童家明的例子婉转地暗示过李卫东——这事儿需要一个经验丰富的HR经理来做——李卫东听不进去，非让三个招聘专员帮他做出来这套流程。那三个人的功力自然对付不了这样的差事，人家要是能做出来，不早当经理去了！

眼看着指望要落空，李卫东哪能不着急上火，他一个劲儿揪住能力最强的艾玛不放。有时候能干不是一件好事儿，艾玛就是碰到这种尴尬了，她要是笨一点儿，李卫东或许就不会盯着她不放了，能者多劳鞭打快牛是存在了几千年的道理。

艾玛被逼得急眼了，忽然跳起来说："李经理，做管理培训生流程我觉得自己能力还不够，为此我特地请教了多位前辈，他们都说要经验丰富的HR经理才具备这个实力。我愿意挑战经理级别的任务，但我需要李经理的具体指点和示范。"

艾玛此言一出，潘吉文和另一位组员吴爽都紧张得变了脸色。艾玛的意思很明白，这个活本来应该当经理的来做，你李卫东自己不做推给我们这些专员，却又不给一点儿指导，让我们怎么做？要不，你示范一个给我们看看。

李卫东被艾玛说中痛处，气得脸上青一阵白一阵，恨不能一脚把艾玛踢出去。他马上想，艾玛一个小小的专员竟敢如此猖狂，一定是她的老板杜拉拉在背后唆使！

开始，拉拉对这个事情一无所知，艾玛会后一个字儿没跟她提。后来是潘吉文和马莱说了，马莱又告诉拉拉，她才知道发生了这么一场战斗。

拉拉赶紧把艾玛找来问事情的经过，艾玛绷着脸气呼呼地说了一遍。拉拉才知道原来李卫东已经数次修理过艾玛了，只不过艾玛不愿给拉拉添乱都自己忍了，这回她是实在憋不住才在会上发作出来的。

艾玛也知道这么一闹，可能会给自己惹祸，但是她已经不在乎了，大不了挪个地儿呗，此处不留爷自有留爷处！而且，她也不相信这个世界上没有讲道理的地方，黄国栋和麦大卫难道看不到她艾玛的含辛茹苦？！

拉拉心中却很清楚，艾玛和李卫东这么公然对立肯定不妥，尤其以下犯上，事情真捅到麦大卫那里，恐怕没艾玛的便宜。

可是拉拉也看出来，艾玛的情绪已经坐在了火山口，本来嘛，项目组有三个组员，大家完成的质量半斤八两，却单拿她说事儿，累死累活，反倒一而再再而三地当众挨训，换了谁都难以忍受。

拉拉暗自思忖，这个时候要是再批评艾玛，只怕她马上爆发也不可知。可是，这么大的事情，不管教管教显然也是不可以的。拉拉想了想，以提醒的口气，让艾玛以后有困难私下和李卫东沟通，不要当着其他人的面争执。

艾玛说："我也不想当众顶牛，可拉拉你没看到，是他非当众给我难堪。再说了，我觉得我讲的是事实，培训生流程本来就应该由经理设计，没有让专员做的！李卫东倒好，就一个指令——要设计管理培训生流程，你们三个去做吧——什么具体的步骤、工具都没有，又不给一点辅导。我不是有意敷衍，是真的做不了呀，潘吉文和吴爽的情况跟我一样，只不过他俩不敢说出来罢了。"

拉拉心里也暗自蹊跷，如果说李卫东想偷懒把自己的活儿推给专员，这个她还能理解；可明摆着那三位对付不了如此难度，他怎么除了发号一个指令，什么具体的步骤和指导都不给予呢？

不管怎么说，这不是拉拉想管的事情，她早已下了决心不管李卫东的闲事，她只想保护好艾玛。拉拉跟艾玛说："你需要指点，可以向李经理提要求，但是一定要注意场合和方式。艾玛，我是为你好，如今你活儿也干了，我不愿意你回头得不到你应得的利益。"

艾玛脖子一梗说："拉拉，我不想再忍了，李卫东想说什么就说去好了，大不了我辞职！找家好公司继续做我的高级专员，我相信不难，顶多也就是损失一次升主管的机会呗，我牺牲得起。"

拉拉哭笑不得，劝道："艾玛，既然你话都说到这份上了，那我也就直说了——你已经为升主管作出了这么多努力，轻言放弃不是犯傻吗？要是换家公司，人家不还得对你从头考验起？你又怎么保证不会再受累还受气？有人的地方就有江湖，忍耐点儿，姑娘！'脾气'再大也没有'机会'大。"

"脾气没有机会大。"艾玛心中不由得一动。她是个聪明人，很快冷静下来，自己也感到还是和李卫东谨慎相处为好，犯不着为了脾气损失机会。

拉拉见艾玛想通了，就跟艾玛说，要是你愿意，最好找机会主动跟李卫东赔个不是，要是你实在觉得憋屈，我去说也行。

艾玛爽快地说："没什么憋屈的，我自己去说。"

拉拉第二天还是找了个机会，自己当面向李卫东道歉了一次。刚开始李卫东说话明显还带着些火气，后来见拉拉把姿态放得很低，他的火气才消了一些，说："艾玛你是该敲打敲打她，她这个脾气要吃亏的。"

拉拉赔笑道："艾玛最近加班多，人一累就容易上火。"李卫东笑了笑没再说什么，主动邀请拉拉一起去吃午饭。

上次拉拉为了杰西卡的事情和李卫东摊牌，结果李卫东生气地不辞而别，之后拉拉一直心有不安。现在李卫东愿意和解，拉拉挺高兴，她想还好及时道歉了，不然李卫东那股气憋在心里，只怕越憋越大，天天低头不见抬头见的，搞得太僵对谁都不好。

自打加入SH的那一天起，在杜拉拉和李卫东的相互姿态中，李卫东一直对杜拉拉保持着优势，杜拉拉本人也接受这一点。这不是由于李卫东的智商比杜拉拉高，而是两人在"本职"上差距甚大，李卫东是培训的好手，杜拉拉却没有做过薪酬，先自胆怯了几分。

拉拉越胆怯，老板就越嫌她缺少灵气，老板看他俩的眼光不同，又进一步强化了李卫东的优势。

奇妙的是，这种优势在另一个当事人杜拉拉的眼里还被放大了。她因此看不到一个事实，那就是李卫东的能力不足以为招聘流程项目组提供辅导。跟艾玛一样，他不是懒，是不会。

拉拉单知道李卫东是为了响应麦大卫的号召而急于整顿招聘流程，却压根儿没想到李卫东对招聘如白纸一张，除了响应麦大卫以外，李卫东急于通过这个实践，为自己在招聘上突击补课。

和杜拉拉一样，黄国栋和麦大卫也都看过李卫东的简历，照说这三个人都不应该忽略李卫东没有做过招聘，但事情偏偏就是这样巧，没人想到这上面去——李卫东在培训上的熟练掩盖了一个原本显而易见的事实，有点儿一白遮百丑的意思。反倒是艾玛最先对李卫东在招聘上的见识起了疑心。

要是拉拉意识到李卫东急于补缺的心态，或许她多少能增加一点儿对李卫东的理解吧。李卫东从来没有做过招聘，但除了肩负整个公司的培训以外，他还得负责销售和供应链以外的好几个部门的招聘，其中一线经理以上的职位都得由李卫东本人来完成，比起没做过薪酬的薪酬经理杜拉拉，李卫东一样有自己的难处，只不过困难的程度会小一些罢了。

7 赏罚不分，干活的人伤心

杜拉拉加入SH后，原本没打算在半年内去碰宽带制。宽带制算是她的一个梦想，她曾经把它看得很高很远，就冲这一点，她也希望等自己对C&B这个职能和SH这家公司都了解得更多，基础打得好一些再去做宽带制。

然而，在李卫东的节节推进之下，麦大卫连发两封邮件暗示"不容后进"，逼得拉拉不得不抓紧寻找突破口好有所作为；另一方面，现有的薪酬多层制过于繁复，使她无法摆脱对沈乔治的依赖，深陷被动。形势逼人哪，拉拉想宽带制想得都快神经了，可宽带制不是想做就做的，里面的水有多深拉拉心中没底。愿望再强烈，客观条件不具备还不是白搭？

正在一筹莫展的当口，一个契机让拉拉意外得到了做宽带制的技术支持，这就是两家权威薪酬顾问公司的年度薪酬调查。在顾问公司的指导下，拉拉虔诚地研习了薪酬调查的方法论，又经由了一番废寝忘食的实践，宽带制神秘的面纱渐渐地在拉拉眼前悠然滑落。

惊喜之下，拉拉审时度势马上作出决断，做宽带制！沈乔治的惊喜程度不亚于杜拉拉。作为薪酬主管，他还是非常明白宽带制的价值的。

两个人按职能作了划分，拉拉负责给销售和供应链的岗位打分，沈乔治负责给其他的职能部门打分，他们齐心协力埋头苦干起来，一干就是两个月。

拉拉设想的步骤是：先由她和沈乔治一起，在顾问公司的指导下，完成全公司所有岗位的评分；然后按照三个经理的分工，把李卫东和马莱负责的部门的评分结果分发给他们两位征求意见，对于他们有异议的岗位，马上重新讨论分数；HR经理统一意见后，再将评分结果提交包括各部门总监在内的管理层征求意见。

拉拉的这个方案大家都没有什么异议，本来也进行得比较顺利，但是半当中冒出一件事情，让拉拉挺尴尬。

原来，就在拉拉和李卫东、马莱达成一致后，李卫东却忽然在拉拉发给管理层的邮件中发现了问题，他负责的一个岗位的分数被改动了，而且是调低了。这样一来，不仅这个岗位的工资待遇整个都要降低，而且会影响到和这个岗位相关联的其他岗位的得分分布。

李卫东很惊讶，马上找拉拉问究竟。拉拉大吃一惊，不敢相信会有此等事情。她马上打开附件一看，还真是被改过了。拉拉没话说，立刻道歉，马上改回来。

李卫东不满地说："到底为什么会出错得先查一查吧！我这幸好是看到了，有没有我没看到的改动呢？拉拉你还是把沈乔治找过来问个明白。"

拉拉很尴尬，但是她也承认李卫东说得对，相关文件放在C&B的共享盘上，只有她和沈乔治能动，她自己没有作任何修改，那么一定就是沈乔治动了数据，他能动一处，就不敢保证他没有动第二处第三处。

拉拉一面马上召回发出去的邮件，一面找沈乔治过来问话。李卫东不走，坐在拉拉的办公室里看沈乔治怎么个说法。

沈乔治向拉拉保证他只修改了一处。李卫东在旁边笑道："那么巧，你只修改了一处，偏偏我扫一眼就发现了！"

沈乔治解释了一番修改分数的理由。李卫东一点儿不留情面，他说："我不管你是什么理由，既然三个经理已经作过讨论，也确认了数据，你就不该擅自改动！实在需要改，也应该由你的经理来和我打招呼再定。"

拉拉被沈乔治的擅自行动弄得很没面子，当着李卫东的面又不好太让沈乔治下不来台，就只吩咐说："乔治你马上用三位经理确认过的版本核对一遍，看看还有没有不小心动到的地方，不能有一处失误。"

等李卫东走了以后，拉拉才关起门来数落沈乔治："评分的过程中，我们是可以不断修改，李卫东负责的部门也都是由你负责打分的——可是一旦三个经理都确认了，那就是下了定论了！我说乔治你怎么想的，连招呼都不打一个就自作主张给改了？人家李卫东的话虽然不好听，可他说的是对的。今天要不是被他发现了，等何查理和麦大卫都打开了邮件，我们的洋相就出大了。"

沈乔治知道给拉拉添乱了，他挺不好意思，一个劲儿说自己昏了头。

由沈乔治，拉拉忽然联想到杰西卡。拉拉感到，沈乔治和杰西卡糊涂得还是不太一样，杰西卡是死活弄不明白自己何错之有，沈乔治呢，轻轻一点他，他还是能马上意识到错在哪里。拉拉想，像沈乔治这样也行呀，有错就改还是好同志。

拉拉正自己给自己宽心呢，一个叫曹远征的销售大区经理气呼呼地吵上门来，艾玛一溜小跑跟在他后面，似乎企图息事宁人。曹远征的老板是何查理手下最当红的销售总监易志坚，他的老板就是出了名的不好对付，他跟他老板在这一点上挺像。明年销售队伍要拆分，到时候会增加一个销售总监，外面有很多传闻，说曹远征是最有希望被提拔的人选之一。

拉拉朝艾玛做了个手势，要她让人家说话。原来曹远征很想要一个应聘者，杰西卡却把录用通知书在手上压了半个月都没有处理，结果人家以为SH这边没戏了，就转而接了竞争对手的OFFER。

曹远征说完，拉拉朝站在一边的艾玛看了一眼，艾玛马上解释说："我刚在电话里跟那个应聘者谈了一下，他答应重新考虑我们的OFFER，明天就给我们答复，我觉得我们还是有希望要到这个人的。"

曹远征听了这话才消了一些气，不过，说出来的话还是挺厉害："拉拉，我知道你们HR很忙，可是我们找一个好的人，不是那么容易的，现在对人才的争夺都很激烈，希望下次能及时出OFFER！"

拉拉连说："是是是，肯定得这么办，我一会儿就跟杰西卡谈话，不管怎么忙，都不应该拖延OFFER。"

曹远征临走还不忘给艾玛点儿压力，"艾玛，那你可别忘了跟进，我等你的好消息。"艾玛笑道："我第一时间就通知您。"等人出去了，拉拉嘱咐艾玛，千万别忘了明天及时回复人家。艾玛点点头："曹远征也真不好讲话，比老易都厉害。拉拉，他是不是要升总监啦？"拉拉说："升不升，反正都好生伺候着吧。你先帮我把杰西卡找来，我问问她是怎么回事儿，搞得人家都打上门来了。"

拉拉和杰西卡的谈话没有什么新意，要点都是老一套，无非是什么是本职，要分清轻重缓急，谁是你的老板云云。

表面上看杰西卡的态度很好，拉拉说什么她都说"哦，好的"，但她的逻辑思维仍旧像被蒙了眼推磨的驴，原地转来转去。

谈到最后，拉拉让杰西卡马上写一个改进计划。拉拉说了三条要求：首先，写下需要改进的问题是什么；然后，针对问题制订一个行动计划来改进；最后，得有个时限。

拉拉说："杰西卡，我可以再给你三个月的时间。咱们把这个期限写下来，是对你的提醒，也是备忘。回头，你和我一起在计划上签字。然后，我会抄送给黄国栋备份。"

在杰西卡三年的职业生涯中，挨训是家常便饭，前HR总监陈杰批评过她，她以前的经理马莱也和她谈过。杰西卡接受批评的态度总是很诚恳，因此各色领导对她的批评虽然屡不奏效，但最后都没较真拿她怎么样，以至于杰西卡由此获得了一些错误的人生经验，以为只要接受批评的态度够诚恳，训完了就算过关。

今天也不例外，整个谈话过程，杰西卡一直表现得乖巧顺从，直到最后拉拉要她写改进计划，她才有些慌起来，感到这回和以前似乎不太一样了，因为经理不但要求她把改进计划白纸黑字写下来，还得注明"三个月"的改进期限。

拉拉知道不能在杰西卡的事情上继续做鸵鸟了。想到也许不得不动手炒人，拉拉有些郁闷，谁愿意干这号事儿呢？可是艾玛最近已经颇有怨言，她本来就累得够呛，为了给杰西卡补漏，还总得操心费神。而杰西卡，每次都是嘴上答应得好，行动上却没有变化。照此下去，艾玛总有爆发的一天。要是杰西卡很快乐，艾玛却不干了，傻眼的还是拉拉自己。

拉拉想通了，对杰西卡心软，就等于对艾玛心狠。反正都是要狠一回心，与其对艾玛狠心，不如对杰西卡狠心，那样起码比较公平，胜于赏罚不分，赏罚不分的结果就是让那些真正努力干活的人伤心。

主意既定，拉拉抄起电话打给沈乔治："乔治，麻烦帮我查一查杰西卡的合同什么时候到期。"沈乔治答应一声，心里暗自惊疑，他猜到杰西卡危险了。

8 圈子就这么点儿大，没准哪天就碰上

陆宝宝新交了个男朋友，对方在广州有生意，陆宝宝因此对广州的热情高了很多，这阵子得便就往广州跑。

拉拉听王伟说，是陆教授的一位热心同事，把自家侄儿发给了陆宝宝当男朋友。拉拉惊奇地说："这不是叫介绍对象吗？"王伟笑道："够土鳖。"他把拉拉没好意思说的话给说出来了。

拉拉很好奇，追问那男的是个什么样儿的人。王伟说："北京人呗，不过现在在广州开了家公司。"拉拉说："哦，是'北京人在广州'。"王伟说："人在纽约待了好些年，回国不久。"拉拉说："哦，还做过'北京人在纽约'。"

周末两人约陆宝宝和邱杰克吃饭。

"康奈尔的博士，学问上的事儿就不细说了，我对这方面要求也不严格，够用就成！关键是，人长得玉树临风！"陆宝宝一照面就冲着拉拉吹上了新男友，她加重语气强调说："王伟帅吧？他比王伟还帅！"说罢，陆宝宝掉过头来，志得意满地朝王伟飞过去一个很拉风的眼色。拉拉在边上看了，下意识地眨巴了一下眼睛，让人怀疑她想模仿那个拉风的眼色。

陆宝宝为人落落大方不拘小节，透着一股北派的豪爽大气，这种风格使她在社交场中颇受欢迎。拉拉面对陆宝宝面上有说有笑，暗地里却有些不自在。她说不好是为什么，就因为陆宝宝气场强大？这似乎不太说得通，世上气场强大的人多了去了，她总不能碰上这样的主儿就生怯。也许是因为陆宝宝好对王伟耍个小亲昵飞个小媚眼什么的？而她对其他人却鲜有此类举动。这个说法似乎比较靠谱，陆宝宝的身体语言可以理解成一种对王伟的部分的"主权"宣称，至少是部分的"特权"宣称，拉拉因此感到一种冒犯。

可是拉拉又没法说什么，因为王伟没什么错，他一直进退有度不失分寸，让拉拉挑不出错。打擦边球的是陆宝宝，可她不仅和王伟血管里的血有一半源

自一脉，而且人家自打会走路就成天跟在王伟后面跑，感情比亲兄妹怕还好些，就算宣布点儿小特权，那也是仗着三十几年的资格，拉拉自知要是抱怨，多半会在亲朋之间落下小气的名声，只得自个儿闷着。

其实，陆宝宝这事儿，拉拉多少有些心虚，怀疑自己是妒忌罢了，皆因人家太有范儿了，而拉拉最恨的就是自己恐怕活到老掉牙也修不出陆宝宝那样的宽心大气。

"你这么一时尚人儿怎么也做出相亲这种土掉渣的事儿？就不怕尽是些别人挑剩的？"王伟在故意气人。

陆宝宝满不在乎，她煞有介事地说："外行了吧，这叫返璞归真！啥挑剩的，大浪淘沙，剩下的都是金子。"

"哦，那你跟'金子'合适吗？"

"特合适！绝配！"

"吹吧你。"

"什么叫吹呀！改天带给你们瞧一个，保管你俩见了就只有羡慕嫉妒恨的份！"

拉拉也憋不住乐了。陆宝宝看了看拉拉，"哟"了一声，关心地问："拉拉，怎么搞的？气色不太好嘛！干吗那么拼命，活儿都让王伟干！"

王伟说："拉拉在家根本什么活儿都不干！当然，我也不干，我们家那点活儿都交给阿姨了。"

陆宝宝说："王伟你少故意制造歧义啊，我说的是挣钱的事儿。拉拉你看我，我就不干，都推给王伟和邱杰克去干。"

拉拉一摊手说："我做梦都盼着有这么一天呢，可我得先挣到你那么多钱，才能指使人家干。"

陆宝宝就说："王伟，不会吧，你这么计较？拉拉不给钱，你还就不干活了？"

说得两人都哭笑不得。

不一会儿，邱杰克也到了。酒过三巡菜过五味，邱杰克和王伟、陆宝宝聊起了生意，拉拉在一边听着插不上嘴。三个人自顾自热闹地说了一阵，王伟怕拉拉听得烦闷，问拉拉："听得明白吗？"拉拉说："生意上的事情听不太明白，不过有个事儿是看明白了，宝宝嘴上说自己不干活，其实生意的事儿比谁都上心。"王伟说："你才看明白呀，她做生意门槛精着呢，要不怎么说是她剥削我们，我们就剥削不着她呢。"陆宝宝忙里偷闲朝拉拉飞了个媚眼，继续跟邱杰克大侃生意。

王伟给拉拉解释道："简单地说吧，这次运营商的整合涉及到两个单子，一个是软件的，一个是硬件的。目前有实力争单子的有三家，德望是一家，我们的强项在硬件，所以，很明确，我们的目标就是硬件部分；还有一家是雷斯尼，他们的软件很有优势，目标自然是软件部分；剩下的一家是DB，DB的算盘是软硬通吃。"

拉拉一听"DB"，不由得担心地"啊"了一声。王伟笑道："别看DB大，其实，论软件，它的货色不如雷斯尼；论硬件，货色又不如我们德望。这次运营商的整合项目中，DB并不占什么优势。"

拉拉说："那他们不是等着输单吗？"王伟摇摇头说："你也知道，DB的销售不好对付，加上毕竟家大业大，他们投入得起，孙建冬哪肯束手就擒，保不准他会使出什么招数，合同一天没签，胜负就未见分晓。"

拉拉这才知道，DB那边是孙建冬在跟王伟抢单子。拉拉很关心王伟这边都有哪些人参与打单，王伟告诉她，一线销售经理是苏浅唱，事实上，当初挖她，就是看中了她在运营商那里有一定的客户基础，技术支持则是叶陶，邱杰克相中的是叶陶的聪明，王伟自己也觉得叶陶脑子好使。

拉拉闻言，忽然隐隐地有些不安，王伟察觉出拉拉的情绪波动，问她怎么了？拉拉摇摇头说没事儿。

等散席回到家里，拉拉才一把扯过王伟，急吼吼地问道："雷斯尼那边有谁参与打单？"

王伟奇怪地反问："你跟雷斯尼的人熟？"

拉拉说："我知道他们的大区经理叫林如成，听说这人人品不怎么的，你得小心！"

王伟说："林如成自己总负责，下面的一线经理叫沙当当，技术支持是个三十岁左右的小伙子，好像姓常。"

拉拉挥了一下手说："嗨！哪壶不开提哪壶，我就担心雷斯尼出马的人有沙当当的份，她原来是从DB跳过去的。"

王伟一听是为这事儿，笑道："这我知道，隐约听谁说起过。"

拉拉说："有你不知道的，叶陶可是沙当当介绍给我的，当时我没跟你提介绍人沙当当的名字，没想到你会和雷斯尼竞争。"

　　王伟有点儿意外，一时没说话。拉拉不知道他在想什么，担心地追问了一句："要紧吗？要不你别让叶陶参与打单了。"

　　王伟摇摇头说："叶陶是合适的项目人选，没必要换，其实我们跟雷斯尼不太会正面冲撞，他们的目标是软件，我们的目标是硬件，各干各的。"

　　拉拉说："那你刚才在琢磨什么呢？你肯定在想什么！"

　　王伟告诉拉拉："前几天运营商不是才开过发布会吗，那天三家的人都碰上了，我回忆了一下，当时沙当当和叶陶完全没讲话，这我可以肯定，叶陶一直跟在我旁边，两人连眼神交流都没有，不像是认识的。所以你说叶陶是沙当当介绍的，我觉得有点儿怪异。"

　　拉拉听了也觉得奇怪，她猜测说："会不会是两人都感到在同一个项目中碰上了，身份比较敏感，才索性装成不认识？"

　　王伟马上否定说："不会，那天我和杰克都跟孙建冬和林如成握手了，梁诗洛还和小苏拉呱了一会儿，要说竞争，我们和DB的竞争关系更明确，小苏就是梁诗洛介绍给我们的，我们不是一样用小苏？这点叶陶也是知道的。"

　　拉拉正想问DB负责跟单的一线经理是谁，听说竟是介绍苏浅唱给德望的梁诗洛，她有些感慨，怎么全碰一起了！

　　王伟说："行业的圈子就这么点儿大，转来转去总免不了有碰上的一天，今天的对手说不定就是明天的同事，不足为奇，所以你不用担心叶陶是沙当当介绍的，我就是没弄明白他们有什么必要非装成互不认识？"

　　拉拉没什么主意，呆呆地望着王伟，王伟宽慰她说："这事儿你别管了，我会安排好的，没事儿。"

　　拉拉迟疑地说："那小苏会不会向梁诗洛透露信息？她俩以前关系好像还不错。"

　　王伟很有把握地说："小苏是个很聪明的销售，朋友归朋友，生意归生意，在商言商的道理她明白，你就放宽心吧。其实这次我们争取到入围候选供货商，小苏和叶陶都有功劳，小苏和岳总手下负责具体干活的一个姓梁的科长关系不错，梁科长才把编写项目手册的活交给了我们，叶陶是编写的主力，他做得很用心，梁科长对他的工作结果还是比较满意的，这为我们争取了不少主动。"

　　拉拉好奇地问："什么是项目手册？为什么运营商自己不写？"

　　王伟解释说："这个就跟我们在DB的时候一样，我们也会抓供应商来帮我们干一些活儿，项目手册的内容包括需求和规范，什么是需求不用我说，所谓规范呢，实际就是制定技术上的游戏规则，规定好应该通过何种路径来实现需求，到时候不管谁中标，都得按这套技术要求来做。"

拉拉恍然大悟道："你们不白干，不单是拍人家马屁帮着干活，你们还成了一个规则制定者，你制定规则的时候，肯定是往对自己有利的方向来的！"

王伟笑道："没错，是这个意思。不然，DB和雷斯尼在业内是名声在外，我们一新成立不久的公司，凭什么入得人家的法眼？所以这手册谁都乐意帮着写，我们能抢过来小苏功不可没，手册编得好，叶陶还是该受到肯定的。"

拉拉点点头不说话了。

王伟忽然想起什么，对拉拉说："问你个事儿，陆宝宝今天哪儿惹你不高兴了？"

拉拉一愣，抵赖说："哪有！"

王伟笑道："那是我看错了，我瞧着你当时笑得有点儿勉强。"拉拉自以为面上没露声色，原来王伟都看在眼里了，她有些不好意思。

9 人生大事

想起陆宝宝提到男友时那副得意样儿，王伟嘴边露出一丝笑意。他转头看看一旁的拉拉，拉拉正歪在枕头上读《普罗旺斯的一年》，灯光映照出她的侧面轮廓，她安静得就像一个女学生。

王伟叫了她一声。拉拉头也不抬地说："啥事儿？"王伟说："现在结婚很容易，不用单位开证明，也不用体检，带上户口本就行！"拉拉闻言有点儿惊讶，放下手中的书，说："是吗？中国真是进步了，我恍惚记得夏红领证那年，是2002年吧，当时他们又是婚检，又是找单位开证明，给我的感觉他们结个婚还得全中国人民都同意。"

王伟提议道："我们去登记，怎么样？"拉拉问："什么时候？"王伟说："国庆长假有一天就是黄道吉日，特别适合结婚。"拉拉说："行，就那天！"

王伟提出了一个很实际的问题，在登记前是否应该先去拜访双方家长。拉拉踌躇了一下，说："按理是该这样，可我现在气色太差，我不愿意这个样子见你妈。"王伟说："那至少我得马上去杭州一趟——你跟我一起回去吗？"拉拉为难地摇摇头，平时在办公室里老是有人来谈事儿，这样会打断她作数据分析，她早就盘算好了，利用十一假期，根据各部门头的回馈，集中精神把宽带制的数据再彻底整理一次，争取早点儿结束项目，节后就可以专心作来年的薪酬预算了。PEOPLESOFT项目现在基本上都扔给欧阳和鲁西这两个薪酬专员在跟IT部弄，接下来自己和沈乔治还是得花点儿心思。黄国栋又在催她尽快更新员工手册中薪酬福利的相关内容了……

拉拉让王伟到了杭州别提打算登记的事情，只是礼节性的拜访。王伟有些犹豫，说："这行吗？"拉拉说："行，不就是个登记吗，以后办婚礼的时候跟他们打招呼就是了。"

王伟又问："那我到了那儿说些什么，做些什么呢？"拉拉说："你不是销售吗，还用我教你怎么应酬？"王伟只好自己想办法，他说："那我看着办了，到时候你别埋怨我做得不对就行。"拉拉想了想，说："你帮我妈重装一下电脑好了，她的电脑里肯定充满了奇形怪状的病毒，她老抱怨有人攻击她，我哥又懒得在这上面花时间。"王伟觉得这倒是个好主意。

总体说来，结婚这件事，他们三言两语就商量定了，迅速得有点儿不像话。拉拉一年后醒过神来，抱怨过两次，倒不是怪王伟当时没有下跪的动作，而是他居然没有流露出一点儿恳求的意思，拉拉觉得自己亏了。王伟无辜地说："天地良心，我是准备有一个恳求的过程，你自己马上就说行，我总不能再让你倒回去给我设置点障碍吧？"拉拉说她当时太累，忘了这茬，净想着怎么省事怎么来了。

拉拉说的是大实话。那时候俩人都忙得要死，"简单一点儿""快点儿"成了他们的口头禅。

王伟问拉拉要不要请几个朋友吃饭热闹一下，她想都不想就干脆地否决了王伟的提议。她说："请啥呀，又要定时间又要找场地，麻烦死了！"

结果拉拉连件新衣服都没买，只是在头发上下了点儿工夫。早几个月，为了让她的老板黄国栋看得顺眼一点，她指使王伟把她保持了几年的栗色改染成了黑色，结果她的头发看起来又厚又重。这会儿拉拉对着镜子里自己那个乌云压顶的脑袋，怎么看怎么别扭，一怒之下，她让发型师给她剪掉了长发，又把短发烫了个外翻，效果竟然出奇的好。然后，揣着对这个发型的万分满意，两人兴致勃勃地到照相馆照了一张合影，准备用在结婚证上的那种。这就是他们为结婚登记所作的所有的准备。

王伟倒是在拜访拉拉的父母之前尽力做了功课，比如虚心请教拉拉关于李工和杜工的喜好及性格，以便恰当地表示敬意。拉拉也表现出极大的诚意，让王伟了解自己曾有过哪些光荣的体面事儿和哪些不太乐意抖搂给外人的尴尬事儿，时间跨度涵盖了整个婴幼儿时期乃至青少年时期，又提醒说母亲李工为人精明，父亲杜工则喜好从晚辈的检讨中深挖其思想根源。

王伟的杭州之行很顺利，两天工夫就转回来了。他运气不错，拉拉的哥哥杜涛和嫂子左岸都在，两人替他掩护了不少来自李工的火力侦察，杜工年纪大了随和了不少，况且王伟也没做什么需要写检讨的事情，所以他倒是显得很慈父。王伟看形势还不错，就没听拉拉的馊主意，自作主张顺势说出了登记的打算，并且万分诚恳地作申请批准状。李工大悦，慨然应允，杜工顺势颇为得体地投出了自己庄严神圣的赞成票。这下王伟感到特别安心，他总觉得按拉拉说的不打招呼就登记不太合适。后来证明，拉拉在这上面确实不如王伟考虑得周到，王伟的母亲陆教授因为没人及时照会此事而暗生不快。王伟倒是想着打电话跟陆教授招呼一声的，可又一想拉拉和陆教授还没照过面呢，不如等两人见过面再说。

广州是个随和而自然的城市，虽然它也有某些不足之处，但它始终保持着现实主义的生活态度，怎么实在怎么来。

总的说来，如果不那么塞车，空气能好一点儿，人行道能宽一点儿，挖马路这样的事情再规划得好一些，那么普通人是比较容易在这里安居乐业的。

王伟和拉拉去登记那天，天气很好。大约由于是个结婚的好日子，大家都凑这个热闹，登记处塞满了来登记结婚的男男女女。工作人员显然训练有素，秩序还不错。

拉拉四下里看了一圈，低声对王伟嘀咕说离婚的也一起在这儿办。王伟顺着她的眼神一看，果然看出来有的人明显是来办离婚的。看来广州人没忌讳，结婚离婚都一处办。拉拉捅了王伟一把，道："有啥感受？"王伟笑道："我觉得挺好，这才是生活的本来面目，而且还能提醒打算结婚的人想好了再来，免得给别人制造不必要的工作量。"

他们学着别人的样，先填好表格然后就等着叫号，轮到了，就两人一起上去宣誓，不必站着也不用举拳头，坐着念就行。誓言是事先准备好的统一格式，字还挺多，密密麻麻地写满了一张A4纸。王伟扫了一眼，发现誓言充分表现了广式幽默。王伟先念，念完了他附在拉拉耳边嘱咐说："待会儿你念慢一点，有些拗口，我都念得费劲，何况你这样的大舌头。"拉拉紧张地点点头，没有计较王伟说她大舌头。拉拉念起来果然比王伟吃力很多，有两处几乎结巴，整个过程有点上气不接下气。

给他们办登记的工作人员是个圆脸的年轻姑娘，她一直笑眯眯地看着拉拉，神气完全不像应景，而是发自内心觉得别人结婚是喜事儿，她这样的人干这个活真是再合适不过了。拉拉宣誓完毕，人家发给他们一人一本红宝书，宣布说："从现在起，你们就是夫妻了！"王伟和拉拉一齐把头点得跟鸡啄米似的。

出了民政局，拉拉长长地舒了一口气，伸伸懒腰感叹道："哎呀，真好，又完成了一件人生大事！惭愧呀，比比人家夏红，我可真是一步落后，步步落后，都叫那谁给耽误了，一误就误我整七年哪！"

王伟说："亡羊补牢为时不晚，下面咱们奋起直追。"

拉拉笑道："咋追还不都是落后了。"

王伟说："那不见得，夏红生一个，咱们生两个，在数量上压倒她的嚣张气焰。"

这天两人感到很开心，觉得不找个人分享一下他们的幸福就有遗憾，王伟便打电话约邱杰克吃饭。这家伙一见面就盯着拉拉的头发问："哟，怎么把头发剪了？"拉拉反问他："不好看吗？"

"好看！确实好看！"邱杰克干笑两声，又狐疑地说，"你以前好像一直留长发嘛，什么事情刺激你忽然把头发给剪短了？"

"短发这么烫个外翻，显年轻呀。"拉拉打着手势道，"我这岁数，还有什么事儿能比装嫩更迫在眉睫？我现在把装嫩当成紧急、重要的任务来抓，除了健康，就是装嫩了。"

邱杰克重新端详了一下拉拉，再次鉴定道："这发型时尚，确实适合你。"

"嗨，别提了！本来是为了迎合老板，把头发染黑了，结果特土，一副倒霉孩子的晦气样。我一咬牙一跺脚，就把头发剪短烫了。为了弄这头发，一口气坐了仨钟头，把我的腰都熬成硬铁一块了。"拉拉皱起鼻子抱怨。

"你应该训练王伟帮你弄头发呀。"邱杰克冲王伟挤挤眼。

王伟说："我是自告奋勇来着，可人家信不过。"

邱杰克又转回去问拉拉："你老板那么厉害？连你头发都要管？"

"实话实说，关于我的头发我老板没说过一个字，是我自愿献媚的。"拉拉一面给邱杰克斟茶，一面漫不经心地说。

"……能让你献媚，不容易呀。"邱杰克还是比较了解拉拉的，知道她向来凭卖力干活博得老板欢心，至于献媚方面倒没听说有何建树，他不由得有点儿惊讶。

"谁说的！我这辈子献媚过的对象还少吗？我不也向你献媚过吗？！"拉拉笑盈盈地回了邱杰克一句。

"拉拉！你这么说，可就太不顾事实了。我总是特别尊重你。"邱杰克把右手心按在自己胸口上作表白状。

"嗯，还行。在DB负责 SUPPORT（支持）你那会儿我也总是特别配合你嘛，你不白尊重我。"

对此，邱杰克张了张嘴，找不到令人信服的说辞回敬，只得举了举手里的杯子，空洞无力地说："喝茶。"

王伟和拉拉一起笑了起来。邱杰克放下茶杯，回过味来，"不对呀，你俩有事！不会就是把我叫出来逗我玩的。"

王伟说："我们上午刚领了证。"

10EX

邱杰克一力主张王伟和拉拉在广州请一次客，并且拍胸脯说一切都由他来操持，王伟和拉拉只要告诉他客人名单就行。两人挺高兴，当下说好就按邱杰克说的办。

他们请的都是最亲近的朋友和往来密切的同事，人不多，满打满算还不到二十人，准备大家一起吃饭热闹一下，就便宣布婚讯。

王伟这边邀请了一个家在广州的好友，陆宝宝正在广州，说好要带上她的"北京人在广州"一起亮相，还有几位是"德望"广州办的人。省公司的那个单子，苏浅唱和叶陶一个负责销售一个负责售前支持，因为这个单子他们现在和王伟接触比较多，两人又都和拉拉扯得上，因此也在被邀之列。

拉拉这边计划请张凯、海伦、夏红夫妇，还有拉拉的两个大学时的室友。

拉拉打电话向海伦报喜，海伦打听清楚DB的同事中只请了她和张凯，马上探头探脑地问："你不请陈丰呀？"拉拉说："陈丰不是去上海了嘛，怎么请！"海伦"哦"了一声说："你通知你的，能不能来他自己定呗。"拉拉不以为然，"这不是为难人家吗？"海伦自告奋勇说："你要是愿意，我来打电话跟他说。"拉拉说："那随便你。"

张凯正巧在办公室，海伦把电话转过去，张凯听到拉拉的婚讯马上感叹："哎呀拉拉，我真是后知后觉！"拉拉笑道："你到底想说什么？"张凯说："你走以后我才听说，原来他们全知道，这群王八蛋，有一个算一个，单单瞒着我！拉拉你也太不够意思了，幸好我没在你面前说过王伟坏话。"拉拉说："你说也无妨，又不是让你跟王伟过。"张凯是真为拉拉高兴，直说："太好了！你嫁给王伟就对了！不然我老想象不出你该嫁谁？眼看着你一年一年年事渐高，我着急呀。"拉拉对着话筒狂骂张凯，"放屁！我看你才老年痴呆了。"

夏红接到拉拉的电话非常高兴。两人聊了几句，夏红忽然想到什么，问拉拉："你没请程辉吗？"拉拉犹豫了一下，说："没呢，你觉得请他合适吗？"夏红理直气壮："这有什么不合适！买卖不成仁义在，恋爱未遂友谊存，你们还是好朋友嘛。"拉拉一想也是，不请程辉倒显得自己小气，就说："那你帮我通知他？万一他要是不愿意，你去说也有个回旋余地。"夏红大包大揽："他一准愿意！"

然而，夏红想错了，程辉想都不想就一口回绝了她。

"我去凑什么热闹，深怕人家不知道我是个失败者吗？我连个EX（前男友）都算不上！"程辉酸溜溜地说。夏红说他："你这人怎么这样！他们请的都是亲朋好友，就两桌，说明拉拉拿你当自己人。"程辉坚决地晃了晃脑袋，说："我算哪门子自己人，不去！"夏红想了一下，试探道："你记仇了？"程辉哭笑不得地说："啊呀，不是！"

"那为什么？"夏红不解。

"我去会让拉拉尴尬，你想给她添堵呀？"

"那有什么！你自己不是也说了，你又不算前男友。"

程辉还在犹豫，夏红阴险地说："你要是不去，只怕拉拉反而要多心。程辉这才一声叹息，问夏红："我们包多大的红包合适？"

夏红成功地拿下了程辉，眉开眼笑道："他们这次一律不收红包不收礼，拉拉特意嘱咐的。"

虽然事先说了是便宴，海伦还是认为拉拉会隆重打扮一番，总归是新娘子嘛。结果一进门她就发现，拉拉虽然穿得很漂亮，"隆重"二字却一点儿也谈不上，反而透出几分轻松随意。

"拉拉胖了一点儿，王伟还是那么帅！"海伦马上跟张凯耳语。张凯不理她，跟走过来迎客的王伟握手。"太好了！太好了！"张凯高兴得直说这两句，似乎没别的词儿了。王伟使劲握了一下张凯的手，笑道："恭喜你，当大区经理了！"海伦从张凯背后跳出来，一连声嚷着吉利话。

拉拉本来在陪夏红和两个大学同学说话，这时候也笑眯眯地过来欢迎张凯和海伦。海伦却马上把她拉到一边，神秘兮兮的模样，弄得拉拉有点儿摸不着头脑。海伦看了一下周围才跟个接头的地下党似的压低嗓子说："陈丰回不来。"拉拉好笑道："我早跟你说了人家去上海了不方便，你偏要多此一举。"海伦没接拉拉的话，她拉开随身背的小包，取出一个包装精美的盒子塞到拉拉手里。"陈丰送你的贺礼！"她自鸣得意地说。

海伦认为自己把事情办得很漂亮，陈丰人虽未到，礼却到了，自己没有白打那个电话。海伦没想到拉拉心里却在怪她自作主张："不是说了不收红包不收礼吗？"

海伦卖了力气没捞到个好，却并不泄气。她的大黑眼珠子滴溜溜转了几转，然后振振有词地说："你说的是来参加喜宴的人不收红包不收礼，可陈丰人没来呀，他用不上这个规矩！"

这时候，邱杰克过来招呼大家入座，拉拉只得把礼先收下了。

邱杰克巡视了一圈，众人都在热热闹闹地边吃点心边聊天，只差陆宝宝和她的"北京人在广州"还没到。邱杰克走到门边准备给陆宝宝打个电话催一催。就在这时候，门一推，随着服务员一声高喊"贵客到"，陆宝宝光芒万丈地走了进来，众人都停止了谈话，齐刷刷地把眼光转向陆宝宝。

"恭喜恭喜！白头到老！早生贵子！"陆宝宝裹着一股好闻的花香，满面春风地扑过去捉着一对新人拥抱并且贴脸，然后想起来介绍身后的男友，她玉手一摆，"张东昱！"

此言一出，不但程辉的脸上变了颜色，连拉拉的两个大学同学都跟着一愣。这几位在多年前都见过此人，他一露面就觉得眼熟，等陆宝宝一报名，就都想起来他是谁了，同时想起来的还有他和杜拉拉曾经的关系。程辉同情地看着拉拉，心说，可怜的拉拉，我没有给她添堵，她却还是叫别人给堵上了。

其实，张东昱一进门，拉拉和夏红就最先变了颜色。拉拉幸亏脸上上了点儿粉底和胭脂，甭管本色怎么变，看着还是白里透红的大好春光，又幸亏陆宝宝又是拥抱又是贴脸，拉拉就算看着僵硬了点儿，也混了过去。

张东昱彬彬有礼地抓起拉拉的手轻轻握了握，又转向王伟客气地握手道喜。他看起来很沉着也很得体，既没有讥讽的意思，也没有过度的热情。

相比之下，杜拉拉的表现就逊多了，手被动地让人家握了，还像个傻鸟一样呆头呆脑地站在那里。夏红在边上赶紧拿手肘在她身上暗暗使了点儿力，她才醒悟过来，干巴巴地说了两声谢谢。

夏红马上热情地张罗大家归位，又喧宾夺主地呼喝上菜，把邱杰克的活儿全抢了，邱杰克只好被动地跟在她身后打转。

这餐饭拉拉吃得没滋没味儿，翻来覆去地琢磨两件事儿，张东昱是来搅局的吗？他把以前的事情告诉陆宝宝了没有？

好在不是那种大排场的婚宴，没有那么多礼数，拉拉大部分时间都不是坐在王伟身边，而是到另一桌选择了坐在夏红和张凯之间，免得应酬张东昱。王伟倒没觉得什么不妥，毕竟那一桌都是拉拉的客人，她过去陪着也很正常。

隔壁桌不时传来陆宝宝的笑声，张东昱说什么却听不很清，似乎说了一些自己在纽约的趣事儿，陆宝宝马上就紧跟着说起自己在德国的趣事儿。拉拉恼火地暗骂张东昱，既然纽约那么有趣，你干吗不继续你的"北京人在纽约"，却要跑回国来做什么"北京人在广州"？

送客的时候，夏红最后走。分手前，她拉着拉拉的手说："好好休息，回头我给你打电话。"拉拉感觉到夏红格外用力地握了一下自己的手。

11 惶惑的同谋

两人一起回到家，拉拉洗了个澡就躺沙发上了。王伟发现她情绪不高，问她哪儿不舒服，她摇摇头，只推说吃饭的时候应酬累了有些头疼。王伟信以为真，马上找出芬必得让拉拉服了一片。

拉拉洗完澡出来没吹头就躺下了，王伟看到她的头发湿漉漉地耷拉在枕头上，担心她着凉加重头疼，就又找出一条干毛巾，帮拉拉擦头发。拉拉闭眼躺着，温顺地配合着他的动作。王伟越对她好，她越羞愧自责，觉得自己在欺骗他。拉拉忽然有一种强烈的愿望，她真希望王伟是她的初恋，她想，要是她从来没有认识过张东昱就好了。想到张东昱和陆宝宝，拉拉心乱如麻。

王伟忙活了一会儿，看拉拉的头发已经有五成干，他放心了，正打算站起身，拉拉却忽然一把抱住了他。王伟有些诧异，忙轻声问她："怎么了？"拉拉把脸埋在王伟腿上不吭声。

王伟想把拉拉扶起来，好看清楚她脸上什么表情，他有些吃不准她是在撒娇还是阶段性的情绪不好，或者是碰到什么难事儿了。拉拉却使劲儿抱住他不肯撒手，王伟只得且让她抱着。

等了一会儿，王伟觉得拉拉的情绪似乎平静了一些，才又问她："遇到什么事情了吗，拉拉？"拉拉胡乱摇头说："没事儿，什么事儿也没有！"

王伟笑道："那怎么了，是谁惹得你感时伤世了？"拉拉瓮声瓮气地说："没谁。"

王伟一头雾水，好端端地吃了一顿饭，回来怎么就这样了？难道是见到老同学她怀旧惆怅了？拉拉不肯说，王伟也不好追着刨根问底，他心中算了一下日子，说："是不是日子要到了，例牌心情不好？"

王伟的体贴让拉拉感到很温暖，她真想一辈子跟这个人在一起呀。拉拉不由得把王伟抱得更紧了。"我要报答你。"她带着哭腔，发自内心地蹦出这么一句。

王伟从这话判断拉拉是一时的多愁善感了。他被拉拉弄得哭笑不得，说："你要怎么报答？要不咱们赶紧生一个？"

拉拉一下翻身坐起，眼睛睁得圆溜溜，说："这是个好主意。"她正发愁呢，不知道该怎么才能报答王伟的好。

王伟说："那我们就说定了，到时候别耍赖。"

王伟端详了一下拉拉，她的气色看起来好了一些。王伟问她："头还疼吗？"拉拉摸摸脑袋说："好像好些了，芬必得起作用了。"

第二天一早，拉拉刚到公司就接到夏红的电话。原来，夏红心急，尽管她先生再三提醒她，说她在越俎代庖多管闲事儿，会惹人嫌的，她还是忍不住给张东昱打了电话。

夏红告诉拉拉："昨晚回去我就试着打张东昱的手机，他当时似乎不方便多说，就简单地告诉我，他事先并不知道你是王伟的太太，至于陆宝宝，她对过去的事情一无所知。哦，对了，张东昱说这两天要是你抽得出空，他想找个白天的时间约你见一次，在此之前，希望你暂时什么都别对王伟说。"

夏红跟打机关枪似的一气说完，电话那头却听不到一点儿声音，不知道拉拉在想什么。夏红忍不住问了一句："拉拉你听清我的话没有？"拉拉才说知道了。夏红说："那，一会儿我告诉张东昱，让他给你电话？"拉拉含含糊糊地"嗯"了一声，郁闷地想，我怎么成了张东昱的同谋？

夏红关心地问拉拉："王伟没疑心什么吧？"拉拉没精打采地说："王伟没说什么，有没有起疑心我不知道。"

夏红听出拉拉情绪低落，提醒她说："你得注意点儿自己的情绪，不要这么垂头丧气的，一个新娘子这样，很奇怪的。"

拉拉老老实实地说："我有一种负疚感，我觉得很对不起王伟。"

夏红安慰她说："别这么想，这不是谁的错，你只是运气不好，什么巧事儿都让你赶上了而已！商量一下怎么处理好就是了。这年头，连个前男友都没有的，不是智商太低就是长得太困难。"

拉拉"嗯"了一声。夏红说："先这样吧。"

接了这个电话后，拉拉心情稍好一些，至少，她弄明白了张东昱没有恶意，他也对这样的局面感到尴尬。

　　过一会儿，拉拉忽然想起陈丰托海伦捎来的礼物还放在包里，忘了拆。她把那个盒子从包里拿出来放在办公桌上，有些好奇地想，陈丰会送什么呢？拉拉小心地拆开包装，这下看出来了，是一副GUCCI的太阳镜。拉拉不由得愣了一下，她正想要一副太阳镜呢，不知道陈丰是怎么想到这上面的。

　　拉拉打开镜盒取出太阳镜，还没戴，光是拿在手上感觉了一下，就觉得很合心。不知怎么的，拉拉忽然想起自己离开DB时，陈丰直到她的最后工作日那天才把早已准备好的礼物送给她，那是一支精美的法国产钢笔，当时拉拉还笑话他说："我就知道你的礼物逃不出这些中规中矩的东西！"陈丰也笑说："是呀，我这人没有什么惊喜的创意，这些年多谢你包涵了。"

　　拉拉愣了会儿神，给陈丰打电话。陈丰笑呵呵地恭喜她新婚快乐，拉拉有些不好意思，说："我都跟海伦说了不收礼，你怎么还送？"陈丰狡辩说："你的生日不是马上要到了，这是生日礼物呀。"拉拉揭发说："尽瞎扯，我们同事了八年，也没见你送过我一次生日礼物。"陈丰说："从今年开始，以后每年都送。"

　　拉拉坚持道以后是以后的事，这次说好了不收礼，我得给你钱。陈丰没理这个茬，反问她："合用吗？我不太会挑，瞎蒙的。"拉拉乐呵呵地说："合用，很酷。"陈丰放下心来，笑道："酷就好，我生怕挑得不合适被你骂。"拉拉问他："你在上海买的？"陈丰说："是呀。"

　　问明了购买地点，拉拉心中有数了，那副太阳镜的价格得在两千五到三千元之间，她重申了一遍立场说："东西我收下，但是你得收下钱，不然我心不安。"陈丰说："我要是收了你的钱，我的心还能安吗？"

　　拉拉狡黠地说："决定权在你手上，你要是真心希望我戴这副太阳镜，那你就收钱。"陈丰拗不过拉拉，气得说："杜拉拉，算你狠，你为了自己能心安，就不管别人心里会怎么样了。"

　　拉拉笑了起来，她没有想到，陈丰最后这句抱怨的话，那天她会再次从张东昱嘴里听到。

　　接到张东昱的电话拉拉心里很不是味道，一种做坏事串供骗人的感觉，挥之不去地萦绕在她心头，折磨着她。背着王伟偷偷摸摸地和张东昱见面，让她倍感亏心，她甚至认为自己应该被陆宝宝鄙视。

这场谈话倒是省略了任何虚伪的成分，双方都很直接。

张东昱首先再次表明自己并无恶意，事先毫不知情，事后没有对陆宝宝透露一个字。

拉拉听完了他的表态，没什么表情地问了一句："介意问一下你们是怎么认识的吗？"

张东昱告诉拉拉，他姑姑跟王伟的母亲陆教授是老同事，在陆教授那儿碰上陆宝宝，觉得两人合适，五一自己回北京探亲，姑姑牵线搭桥两人就认识了。

拉拉听说是张大姑搭的线，顿时心里凉了半截，一来这位姑姑多年前见过拉拉两次，见了面一准能认出拉拉，二来工会主席张桂芝那张勤快的嘴，拉拉也是领教过的，一年三百六十五天她的嘴一天也消停不了，让这样一位姑姑来保守秘密，难度太大了。

拉拉就问："你们已经处了五个多月了，感情发展得还好吗？"拉拉问得很直接，张东昱也明白拉拉这一问的用意，他本能地想少说为妙，就只说了两个字："还好。"拉拉见他不自觉，只得追问了一句："多好？"

张东昱暗自恼火，却也理解拉拉不得不问，他沉吟了一下说："实话实说，还没发展到现在就下结论的地步，我只能说我的主观愿望是开花结果。"

他这一说就很明白了，大家恐怕是要做亲戚了。拉拉无奈地说："那你有什么建议？"

张东昱坦白道："我一时也拿不准，但是我倾向于不说。"

拉拉逼问他："是暂时不说，还是永远不说？"

张东昱装着没听出拉拉话中带刺，他说："这个我现在还说不准。"

拉拉有些烦躁起来，"你什么都说不准，那你叫我来干吗？"

张东昱也不高兴了，他说："就算我不麻烦你，夏红不是也已经找了我吗？"

拉拉没话可说，干瞪着眼。

张东昱就劝她："拉拉，我也知道现在的局面让你很尴尬，可是这不能怪我呀。我们应该一起努力把问题解决好，不要内讧。"

拉拉没好气地说："你是你，我是我。"

张东昱心想，你这么说就太虚伪了，你要是有了准主意，你今天还来干吗？但现在不是吵架的时候，张东昱对陆宝宝满意得不行，他非常不愿意在这个事情上出岔子。张东昱就没跟拉拉计较，他说："要不听听你的意见，你要是有更好的主意，我乐意采纳。"

拉拉说不出什么来，她也很矛盾，她是真想告诉王伟实情，可又担心影响两个人之间的感情，她没把握王伟会怎么个态度，不高兴是肯定的，而且以后亲戚之间相处也尴尬；瞒下去呢，又不知道什么时候是个头，而且，这个事情不是只有张东昱和她杜拉拉两个人知道，且不说远在北京的张姑姑，光是前一天的饭桌上，就还有五个知情人，难保哪天要穿帮——那样只怕会更伤王伟和陆宝宝，谁也不喜欢被蒙在鼓里当傻瓜。

拉拉沉默了好一会儿才对张东昱说："你和陆宝宝要是未必能成，暂时瞒一瞒还有点儿意义，可按你的说法你们是来真格的，我觉得还瞒他们就不合适——一来未必瞒得住，二来心里不安。我不知道你是什么感受，我反正心里不安。我本来睡眠就不好，心里再不安，恐怕要短命。"

张东昱听了有点儿尴尬，他说："拉拉你不要把我想得有多坏，你的话有一定道理，可是你想过没有，你把什么都说出来，你是心安了，陆宝宝和王伟心里会有什么感受？他们俩现在都很幸福，只要你一说，这种幸福马上就会遭遇危机，可能未必会被彻底破坏，起码要打点折扣吧？"

拉拉也知道张东昱说的是实情，可是她一想到万一将来王伟陆宝宝他们从别的渠道得到实情，她就感到极大的惶惑，好像头上悬着个大石头，不知道什么时候就要砸下来。拉拉没有说出这一点，她相信张东昱也很清楚这种可能性，不需要她提醒说服。

张东昱还在翻来覆去地说着车轱辘话给拉拉分析局势，他说："说出来的话是泼出去的水，说了就收不回来了，你不说还有瞒住的可能，说了，就谁都没好日子过。"

拉拉想走了，她对张东昱说："谢谢你约我见面，今天没白跑，起码我知道了你们会在一起过。陆宝宝条件不错，人大气，赚钱的能力又强，你好好珍惜吧。"

张东昱尴尬地追问道："拉拉，你到底打算怎么办？"

拉拉这时候已经下了七成决心，她坦率地说："我倾向于跟王伟说实话，不过你放心，我不会跟陆宝宝说一个字的，而且，我会尽力说服王伟也不跟陆宝宝说。这样，你可以有充足的时间来考虑你的决定。"

张东昱愣了半晌，叹气道："那我还有什么可说的了！王伟和陆宝宝的感情这么好，他可能听你的不告诉陆宝宝吗？"

拉拉说："我确实不能保证，我代表不了他，我只能说我尽力。请你理解，我不想做让自己心里不安的事情。"

张东昱无奈地说："杜拉拉，算你狠！你为了自己能心安，就不管别人心里会怎么样了。"

拉拉没再多说什么，张东昱心烦，她也烦得很。拉拉起身先走了，留下张东昱一个人对着已经没点热气的咖啡想心事。

12 福兮祸兮

没等拉拉回到公司，夏红又来电话了，她不放心，想问问拉拉跟张东昱谈出什么结论了。拉拉说自己准备尽快跟王伟说出实情。

夏红非常好奇张陆二人怎么就成了一对儿。拉拉告诉她，张大姑跟陆教授是同事，是她给牵的线。天下的事情居然会如此巧合，两人都有些歆歆，感到不可思议。

夏红关心地问拉拉："以前的事情王伟一点儿都不知道吗？"拉拉说："他知道我有过一个男朋友好了很多年。"夏红庆幸道："那还好，他多少知道就好！同居的事情他知道吗？"拉拉坦率地说："他也知道，他只是不知道这个人就是张东昱。"

夏红听了觉得情况还不算太糟，起码王伟已经具备了一些抗冲击的能力。夏红问拉拉："你觉得王伟能接受吗？"

拉拉叹了口气，老老实实地说："我不知道，人有时候，自己也做不了心的主。王伟能理解我的过去，不等于他能若无其事地接受张东昱做他的表妹夫。"

夏红说："麻烦就麻烦在王伟和陆宝宝似乎感情不错，他俩要是关系一般，就没有这么敏感了。"

拉拉苦笑道："还有一个更麻烦的地方，张东昱的姑姑话特多，我怕她哪天一不小心说漏嘴让王伟她妈知道了，老太太可是有高血压心脏病的，老人又都好面子，所以我不知道王伟是不是该跟她老人家也打打预防针。"

放下电话，不知怎么的，拉拉忽然就想起了岱西的事情，当初因为这事儿拉拉曾冷淡了王伟足足大半年。她在王伟面前摔过东西，多次一言不发就挂他电话，有时候在公司里迎面碰上了她故意不正眼瞧他，连夏红都觉得拉拉太过分，说那叫冷暴力。

想起自己曾经狠着心肠对王伟说过那么多伤人的话，拉拉对自己的暴行简直不寒而栗，她恨不能抽自己两耳光。"我不是个好东西！"她在心里喃喃地自我谴责。

好吧，不管怎么为难，事情总要去面对，福兮祸兮，谁都替不了她杜拉拉。

拉拉叙述的过程中，王伟没有说一个字。王伟越沉默，拉拉越尴尬，她硬着头皮把话说完，忐忑地等着王伟发作。

"就这些？"

"嗯。"

"那天晚上是因为这事儿心情不好？"

"嗯。"

王伟没有再说话，拉拉也不好说什么，一时间屋子里静悄悄的，拉拉感到喉咙口一阵发紧，她艰难地咽了一下唾沫，想到鲁迅那句名言，沉默呵，沉默呵！不在沉默中爆发，就在沉默中灭亡。

后来王伟站起身来，淡淡地说了句："我出去走走。"拉拉完全猜不出王伟是怎么想的，只能被动地点点头，眼巴巴地看着他带上门走了。

拉拉一个人歪在沙发上，大脑里一时好像塞满了东西，一时又仿佛一片空白。拉拉一动不动地不知道发了多久的呆，王伟开门进来了。两个人的视线对上了，都没有说话。

王伟慢慢走到拉拉身边，想了想说："我可以不跟陆宝宝说。但是，张东昱自己得马上去和陆宝宝讲明白。他要是不这么做，就只好由我去和陆宝宝讲了。"

拉拉点点头，又问："要是陆宝宝知道后要跟他吹呢？"

"那他就失去陆宝宝！"王伟冷冷地说。

"这不是张东昱的错呀。"拉拉试图缓和一下，但是话一出口就后悔了，这样说也许会激怒王伟。她下意识地为同等位置的张东昱辩护，也许是因为潜意识里试图为自己也做一点辩护吧。

"这也不是陆宝宝的错。每个人都有选择的权利。"王伟的语气很坚决。

拉拉无话可说，心想，王伟说得对，本来就是这么回事儿。过了一会儿，拉拉谨慎地征求王伟的意见："那我去和张东昱说一声？"

王伟摇摇头说："还是我去说吧，你有他手机号吗？"

拉拉狼狈地说："有，我发给你。"

13 不跟一个下属议论另一个下属

进入一年中的最后一个季度，业务部门进入了关键的冲刺阶段，指标的压力层层往下传递，一线销售人员的流失率环比明显升高了，此外，连财务部这样的支持部门，流失率也出现了不好的趋势。

麦大卫对此很不满，照此下去，一面是HR不停地往里招人，一面却是现有员工不停地往外流失，这不成了个无底洞吗？麦大卫马上发邮件问何查理怎么看。

何查理也正恼火呢，麦大卫的邮件就到了。何查理从邮件中嗅出了一股兴师问罪的味道，心说你HR是干什么吃的，不说赶紧帮着分析情况查找原因，又来问这问那，想抓住把柄教训人是吧？

何查理就不冷不热地回复说，据总监们反映，今年新招的人员素质不够理想，鱼目混珠，有些人根本不具备完成任务的能力，还有一些则承受不了SH快速发展的压力，此两类人构成了流失人群的主流。何查理最后说希望HR加强把好招聘关。

麦大卫本想质疑何查理管理团队的领导力有问题，没有带好团队，却被何查理反过来挑战了一把，说是HR招人招得有问题。

麦大卫对着何查理的邮件哼了一声，心说咱们走着瞧，看看到底是谁的问题。他吩咐黄国栋马上着手分析人员流失的原因，并且按服务年限区分出流失人群的比例。麦大卫想看看到底是老人走得多还是新人走得多，占主要比例的离职原因是什么。

　　说起来，监控流失率原本就是HR的职责。

　　有用的人要走，那叫资源流失，明智的老板都不乐意这样的事情发生。于是做HR的就有责任挺身而出，和颜悦色地问人家，您为啥要走呢？咱们这儿哪不好呀？咱们改！

　　不过呢，但凡有点儿人生经验的离职者，出于善良或者谨慎，常常会不全说真话，以便照顾大家的面子，并且避免给他本人今后的背景调查增加难度。再说了，行业的圈子就这么大，山不转水转，互相讨厌的人没准哪天又碰到一起，何必图一时痛快扯破脸皮。

　　有个风靡一时的笑话叫"郁闷的人"，某甲在A公司有一份不错的工作，美中不足的是他特别讨厌顶头上司某乙，可是他又很难找到像A公司这么好的公司，只好一直忍着。后来他终于找到了好工作，从A公司跳到了B公司。临走前，他畅快淋漓地告诉HR，某乙是怎样鸟的一个鸟人！不料，三个月后，A公司宣布收购B公司，郁闷的某甲发现他将再次沦为某乙的下属。

　　这个故事充分说明了好聚好散对当事人的必要性。老话说，凡事留一线日后好见面，又说山不转水转，三十年河东三十年河西，都是类似道理。只有没经验和不明智的人才好在分手之际玩一把翻脸泄愤的小游戏。

　　因此，HR要想问出真正的离职原因，很多时候并没有那么容易。为了达到这个目的，通常各大公司的HR都会设计出专门的离职访谈表，上面列有一些很有技巧的问题，来帮助HR获得真相。事实上，在李卫东的招聘流程整顿项目中，就包括了这个任务——离职访谈表的设计，只是几个月过去了，他还没有做出有把握的东西。

　　随着时间的流逝，HR部门的人都知道杜拉拉的宽带制已经接近胜利了，而原先被麦大卫高调表扬、黄国栋认为笃定没有问题的招聘流程整顿，却推进得不尽如人意。这让李卫东压力很大，幸好黄国栋没怎么催问进展，连一向关心这个项目的麦大卫近来也没有声音了。虽然这暂时免除了李卫东的尴尬，但李卫东由此疑心麦大卫可能已经看出项目卡壳，为了照顾他的面子才保持沉默。

　　如今，杜拉拉和李卫东在竞争中的位置，和四个多月前项目刚开始时相比，恰好奇妙地调了个个儿。李卫东生性要强，为此他焦虑得茶饭不思，经常一整天也看不到他脸上有一丝笑容，手下的人都尽量避免去招惹他。

乘着周会，黄国栋和三个经理说起离职率的事情。拉拉在DB的时候留心过这方面的情况，便说了说自己的见解。

拉拉认为，员工离开的真正原因不外乎四类：压力太大；干得不开心；找到了更好的工作；个人生活原因。其中公司最重视的又属头两条。

所谓压力太大，通常是指任务难度太高，任职者无法完成，或者活太多，人家干不完。

干得不开心是指人际关系上有问题，比如跟顶头上司处不来，当然，也有人是和同事处不来。另外，不开心还可能是因为公司流程方面的障碍或者企业文化的困扰。比如官僚主义，比如待遇不公平，比如互相推诿，还比如人欺负人蔚然成风。

拉拉告诉黄国栋，在DB，员工主动离职的头一条原因就是"工作压力太大"，而且遥遥领先于排名第二、第三位的"和顶头上司相处不好"以及"有了更好的发展"。

黄国栋听了大感兴趣，问拉拉DB有什么对策？总不能因为员工抱怨工作压力太大，公司就真的降低指标吧？

拉拉说："公司开门是做生意又不是做慈善，像DB这种要做行业老大的公司，指标自然不能随便往下降。活儿再多任务再难，这都没法儿变，没得商量。"

李卫东在边上懒洋洋地插嘴说："小时候看电影，主人公总说，我们共产党人做事儿，有条件要上；没有条件，创造条件也要上！特豪气干云！现在想一想，其实做企业也是一样！"

拉拉笑道："可不是嘛！任务是一定要完成的！所以我们当时的对策有两条，一个是加强培训和分享，员工能力提高了，任务的难度就等于下来了，他的熟练度提高了，干活速度就上去了；另一个是强调休假管理。"

黄国栋冲李卫东说："培训肯定得加强，这就看你了卫东！"拉拉觉得他说话的时候不像做老板的在对下属寄予期望，倒显得有点儿刻意套近乎。

可惜李卫东没有投桃报李，反而架子十足地说："培训没问题——不过，流失率高也不是光靠培训就能解决的。"

黄国栋一脸热情碰了李卫东一个不软不硬的钉子，又委屈又恼火，心里暗骂了一句英文，翻译成中文的大意是，小样！表面上却不得不说："当然，当然，我们还有很多工作要做。"这年头，做下属不容易，做老板一样不容易，特别是当能干的下属拿钱太少或者任务太重的时候，老板就更不好当了。

李卫东果然还有话，他不紧不慢地说："比如不好的流程也会造成人员流失，公司现有流程是不是需要改进呢？咱们HR自己的招聘流程就有不少不大不小的问题，前几个月大卫来大陆，批评过这个事儿，可到现在我们都还没有像样的改进。"

他这一说，黄国栋和拉拉不吱声了，两人都有一种被人教训了的感觉，只有马莱仍旧是一脸由里往外发自肺腑的事不关己，事实上，李卫东确实也是没有怎么针对她，这正是让拉拉很想不通的地方，要说整顿招聘流程这事儿，她杜拉拉和马莱的位置可说是毫无差别的，为什么人们总是不去要求马莱，却不肯放过杜拉拉？

黄国栋打个哈哈，明知故问道："拉拉，招聘流程的事情，都怎么分工的？"

拉拉说："按您交代过的，这个事情卫东挑头，我和马莱协助。"

李卫东说："我挑头是我挑头，可也得给我配人手才成呀。"

黄国栋说："那是那是，拉拉、马莱，你们俩也得出人手配合卫东嘛。"

马莱照旧是多她不多少她不少的风格，听了老板的话，她好脾气没立场地点了点头，拉拉忍不住解释说："老板，现在的做法就是按照我们三个商量好的，各自从下属中抽了一个专员出来，归卫东调配。"

"我要说的就是这个，当初我把项目思路用邮件发给你，提出来让艾玛做小组长，没见你表态呀拉拉！"李卫东冷冷地说，"现在倒好，这艾玛，该她负责的事情，到了时间却不交活，事先不打招呼，事后没有一句解释。"

黄国栋马上一脸严肃地问拉拉："怎么回事？"

上次艾玛和李卫东对着干以后，拉拉马上让艾玛给李卫东道了歉，拉拉自己也向李卫东表示了歉意，原以为这事儿就算过去了，没想到李卫东今天忽然当着黄国栋的面发难。拉拉愣了一下，对黄国栋说："我还没听艾玛说起过这个事儿，一会儿我了解一下情况。"

黄国栋听李卫东责怪拉拉不回复邮件，他觉得拉拉这样做不对，就婉转地表态说："拉拉，卫东刚才说项目思路发给你了，你还没有表态，那么你是怎么个看法？"

　　拉拉一下听懂黄国栋的潜台词了，她没有马上回答黄国栋，而是转过脸去提醒李卫东："卫东，我是没有书面回复，可这事儿我们俩当面讨论过的呀。当时，你提出在抽出来的三个人中设小组长，你想让艾玛来当。考虑到艾玛只是招聘专员，马莱手下的潘吉文是招聘主管，我觉得让艾玛当组长不合适。后来咱俩不是达成一致，不设小组长，就让他们三个人共同商量自定分工吗？你还记得这个过程吗？"

　　没等李卫东说话，拉拉又转回来对黄国栋说："老板，当时我考虑我的组2007年扩招任务很重，艾玛又是重中之重，为了保证扩招不出纰漏，我的意思就不动艾玛了，杰西卡的工作量相对最轻，就抽调杰西卡去卫东的项目组——这事儿我和您打过招呼的，后来因为卫东实在相中艾玛，我才没派出杰西卡。"

　　黄国栋想起确有此事，尴尬地打了个哈哈道："噢，噢，噢。"

　　李卫东没好气地冲拉拉说："我要的是艾玛这样能干活的，杰西卡那么嫩，她来能发挥多大作用？"

　　拉拉被李卫东的霸道逗得忘了生气，哑然失笑道："嗨！卫东，真人面前不说假话，我跟你的想法如出一辙呀！我是打心眼儿里想留着艾玛这样能干的自己用——不夸张地说，我决定给你艾玛的时候，心疼得流血呢。"马莱在边上听了拉拉声情并茂的表白，一个没忍住差点儿笑出声来，她自觉不合时宜，赶紧又憋了回去。

　　在李卫东看来，整顿招聘流程是整个HR团队的任务。他受累出面挑头，那两位却一点儿不自觉，索性做起甩手掌柜！李卫东每次为这事儿发邮件给她们，就像石头丢到棉花堆里，从来都是一声不响。李卫东对杜拉拉和马莱的态度生闷气不是一天两天了。

　　李卫东想，杜拉拉现在这么说，无非是在表白自己顾全大局，分明是得了便宜还卖乖嘛！这进一步刺激了李卫东，他气得几乎跳起来说："哎，拉拉！问题是艾玛来了根本不肯卖力气，她能力再强对我也没有任何意义！"

　　见李卫东如此不客气，拉拉忍不住也针锋相对起来："卫东，刚才我解释过了，你今天讲的情况我是第一次听说。在此之前，我只知道艾玛有些工作质量没有达到你的要求，但不是因为她不肯卖力，而是因为她目前的能力还不够，我侧面了解了一下，潘吉文和吴爽的完成质量跟艾玛差不多。"

李卫东马上还以颜色："你说是第一次听说，可我不是把项目进程都发送给了你和马莱，你们没有看邮件吗？"

拉拉眨了眨眼说："不好意思，没细看。因为这些邮件你都是CC（抄送）给我的，我以为就是让我粗线条地了解一下而已。如果是TO（致）我的邮件，我一定细看并回答。"

"我本意确实只是想让你们俩了解一下进程，前提是我以为你们的下属都会按照分工如期完成任务。"傻子都能听出来李卫东话中有话。

拉拉不愿再争执下去，她缓了缓口气想找个台阶下："艾玛这几个月确实压力非常大，我一会儿就找她谈，看看她是不是忙糊涂忘了时间表。"

"压力大不是借口，SH就这风格！碰上今年这样的大扩张，谁不是累得要死！要吃这碗饭，就得完成任务。"李卫东的话硬邦邦的，脸也跟刷了糨糊似的板成一块，跟谁欠了他钱没还似的。

这下拉拉真生气了，她撇下李卫东，对黄国栋说："任务也得分个轻重缓急吧？！我以为完成2007年的扩招是不能动摇的硬指标，不然到年底业务部门因为人手不足完不成任务，HR还不得吃不了兜着走！您每月看我的工作报告，首先必看我的扩招进度的。我手下就这几个人这几条枪，已经是三天两头加班到晚上十点。要不我作一个工作量分析，把所有任务都列出需要的工作时间——老板您决定，我的团队该优先完成哪些任务，放弃哪些任务？"

李卫东听拉拉拿扩招说事儿，他何尝不知道这确实是今年的头等大事，但是麦大卫的指示难道就能当放屁吗？他可是跟麦大卫拍过胸脯的。李卫东气冲冲地插嘴说："招聘流程项目，是大卫要求做的，难道我们可以置之不理吗？"

拉拉不买账，照旧对着黄国栋说："老板，麻烦您跟大卫解释我团队的现状。"

黄国栋看再说下去不像话，赶紧出头制止两人道："好啦好啦，都别急嘛！大家都是为了把工作做好。拉拉，这样，你抓紧找艾玛谈谈，看看她到底是什么原因没有按时交报告给卫东。"

拉拉面无表情地"嗯"了一声。李卫东冷着脸没说话。马莱本来就一直没有讲话，这时候更加沉默是金。刚才还是唇枪舌剑硝烟弥漫，一时间忽然静得让人发慌。

黄国栋干咳一声，岔开话题道："时间差不多了，一起去吃午饭吧。"拉拉首先站起身说："老板，我不去了，有个分析要利用中午赶出来。"马莱也说有事。两人先走了。

李卫东看着她们走出去的背影，忽然对黄国栋说："您不觉得吗，艾玛的态度其实来自拉拉的默许。"

黄国栋劝他说："你多心了，卫东！拉拉对工作还是很敬业的。艾玛这事儿也许只是一时的失控。"

李卫东马上说："失控，您这算说对了！拉拉对团队的把控绝对有问题！"

评判一个经理合格不合格，一看他（她）能否完成业务指标，二看他（她）是否能带好团队——李卫东对拉拉的这个评价可谓打击力度不轻。黄国栋忽然感到心里不太舒服，他意识到再这样和李卫东谈下去有风险，可他不愿贸然批评李卫东，便又拿吃饭说事儿道："走，吃饭去！"

李卫东偏不罢休，他盯着黄国栋的眼睛道："您觉得我在危言耸听？其实，艾玛这还真不算什么，拉拉更大的问题在C&B团队。"

黄国栋心里一惊，谁都可以偶然有个忽悠人的时候，单单C&B啥时候都含糊不得，他不由自主地反问李卫东道："C&B怎么了？年度加薪不是做得挺好嘛！"这年的年度加薪，亚太区有的地方，加薪方案被大卫打回去改了三稿才过关，而拉拉的方案在麦大卫那里一次就获得通过，这让黄国栋很满意，他由此对拉拉的业务能力放心不少。

李卫东摇摇头说："您是只知其一不知其二，要不是那天拉拉赶着提交年度加薪方案，我还真不知道她的C&B潜伏着不小的风险呢。"

李卫东把沈乔治那场惊魂之"TRUE OR FALSE（近似匹配还是精确匹配）"绘声绘色地跟黄国栋一说，黄国栋脸上没露出什么，心里不免有些吃惊。

"对了，这事儿财务总监荣之妙也知道，要交报告的那天，沈乔治加班到凌晨还查不出数据错在哪里，荣之妙正好也在。早上大家来上班后，荣之妙就站在我和拉拉办公室的门口，跟拉拉说这个事情。"李卫东生怕黄国栋不信自己的话，又补充了个人证。

黄国栋"嗯嗯"了两声，仍旧不表态，李卫东对他的心思洞察分明，笑道："那事过后，我就劝了拉拉一次，沈乔治那人绝对是个一等一的好人，但是他不是个合格的主管！用这样的主管，拉拉自己就像坐在火山口，哪天出问题都不知道。反正，换了我是拉拉，肯定要及早换人的。但是拉拉听不进去呀，她非说乔治只是那天太累了。"

黄国栋喃喃地说："C&B团队确实辛苦。"

李卫东不以为然地"切"了一声道："我跟您再说一件事，C&B前一阵不是在作岗位评估吗，这事儿在公司可是上上下下万众瞩目的，大卫、您、查理，谁不重视呀！"

黄国栋"嗯"了一声，关切地问："有什么问题吗？"

李卫东笑道："拉拉盯得很紧，顺利还是顺利的，可是中间出了个小插曲，C&B先把所有的岗位都打了分，然后呢，拉拉把我和马莱负责的职能分数都发给了我们，让我们看看有没有需要调整的地方。"

黄国栋说："这事儿拉拉和我说过，我觉得她这样做很稳妥。你认为不合适吗？"

李卫东说："相反，我也认为拉拉考虑得很周到。事实上，我和马莱确实也提出了一些修改建议，并且，经过讨论，我们和拉拉达成了一致。"

黄国栋心想那不挺好，你还有什么不满意的。李卫东说："可是，几天后一个偶然的机会，我发现，我和拉拉达成一致的一个岗位的评分被降低了。当时我很惊讶，马上找拉拉沟通为什么又有变化？结果，您猜怎么着？拉拉看了分数也一头雾水，她马上打电话找沈乔治查问，原来是这哥们儿不同意我们的意见，擅自给改了，连招呼都不打一个，自作主张到这个程度！要不是被我及时发现，还不知道他会改动几处呢。那天拉拉自己也气得脸色煞白。我早说了，乔治不是个合格的主管，该及早换人，既然拉拉听不进去，我就不好再多说什么了。"

黄国栋喃喃地说："乔治不像是会自作主张的人呀。"

李卫东笑道："依我看，他倒不是想自作主张，就是爱犯糊涂，这种特点是天生的，不好改。说句不客气的，乔治的脑子我有一比，左边是清水，右边是面粉，当你让他思考，他就会先摇晃脑袋，这一晃，好嘛，一脑袋全是面糊了。"

黄国栋觉得李卫东这话忒刻薄了点儿，就没接话。李卫东根本不在意他的反应，自顾自往下说："拉拉是个聪明人，乔治的问题她肯定比咱们更有体会。不过，我也能理解拉拉，她有她的难处——在加入SH前，拉拉毕竟只是个行政经理，没有C&B的经验，这时候让她马上换C&B主管，活儿谁来干？"

黄国栋算不上一个出色的老板，但是他有一个明智的原则，那就是不跟一个下属议论另一个下属，尤其是背着人。

如果说李卫东前面几段话还是在就事论事地发表议论，那么他最后这一段话已经摆明了是一种攻击，他在给杜拉拉扎针。黄国栋再迟钝也完全听明白了，不由心里涌起一阵反感，他像没听到李卫东的话一样，抬起手腕看了看表道："咱们赶紧吃饭去吧，不然下午的会要来不及了。"

李卫东歪头看着黄国栋的背影，心说，滑头。

14 放弃部分目标，还是另择时机

有的人坚信自己是专家。比如麦大卫。

还有的人以为自己信任专家。但是，真正影响这些人立场的其实是他们自己的信念和倾向，而不是专家意见。只有在专家的观点与自己的观点相契合时他们才会信任专家，否则他们会干脆质疑专家是不是专家，而不是仅仅反对专家的观点。李卫东就属于这一人群。

公平地说，李卫东算不上愤青，他只是不那么好说话，倒没有成心抬杠的爱好。

当初杜拉拉本来是一片好意，才暗示李卫东他的计划仅靠几个专员恐难实现，李卫东却自卫过头了，他疑心杜拉拉在摆招聘专家的谱，吓唬没有做过招聘的自己。加上杜拉拉的那些观点与李卫东本人的观点根本契合不上，因此，李卫东不但不领情，反而连拉拉百般推崇的货真价实的招聘专家童家明，他也一并鄙视了。打那以后，拉拉对李卫东的项目就知趣地采取了闭嘴策略。

黄国栋不知道两人之间有此过节。李卫东在经理会上抱怨拉拉和马莱对他的项目思路不作表态，虽然拉拉对选组长的事情作出了解释，但黄国栋注意到拉拉为艾玛辩护的时候提出，艾玛的工作无法达到李卫东要求的质量，是因为凭她的能力根本做不到，而且另外两个项目成员也面临同样的情况——这就说明拉拉很清楚李卫东的项目思路有问题。

黄国栋当时没有再深究拉拉这一点，因为会上的气氛已经是剑拔弩张了。

会后黄国栋想，还是该和拉拉好好谈一谈，明知道李卫东那么干不行，却袖手旁观，这也太本位主义了，必须纠正。

黄国栋深知李卫东个性极强，他想，拉拉也许是担心说出不同意见后，李卫东不但听不进去反而对她有意见？但是拉拉至少可以悄悄地和他这个总监提个醒嘛，那么他就会仔细研究李卫东的思路并且及时发现问题，不就能避免白白浪费了这四个多月的时间，还有那么多投入的人力吗？

黄国栋这时候才想起来，李卫东加入SH前，根本没有做过招聘呀。先前黄国栋尽担心杜拉拉没做过C&B，光盯着杜拉拉的计划了，结果现实和他开了个玩笑，杜拉拉就要胜利收官了，反而是李卫东出了问题。黄国栋有些懊恼自己对李卫东的实力估计得太过乐观，对他太大撒把了。眼看着项目失控，他这个做总监的在麦大卫那里只怕也难逃其责，所以，不论他多不喜欢李卫东这个下属，也不能再袖手旁观了。

黄国栋开始动脑筋，如何在不伤李卫东面子的前提下，把杜拉拉扯进这个项目，让她贡献力量。

他正琢磨呢，杜拉拉自己找上门来了。

拉拉是来就艾玛的事情给黄国栋回复的，她已经和艾玛聊过，并没有新的矛盾内容。黄国栋一边听一边哼哼哈哈地应付着，他不关心艾玛的事情，因为他已经料定问题的关键不在艾玛身上。拉拉对他的态度有所察觉，因此汇报得也尽量简单。

等拉拉说完，黄国栋笑眯眯地说："拉拉呀，我可不可以这样理解，艾玛已经尽力了，关键在于卫东的项目思路有问题——这几个专员是永远也做不出来他要的东西的。"

拉拉没好意思马上作答，黄国栋说出了她的心里话——但是，古人都知道三思而后行、谋定而后动，如今项目都进行了四个多月了，才来讨论项目思路对不对，是不是晚了点儿？

黄国栋催促她道："但说无妨，我们现在是关起门来说话，哪说哪了。"

拉拉这才有保留地说了句："我个人观点，项目思路确实有一定的问题吧。"

黄国栋马上追问："你是什么时候开始有这种感觉的？"

见拉拉对这个问题踌躇着没有回答，黄国栋又换了一个问题："四个月前，卫东给我发过一封关于项目思路的邮件，我记得当时他也抄送给你和马莱了，你还有印象吗？"

拉拉说："有印象，我大致看过。"

黄国栋说："那当时你有没有看出来有点儿问题？"

拉拉这时候彻底明白黄国栋的问话意图了，就爽快承认道："看出来了！而且，我很快就当面和卫东谈了我的看法。不过，卫东没有接受。"

拉拉三言两语大致介绍了当时自己和李卫东的来言去语，最后她说："当时卫东态度坚决，显得很有把握，我就不好再多说什么了——毕竟，对这个项目负责的是他不是我，每个经理都有自己做事的方式。"

黄国栋心中大为惊讶，他原打算批评拉拉本位主义的，没想到拉拉早已当面跟李卫东本人沟通过了。既如此，黄国栋自然不好再责备拉拉什么了。他脑子一转，换了个谈话方向，道："拉拉呀，如果不作调整，项目恐怕要流产。依你看，为了推动项目进行下去，现在该作哪些补救？"

拉拉反问道："卫东自己怎么想？"黄国栋说："这个事情我肯定是得仔细和他谈一谈的，不过我还没来得及和他沟通。"

拉拉觉得黄国栋有些奇怪，怎么不抓紧和当事人谈，反而先来问她的想法。拉拉沉吟了一下说："老板，我对这个项目还没有作过深入的思考，凭直觉，我感到项目的范围铺得比较大，目标定得过高，是不是可以把目标适当地降一降，先做最迫切的部分，像管理培训生流程，这次就先不要做了。"

黄国栋觉得拉拉的话很在理，但是他感到有些为难，就拿管理培训生项目来说吧，就公司目前忙于扩张的实际情况而言，暂且不考虑也罢——但是麦大卫喜欢这类时尚的新玩意儿，李卫东八成也是摸准了麦大卫的心思，才把这一项拉进招聘流程的大项目中来的。

想到此，黄国栋打了个手势道："如果还是现在就要做呢？"

拉拉搞不懂为什么非要着急做这个，这就好比一个人温饱还没解决好，就开始奢谈时尚。拉拉是实干派，她觉得，人嘛，有多大胃口吃多少米饭，再好的东西，没有能力实现还不是空谈。

拉拉略一思忖，说："如果非要马上做，肯定得增加资源。我还是提一提我的那位旧同事童家明，这个人在招聘方面真的非常专业——但是，他做管理培训生项目的时候，还是用了至少两家权威的顾问公司做后盾，此其一；相关业务部门都出了人手来配合，比如项目需要的讲者，就主要来源于各业务部门的经理和总监，此其二。"

黄国栋想了想说："顾问公司的事情还好办些，我可以和大卫打个招呼——钱能解决的问题就算不上真正的问题，大卫想做就得出钱。但是说到让其他部门提供支持，我还是有些担心的，现在是一年中的最后一个季度，生意上指标压力那么大，他们自己已经是一头包了，还会有多大的意愿来参与HR的项目？"

拉拉"嗯"了一声，心说，所以呀，这就不是一个好时机。

黄国栋忽然想到什么，很感兴趣地问拉拉："你这次做宽带，不是也需要各部门提供配合？我看他们都很积极认真嘛，没有人来抱怨什么。"

拉拉笑道："那个不一样，事关大家的级别、收入，当然都会很热心，只怕你不找他们，他们还会主动找你打探呢。当初DB做管理培训生的时候，其实HR推动业务部门很费劲，因为他们认为从这个项目中得不到好处，反倒是在帮HR做业绩。"

黄国栋哑然失笑，是这个理。他转了转眼珠说："拉拉，有个事情想和你商量一下，你看你是不是可以帮卫东分担一部分？比如编写JD，比如制定管理培训生项目流程，比如设计评估中心……怎么样？这些你都比卫东更有经验，一定能做得很好。"

拉拉眨巴了一下眼睛，这下她弄明白了，为什么黄国栋不着急去问李卫东的主意，反倒一个劲儿在这里问自己的看法——可他那么分配任务还能算是"分担"的意思吗，几乎要把项目都转过来了嘛。

黄国栋的心思拉拉还是能体谅的，不管是手下哪个HR经理的项目出了问题，他做总监的都有责任。而李卫东的项目，就像刚才黄国栋说的，再不想办法补救，只怕有流产的危险。

进入SH后，拉拉几乎是一口气也没敢歇地把C&B的几个项目扎扎实实地做了下来，如今她对C&B已经越来越有感觉，就像迷雾渐渐消散，C&B在她心中成为一幅越来越清晰的山水画卷，哪儿有好山好水哪儿有急流险滩，她逐渐熟知于胸，半年多来一直笼罩着她的焦虑和苦恼，最近似乎有了让位于自信和淡定的趋势。

伴随着这种经历，拉拉逐渐理解了为什么麦大卫一心想整顿招聘流程，李卫东又为什么如此热衷这个项目。拉拉内心不得不承认，项目倒是个好项目——对公司而言，有了这么一整套先进完善的制度，不论谁来管招聘，都能可靠而专业地运作；对于负责项目的经理而言，这么走一遭，更是不愁把招聘那些事儿掌握得清清楚楚。只是时间上安排得太急了，按照眼下的项目设计，牵涉到的工作量很大，如果能放到来年从容地运作就好了。

黄国栋猛然一问，拉拉马上在心中盘算了一下，于公于私，她都愿意来做这样一个好项目，但是有两个困难，第一是年内工作负荷已经太满，她实在腾不出手，第二是和李卫东的关系必定不好相处。这两个问题不解决好，她没法贸然接活。

拉拉就跟黄国栋说了说自己的工作计划："老板，宽带制现在已进入尾声，我盘算着，明年的薪酬年度预算得赶紧开始做了。不瞒您说，过去四个多月我和乔治都一头扎在宽带制和年度薪酬调查里，PEOPLESOFT基本放手给两位C&B专员去做了，招聘那头也是基本交给艾玛在打理，这都是逼不得已呀——我原本打算从现在起花一些精力去关注PEOPLESOFT和扩招呢。"

黄国栋烦恼地挠了一下头，杜拉拉在经理会上已经提到了计算工作量的事情，他怎么会不清楚杜拉拉的工作负荷呢？但黄国栋还是想再逼一逼杜拉拉的潜能，就说："拉拉，要不你让乔治再多分担一点？"

拉拉已经不是升经理前那个光知道热爱劳动的孩子——那时候，她有活干就高兴，得罪人的差事累死人的差事，别人不愿意干老板给了她，她觉得挺好，不负使命的时候到了——在SH这半年多的经历，让她深深体会到了啥叫IT NEVER ENDS（没完没了），工作是干不完的，生命属于我们却只有一次。从这个角度讲，杜拉拉又完成了一次成长，她认识到了人力的有限。

如今的杜拉拉，吃不下的馒头不敢随便接过来啃，面对黄国栋的勉强，她只得再作陈情："说真的，我宁可自己死扛，也不敢再往乔治肩膀上加一根草的重量了，他已经承受到了极限。"

黄国栋一下想起李卫东说的那个TRUE OR FALSE的故事，他明知拉拉说的是实情，却依旧打哈哈道："拉拉你不要太紧张，乔治的压力没有到那个地步吧？"

拉拉恳切地说："是真的！老板，这是我的肺腑之言，请您相信我的判断，我不会平白无故地这么危言耸听的。再说了，乔治要是哪天累糊涂出了错，结果还不是得由我来承担？"

黄国栋不死心，问道："那么，除了放弃一部分目标，我们还能作什么调整？"

拉拉用谨慎的口气建议说："能否考虑把项目延迟到明年？那时候我们能

从容一些。"

黄国栋没有说话，在房间里不停地来回踱步。他觉得杜拉拉这次谈话中出的两个主意都是对的，要么硬着头皮继续做下去，但是必须放弃一部分目标；要么把项目推迟到明年来做——说起来，这原本就是黄国栋的本意，考虑到HR团队年内疲于奔命的状况，麦大卫对招聘流程项目发话后，他一直采取拖字诀，就是想拖到来年，队伍喘口气再说，后来被李卫东中间一搅和，才弄成眼下这样进退两难的局面。

当然，最理想的情况就是杜拉拉能再被压榨出一些贡献，确保项目的进度和质量两不误，他在麦大卫面前就好交差了。可杜拉拉口风很紧，她把工作量在黄国栋面前一摊，弄得他有点儿不好意思再逼迫她。

黄国栋眉头一转，又生一计。他口风一转，问拉拉："上次你发给我的杰西卡的绩效改进计划我看过了，怎么样，两个月过去了，效果如何？"

拉拉摇摇头，"效果不好，老板您得有个思想准备，恐怕得换人。"

黄国栋笑道："不行就换，这也是没办法的事情，要不是有艾玛撑着，恐怕杰西卡早就被我们换掉了。"

早在7月初，拉拉自己的试用期一过，她就正式向黄国栋提出了提拔艾玛的要求。黄国栋也觉得应该，但是他又提了一个条件，要艾玛等到2007年的招聘任务顺利完成后，2008年1月再正式提拔。拉拉担心等不到2008年1月艾玛就被别家公司挖走了，就要求把这个条件马上和艾玛沟通清楚，好让艾玛安心地在SH做下去。黄国栋同意了，但要求拉拉和艾玛暂时保密。

黄国栋今天的一番话，让拉拉猛然想起提拔艾玛做主管的事情，她不放心，又叮咛道："哎，老板，7月份咱们讨论过，等过了元旦就提升艾玛做主管，您可千万多支持呀！"

"只要艾玛持续保持她的业绩，公司不会亏待她的，这个你大可放心，拉拉，我一定支持。"黄国栋信誓旦旦，说罢，他转了转眼珠，又补充道，"拉拉，现在卫东的项目很需要你的支持呀！"

拉拉一下明白过来，黄国栋在和她讲利益交换，怪不得好端端地讲着李卫东的项目，他会忽然把话题跳到杰西卡的绩效改进上去，也算是用心良苦了。

拉拉有些无奈，想了想还是正面表态说："这就是个任务调配的问题，做哪些放弃哪些，先做什么后做什么，老板您决定——只要还有一分力气，我绝不会藏着不使。但我还有个担心，就算您可以把我手上的项目推迟或者取消一部分，让我去分担卫东的项目，卫东的感受可能并不好。"

黄国栋哈哈一笑道："拉拉，这个你不用担心，我会和卫东谈的，有人帮忙，他求之不得嘛。"

拉拉眨巴了一下眼睛，笑道："那我就等待您的决定。"

别看黄国栋表面上大包大揽，其实他心里也没底。正如杜拉拉担心的，项目做到半当中你忽然安插另一个经理进来，不是摆明了认为李卫东不行才要中场换人嘛，李卫东那么强的自尊心，多半不能接受。而且，如果杜拉拉手上的事情是可以推迟或者取消的，那么当初他也不会冒着得罪麦大卫的风险，在招聘流程项目上打哈哈了——所以，匆忙之间把杜拉拉调过来顶这个项目，其实是拆东墙补西墙，没有从根本上解决问题。

黄国栋被麦大卫和李卫东弄得很郁闷，心中暗骂了一句，他妈的，一个个都牛逼得不行，上面的那个这样，下面的这个也这样。

黄国栋不自觉地出了一口长气，他对拉拉说："这样吧，这事儿咱们先不定，我会听听卫东自己的想法，另外我要和艾玛、潘吉文、吴爽他们三个谈一谈，了解了解他们碰到了哪些困难，有什么需求。"

拉拉点点头，没再说什么。

15 不提供指导和支持，经理就成了监工

黄国栋特意多花了点儿时间，分别和李卫东项目组的三位组员单独谈话，事先也没和李卫东打招呼。明知道这么做会让李卫东不高兴，黄国栋却顾不了那么多了，他想让三个年轻人抛开顾虑放心地说出心里话，有其他人在场恐怕就达不到这个目的。

关于困难和需求，吴爽没敢说出什么实质性的内容，艾玛和潘吉文则几乎是异口同声，他们的反馈让黄国栋进一步看清了李卫东和杜拉拉在做项目上的若干差异。

这两个项目都是当事人主动提出来要做的，两人都独立设计了整套项目思

路，但是此后，区别就显现出来了。

杜拉拉自己披挂上阵，承担了一半的工作量，她既是一个项目的领导者和协调者，又是一个深入参与的具体执行者。此外，她和项目相关人员一直频繁互动，令参与者始终对项目保有了一定的兴奋感和主动姿态。

李卫东却不具体承担任何分工，只是不停催促进度。下面的人遇到难题卡住了，他仍然一个劲儿地逼着大家交功课，却拿不出什么好的办法解决问题。这样一来，项目组的氛围就不太好了，几个专员老挨训，又实在找不到方向，都有些垂头丧气。

外企的经理是典型的中层干部，处在承上启下的环节上，这个位置注定了做经理的不能只坐着思考策略催逼结果，而是需要亲历亲为去承担一部分具体任务，下属遇到困难的时候更要及时提供指导和支持。

黄国栋对李卫东的做法感到意外的同时，自然对他这么当经理不满意。黄国栋可以想象，下面的人做不出东西的时候，像李卫东这样没有指导只有训斥，几个专员自然心中不服：我不会的事情其实你也不知道怎么做嘛。李卫东让自己成了一个监工。

黄国栋决定还是先看看李卫东自己有什么想法再作定夺。他把李卫东找来，开门见山地问李卫东对项目的下一步有什么打算。

李卫东已经从吴爽那里知道了黄国栋找了三位组员分头谈话，了解"困难和需求"，他敏锐地感觉到黄国栋这么做是对他不信任。李卫东现在是一肚子的不痛快，看谁都不顺眼，开口就抱怨说："老板，拉拉的项目有顾问公司做后盾，我这边却没有呀。"

黄国栋滑头地提醒他："你原来没有提过这方面的要求呀。"那意思是你自己不早说，我还以为你靠自己就行了呢。

李卫东听出他的意思，愤愤地说："是呀，我太老实了，光想着怎么替公司省钱，所以项目现在才会做得这么辛苦！早知道，应该像拉拉那样，一开始就向公司要求用顾问。"

黄国栋笑道："其实拉拉并没有为宽带制项目申请顾问公司的资源，她是在作年度薪酬调查的过程中，利用了顾问公司的方法论做宽带制的基础——这么说吧，她让宽带制项目在资源利用上搭了一下便车。而且，薪酬调查这个事情，我们和顾问公司其实是有利益置换的，我们免费提供了我们的薪酬数据给顾问公司，所以顾问公司收取的顾问费并不多。"

李卫东听了有些没趣，愣了一下说："还是的呀，拉拉有便车可搭，我却没有这个便利。"

黄国栋打断李卫东的抱怨，直截了当地回到主题："那你现在的想法是什么？"

李卫东沉吟了一下，说："我想，还是现实点，我必须得有相关的顾问公司做后盾。"说完，他又辩解似的补充道，"这并不是我要求多，其实您问问拉拉，她原来有个同事，是招聘的老手，光做一个管理培训生项目就动用了不少顾问做后盾呢！"

黄国栋摆摆手，意思用不着把话题扯远，他说："那么你做一个申请计划报给我，我去请大卫批。"

李卫东本来还想长篇大论说服黄国栋，没想到黄国栋如此爽快，半点推脱都没有。他浑身的紧张落了空，一下有点儿反应不过来。

黄国栋叮嘱说："卫东你仔细考虑一下，需要哪些方面的顾问，让人家报价——申请的时候总得给大卫个概念，你的项目一共需要多少家顾问公司，需要花多少钱。"

黄国栋说的时候一脸平和，李卫东却忽然感到一股无形的压力扑面罩来。他还没有具体地筹划好顾问公司的事情，但是想也想得到，这就等于让人家来帮你量身定做，和拉拉搭便车的性质哪能一样？顾问费自然便宜不了。

李卫东有些担心起来，要是真把需要的顾问全套都申请了，会不会在麦大卫面前显着拉拉会办事儿，我却能花钱？

李卫东还在琢磨呢，黄国栋又开始讲话了，大意是说艾玛他们几个现在似乎有些信心不足，要李卫东多提供指导和支持，有的事情难度太高，交给专员做不放心云云。

李卫东听明白黄国栋的意思，第一反应就是艾玛背后给自己扎针哪。他心里不高兴，脸上也全都露出来了，勉强点头答了句"我知道了"。

黄国栋见李卫东挂着一脸的寒霜，只得把让杜拉拉参与项目的话给咽了回去——就李卫东这情绪，能谈出什么好结果？

黄国栋在那一瞬间拿定了主意：先等李卫东把顾问费的申请交上来，到时候我直接和麦大卫谈，有了结果再通知李卫东，让他执行指令就是了，何必事事都要征求他的意见！说起来这事儿麦大卫有责任，太宠李卫东了！弄得他现在自我感觉那叫一个良好嘿，啥事儿都非得顺着他的意思办。

不过，谈话结束前，李卫东倒说了一句让黄国栋高兴的话："老板，是不是需要马上作人员流失分析？我来做吧。"

见杜拉拉和李卫东都忙，黄国栋本想让马莱来作流失分析，既然李卫东愿意，那是再好不过的，黄国栋对马莱办的事情总有些不够放心。

16 **妨碍幸福的是我们的心**

王伟走出写字楼，时间已经是快晚上八点了，天河北路车水马龙，一派繁华。

手机在振动，王伟拿出来一看，是陆宝宝。他皱了一下眉，接听了。

"你在哪儿呢？"手机里传来陆宝宝的声音，听不出有什么特别的情绪。王伟告诉她自己刚出办公室，正要去停车场。

陆宝宝说："我在酒店，要不你来我这儿一下吧。"

"现在？"

"现在。"

王伟没问什么事儿，简单地说了个"行"。还能有什么事儿，八成是张东昱跟陆宝宝谈过那事儿了吧。

王伟一边开车一边想，张东昱会不会也在陆宝宝那里？陆宝宝对她和张东昱的关系会马上作出决断，还是要再考虑考虑？

再一想，不管他了，到了那儿不就全明白了？

王伟摁了一下门铃，陆宝宝很快就来开门，王伟一看，房间里就她一个人。

"你吃了吗？"陆宝宝问。

"吃了。"王伟说。

"在哪儿吃的？"

"就楼下西餐厅。"

“你怎么不回家吃？”

“拉拉几乎天天加班，我一个人，哪儿吃不是一样。”

陆宝宝“嗯”了一声，征求王伟的意见道：“有香槟，要不要尝一尝？”

王伟摇头道：“就咖啡吧，还得开车。”

陆宝宝便泡了两杯咖啡端上来。她自己在王伟对面坐下，捧起咖啡，一时没有说话，王伟也不催她，知道她憋不了多久就会开口。

“你是什么时候知道的？”陆宝宝果然很快就切入正题。

“可以说是马上。”王伟淡淡地回答。

“那你怎么不‘马上’告诉我？”陆宝宝说。

“你现在知道也算‘很快’呀。”王伟说。

“甭管是马上还是很快，为什么你不告诉我？”陆宝宝放下手中的咖啡，有些气恼地看着王伟。

“我觉得由张东昱自己告诉你，你的感受会更好一些。”王伟也放下手中的杯子，平静地说。事实如此，陆宝宝也无话可说，只好拿眼干瞪着王伟。

“你一准威慑过他了，要不天知道他打算什么时候开口。”陆宝宝悻悻地嘟哝了一句。

“我没有。”王伟心平气和地说，“我只是问了他一次打算什么时候和你说。说不说都在他自己。”

陆宝宝叹了一口气，问王伟：“你打算怎么办？”王伟说：“不怎么办，有什么好怎么办的，现在是要看你怎么办。”陆宝宝愣了一下，挺干脆地说：“其实，我也没啥好怎么办的。”

此言一出，王伟就猜到陆宝宝已经作出决定了——她没打算因此和张东昱分手。王伟觉得这是理智的决定。

决定虽然有了，但那只是个大方向，情绪却不是说来就来说去就去，陆宝宝眉头微蹙闷闷不乐。王伟劝她说：“你看，这个事儿吧，谁也没想到会这样，而且，确实也不能说是谁的错。”

陆宝宝不想听这些道理，她挥挥手说：“这我知道。”

王伟说：“那就好，省得我多费口舌，我这人不善于做思想工作。”

陆宝宝对王伟的态度有些想不通，她忍不住问道：“你就没点不高兴？”

“我没说我高兴，但是你让我冲谁不高兴？”王伟说，“其实这个事情中，你我不是最难受的人，起码我们可以做出无辜者的样子，我们这下有权利来给人家下评语了，包容还是不依不饶，全在我们一念之间。"

王伟这话准确地说出了四个人之间目前的状态，陆宝宝眨了一下眼睛道："继续。"

王伟说："张东昱怎么个感受法我不知道；反正，自打那天晚上吃饭回来，拉拉就一直情绪不好，面子上还装着没事儿。这种滋味搁谁身上也不好受吧。"

陆宝宝不讲话，她低头啜一口咖啡，心说难受不难受还不都是杜拉拉该受的，我们凭什么好端端地要跟着郁闷。

王伟看看陆宝宝说："要是我没估计错，张东昱也不好受吧？"

陆宝宝这才哼了一声说："他倒挺识趣，吃了晚饭他才开始供述，要不然，大家都别想吃好这顿晚饭了。"

王伟淡淡一笑道："人家那是够聪明，不然怎么能讨到你的欢心。"陆宝宝说："欢心个屁，我当时就让他立马走人。"王伟笑道："他真走呀？"陆宝宝说："哪能呢，使劲解释来着，可再使劲也白搭，我跟他说，烦着呢，不爱听，让他省省。"

王伟没有说话，他可以想象出陆宝宝大发脾气的场面，不过奇怪的是，他自然而然关心的却是张东昱当时会怎么样。

据陆宝宝说，张东昱拿她没辙，只好垂头丧气地走了。她一边说一边却忽然想起张东昱走的时候那副神情，他看上去相当难过，那么高大一个男人，耷拉着脑袋，一副泄气的模样。

陆宝宝先前光顾着郁闷了，这时候她不由得心中一阵战栗，男友受挫后的沮丧与脆弱，意外地让她的心感受到了恋爱中特有的悸动。

这本来就是那些喜欢幻想的女子孜孜以求想从恋爱中获得的一种幸福，男友稀里糊涂犯了错，然后发慌，认错赔情赌咒发誓自然都是常规项目，但其中最重要的是，从十八岁到八十一岁的男友们都会由衷地把持不住地心慌，苦苦地求她不要让他走人。

但是陆宝宝马上又想到张东昱和杜拉拉的七年情史，这未免太长了点儿，再来一年，日本鬼子都叫他们打跑了。关键，这两人现在居然要做个低头不见抬头见的亲上加亲，其中的尴尬不知道要消化到何年何月才算完！一念及此，陆宝宝又感到难以释怀。

陆宝宝这些千回百转的心思，王伟不能都想到。既然现在陆宝宝已经决定继续和张东昱好下去，王伟就劝她多点包容："你既然喜欢张东昱这个人，就得接受人家的过去。"

陆宝宝听了王伟的话却很不痛快，她没好气地抢白道："我想跟他继续不假，难道因此我就没有不痛快的权利了吗？"

王伟看陆宝宝冲自己瞪眼睛，好笑道："没人不让你不痛快，我那不是怕你气大伤身嘛。依我说，既然作出了选择，天大的郁闷也只有借助时间来慢慢消化了不是？"

陆宝宝不说话了，呆呆地出神，不知道在想什么。

王伟说："不甘愿是吧？不甘愿就散伙。"

陆宝宝沉默着，忽然说："我就想不通了，你怎么一点儿都不在乎我的感受？难怪人家说娶了媳妇忘了娘。"

陆宝宝最后的比方打得不恰当，但王伟还是明白了她的抱怨。王伟诧异道："我要不在乎你的感受，你一召唤，我就过来？"

陆宝宝郁闷地说："你那套我不爱听，没点人情味儿。就你给我划出两条道，要么掰，要么和，难道我是机器？你不觉得杜拉拉对我有愧吗？我还得管她叫嫂子，连着张东昱也得这么叫，我实在是……"陆宝宝想说我实在是忍不下这口窝囊气，话到嘴边，她硬忍住了，眼里却涌出了委屈的泪光。

王伟一下愣住了，他光知道陆宝宝对张东昱有气，闹了半天，陆宝宝心中对杜拉拉的怨气要大多了。王伟寻思了半天，劝说道："宝宝，你别怪拉拉，她已经很抱歉了，真的！虽然她嘴上没说，可这些天，她天天夹着尾巴做人，你是没看见她那副样子。要不，我代她跟你道个歉，行吗？"

王伟自以为这话说得不错，谁知他不说犹可，这一下，陆宝宝的火腾地上来了："你道的哪门子的歉！你就是个受害者，还自以为站在道德的制高点上呀！你怎么就没点觉悟呢？枉我三十几年把你当宝似的捧着疼着，你就让人这么作践你呀？"

王伟虽然理解陆宝宝不痛快，但对陆宝宝如此发作还是感到有些莫名其妙。她似乎不但对杜拉拉有怨气，更埋怨自己对杜拉拉太客气了。从陆宝宝用词之激烈，又是受害者，又是作践，可以看出她情绪之激烈。

王伟回过味儿来了，谈话一开始，陆宝宝问他打算怎么办，他的回答是不怎么办，有什么好怎么办的，还说这个事情"确实不是谁的错"，只怕那时候就已经注定了这场谈话要不痛快。

　　王伟对陆宝宝的期望有些困惑起来，心说那你让我怎么办？难道让我修理杜拉拉不成？

　　看陆宝宝一脸的生气伤心，王伟忽然意识到自己又犯了男人的通病，企图和关系亲密的女性讲逻辑论道理。女性当然不是一概不可讲逻辑论道理的，但是假如对方是与自己关系亲密的女性，男人还是不和她理论的好。

　　王伟一时想不到更好的说服解释，又不愿恋战，只得对陆宝宝用了个老掉牙却相对安全的套路："是我不好，你别生气了。"

　　表妹还是比老婆好对付些，陆宝宝又不像杜拉拉，她没有接受过写检讨的训练，对检讨的套路并不稔熟，王伟既已认错，她就没再追问你不好在哪儿，已经造成的伤害怎么弥补，今后又打算如何预防。

　　王伟的小计谋发挥了作用，陆宝宝虽然没有转嗔为笑，还是"嗯"了一声，表示她同意结束不愉快的话题。

　　两人又聊了几句，王伟看看表已经过了九点半，他表示要走了。陆宝宝跟着起身说："我一个人闷在酒店里也烦，跟你一起走吧，权当兜风。"王伟说："那一会儿车你开回酒店好了，我明天打的。"

　　两人一路无话，到了小区楼下，王伟停好车，开门下车，陆宝宝也从副驾驶位上下来，准备自己开车。王伟嘱咐道："我上去了，你开车小心点儿。"

　　陆宝宝慢慢走到王伟身边，抬起脸来似乎想说什么。王伟等着她说，她想了想却又什么都没有说。王伟就笑道："放松点儿，别想那么多。"

　　陆宝宝又靠近王伟一点儿，她目不转睛地看着王伟的脸，一言不发地站在黑暗中。王伟从陆宝宝的呼吸中听出她的烦恼，却不知道该怎么安慰她才有效。

　　过了一会儿，陆宝宝低声说了句："烦人！"

　　王伟劝她："时间长了，就什么事儿都没有了。"

　　陆宝宝松开王伟，抬起头说："我打算明天回北京。"王伟说："也好，你走之前跟张东昱打声招呼，别搞得跟离家出走似的。"陆宝宝说："你也一起走。"王伟愕然道："这哪行，生意不做啦？"陆宝宝说："不是有邱杰克嘛。"王伟摇摇头说："杰克他们正在做项目方案，我不放心，而且，我如果现在离开广州，可能会给拉拉一个错误的信号。"

　　陆宝宝问："什么错误的信号？"王伟端详了一下陆宝宝的脸，路灯的灯光把树影斑驳地投在她的脸上，她没有什么特别的表情，但是王伟知道她心里有个关于杜拉拉的结——让王伟这时候离开广州，不就是为了给杜拉拉点儿难受吗。

王伟叹了口气说："实话跟你说，我心里也不太痛快。现在我在家是一个令人压抑的丈夫，但我不是故意的，我只是需要时间来调整我自己。一时半会儿我说不出甜言蜜语，也做不出笑脸来宽慰她，不过，至少我不能再做出什么大动作让拉拉误会。"

陆宝宝眨巴了一下眼睛说："行，知道了。"她挥了挥手，跳上车去发动了车子，又放下车窗玻璃道："回头我把车钥匙留在酒店前台，你明天去取吧。"

王伟一打开大门，就听到卫生间里传来哗哗的水声，拉拉应该正在洗澡。

王伟换好拖鞋，走进书房。他先从口袋里把手机、钥匙、钱包一一掏出来都放在书桌上，换上家常衣服，然后他抱着换下的脏衣服走到小阳台上扔进洗衣机，这才倒了杯水端回客厅在沙发上坐下。王伟下意识地摁了一下电视遥控器，屏幕上一个节目主持人正在和嘉宾做一个财经访谈节目，王伟听了一会儿感到意味索然。

不一会儿，拉拉从卫生间出来了，她穿着一套小碎花的睡衣，一条白色的浴巾裹着她刚洗过的头发。"我听见你进门了。"她对王伟说。

王伟顺嘴问道："你什么时候回来的？"

拉拉说："我也才回来不久。"

王伟点点头，站起身说："我去洗澡。"

王伟动作很快，洗好出来的时候，见拉拉正在主卧的梳妆台前收电吹风，她似乎刚吹好头发。拉拉一面准备做临睡前的面部护理，一面对王伟说："刚才我吹头发的时候，好像听到你的手机响了两声，你去看看是不是有人找过你。"

王伟答应一声，走进书房拿起放在书桌上的手机一看，果然有一个未接来电，是陆宝宝刚打来的。王伟有些纳闷，不是才分开吗，她又想起什么事儿了？他就手拨了回去。

陆宝宝马上接听了。"什么事儿？"王伟问她。陆宝宝沉默了一下说："和张东昱的关系，我要再考虑考虑。"

王伟有些意外，心说一个小时前不是还说要和张东昱继续下去吗，怎么又变卦了？随即想，考虑考虑也是人之常情，何况陆宝宝这样内心高傲的人呢。王伟便简单地说了句："也好。"

陆宝宝却对王伟的反应大为不满，心说什么叫"也好"？她用责备的语气说："我还以为你会劝劝我呢！"

王伟说："你想再考虑考虑，这不是很正常吗？"

陆宝宝冲口而出道："那我要是说我现在就决定和张东昱分手呢？"她的口气中明显带着挑衅的意思，再迟钝的人都能听出来，她似乎对王伟有一肚子的不满。

王伟下意识地往门外看了一眼，拉拉那边没一点儿动静。他放低一点儿声音道："那样的话，我会劝你再考虑考虑。除非你本来就不满意张东昱，那另说。"

陆宝宝不吭声，王伟就又劝道："毕竟这个事情不是谁的错，无错可纠，我们眼下需要的只是花上一些时间，慢慢消化心里的尴尬和不痛快。这个观点我今晚已经跟你说过。"

在这个世界上，男人和女人运用的是完全不同的游戏规则，男人讲逻辑要结论，女人讲的却是感受，要的是一个翻来覆去的过程，哪怕她心中早有结论。当男人问女人WHAT'S YOUR CONCLUSION？（你的结论是什么？）女人会告诉他，I FEEL BAD！（我觉得糟极了！）

比如陆宝宝，她现在需要的不是王伟的分析，她的骄傲被憋屈了，王伟的偏袒才是她那颗要强的心最想要的。

陆宝宝憋了一个晚上的情绪，终于发作了，她开始一个劲儿地数落王伟，说着说着，带出一点儿哭腔来。王伟没奈何，既不能挂电话又没法劝，只好由着她发泄，这一来，陆宝宝数落了差不多足有半小时才歇气。尽管如此，由于王伟自始至终哼哼哈哈没有作出实质性的响应，最后收线的时候陆宝宝仍然一肚子的不甘和失望。

其实，陆宝宝没想对张东昱变卦，只不过回到酒店后越琢磨对杜拉拉越来气，才故意挑了这么个时候给王伟打电话，好给杜拉拉添点儿堵。陆宝宝似乎看见杜拉拉在隔壁房间竖起耳朵偷听的样子，她心里痛快了一些。要不是担心王伟察觉她的小伎俩，陆宝宝还会再跟他扯上半小时。

王伟挂断电话，如释重负地走出书房，才发现客厅里只亮着一盏辅灯，拉拉已经关了电视。主卧的门开着，但灯是黑的，明显拉拉已经躺下了。为了赶公司的班车进开发区上班，她每天早上六点半要起床，因此晚上总是十点半就准时上床。

在那场关于张东昱的尴尬的谈话之后，表面上两个人照旧共同进行日常活动，比如周末一起去超市购物，一起去公园散步，他们都小心翼翼地不去触碰那个敏感的话题，但是都知道那里埋着个雷。两人之间话少了很多，即使有时候一起吃晚饭，也说不上几句，还都是些不疼不痒的废话。

自从跳到SH，拉拉的睡眠一直很成问题，两人的作息也不太一样，拉拉睡得早王伟睡得晚，两个人就经常分房睡了。拉拉曾为此感到遗憾，她很喜欢在临睡前感受王伟放松的气场。但是现在，这种分睡状态倒给他们省去了一个尴尬，他们就势回避了同眠无话的压力。夫妻关系出现问题的时候，房子小的坏处顿时暴露无遗，转来转去都避不开对方，弄得家里的气氛更加别扭。

拉拉这一段情绪不高，工作上多少有些倦怠。幸好宽带制的项目已经大体完成，不是很急的事情她就往后拖一拖，偶尔也能准点下班。王伟反而回来得比以前晚了，他没有解释原因，拉拉也没有问，心中却有种种翻来覆去的猜想，不知道王伟是因为工作上的原因，还是因为心里不痛快，不愿意在家里多待。

17 人在气头上，且冷处理为妙

拉拉坐在餐桌前咽下最后一口热茶，王伟从书房走了出来。拉拉有点儿意外，问道："起这么早？"王伟说："醒了。"

拉拉略等了等，见王伟没有下文，就起身收拾杯盘准备出门。王伟说："你放着吧，我来。"拉拉笑笑，还是把自己用过的餐具收进厨房放入洗碗槽。

拉拉换鞋的时候，王伟犹豫了一下，说："昨晚陆宝宝打电话来说，和张东昱的关系她要考虑考虑。她今天回北京。"

拉拉换鞋的动作一下停了下来，她"哦"了一声，没有抬头。王伟看不到她脸上的表情，但他还是察觉到了她的不安，就用宽慰的语气说："我看她只是一时的意气用事，回北京小住一段就消气了。"

　　拉拉含糊地"嗯"了一声，她已经换好鞋立起身，却呆站在门口似乎有点不知所措。还是王伟催促了她一句："你赶紧走吧，别误了班车，这事儿咱们晚上回来再细说。"拉拉这才点点头，轻轻带上门走了。

　　王伟抬头看了看墙上的挂钟，正好七点，拉拉每天都是这个时间出门去上班的。够辛苦的，王伟想。一般这个时候，他都还在睡着，要过了八点他才会起床。

　　这天拉拉上班的时候老走神，翻来覆去地思量王伟早上告诉她的那几句话。

　　乍一听说陆宝宝对她和张东昱的关系要考虑考虑的时候，拉拉心中一紧，一种影响了他人幸福的惶惑一下攫住了她，让她心怀内疚。

　　直到班车开进SH的大门，那团七上八下的惶惑才慢慢散开，取而代之的，是一股潜滋暗长的期盼：他们现在分手不是也很好吗，最糟糕的情况莫过于两个人成了家，而那根刺也在他们心中生根发芽，那才叫麻烦大了！

　　乐观情绪没能维持多久，拉拉的思维就重新陷入纠结，她仔细一琢磨，所谓的"考虑考虑"，其实等于没有任何结论，比如陆宝宝回北京这事儿，分离可能让热乎劲儿冷却，但怨气也可能随之冲淡，最后来一个小别胜新婚的大逆转也不是不可能。

　　拉拉见识过陆宝宝在生意场上的精明，陆宝宝驾驭人际关系的本事她更是多有领教，照说，陆宝宝这样的人应该很沉得住气，并且绝对的结果导向。

　　但是拉拉还有一层担心，陆宝宝看着性格大而化之，实则情感细腻心性高傲。

　　一身兼具两种互相冲突的特质，陆宝宝会作出什么样的决定，拉拉思来想去还是拿不准。

　　陆宝宝平常就好对王伟来两下不失大雅的娇嗔，当着拉拉的面也毫不避讳，与其说是撒娇，更像是在宣称权利，拉拉对此难免心生不快却又无从发作，她隐约觉察到陆宝宝不仅是想对王伟施加影响，也是在告诫自己对她保持低姿态。拉拉有时候难免疑心陆宝宝在内心不太喜欢自己，可又不好意思跟王伟明说，只得暗暗对陆宝宝保持着提防。因为本来就有的那点儿心病，拉拉更吃不准这回陆宝宝会不会怨恨自己给她添堵了。

　　想到最后，拉拉也烦了，她终于放弃了揣测：管他呢，且等着吧。

　　到了下班前，需要处理的文案一如既往小山似的堆积在拉拉案头，每次她刚处理完一堆，手下的人总是马上又给她抱进来一堆，让人看着就泄气。可这天拉拉打定主意要准时下班。加班对她曾像家常便饭那样想不吃也不成，近来，准时下班却已经越来越成了她的一种决心，至少偶尔要准时下班，免得失去了准时下班的能力。

　　回家途中，拉拉特地拐进超市采购了一番，她打算认真地做顿家常菜。好久没有这么慢腾腾地逛过超市了，混杂在熙熙攘攘的人群中，拉拉感受到了一种由慢节奏带来的久违的放松。

　　到家后拉拉把采购回来的东西一样样分拣开，该洗的洗，该切的切，她手脚麻利地忙活了一阵子，把料都备好了，就等王伟回来下锅。

　　拉拉一直等到晚上七点半，王伟还没回来，她就打电话过去问。王伟很惊讶拉拉的按时下班，他约了客户吃饭正在席上。

　　就自己一个人吃饭，拉拉顿时失去了烹饪的兴致。放下电话，她把准备好的东西都用保鲜膜包好放进冰箱，简单地做了排骨面就对付了晚餐。

　　听到钥匙在锁孔里一响，拉拉下意识地抬头瞥了一眼挂钟，九点半了。王伟一进门，见拉拉靠在沙发上看书，就说：“对不住拉拉，事先没告诉你今晚不回来吃饭。”

　　拉拉态度很好，不但没有一句责备，还马上放下书起身迎过去，自我检讨道：“是我自己没先跟你打招呼。”

　　到SH后，头两个月拉拉还老打电话告诉王伟要加班到几点云云，要是她没顾上打，王伟也会给她打电话问她有什么计划，但是一周五个工作日，拉拉倒有四天半要加班到九点、十点才回家，这么着，渐渐的，他们家的规矩就改了——要一起吃晚饭才会事先打招呼，否则的话就默认为各吃各的。

　　不过，拉拉态度这么好既不是因为假惺惺，也不是因为没打招呼的事情确实不怪王伟，作为一场尴尬的源头，她真诚地认为抱歉和谦虚是应有的态度，虽然她并不认为自己有主观过错，但客观上总是给王伟添堵了。这种情况，就像你在公车上不小心踩了别人的脚背，说声抱歉还是应该的，倘若对方不依不饶，再提我不是有心的不迟；要是马上理直气壮地完全归咎于公车急刹，那不是找架吵吗——你固然不是故意的，人家的脚背也不是活该挨你那钉子似的鞋后根踩的。这不是谁对谁错的问题，做人总得懂点事儿。

　　王伟知道拉拉很想知道前一天晚上的故事，匆匆洗了澡，他马上把陆宝宝怎么叫他去酒店，陆宝宝是怎么个打算大致说了一遍，包括陆宝宝郁闷的心情，王伟都实话实说了。至于陆宝宝对拉拉的怨气，他则本能地略去未提，但是这正是陆宝宝情绪的关键所在，缺失了这一节，他就不能合理地说明环环相扣的故事整体。王伟自己对此事的评价和他本人目前的心态，他也只字未提。这么一来，王伟没有足够的内容可以讲述给拉拉，偏偏他又是个言简意赅的人，三言两语就兔子跑了故事完了。他说完了，拉拉还怔怔地盯着他看，显然不满足就这么点儿内容。

王伟自己也感到似乎讲述内容过于单薄，就又解释似的补充道："女孩子嘛，小气点儿也正常，昨晚大部分时间她都在说车轱辘话，包括她后来打过来的那个电话，也没有什么新意，和她在酒店当面对我抱怨的话差不多意思。拉拉，我是这么想的，她心里不爽也是人之常情，让她发泄发泄未尝不是好事，所以昨晚我尽量让她去说，该劝的话我也说了。"

拉拉点点头，问了一句："你说她不会做出什么偏激的事来吧？"

王伟听出来拉拉的担心，可是他从来不认为陆宝宝会做出损人不利己的事情，他认为她只是暂时不痛快使点儿小性子而已。王伟便劝拉拉："你不要太担心，陆宝宝自尊心强，刚开始反应激烈点儿也在预料之中，可她毕竟是个脑子特别好使的人，不会做出什么不妥的事情的。"

拉拉咬了咬嘴唇，忽然说："我想打电话给她，道个歉。"

王伟不赞成拉拉这个念头，马上劝阻说："有什么好道歉的，这个事情又怨不着你。拉拉你现在还是不要去主动接触陆宝宝为好。你也要相信宝宝，她是个明白人，过一段，心里的怨气自然就慢慢消化了。"

拉拉说："我觉得我多少该对她解释两句，这么一声不吭，好像事不关己似的，我担心会让她更生气。"拉拉有她的考虑，她在处理员工事务的时候经常碰上这样的情况，一个人本来是无意间闯了祸，却没有勇气及时站出来向被连累的人道歉，结果拖得越久，对方越生气——及时而诚恳地表明态度，才是推动问题得到解决的上策。

王伟心想，你去解释？弄不好你俩当场吵起来岂不是把事情搞得更糟？还就是不能让你俩正面遭遇。

王伟当即摇头说："你现在去解释效果不见得好，她也没什么不明白的地方需要你解释。拉拉你就听我的，暂时不要接触陆宝宝了。即使以后她情绪好转了，你也不用特意去提这个事情，就让这一页翻过去，大家该怎么处还怎么处。眼下，有什么需要说的，还是我出面比较合适。总之，我会处理好的，但是你不能太心急。"

拉拉眨了眨眼，还是不放心，"王伟你别生气，我觉得你对女性的心态把握未必算得上一把好手。"

王伟被拉拉这话逗笑了，他说："确实这不是我的强项，但是我做人的思想工作还是有一定经验的——当一个人正在气头上，这时候还是先冷处理为妙，非马上跟他谈，不见得能说通，反而可能刺激得他进一步跟你较劲——拉拉你说是不是？"

拉拉机械地冲王伟点了点头，心里想着自己的心事。虽然王伟一个字没提陆宝宝针对拉拉，但拉拉还是从王伟坚决反对她接触陆宝宝的态度里，嗅出了一点儿味道。

王伟瞧拉拉两眼发直神游天外的模样，劝她说："别想了，明天你还得早起，去睡吧。"两人便照老规矩，拉拉回卧室休息，王伟进书房看书。

关灯后，拉拉翻来覆去睡不着，一会儿想着陆宝宝的怨恨而惴惴不安，一会儿想起王伟的话："有什么好道歉的，这个事情又怨不着你。"她又感到一些安慰和踏实。折腾了不知道多久，拉拉头一重，睡了过去。

第二天早上一睁眼，拉拉赫然惊觉睡过头了。她手忙脚乱地洗漱更衣，什么都顾不上吃，提起包就跑出门去，慌张之下差点儿迎面撞上一个人，拉拉忙跟人家道歉："不好意思！不好意思！"那人却一声不吭，拉拉觉得有些奇怪，一抬头才发现是张东昱！

拉拉的脸刷地一下就变了色，她紧张地回身看看自家的大门，还好，没一点儿动静，王伟应该还睡着。

拉拉压低嗓门，没好气地质问张东昱："你来这儿干吗？"

张东昱脸色发青，看那样子似乎一宿没睡。他对拉拉的质问置若罔闻，反过来冷冷地问了一句："王伟在吗？我要找他谈谈。"说罢，他一把拨开拉拉就要过去敲门。

拉拉急了，拽住张东昱道："有什么事儿你和我说！"

张东昱转过身来，看着拉拉，一字一句道："和你说？拉拉，我现在这么倒霉不就是拜你所赐吗？"

这下拉拉瞧清楚了，张东昱满眼都是怒火和憎恶。被人恨到这步田地，任是谁都会有些胆怯的，拉拉下意识地退了两步，嘴里申辩道："你不能全都怪到我的头上，我的日子也不好过。"

张东昱嘴角挂着一丝戏弄的冷笑，说："哦，是吗？"边说边朝着拉拉逼近了一步，忽然，他伸手一把抓住拉拉的手腕，拉拉猝不及防被拽得趔趄了几步。惊慌之下，她仍然生怕惊扰了王伟或者邻居会更不好收场，就没有出声呼喊，只是使劲儿扭动着身子企图挣脱张东昱的手，但这种努力完全徒劳，反而进一步激怒了张东昱。"你怕我，拉拉？你为什么要怕我呢？难道你做了对不起我的事儿？你说你也不好过是吗？那我送你去一个好过的地方！"他匪夷所思地冲着拉拉一笑，双手猛一使劲，把拉拉整个身子提了起来，越过公共走廊的扶手，往楼下扔去。

这可是四楼呀，这么摔下去还能有命吗？下坠开始前，拉拉似乎还迷迷糊糊地朝下看了一眼，却看不清离地面有多远，她想狂叫却叫不出声来，急得拼命扯自己的喉咙，终于她挣扎出了一声尖锐的喊叫："啊——"

这一叫出声，救了拉拉，她猛然从噩梦中惊醒，王伟已经从隔壁房间跑了过来，正在摇晃她："拉拉，醒醒！"

拉拉惊魂未定，一时仍不敢相信哪是现实哪是做梦，她满脸是泪一头扎到王伟怀里，嚷着："张东昱要把我从楼上扔下去摔死！"

王伟搂着拉拉，嘴里不停地安抚她道："你那是做梦，别怕别怕，不至于！张东昱你借他个胆儿，他也不敢碰你一下。"

拉拉哭哭啼啼地说："他一下就把我拎起来了，往楼下扔，就在我们家门口的走廊上。"王伟能感到拉拉的身子在他的怀里抖个不停，像只受了惊吓的兔子。王伟知道拉拉这下吓得不轻，他心疼了，想到这两周对她的冷落，他感到有些抱歉，把拉拉抱得更紧一些，轻轻地抚摸着她的背，低声劝慰道："别怕，我在这儿陪着你。"

拉拉诉说了一阵子，渐渐彻底清醒过来，人也平静下来。她从王伟怀里直起身子，很严肃地问了王伟一个问题："王伟，这两个星期，你不是在修理我吧？"

王伟一愣，忙说："不是。"

拉拉正色道："修理我也没关系，我该受的。谁叫我也修理过你。"

王伟哭笑不得，保证道："我真不是修理你。我这人晚熟，情商低，这你不是都知道嘛。诸如如何协调家庭成员之间的关系这样的家务事，容我有一个学习的过程。"

拉拉说:"我知道。不痛快也需要一个消化的过程。"

王伟一愣神,恍然大悟道:"好呀,你昨晚偷听我和陆宝宝的电话了?"

拉拉脸一红说:"我才没有呢,昨晚我回来的时候,碰巧看见陆宝宝在楼下跟你控诉我呢。"

王伟这才明白,原来那一幕叫拉拉给看到了。王伟奇怪地说:"你碰上了怎么也不过去打个招呼?"

拉拉叹了一口气,"怎么说都是我给陆宝宝添堵了,我看她当时心情很不好,哪里还好意思凑上去自讨没趣。"

王伟笑道:"没那么严重。"又劝拉拉躺下,"你这闲不住的脑袋就是太喜欢思考了。不许再想了,赶紧接着睡。明天你还上不上班了!"

拉拉推推王伟:"你也去睡吧,我没事了。"

王伟说:"我什么时候都能睡,你就别操心我了。我在这儿靠一会儿,等你睡着了我就走。"

18 方法论

李卫东很清楚自己的项目正陷于胶着状态,苦恼之余,他开始寻找出路。

李卫东是聪明人,又是个经验丰富的经理,他对方法论的稔熟一点儿不输给杜拉拉。有了方法论,就像开始跟敌人搏斗前先弄到了一样趁手的家伙,胜算自然要高出许多。方法论这个东西,既不是厚黑,也不永远阳光灿烂,它是现实主义的,具有客观实用的特征。

比如方法论会告诉我们,一个人想从项目的泥潭中走出困境,通常有下列五种办法。

方法一,部分放弃法。即放弃部分目标,咱也别企图做成那么多那么难的事情,把目标定得容易简单些,达成的可能性自然增高。

方法二,增加资源法。比如设法增加几个能干活的,比如向老板多要点钱，好让自己用几家一流的顾问公司。

方法三，金蝉脱壳法。即把项目踢给其他苦命的家伙，自己则抽身而去。

方法四，质疑定位法。干脆质疑项目的定位有问题，从根上全盘否定项目的意义，从而直接枪毙了它，谁都不用做了！此法通常适用于半途接手项目的人。

方法五，另择良机法。即寻找理由证明项目的时机有问题，然后要求另择良机，以后的事情以后再说——这是一个暂时过关的办法。此法倒有一个好处，当事人进可攻退可守，倘若日后出现转机可随时重整旗鼓再战江湖，要是局面一直未见改观就继续拖着，没准最后能拖黄它，不了了之呢。

首先，李卫东清醒地认识到，方法四完全不适用于本案，这个项目可是麦大卫说要做的，自己又属于主动请缨，关键现在已经投入不少人力，都做了四个多月了，才回过头来要讨论该不该做，那就不仅仅是这个项目做得好不好的问题了，只怕他个人在SH的前途也差不多了。

方法一和方法五，李卫东也不予考虑，他认为那都属于被动防守的姿态，让旁人看笑话不说，而且不符合他的价值取向。

李卫东要选择的是一个主动进攻的姿态，那么，就只有方法二和方法三可供选择了，要么增加资源以完成预定目标，要么干脆把项目踢出去。

从李卫东的本心，他还是很希望能由自己完美地实现这个项目的目标，但是当他向几家心仪的顾问公司询过价后，就感到跟麦大卫张口不是件容易的事了。不仅仅是钱的事儿，关键不合规矩，照说，在决定一个项目是否要做之前，需要多少人多少钱，打算怎么做，最后会达成什么目标，都是应该事先跟老板说清楚的，老板也好算算投入产出，决定这个项目是否值得做——到现在才开口要钱本来就怪异，就算老板不计较，要的钱数字不大还好说，数字大了，自己也踌躇，加上旁边还有个"搭便车"的杜拉拉比着，更增加了他开口的难度。

思来想去，李卫东感到似乎方法三更可行，干脆把项目踢给杜拉拉或者马莱，自己来个金蝉脱壳好了——方向是决定了，但具体怎么踢，对脚法还是大有讲究的。

李卫东很快就从一件事情中找到了机会。

随着SH中国的快速扩张，管理人才培养不足的问题日益明显。针对这个情况，早在当年四月，杜拉拉和李卫东刚到岗的时候，麦大卫就为SH中国制定了一个工作重点：加强加快组织的人才培养。为此，有一个很重要的具体动作要做——为全公司所有经理级别以上岗位甄选接班人，以便重点培养。麦大卫要做的，正是拉拉在DB时心心念念想学的SUCCESSOR PLAN（接班人计划）。

接班人甄选的基础是一年两次的TALENT REVIEW（人才评估），要求分别在每年的一季度末和三季度末前完成，之所以定在这个时间点，是因为那恰好是全体员工刚刚完成半年和年度业绩评估的时候，对于每个员工过去半年一年来的表现，直接主管已经有了较完整的回顾和清晰的定论。

对于被确定为接班人选的员工，公司将有针对、有系统地进行重点培养；经甄选后，确定公司内部没有合适的接班人的岗位，则要抓紧从外部寻找合适的备份，以保证组织的安全。

如此一来，首先要有甄选标准，即什么样的人才够格做接班人。

麦大卫让亚太HR提供了一套测评工具给SH中国的组织发展经理马莱，让马莱依葫芦画瓢在SH中国推广实施。这套工具要求就被评估者的三个方面进行打分，第一是被评估者在SH过往三年的持续业绩表现（加入公司未满三年者，则评估其过往两年的业绩；加入公司未满半年者暂时不予评估），第二是被评估者在卓越领导力方面的表现，第三是被评估者的潜力。

何查理把这套工具拿来一看，嗬！这东西不仅挺复杂，还都是英文原版的，关键太刺激了！

根据测评结果，每个被评估者都会得到一个定论：是有潜力继续发展，还是潜力已经到头，甚至是该被淘汰——试想，总会有一些自我认知不足或者对形势估计不足、一心盼着更好前程的人，要是一旦发现自己的潜力被界定为一般，甚至更低，那还不心凉了半截？不是谁都能想得开的。

虽说有严厉的纪律规定相关人员不得擅自泄漏评估结果，可谁也不傻，总有一些事情能让敏感的人从中嗅出味儿来，比如那些被评估为HIPO（高潜力人才）的SUCCESSOR（接班人），被送去读个MBA、EMBA之类的还不是必需的吗，日子一久，其他人不就心里有数了？

何查理对马莱的性格和能力还是有一定了解的，他不认为马莱能控制得好那么敏感的场面，她至少还需要一番历练。

销售部有将近两百位小区经理，理论上，大区经理的接班人选主要来自这个池子。何查理的意思，人才评估对SH中国而言毕竟是"大姑娘上轿头一回"，不妨先让大区经理们在HR的协助下完成对下属小区经理的评估，然后以总监为单位，所有的大区经理一起讨论测评结果，以确保公允，讨论由HR主持——实施得顺利的话，来年再将人才评估推广至各级别、各部门不迟。

麦大卫是急性子中的战斗机，马莱虽然嫩，不是还有黄国栋吗，他竭力主张一步到位。麦大卫越心急，何查理越不敢大意，他生怕马莱组织得不周全，人才评估没有做好不说，反而扰乱军心，岂不是影响生意？为此何查理坚持先拿销售部的小区经理级别做试点。

其实麦大卫自己对马莱的控制力也没底，这是他的软肋，他虽不情愿，还是向何查理让了步。不过，麦大卫坚持要对销售和市场总监们进行评估。销售总监有三位，连上市场总监，一共也就四个人，都向何查理报告，麦大卫命令黄国栋本人协助何查理完成对这四个人的初步评估，然后再把结果拿到亚太来讨论。何查理同意了，他心里清楚，这个由不得他不同意，美国总部也在盯着，评估结果事关何查理的接班人选。

后来的事实证明，何查理对马莱的担心一点儿不多余。原本应在九月三十日前完成的人才评估，因准备不足被迫延迟到十月底，尽管如此，会上的主旋律还是成了大区经理们的相互争执，也有质问HR的，场面混乱火暴。身为高级干部，总监们自然得给HR撑腰，他们适时出面，厉声喝止了不顾风度的大区经理们，其实暗中都乐死了。

何查理有三个销售总监，讨论是以总监为单位，分三组进行的，三个HR经理各主持一组的讨论。由于对评估标准缺乏统一认识，每组都有觉得吃了亏的大区经理跳出来质问HR，其中不乏言辞激烈者。

李卫东不愧是出色的培训经理，不仅逻辑严密，且瞬间反应一流，口才十分了得，人说双拳难敌四手，他却一个对好几个，且越战越勇丝毫不落下风，倒显得销售部仗着人多势众欺负HR。

销售总监易志坚在SH是出了名的不好对付，那天的评估会上他有些意外地发现，平时不怎么出风头的杜拉拉也不是那么好对付的。当有人说得太得意带出人身攻击的味道，她就撇下评估标准不谈了，拖长了声音道："哎，各位领导，有不同意见咱们尽管讨论，可是对同事的态度不可以这样嘛。《雷锋日记》怎么说的，'对待同志要像春天般温暖，对待个人主义要像秋风扫落叶一样无情'！易总，您说是吧？"大区经理们大都是上世纪七十年代初生人，《雷锋日记》他们背过，一时都觉得有点讪讪的。那感觉就像本来明明是有理的，却因为不小心说了句骂人话一下被对方逮住了，说你怎么骂人？结果有理也变成理亏了。

易志坚本来正暗自偷着乐，猛然被拉拉点名，他下意识地坐直身子，打个哈哈道："拉拉说得对，态度不好的人自我检讨！都几十岁的人了，吵吵嚷嚷像什么样子！"他这一表态，马上有个滑头的大区经理表白说："老板，我们不是吵呀，我们是在和拉拉探讨，是请教HR嘛。"他又转头对拉拉说："拉拉，我们是最支持HR工作的，我们和拉拉的个人关系都是非常好的，对吧？"他一说，好几个人也随声附和，这么一来，带头闹的两个主力队员也不好意思太过火了，后面的讨论才算凑凑合合地完成。

会后，拉拉回到自己办公室不久，李卫东就过来了，刚经历了一场舌战群儒，他还很兴奋，绘声绘色地把自己的经历和拉拉说了。拉拉问他："销售总监什么个态度？"李卫东嘴一撇道："起先坐着不吭声，其实就是纵容的意思呗，那些大区经理个个都精得赛过一车猴，一看他这态度，更来劲了！我一想，这不行，得先拿下他呀，我就说，所有的新生事物都得自上而下才能推动，要不咱们请总监给咱们说说。他被将了这一军，才出声让大家配合。"

李卫东问拉拉那组的情况，拉拉笑道："半斤八两。"两人说笑了一会儿，李卫东看看表说："马莱那组怎么还不结束？恐怕情况不妙。"拉拉没吭声，心里却和李卫东想的一样。

和拉拉交换过看法后，李卫东回到自己办公室，马上梳理了一遍前因后果。

李卫东感到，评估之所以会演变成这个样子，首先是培养接班人的观念还没有培养起来，单是领导力由哪几个元素构成，就非常需要进行系统的教育，也就是洗脑吧。而本应承担起洗脑者这个角色的马莱却把自己变成了一个不动脑子的二传手，亚太给她什么文件，她就把这些文件照样转发给销售部，既没有对理念进行系统的解说，也没有结合SH中国的情况进行适当的演绎，甚至没有把英文翻译成中文。

其次是马莱没有事先就测评工具该如何运用对大区经理们进行统一的培训，她只是通过邮件把测评工具相关的文件发给大区经理们，由得他们去自学，让他们有问题就问——这些人都忙得很，如此复杂的东西还是全英文的，你让他们自学，结果就是对标准的理解五花八门千奇百怪，大家根本不是在同一个平台上进行评估，不吵架才怪。

李卫东遗憾地想，理念灌输和工具培训他都有把握干得很漂亮，要是他负责这个项目，绝对不至于此。

黄国栋说是那两天在香港办另有安排，没有时间来参加评估。李卫东对此很不以为然，每个人一天都有二十四小时，所谓的没时间，就是你把时间用在你认为更重要的事情上去了。难道黄国栋不知道这是SH中国的第一次人才评估吗？还有什么能比这个更重要呢？等着吧，麦大卫很快就会听到何查理的反馈了，看老黄这次怎么向麦大卫交代！李卫东几乎可以想象到何查理会如何用调侃的口气叙说，而麦大卫闻讯后又会如何的郁闷憋气。

想到这里，李卫东忽然眼睛一亮，这不是一次不可多得的机会吗？既可以替老板排忧解难，又可以漂亮地甩下那个湿面粉一样黏手的招聘流程项目！关键是，能负责这种事关组织发展的重要项目——想想看，那是一堆接班人呀——哪个HR不梦寐以求！除非他是个混日子的，或者智商不高。

虽然何查理和麦大卫都没有正面就黄国栋安排马莱负责组织发展发表过评论，但是李卫东非常有把握，如果由他来做这个项目，那两位一定会打心眼儿里觉得更合适，不，不是更合适，而是最合适。杜拉拉的脑子明显比马莱好使多了，但是这个事情光脑子好使还不够，还需要在培训上很强大。

19 矫情

马莱一脸疲惫地回到办公室的时候，已经是傍晚时分了。拉拉见她有气无力地从自己门前经过，赶紧跟了过去。

拉拉仔细地把门带上才落座，她关心地问马莱："你们组怎么讨论了这么久？"

马莱刚刚度过了艰难的一天，正如李卫东预料的那样，她那组的情况特别惨，会是开完了，总结报告却没法写。

马莱累得两眼都发直了，她愣了愣神，才含糊其辞地回答拉拉："接班人计划是新生事物，大家感到特别好奇特想学习。我都没想到今天的讨论能那么踊跃，挺受启发的。他们分享了一些特别好的观点，还提了很多特别好的建议，这不，讨论的过程就比预定的时间长了。"

拉拉一下敏感到马莱不愿意说实话，大约是碍于面子吧。拉拉也就不去说破，只是大略地告诉马莱自己那组氛围不够好，讨论算是完成了，但有些勉强。

拉拉说的时候，马莱一直竖起耳朵听得特别仔细，等拉拉说完了，她说："是吗，怎么会这样？我这组的总监特别支持我，大区经理也都很配合呀。"

拉拉淡淡一笑说："不知道呀，也许是易志坚特别不好说话吧。"马莱不说话了，她对三位销售总监的性格都很了解，深知最难对付的就是易志坚，她也明白李卫东比杜拉拉不好说话。马莱生怕李卫东不肯和易志坚搭档，所以她就把杜拉拉和易志坚分到了一组。马莱自己在三位销售总监中挑了相对温和的张寅做对子，但情况仍然出乎她的预料，讨论完全失控了。

沉默了几秒，马莱追问拉拉："卫东那组情况如何？"

李卫东已经把自己那组的情况很详细地告诉了拉拉，拉拉本想如实转告马莱，再一想，马莱对这事儿似乎讳莫如深，她说的都是矫情话，既如此，自己就不便太过热心了，李卫东那组的情况最好让她自己去问李卫东。拉拉就谨慎地说："我感觉他那组的情况和我这组差别不太大，要不一会儿你还是问问卫东本人吧，以他说的为准。"

马莱"哦"了一声没有别的话了，看不出来她心里在想什么。

拉拉本来是对人才评估的情况感到很担心，才特意过来想提醒马莱赶紧打电话跟黄国栋报告，一来免得这事儿麦大卫从别人嘴里先听到，那样老黄和马莱就被动了，二来也好赶紧商量对策想法子补救。

没曾想马莱是一副严加提防言不由衷的架势，拉拉顿时感到十分没趣，平时她只是觉得马莱能力弱一些，倒也与人无犯，原来还有这么个敌我不分的毛病，跟刚毕业的小孩似的，谁对她好谁对她不好她都搞不清。

拉拉一腔的热心劲儿被兜头浇了一盆凉水，心想，反正我已经把我这组的情况跟你沟通过了，剩下的，你自己看着办吧。临走，却又看不过眼，忍不住还是提醒了一句："马莱，要不要赶紧给老黄打个电话？"

马莱说："三言两语电话里说不清，回头我还是写邮件吧。"

　　第二天上午，黄国栋一进SH香港办就忙东忙西，到吃午饭的时候，他猛然想起前一天SH中国评估，没听到一点儿声音，看来没有什么特别的事情发生。

　　SH中国是第一次作人才评估，黄国栋并不期望他们做得多漂亮，能完成能及格就成，事情得一步步来嘛。

　　话说回来，黄国栋也不认为这次评估能遇到多大麻烦——按照何查理的主张，这次只是评估小区经理级别，这个级别的评估照说不算太敏感——要是连小区经理级别都评估不下来，那大区经理级别，乃至总监级别，就别想作评估了。

　　话虽如此，黄国栋还是暗中对马莱摇了摇头。毕竟是一件大事，作为组织经理，却不知道在第一时间跟老板打个招呼，汇报一下结果，也好让老板放心嘛。如果换做杜拉拉和李卫东，当天下午讨论一结束，肯定马上打电话来报平安了。

　　黄国栋决定下午一回办公室就打电话给马莱了解一下评估情况，他也好及时向麦大卫作个汇报。

　　没等黄国栋打出这个电话，麦大卫的电话到了。黄国栋感到有点儿紧张，以他对麦大卫的了解，他肯定马上就会问评估情况。黄国栋正盘算着该怎么回答，电话那头传来麦大卫大发雷霆的训斥声。黄国栋听了两句，顿时傻眼，原来何查理已经把情况都告诉麦大卫了，有两组的讨论算是达成了结果，但过程中存在不少争议，剩下一组，干脆没能达成结果。

　　让麦大卫生气的不仅是评估本身出了问题，关键他是首先从何查理嘴里听到消息的，黄国栋不仅前一天没有一点儿声音，第二天又过去了半天，他还是没有一点儿动静。

　　麦大卫恼火万分地质问黄国栋："你都在忙什么？想什么？"

　　黄国栋抓着电话，汗都下来了，还在嗫嚅着找词儿，麦大卫不等他回答，就气呼呼地挂断了电话。话筒里传来"嘟嘟嘟"的忙音讯号，扰得黄国栋一阵心慌意乱。

　　黄国栋马上给马莱打电话，却半天没人接电话，座机没人接，手机也没人接。黄国栋急得跳脚，马上打给杜拉拉问马莱的下落，杜拉拉让人去找马莱的工夫，黄国栋让她马上把李卫东也找来，一起电话会议。

　　拉拉一听黄国栋气急败坏的声音，心里就猜到了九成。

　　李卫东马上过来了，马莱却因为正在面试中，一时过不来。黄国栋稳了稳神，让李卫东和杜拉拉先汇报他们两组的情况，两人就大略说了一遍。

　　黄国栋心想，听这二人所言，评估确实不太顺利，但好歹都算完成了预定目标，那么看来没有达成结果的是马莱那一组。

　　黄国栋心里越发怪罪马莱昨天不及时汇报，不然的话，自己心里有底，至少能向麦大卫解释两句，绝不至于如此狼狈。

　　黄国栋问电话那头的两个人："你们知道马莱那组的情况吗？评估完成了没有？"尽管马莱声称评估顺利，李卫东和杜拉拉从销售部的人那里却听到了不同的版本。然而，当事人自己坚持认为"一切顺利"，他们又怎好另有说辞？两人不约而同地选择了装傻，拉拉转头问李卫东："卫东你知道那组的情况吗？"李卫东则毫不犹豫地回答说："不清楚呀，昨天一散会我就忙着写会议报告，没问马莱。"

　　黄国栋听他们这副腔调，顿时心里凉了半截，这两人不可能一点儿不知道马莱那组的情况，明显是不愿意说——看来何查理所言非虚。黄国栋定了定神，要两人说说他们对本次评估的看法。

　　李卫东说："项目是马莱一手负责的，具体过程我没有太留心，我只是执行了马莱指定给我的分工，从昨天的会议看，销售管理团队目前还不太接受这个项目。"

　　黄国栋马上追问说："是理念上不接受，还是流程上不接受？"

　　李卫东转了转眼珠，说："也许都有。"

　　黄国栋又让拉拉发表意见。拉拉也说好像二者都有。

　　黄国栋马上责备说："你们以前没觉得有问题吗？为什么不早说呢？"两人都分辩说自己是到了讨论会上才发现销售部的抵触情绪比较严重。黄国栋就又批评他们昨天会后不马上给他电话，这两人便又解释说当时就把情况和马莱口头沟通过了，而且昨天下班前已经把讨论结果形成文字和数据发给马莱了。

　　黄国栋翻了一下白眼，暗骂马莱不靠谱，又觉得这两人也都不是善茬，他没好气地说："你们自己不能给我打电话吗？不一定谁负责项目就非由这个人来报告嘛。不然还讲什么TEAM WORK（团队合作）？"他把话说到这份上，那两个人就都不说话了。不说话归不说话，并不代表心里服气。

　　其实黄国栋自己也知道一味地质问李卫东和杜拉拉不太站得住理，项目又不是这两人负责的，而且他们也尽力让自己那组的评估完成了，要不是这两人老练，只怕这次评估会落个全军覆没也未可知。

黄国栋克制了一下自己的火气，交代拉拉告诉马莱，面试一结束就打电话给他。

散会后，李卫东耸耸肩对拉拉说："问我们以前怎么没觉得有问题，为什么不早说，他自己呢？"

拉拉笑了笑没说话。随着对马莱的了解逐步加深，拉拉愈发感到黄国栋既然要用马莱做组织经理，他自己就应该多把关，难度大一点儿的事情是放手不得的。只是这话，除了回家对老公八卦八卦，在公司里是不好跟任何人说的。

20 当务之急和亡羊补牢

勤快是黄国栋与生俱来的特质之一，无休止的奔波、随时随地的加班总能带给他成就感，他从忙碌中获得极大的个人满足。然而，勤快与其说是他的价值观，不如说是他的一种个人习惯。

就黄国栋而言，自从他肩负起一身照看大陆、香港、HR的职责，上述习惯正在越来越多地成为一种任性，令他在工作中的风险逐步累加——人的精力是有限的，当敬业演变成事无巨细、主次不分、为勤快而勤快，他对局面的控制也就越来越失去了把握。

在SH大中华区的三个盘子里，数SH中国（大陆）的员工人数最多，其业务地位比香港和台湾更是重要多了——要是大中华区日后设立HR副总的职位，负责过大陆地区的HR总监被提升的希望也应该相对较大。所以，尽管黄国栋接手的时候，明知SH中国的HR经理团队是刚组建的，充满未知数，而他本人过往对大陆地区又不太了解，他还是踌躇满志地接了下来。

在SH，有点儿脑子的人都会猜测，恐怕麦大卫很快就要升级为亚太HR的VP（副总裁）了。为此，把SH中国的HR团队交给黄国栋的时候，虽然麦大卫说了这只是一个暂时的安排，但黄国栋的内心多少想象过这是麦大卫对自己的一次重要考验，如果顺利的话，没准麦大卫一升级为亚太HR的VP（副总裁），自己也能跟着晋级为大中华区HR的VP。

开始两个月，黄国栋对中国大陆的经济、教育水平等的印象还固执地停留在上个世纪八十年代的概念，这使得黄国栋凭空产生了一种前所未有的优越感和表现欲，从而导致他在和杜拉拉们的工作中，处事颇为轻率随意。

随着杜拉拉和李卫东等人逐步显现各自的实力，黄国栋的优越感渐渐被打压了下去，但是黄国栋任性的勤快，却比他在香港办和台湾办的程度更严重了，其中一个具体表现就是——别看他成天从早忙到晚，俨然一个彻头彻尾的重要人物，对重大项目却没有严格踏实地进行监控。难怪这次麦大卫会气急败坏地质问他到底在想什么，忙什么。

李卫东一直认为黄国栋缺乏抓重点的能力，其实，这倒是小看了黄国栋，他不是不具备这种能力，只是太由着自己的性子了。

应该说，负责SH中国的这大半年来，黄国栋并不是毫无反思，夜深人静的时候，他也会对自己终日不分轻重缓急的低级忙碌心有不安，想控制一下自己。然而，人要改变一种习惯不是一件容易的事情。他终归是想想算数，没有从行动上要求自己。

如今，危机来临，控制局面的意识在他的内心不由分说地苏醒了，什么重要什么紧急，该如何取舍，他其实全想得明白。

马莱终于来电话了。听到电话里传来马莱的声音，显得有点儿飘忽迟疑，不知怎么的，这让黄国栋一下感到马莱的思维正处在一个不知所云、莫名其妙的状态。

黄国栋劈头就问她前一天开会人才评估的情况，马莱说正准备写邮件报告。黄国栋心说都火烧眉毛了，你还在"准备"？他不满地拖长了声音道："哦？正准备写？"

马莱听他语气不善，忙改口道："我在脑子里已经构思好了，一会儿就能写出来。"

黄国栋说："你先大致地跟我说说顺利不顺利，有什么特别的情况没有？"

马莱顺口蒙了他一句道："我们沟通得挺顺畅的呀。"

黄国栋马上反问："三组都顺畅？"

马莱暗自嘀咕，他这么问是什么意思？迟疑了一下说："拉拉和卫东觉得销售部还没有完全接受接班人计划的理念，那两组讨论的时候有点小磕碰，不过我这组还挺顺畅。"

　　黄国栋见马莱还想瞒他，不由得大为恼火，他有意不说破，若无其事地吩咐道："我刚才问过拉拉和卫东，他们已经把各自负责的讨论结果都形成文字和数据给你了，这样吧，你马上汇总给我，我等着转给大卫。"

　　马莱一听感到很为难，杜拉拉和李卫东好歹让销售部完成了讨论，所以他们都能拿出结果，唯独她这组，散会最迟，却并没有达成一致的结果，如此一来，自然交不出汇总。马莱迟疑了一下，一转话题："老板，我有个想法想和您沟通。"

　　黄国栋压着火淡淡地说："什么想法？"

　　马莱侃侃而谈道："是这样的，那天在评估会上大区经理们普遍反馈，接班人计划是好事，人才评估呢，又是接班人计划必不可少的基础——可这套人才评估的工具并不适合我们公司的具体情况！因此，用这套工具做出的评估结果，对接班人计划到底是加分还是减分，是我们首先要想清楚的问题。"

　　黄国栋大感意外，这套评估工具亚太其实也是从GLOBAL（此处指SH美国总部）那里拿过来的，今年开始在亚太各国推，还没听说哪个国家、地区有这么大反应的，包括他自己负责的另两个地区——香港和台湾，都用得好好的，所以他根本不信马莱这套说辞。

　　黄国栋想看看马莱的结论是什么，就不动声色地"嗯"了一声，马莱继续慷慨陈词："作为项目经理，这半年来，我为人才评估付出了很多，看着它从无到有一步一步走到今天，坦率地说，我比谁都渴望它能顺利完成，为接班人计划打好基础。可是，古人说得好，'工欲善其事，必先利其器'，所以，我的建议是暂停人才评估，等日后我们有了合适的评估工具，再做不迟。"

　　马莱这一番话不是一时心血来潮想到的，而是她前一天晚上躺在床上苦思冥想了两三个小时才组织好的。

　　黄国栋开始还没弄明白马莱到底想说啥，听着听着就醒悟过来了，工作没做好就把问题往工具上推，遇到困难就想逃避，还说什么"再做不迟"。一股邪火直撞黄国栋脑门，他忍不住了，不知不觉就用上了和麦大卫一样的口气，他问马莱："你说工具不合适，可这套工具在五一长假前就给了你，半年都过去了，我们已经投入了那么多精力，动用了那么多人力，你到现在才说有问题？早干什么去了？"

　　马莱被他问得一愣神，随即辩解说："老板，我这只是想和您探讨一下。"

　　黄国栋斩钉截铁地打断她："没什么好探讨的，定下的计划必须要执行！

马莱我劝你一句，身为职业经理人，做人做事要职业一点——一件事情该做还是不该做，早在采取行动之前就要考虑清楚，而不是等做了一大半才说不合适！那么多大区经理和销售总监都陪着你忙活，现在你一句'日后再做不迟'，就停下来了？你想过没有，要真按你说的办，别人会怎么看HR团队？"

马莱不回答黄国栋最后那个问题，却反问了一个自以为很有力量的问题："老板，我有个困惑，如果一个决定是错误的，我们也要为了坚持这个错误的决定，而造成更多的浪费吗？"

此言一出，黄国栋差点儿抓狂。在他过往的印象中，马莱是个谁也不得罪的好人，能力虽然弱一点，人却还算厚道温和，像今天这样的隐瞒问题、强词夺理，黄国栋还是第一次领教，他一点儿思想准备都没有。

黄国栋不客气地说："马莱，道理我刚才已经跟你讲得很明白了，重复无益。不必再找借口了，项目必须完成！至于总结，该怎么写就怎么写，你那组没能就评分结果达成一致，那你就把他们的原始评分发给我吧，我看看到底这些大区经理是怎么给他们的下属打分的。你把邮件也抄送给杜拉拉和李卫东，标题注明'保密'。"

黄国栋提到的"原始评分"是指在开会前，大区经理们给各自下属的小区经理打出的分数，而评估会的目的就是通过集体讨论，确定每位大区经理的评分的合理性，有没有给高了或者给低了，把需要调整的予以修正，以便所有的小区经理最终都能在同一个平台上得到恰当的评估。

马莱听到黄国栋最后那句话，顿时尴尬万分——很明显，黄国栋对前一天的讨论中发生了什么已经都知道了，自己前面说的那些话，只是让洋相出得更大罢了。

黄国栋打这个电话的本意是想听马莱分析评估遇挫的原因，以及她对项目的下一步有什么打算，这样，自己也好有的放矢地和她讨论后继补救措施。没想到马莱先是回避问题，后来又异想天开地提出暂停项目，黄国栋顿时没心思和马莱继续谈下去了，他嘱咐马莱下班前一定要把评估总结发到他的邮箱，就挂了电话。

失望之余，黄国栋的心里称得上是苦涩俱全。

当初麦大卫就不看好马莱，曾暗示黄国栋由他本人兼任组织经理最为妥当，但考虑到自己精力不济，黄国栋还是决定力挺马莱。为了说服麦大卫同意马莱担任组织经理，他在麦大卫面前为马莱说了许多好话，其中不乏夸大其词。如今看来，这个人事安排确实颇有风险，自己算是自食其果。

放下电话，黄国栋赶紧把半年来"接班人计划"的相关邮件都调了出来，他快速扫了一遍，懊悔地意识到忽略了给SH中国管理团队洗脑的重要性。

马莱曾分头为三位总监属下的大区经理们作过宣讲，可那也太简陋了，称不上是洗脑或者灌输，就是把相关概念和表格照本宣科朗读了一遍而已，外带解释几个专业术语，每次也就个一两个小时的工夫。而且，那更像是单方面的发通知，基本没有互动——销售部的管理团队对"接班人计划"是怎么想的？接受到什么程度？他黄国栋忽略了。马莱呢？她身在一线，也不知道人家的心思吗？还是她心中有数，却听之任之毫无作为？

黄国栋越想越急，心里火烧火燎似的，他坐不住了，马上把当天下午香港办的一个会议临时改期，然后直奔红磡火车站，搭直通车赶往广州。

黄国栋坐的特等车厢里乘客不多，人们彼此交谈的声音也很低，宽敞的车厢显得又舒适又清净。火车开动后，黄国栋满心的焦虑稍有舒缓，他想，不管怎么说，当务之急就是说服张寅，让他马上召集手下的大区经理们重新作一次讨论，完成评估。当然，得预先和何查理打好招呼，争取他的理解和支持，他老人家要是不点头，张寅就算答应也白搭。黄国栋马上打电话给助理，让她帮自己跟何查理和张寅分别约时间讨论人才评估的事儿，黄国栋希望第二天上午能占用他们半小时到一小时。

等着助理回电的工夫，黄国栋心里飞快地盘算着谈话思路。首先他会认真听取张寅的反馈，看看销售部的同事到底对什么有意见，如果人家说得对就马上改正，说得不对就利用这个机会解释明白，先把张寅的思想工作给做通了。然后才是谈话的关键部分，黄国栋打算对张寅连哄带逼，比如："帮帮忙老兄，我知道大区经理们现在都特别忙，可是这个事情实在是不能再拖了，不然我也不能来找你老兄呀！你看，易志坚他们那两组都完成了，干脆，咱们这组也加紧完成得了！这次我跟马莱一起参加评估，HR全力以赴配合销售部，要是再做不好，我老黄待在大陆不走了！"前面是表示我领你的情，你就合作一下吧；中间自然是施加点儿压力——人家都能完成，不会就你不能完成吧？最后是撒娇打滚带表决心——你给我机会，这回我自己赤膊上阵一定做好，不然我还就不走了。

黄国栋想，张寅资历比易志坚短，性格也还算平和，估计他会给面子的；关键在于跟何查理谈的时候，得打起十二分的精神，千万不能说错话，在何查理这种聪明绝顶的人物面前就少耍把戏了，老老实实认错是上策。黄国栋准备自我批评为主，批评马莱为辅，总之是HR准备工作不到位，现在得劳驾销售部的同事抓紧再来一次。

黄国栋清楚，这次可不能再出岔子了，他得亲自上阵帮马莱镇场。无论如何，逼也要逼出讨论结果，先完成评估任务再说。只要能拿出评估结果，HR就能得到喘息的机会，总结教训也罢，亡羊补牢也罢，都得先过了眼前这关再说。

过了有二十来分钟，助理打电话过来说："张寅没问题，约好了明早九点到十点在他办公室候着您，不过查理只有半个小时的时间，十点到十点半。"黄国栋想，半个小时更好，能减少自己检讨的篇幅——何查理这种人，作决定只需要一分钟，剩余的时候都是留给黄国栋作检讨的。

落实了这两个重要的约会，黄国栋稍感放心，他打电话给马莱，告诉她自己准备跟何查理和张寅商量商量，让张寅那组马上重新讨论一次。

马莱一愣，马上又要再来一次？她有些畏难，迟疑了一下说："查理会不会不同意？"

黄国栋对这个问题很不喜欢，淡淡地说："明天谈了不就知道了？"

马莱又提出一个担心："有的大区经理已经出差了，估计没法赶回来参加会议，要协调出一个'马上'的开会时间可能有困难。"

黄国栋不想听那么多，现在就是天上下刀子，也别想阻碍他完成评估的决心。他干脆地截断马莱的话说："特事特办，我可以接受出差中的大区经理通过电话加入会议，但是他们必须参加会议！至于怎么协调时间，那是张寅的事儿！明天和查理、张寅谈话后，我们马上开一个沟通会，HR内部检讨一下项目存在的问题，你通知拉拉和卫东吧。"

火烧眉毛的事情安顿好，黄国栋又头痛起这个项目今后的问题。

马莱看来肯定是只能定位在执行的层面了，预定好的方案，让她一步一步老老实实照着做还行，要她独当一面是不敢指望了。黄国栋心知肚明，眼下这种情况，最有效的办法就是另换一个有能力的人顶上。

可是当初他已经在麦大卫面前替马莱把话说得太满，现在还不好轻易改口要求换人。而且，他也没别的人可换，现在都是一个萝卜一个坑，一个培训做得好好的，另一个C&B做得好好的，那两个要是能动，当初他也不会让马莱做组织经理了——除非，除非把马莱开了，另招一个能干的组织经理回来。

忽然冒出来的这个念头，让黄国栋心里不太舒服。他自己跟自己辩论道，马莱是个好同志，虽然能力上不如另外两个，可一向勤勤恳恳与人无争，像今天这种强词夺理回避问题的倒霉事儿毕竟是头一回，也许是她压力太大急眼了吧！黄国栋已经指示杜拉拉在做来年预算的时候，为SH中国申请增加一个"招聘经理"的人头编制，如果这个编制能获得批准，他觉得把马莱调去做招聘经理还是合适的。

黄国栋搓了搓脸，开始想别的法子。

他盘算着，接下来至少得为二十来位大区经理作两次正式的培训，再组织几次论坛进行相关讨论，领导力的概念需要好好灌输，测评工具也得训练他们恰当地使用。找谁来帮着马莱做这些事儿好呢？黄国栋忽然眼睛一亮：何不让SH香港的组织发展经理过来给马莱帮忙？香港、广州两地的交通非常方便，直通车两个小时就到了，车次又多。可他兴奋了不到十秒钟，就又感到不是个事儿——毕竟这个不是本地的经理，对大陆这些大区经理几乎不认识，普通话也差了点儿，恐怕互动起来不是那么便当——不到不得已，最好还是不用这个办法。

黄国栋又把主意转回大陆这边，对了，李卫东应该行呀，要么让他上？可他自己手上那个招聘流程的项目还搞不定呢。这时候，黄国栋猛然记起一周前李卫东曾提到要用顾问公司，这几天没听到他再提这个事儿，不知道询价询得如何了。

真是处处都省心不得啊！黄国栋有心反省自己为什么会失控，又不愿意深想。

很多大忙人，每天身不由己地在不分轻重的勤奋中自觉风光，却不愿费脑子问自己两个问题：最重要的事情做了吗？最紧急的事情抓了吗？曾几何时，二八原则已经成了裁缝的尺子，只量别人不量自己，踏实办事儿的能力像沙子一样从指缝中流逝。

人干久了，就怕在忙碌中疲了钝了机械了。

21 榜样的力量

黄国栋没检讨上几分钟，就被何查理打断了。何查理笑道："老黄，不用那么客气。做工作嘛，谁都难免有犯错的时候，只有不做事情的人才不会犯错。昨天早上我一听说评估作得不太顺利，就跟几个销售总监讲了，SH中国是头一回作人才评估，大家都缺乏经验，这不是HR一个部门的事情，是全公司的大事，有问题还是要一起来解决。"

黄国栋听了这一番话，赶紧说："几位总监都很支持我们的工作。"

何查理点点头说："你不说我也知道，我们的大区经理都不太好搞定。不过说实在的，我原先也担心过讨论不会那么顺利，可就是没想到会是张寅那组完不成讨论，他应该还是比较重视跨部门沟通合作的呀。昨天上午我特意嘱咐张寅，让他多支持马莱，评估不顺利，不是马莱一个人的责任嘛。"

黄国栋有点儿狼狈地说："张寅还是很重视这次评估的，马莱经验确实不够，问题主要还是出在我身上。"

何查理摆了摆手说："老黄呀，你要马上重新组织讨论，这个我完全可以理解，大区经理们再忙，张寅也应该想办法配合你。只是我还有一个疑问。"

黄国栋连忙欠了欠身，"您请说。"

何查理说："前天的讨论为什么会进行不下去呢？问题究竟出在哪里？如果没有解决好，现在匆忙之间再作一次，效果会不会好呢？我听说，另外两组虽然完成了讨论，其实过程中的争论还是很激烈的。"

前一天晚上，他一住进酒店就打开手提电脑收邮件，除了马莱发来的总结，杜拉拉和李卫东也各有一封邮件，两人各自把小组的原始评分，与讨论后调整过的最终评分作了一个对照和分析，说是供马莱和黄国栋参考。黄国栋猜到八成是马莱通知他们要开会检讨人才评估，这两人商量后特意补充了这么一个对照表。

黄国栋把几封邮件仔细一读，不由得在心里评价了杜拉拉和李卫东一句：

都是聪明人呀，就是滑头了点儿。

对照表提供的情况，让黄国栋得以在脑海中大致想象到了评估会上激烈争论的焦点，他据此拟好了几条对策，以免二次讨论的时候再出岔子。可以说，黄国栋今天来找何查理，是不打无准备之战。

因此，何查理一问，黄国栋马上胸有成竹地解释说自己前一天仔细研究了三位HR经理的总结，考虑了问题出在哪里，该怎么解决，今天上午和张寅交换过意见，两个人的观点大体一致。

何查理一听，料他确实和张寅认真沟通过了，就做出放心的样子说："哦，那就好！你们俩已经达成了一致就好！"

黄国栋想起什么，又向何查理说明这次讨论将由自己和张寅一起主持。

何查理心说，你本来就不该把事情全扔给马莱，她还嫩着哪。他笑眯眯地连说了三个"好"，随即起身送客道："老黄，我知道你一定还有不少事情要去安排，我就不耽误你时间了。"

黄国栋达到了目的，正巴不得早点儿离开，何查理送客的话一出口，他顺势客气地道了声谢，就急匆匆地走出了何查理的办公室。

黄国栋的开场白很直接，他说："这儿没外人，虚伪的话、没意义的话、面子上的话就不必说了，都实话实说吧，否则就不要在这个会上讲，免得浪费时间。"这个开场白直接、果断、直奔要害，完全不是三个经理所熟悉的黄氏风格——平时他开起会来多半是冗长拖沓主次不分的——他们不由得都心神一敛。

黄国栋又说："这次评估有两组交出了结果，但是讨论过程比较艰难，张寅那一组更是没有达成结果，只好再来一次——所以，这不是一次令人满意的评估，我们必须老实承认这一点，不要自欺欺人。"

没有人说话。黄国栋继续说："昨天晚上我把前因后果仔细考虑了一遍，销售部有销售部的问题，但HR的问题更大，主要责任在我——这个项目我平时跟马莱的沟通就不够，在评估当天又没有到场体现我对马莱的支持，总之，我的重视度不够，造成今天这样的被动我的责任最大。"

他沉默了一下，平和而坦然地用英语说了一句话："错了就是错了。我不责怪任何人，我只责怪我自己。"

黄国栋平和的语调和坦然的神情，让拉拉一下想起在DB时的一件往事。

当意识到管理培训生项目失败的时候，曲络绎向她和童家明坦承了项目不适合DB，他说的时候虽然心里并不好受，但神态和语调都很坦然，像一个虽败犹荣的战士，保持了风度和尊严。

拉拉有点儿感动：老黄带了个好头，那么，我杜拉拉也绝不在这个会上说一句打哈哈的废话。

黄国栋告诉大家，何查理和张寅已经同意重新召集张寅手下的大区经理开评估会，张寅的助理已经去协调大区经理们的时间了，争取在明天下午，利用半天的时间完成评估。

黄国栋说："今天的会议目的有两个，首先是希望大家都对发生的问题和解决的办法提出你们的观点，以确保明天的评估顺利完成；第二是下一步，应该如何作出调整和改进以推动项目继续向前，我们也要讨论出具体思路。马莱不是一个人在战斗，我们是一个团队。"黄国栋讲到最后一句的时候，坚定地挥了一下拳头，这句经常被作为应景之用的场面话，由于当事人的真诚，此刻显得非常令人信服。

黄国栋从昨天午后到今天的表现，大大改善了他在李卫东心中的形象，显然他很清楚什么是当务之急，也清楚这个时候他需要毫不犹豫地冲锋在前，更难的是他老实承认了自己的不是。于是，黄国栋话音一落，李卫东就主动表示愿意先谈谈自己的观点，抛砖引玉。

李卫东说："我那组大部分争议是由评分过高引起的，那么是打高分的大区经理不知道该怎么打分吗？不尽然。大家都知道被评估为高潜力人才的小区经理会得到重点栽培，这样，当事人不仅水平会提高得很快，而且不太会想着跳槽，稳定性提高了——于是，大区经理中不少人把评估当成了一种福利，他们是抱着为团队谋福利抢资源的心情，拼命拔高下属的分数的，恨不得来个太公分猪肉——人人有份。"

李卫东观察了一下黄国栋的表情，发现他听得很认真，李卫东就又继续说："还有的大区经理，他的原始评分明明挺恰当的，可是到会上一看，发现别人都在拼命为下属争取高分，他就觉得自己的团队吃了亏，可能也担心日后对自己的下属不好交代，于是也吵着要修改分数，想把评分拉高。从这些表现来看，我认为，大区经理这个群体对于接班人计划尚未建立正确的理念，他们需要好好地洗脑。"

马莱本能地想说点儿相反的意见，就嘀咕了一句说："我那组，倒是有人把下属的分数压得太低了，明明是表现挺好的小区经理，大区经理却给了一个很一般的分数，一看就不对劲儿，张寅后来也发话让改高，可那个大区经理就是不同意。"

李卫东笑道："这还是大区经理理念有问题，这样的人，在所有的公司都会碰到，而且还不是个别现象。"

拉拉也赞成李卫东的观点，黄国栋让她也说说。拉拉说："我受过这样的教导，一个主管只有不断培养出比自己更强大的下属，他自己才能继续成长——但是现实生活中，并非所有的主管都有这样的心胸和境界，有的人一听到'接班人计划'就紧张，觉得接班人都找好了，那我以后不是很容易就被取代？这种心态会导致一些有趣的现象，比如有时候我们会发现一个总监拼命表扬一个提拔了不到一年的新大区经理，把明明还嫩着的新人都快捧到云里去了，可另外一位众望所归经验丰富的老大区经理，反而被他说成是缺点多多前途有限。这就解释了为什么有时候，能干的人会发现直接主管老挑剔自己，反倒是在二级主管那里更容易找到公平和宽容。"

李卫东一拍巴掌道："就是这么回事儿！我那组就有一个大区经理开玩笑说，'接班人计划'好是好，就是有点儿副作用——万一碰到个小心眼的主管，你给他挑了一个强大的接班人，本来人家干得好好的，这下糟了，以后他老想找机会干掉那个接班人。"

李卫东绘声绘色地一学，几个人都被逗笑了。

黄国栋说："理念灌输肯定是这个项目未来的工作重点，不好好洗脑，好不容易甄选出来的接班人回头没准叫人给逼跑了。一会儿咱们明确一下，通过哪些具体的行动计划来加强理念灌输——不过，当务之急是确保张寅那组明天的评估顺利完成，大家说说有什么好办法。"

李卫东想了想说："我看评估工具的运用还是很有问题的。有的人是理念有问题，故意乱打分，有的人是真没有掌握好评分标准，工具没用好。有些大区经理对我抱怨说，现在成套资料都是英文的，他们希望能翻译成中文，以便更准确地理解。"

黄国栋问马莱怎么看。马莱当即红了脸，她被动地点了点头，算是承认有这个问题。黄国栋就说："昨晚我也考虑过卫东提出的这个问题，我想，到时候在开始讨论前，马莱先当堂解说一遍评估工具的运用，把解说重点放在容易出错和不好把握的地方，其他的可以快速跳过。至于'英译汉'，这次是来不及了，等评估完成后，马莱你得抓紧落实。"

拉拉提了一个建议，她说："我们可以从三组的评估中，找出有共性的错误，马莱在解说评估工具的时候，有针对地举例说明常见的错误类型。至于例子，我看了张寅那组的原始评分，其中就不乏故事，可以现成地拿来当典型，只消隐去具体的区域和人名即可，旁边的人不知道说谁，当事人自己却心中有数，他可以一边听一边就自我反思，省得讨论的时候他跟你抬杠烦死你，还不好让他闭嘴——对控制会议时间和局面都有利。"

黄国栋觉得这个办法不错，他吩咐马莱说："例子不用多，就准备三个吧，语言要简练，你今天下班前准备好三个例子的文字，再把需要重点解说的工具运用部分也标出来，完了一起发给我看一下。"

马莱担心地对黄国栋说："老板，张寅下面有七个大区经理，前天我们讨论了一整天都没作完评估，明天的评估您说就下午半天时间，如果还要解说评估工具和错误实例，我担心时间不够用。"

黄国栋耸耸肩说："预计是从下午一点半做到六点半。如果预订时间内作不完评估，实在要拖到晚上九点十点，我也没办法，张寅会有这个心理准备的。"

拉拉给马莱出了个主意说："你们前天不是已经把每个大区经理的评分都介绍过了嘛，到时候这一道程序就可以省了，能省不少时间。"

李卫东也对马莱说："七个大区经理中总有人做得还行吧？拉拉最了解销售部的人，马莱你也很熟悉他们，你以前跟他们也没少打交道嘛——原始评分表中你和拉拉都认可的评分，以及你俩都认为问题较大的，可以圈出来分成两组，马上送去给张寅过目，摸一摸他的态度。就算张寅没时间看，这么一圈，马莱你也对讨论重点心中有数了，到时候，牢牢把控住这部分就行。"

拉拉主动对马莱说："我来圈吧，圈完了给你看。"

黄国栋马上说："拉拉你等会儿马上就做这件事情，动作要快哦。你跟马莱快速讨论后，就把表格发给我。我会马上去找张寅，一定要逼他在开会前先看一看。"

拉拉说："知道。原始评分表我已经看过了，一个小时内我们就能把数据给您。"黄国栋这才放心地点了点头。

拉拉又建议道："我在马莱给的原始评分表里，确实发现了一个分寸把握得很好的大区经理，我想，可不可以把他安排在第一个发言呢？这样就等于给张寅那组的大区经理先立了一个好榜样，榜样的力量是无穷的嘛，既可以让其他人追随效仿，也会给态度不端正的人以压力，本来有心赖皮，看到同僚做得那么好，没准当堂来个自我纠正呢。"

黄国栋很喜欢这个主意，他马上问拉拉："你说的这个大区经理是谁？"

马莱猜测道："拉拉你说的是不是小梁呀？"

拉拉哈哈笑道："英雄所见略同，没错，就是他。"

黄国栋果断拍板说："那就安排小梁第一个作评估。"

拉拉想了想，说："要不，一会儿我去看看小梁在公司不，要是在的话，索性把他叫来，我们给他开开小灶。小梁上进心挺强的，学东西也很快，这样辅导一下，他到时候应该能讲得更好。"

马莱求助地看看李卫东，李卫东爽快地说："我来辅导小梁吧。"拉拉跟黄国栋打了个招呼，马上起身打电话给小梁，讲了几句，她走回来说："安排好了，卫东你一会儿方便了就打电话叫他过来吧。"

黄国栋见他们如此高效果断，觉得挺高兴。他想，昨天批评杜拉拉和李卫东没有团队合作的精神，看来效果还不错，这两位今天都挺主动，而且他们解决问题确实有一套，行动能力又强，就连马莱也没有再说一句逃避推诿的话，让她干的活她都加班加点交出来了。

黄国栋还没有意识到，有一个更重要的原因是昨天以来他自己的表现——他做了一回好榜样。

22 提供支持，可更重要的是鼓励承担

会议的另一个收获是他们制定了推动项目实施的后继行动计划。

黄国栋的意思，在未来的十二个月里要大力强化理念灌输，销售部每三个月就会召集一次大区经理会议检讨生意上的得失，黄国栋要求利用这个机会，每半年为大区经理们作一次领导力培训，每季度举办一次领导力论坛。

黄国栋的思路得到了几位经理的一致认同，李卫东还出了个主意，他建议把卓越领导力的内容分成三个主题，让三位销售总监每人负责一个主题，请他

们把领导力的内容与销售部的实际情况相结合，各自在论坛上给大区经理作一次自由演讲。李卫东说，总监们可以自告奋勇认领各自擅长的题目，也可以抓阄决定各自的题目。

没等黄国栋发表意见，拉拉脱口而出："卫东的这个办法好！"黄国栋问她好在哪里。拉拉说："我个人感觉，论起讲解领导力，老易和张寅都不如卫东，但是如果HR把培训大包大揽，讲得再好再辛苦也难保销售部不挑剔——不用干活的人嘛，说起话来总是特别轻松容易，指指点点品头论足，又不用对结果负责任。而且包办还有一个副作用，会让销售部产生一种错觉——这个事情都是HR要干的，HR在麻烦我们、占用我们的时间，我打个比方，这就有点像保姆伺候老爷似的，什么给他想得周周全全，他反而要挑剔保姆这个不是那个不好。"

马莱听拉拉这一说，一肚子的苦水翻滚起来，她一个没注意悠然长叹了一声。黄国栋看看她，安抚地笑道："看来马莱深有感触。得了，我知道拉拉的意思了，我们就不做保姆，让老爷自己多劳动劳动。"

拉拉笑道："如果按照卫东的思路，彼此的姿态就发生了变化：HR是为销售部作好接班人计划提供支持当好顾问，但销售部的接班人计划不是HR的，是销售部自己要做好的事情，包括洗脑，不是HR要你们洗脑，是你们自己应该跟上形势主动洗脑，你们别光站在岸上比画，自己下河来试一试吧，就知道水深水浅了。所以卫东的办法好就好在会让销售部更有承担，更积极主动，HR也能避免像拉郎配一样拉着销售部来作人才评估，最终达到人人重视人才评估的目的。这正符合沟通守则中的一条：提供支持，可更重要的是鼓励承担。"

拉拉说完，李卫东说自己的想法还有一层意思，任何改革都要自上而下才能成功，上面一定要支持，下面才能动得起来，从这次评估的情况看，几位总监的心态都不怎么积极，甚至有点儿看笑话的意思，所以，擒贼先擒王，他想先把总监拿下。

黄国栋听了很高兴，笑得"花枝乱颤"，当即豪爽地表态道："好！我会说服销售总监配合的。"

马莱听了李卫东和杜拉拉的一番分析，一团乱麻一样的思绪理清了很多，她想，既然这次老板打算出面说服销售总监讲课，何不索性要求大区经理们也在各自的区域为小区经理们讲课？领导力的概念迟早是要推广到小区经理这一层的。马莱就借势把这个想法说了出来。

黄国栋稍一思忖，道："这也对。要么这样，先抓大区经理这一层级，半年后，再往小区经理层级推进。逐层推进，稳当些。"

黄国栋感到这次的会比哪次都卓有成效，为了让马莱专心准备第二天的评估，他指示杜拉拉抓紧写出会议总结。

黄国栋有把握杜拉拉能写出靠谱的会议总结。他盘算好了，回头把杜拉拉的会议总结稍作修改，就可以当成自己的行动计划发给麦大卫了。

自从前一天下午麦大卫在电话里发脾气到现在，已经过去二十二小时了。黄国栋要争取在二十四小时左右向麦大卫交出自己的答案。老板是最大的客户，而客户服务的头一条原则就是快速响应。

会后，黄国栋把拉拉叫到一边，小声跟她说了二十四小时的概念和会议总结的用途。拉拉倒很能体谅黄国栋的心情，黄国栋一走开，她就请前台帮她叫一份快餐送到办公室，然后她马上动手，从原始评分表中拉出两组准备送给张寅评价的分数发给了马莱。随即，拉拉埋头写起了会议总结。

马莱也让前台帮她叫了快餐，所以就只有黄国栋和李卫东两人结伴出去吃午饭了。黄国栋想，正好乘此机会和李卫东聊聊。李卫东先声明自己已经约了小梁，所以只有一个小时吃午饭。黄国栋求之不得满口答应，他还等着看杜拉拉的会议总结，哪儿有心思把时间花在午饭上。

黄国栋记得杜拉拉和李卫东都是爱吃海鱼的主，特意叫了一条香煎海鱼。李卫东倒不是那么在乎午餐吃什么，但老板记着自己的喜好总是让人高兴的事情，李卫东一高兴，就主动地给黄国栋又出了一些主意，都是关于怎么灌输领导力理念的，比如可以在大区经理中重点培养像小梁这样要求进步口才又较好的主，让他们在领导力论坛上作案例分享。黄国栋自己没有作过培训，这方面他确实不如李卫东，脑子一转就是一个好点子。

尤其让黄国栋高兴的是，这次李卫东态度很积极主动，一点儿也没有不好讲话的意思。领导力培训课程需要一个强大的讲师，马莱对付这些大区经理，先不说讲课技巧如何，光是气场就不够强大，这一点黄国栋和李卫东都心知肚明。黄国栋就先试探李卫东是否愿意帮马莱讲课。黄国栋预备着李卫东至少会有所犹豫，不料李卫东很爽快，他说这是HR团队的头等大事，如果马莱需要，他义不容辞。

黄国栋高兴得脸都发光了，连连代表马莱和他自己说："需要需要，当然需要！谢谢你了，卫东！"

李卫东矜持地笑了笑说："老板太客气了，我是HR团队的一分子嘛。以大局为重，这点觉悟我当然有。"

黄国栋想，他是不是还在计较我昨天说他和杜拉拉没有团队合作精神呀？不过，黄国栋才不管那么多，他装成没事人的样子说："对，对，我们都是一个TEAM（团队），我今天都看出来了，你和拉拉都非常支持马莱，我会把这些情况都转告给大卫，特别是你愿意讲课的事情，大卫一定会非常高兴。卫东呀，接下来，这个项目还需要你多多支持马莱，关于怎么办好领导力论坛，今天你提到的几个点子都是好主意，你能不能协助马莱来主持领导力论坛呢？"黄国栋说完，笑眯眯地盯着李卫东等他表态。

李卫东心说，好嘛，你倒真会鞭打快牛，什么叫"协助"马莱，只怕你现在就盘算好了到时候要推我出去唱主角吧。不过，李卫东一点儿不在乎黄国栋对自己得寸进尺地提出要求，黄国栋主动提出要求，不正好显得他是应黄国栋的要求才转移工作重心的吗？这样他对麦大卫就好交代多了。

李卫东做出踌躇的样子道："这得需要投入很多精力。招聘流程项目的现状您也知道，我本来还想着接下来好好下工夫的。"

黄国栋马上想起顾问公司的事情，问李卫东询价询得如何了。李卫东说："我准备了几家公司的报价，正想和您商量商量，这个项目确实比我预想的要花上更多的时间和人力——所以，老板您看，我是真心愿意帮助马莱的，只是我手上这个项目，您看怎么办？"

黄国栋眨了眨眼，反问李卫东："你有什么建议？"

李卫东心说，滑头！他挠了挠头做为难状，过了一会儿才说："其实，招聘流程项目和'接班人计划'一样，都是遇到了困难，需要落实后继的改进计划，才能推动项目继续实施下去。要不老板，下午我先把顾问公司的询价和后继行动方案发给您，您给看看，我非常期待您的指点。关于马莱那边，我是真愿意助一臂之力的，只是现在仔细一想，讲课的事情我答应得太贸然，因为以我现在的精力，已经是分身乏术了。"李卫东呱啦呱啦说了一通，最后"啧"了一声道："还真是挺为难的。"

这下黄国栋听出李卫东的话外之音了。他想，看来只要能给解决招聘项目上的困难，李卫东就能有积极性接过接班人计划的那一摊为难事儿。行呀，你有需求就好办，就怕碰上个无欲无求的，那才叫刀枪不入。

黄国栋没有急于表态，而是哈哈一笑道："不用为难，卫东，办法总比困难多嘛！你要是忙不过来，我也可以考虑让香港的组织经理来帮帮马莱的忙，这都可以协调。"

正好那条煎海鱼端上来了，黄国栋热情洋溢地招呼李卫东："来，吃鱼吃鱼，工作我们下午再谈。"

李卫东心想，让香港的组织经理来帮忙？说得轻松，香港人哪儿有本地人好用！他了解本地的销售经理吗？普通话都说不清楚！

不过，李卫东也明白，黄国栋这是在告诫他，讲价别讲得太狠。

李卫东也不着急，且专心享用起那条海鱼来。

饭后，两人一起回到办公室。李卫东去给小梁开小灶，黄国栋回办公室收邮件。马莱已经把和拉拉达成一致的两组评分发给了黄国栋，黄国栋赶紧把邮件转给了张寅，又追到张寅的办公室，当面要求张寅在开会前先看一看这两组原始评分，并给他反馈。

搞定张寅后，黄国栋回到自己办公室继续收邮件，发现杜拉拉果然在麦大卫发脾气后的二十四小时以内完成了会议总结。

黄国栋看了一遍，觉得总结写得简洁而到位。在培训和论坛主持这两大任务后面，拉拉列出了三个相关栏目，一个是"指导者"，一个是"责任人"，还有一个是"协助者"，黄国栋和马莱的名字分别被填进了前两栏，最后一栏却空着没有填。

其实，会上他们在讨论行动方案的时候，内容、时间都大致商量了，甚至为销售部的人作了分工，但HR内部由谁来负责哪一项任务却没有明确谈到。黄国栋不想在会上谈这个，其他人也都知趣地没有在讨论中涉及这方面的话题。

接班人计划的项目一直是马莱负责的，所以拉拉把"责任人"填写为马莱，可以说是顺理成章，至于怎么忽然冒出了"指导者"和"协助者"，黄国栋猜想，拉拉大约是觉得马莱势单力孤，才在行动方案里加进了这两项，也算是她婉转地提醒老板注意定位，并且为马莱讨要资源吧。

黄国栋正琢磨着，电脑屏幕上出现提示：有一封新邮件。原来是李卫东把顾问公司的相关询价和招聘流程项目的改进行动方案发了过来。

黄国栋看了邮件，第一反应就是所需费用不能算是小数字，得向麦大卫请示过再说，不过，麦大卫应该至少会批准部分费用。

关于如何改进的行动方案，除了和顾问公司共同工作的安排以外，李卫东还列出了两条，一是要求公司各部门指定一位经理做协调人，与HR共同编制相关任职说明书；二是要求另外两位HR经理提供一些具体的协助，比如他要求组织经理马莱，配合制定主要职能的一线经理、二线经理和总监级别的核心任职能力，他还要求C&B经理杜拉拉提供SH中国所有岗位的典型职责。

跟约好了似的，李卫东在行动方案中也列出了"指导者"和"协助者"两个栏目，其中指导者自然非黄国栋莫属了。黄国栋有些啼笑皆非，心里明白这是下属在将自己的军，不让自己做甩手掌柜。

黄国栋心中仔细评估了一下，感到李卫东还是从过去几个月的项目运作中吸取了教训，他的改进行动方案比较到位。要求各部门指派协调人的事情，黄国栋能猜到李卫东会要求他本人出面来帮助落实；他要求杜拉拉的那一条，应该不成问题，杜拉拉刚作过宽带制和薪酬调查，她手上现成就有这方面的资料；至于向马莱要求的那些东西，就有些费劲了，香港公司倒有些现成的东西，比较简单，可以拿来给他们作基础，但最好是结合内地的情况和领导力的概念，做出一套崭新的核心任职能力。

黄国栋这时候想到一个解决办法，何不让马莱和李卫东结成一个互帮小组呢？马莱对招聘比李卫东有经验，而接班人计划现在急需培训经理的支持，只要任务分解得公平合理，两个经理都能扬长避短，这种共赢的安排他们应该会愿意接受。黄国栋觉得这个办法不错，他高兴地拍了一下自己的脑门儿，心想，借着这个机会让马莱分担招聘流程项目的一部分任务，马莱应该无话可说，这也是为了帮助她摆脱困境嘛！这可比勉强杜拉拉好，毕竟杜拉拉那组的人员已经很疲惫了，再加工作量显得我老黄私人请她帮忙似的。

黄国栋不愿意松口给马莱和李卫东彻底互换项目，其中有两个原因。首先是因为"接班人计划"明显属于组织经理的工作，要是把整个项目都换给了李卫东，那到底谁是组织经理？弄不好会非常伤害马莱。另外，黄国栋看出李卫东想借机甩掉包袱，但他认为招聘流程项目在李卫东手上已经运作了四个多月，当事人应该有始有终，遇到压力就找借口逃避算哪门子事儿！总之，黄国栋不打算向李卫东的小聪明妥协。

黄国栋当机立断，给杜拉拉的总结作了补充和修改，一个是在行动方案中加入了"培养大区经理做案例分享的论坛讲者"和"在HR内部培养'领导力'培训课程的讲者"；另外，关于领导力培训和主持论坛的两个任务，他把"责任人"定为马莱和李卫东，"协助者"则定为杜拉拉和香港的组织经理。

黄国栋打定主意，不管怎么说，马上安排香港的组织经理过来，训练这三位HR经理做领导力培训课程的讲者，从长远来说，最好三位HR经理都能独立地作这个培训，尤其是马莱。

黄国栋把修改过的总结作为自己的行动计划发给了麦大卫，又把李卫东的邮件也转发给了麦大卫。

麦大卫在读完邮件后的第一分钟就打电话给黄国栋，黄国栋赶紧一五一十地解释了自己的思路，说的时候他抖了个小机灵，把绝大部分的篇幅都用在了"接班人计划"上，对于招聘流程项目的困难则寥寥数语一带而过，只简单地说了前期估计不够充分，看来需要顾问公司做后盾——黄国栋不愿意让麦大卫觉得他这边到处需要救火。

麦大卫的注意力果然主要集中到了"接班人计划"上，他说："这个安排卫东和马莱有问题吗？"

黄国栋忙说："我想等和您沟通过再正式和他们俩谈，不过我已经先摸了底，卫东肯定没有问题，这次的行动方案有不少就是来自卫东和拉拉的贡献，他们都非常积极热心。马莱我估计也没有问题，她熟悉招聘，卫东擅长培训，他们建立互助关系是一个共赢。"

麦大卫听了黄国栋的介绍，感到这个办法还算靠谱。麦大卫从黄国栋的报告中看出来，黄国栋在过去的二十四小时里迅速地作出了一系列正确反应，他对黄国栋的补救行动还算满意，气便消了不少。麦大卫在一分钟内作出了决定：就按黄国栋的想法办。关于招聘流程项目，麦大卫告诉黄国栋，李卫东需要的钱他可以批，另外，他还可以让亚太的招聘总监帮忙看看是否有可以共享的资源提供给李卫东。

黄国栋大为高兴，连声对领导的支持表示感谢。麦大卫嘱咐他说："互相帮助是非常好的，但是光有团队合作还不够，一定要注意明确分工，责任落实到人，千万不要出现一个任务两个人都没有去覆盖的事情。"

黄国栋也知道落实分工是关键，他当即拍胸脯让麦大卫放心，又说等张寅那组评估一结束，第一时间就会让麦大卫知道结果。麦大卫"嗯"了一声，听口气似乎还算满意。

麦大卫想起另一桩事情，问道："上次我们沟通过，明年可能会给SH中国的HR团队增加三个人头，你打算怎么分配？"

黄国栋说："初步的方案是增加一个主管招聘和员工关系的经理，然后给杜拉拉增加一个C&B专员，剩余的一个人头分给李卫东，他就可以增加一个招聘专员了。"

麦大卫就问："拉拉是不是知道你这个方案？"黄国栋告诉麦大卫，拉拉已经在按照这个方案准备明年的预算了。

麦大卫沉吟了一下，说："让她先保密，等最后落实了再说。"

黄国栋心领神会道："明白，我已经吩咐过她，这个事情暂时和谁都不要提起。"说到明年的人头预算，这两人心照不宣，都想到了如果SH中国能增加一个HR经理的名额，就该把马莱换到招聘经理的岗位上，另招一个组织经理回来。黄国栋还暗自盘算着，到时候给杜拉拉减一减工作负荷，比如把行政部分出去给别的经理管，好让她专心致志地做好C&B，做好销售部的HR伙伴。

黄国栋以为这个电话应该就到此为止了，不料麦大卫忽然说："还有一件事情正想和你沟通一下。卫东做的人员流失分析我看过了，他把员工按服务年限进行了分组，0—12个月，1—2年，2—3年，以及3年以上，一共是4组，其中3年以上那组的流失率最低，2—3年组次之，剩余的两组差不多高。"

黄国栋"嗯"了一声，李卫东的流失率分析是昨天下午发出来的，他因为人员评估的事情分了心，就没有特别仔细地去研究李卫东的分析，也没有从中发现特别有价值的内容。这时候他有些紧张地竖起耳朵，不知道麦大卫从分析中又找到了什么新发现。

麦大卫忽然改变主意不想谈下去了，他说："你和马莱现在需要集中精神准备明天的评估会，这样吧，等忙完这件事情咱们再来讨论流失率的问题。下周一周二我会在香港开会，我们在香港面谈吧。"

黄国栋忙答应着，顺手在自己的笔记本上记下日程安排。麦大卫又说："好久没有和三个经理一起工作了，我想趁此机会和他们见一见，我们可以一起听取他们对手头项目的汇报。他们到香港应该没有问题吧？"

黄国栋听麦大卫要求三个经理到香港去见他，不由得一愣，随即说："我来安排。如果他们持有有效的通行证，应该就没有问题。"

麦大卫又特意嘱咐说："到时候，我想听一听李卫东和马莱在项目互助中的具体分工。"

对此黄国栋连连答应，心里却有些尴尬。按麦大卫的脾气，通常他只要认为大的方向没有问题，就不会再过问具体细节了，这回他却一反常态，要求黄国栋详细报告李卫东和马莱的具体分工，显然，麦大卫要么是不太放心分工的事情，要么是想给黄国栋施加一些压力，逼黄国栋踏实细致地监控项目运作。

麦大卫最后嘀咕了一句："招聘流程项目怎么也如此不顺利？真有些出乎我的意料。"看来，他心里还是很清楚那个项目的问题也不小，并没有因为黄国栋的轻描淡写而糊涂。麦大卫迷惑不解的口气，令黄国栋更尴尬了。

23 小动作

SH香港办的布局设计，一年前正是由黄国栋一手操办的。黄国栋带着杜拉拉他们三个参观香港办公室的时候，昂首挺胸很是自豪，他不时停下来，热心地为这三人作介绍。比起上一周，黄国栋的心情靓丽了很多。不仅张寅那组的评估完成得很顺利，他和马莱、李卫东的谈话也颇见成效，两人都接受了互助合作的运作模式，具体的分工方案也很快拿出来了，是由李卫东起草的，马莱看过表示认同，黄国栋也认为这个方案比较靠谱，他估计在麦大卫那里应该能顺利过关。

三位HR经理和麦大卫的会议定在周二的中午，在此之前，除了听香港的组织经理讲课以外，黄国栋让他们自便。

在杜拉拉和马莱分别与香港的C&B经理和组织经理交流的时候，李卫东并没有去找香港的培训经理拉呱，他独自在香港办里兜了一圈找到了麦大卫的办公室，想看看是否有机会和麦大卫打招呼。李卫东运气不错，麦大卫刚和人谈完话，一眼瞧见他在门口张望，麦大卫向来喜欢李卫东，高兴地招呼他进去。

两人聊了没几句，李卫东就主动检讨自己没有控制好招聘流程。麦大卫关心地问他问题出在哪里。李卫东说："首先是在最初设计项目思路的时候我企图在顾问费上省钱，因小失大，后来在用人上又不太得力，两下一夹击，局面就被动了。这主要怪我，事先对困难准备不足，问题出来以后又一味想依靠个人的力量来解决，没有及时向总监请求支持帮助，耽误了时间。"

李卫东说的时候，脸上有些发烧，不是因为项目失控而尴尬，而是因为不得不表示"我错了"而憋屈。李卫东属于世界上个性最强的那一拨人，认错对他来说是非常痛苦的事情，他宁可费尽心机好让黄国栋认为是由于"接班人计划"需要李卫东，李卫东才离开招聘流程项目的，也不愿意爽快承认自己有失误并且需要帮助。

不过李卫东很清楚，麦大卫不比黄国栋，麦大卫敏锐得就像一只山鹰，在他面前即使不说出全部的实话，至少得说出部分的实话，否则就是给自己找不痛快。为此，李卫东在麦大卫面前的基本姿态就是"我有错"，那两条总结是他来香港前就想好的，其中第二条，他知道必然会引起麦大卫的进一步追问。

果然，麦大卫马上问李卫东，用人不得力是怎么回事儿。李卫东遗憾地表示，本来是想倚重艾玛的，结果事与愿违，不甚得力，导致他的许多想法没能很好地实现。

麦大卫闻言有些意外，他跟艾玛在工作上几乎没有过接触，因为级别差得太远了，但是他对艾玛还是有点儿印象的，觉得这个女孩子形象很职业，反应也很机敏，何以这次成了个不得力的角色？麦大卫心中疑惑，面上不动声色地"哦"了一声，问道："那又为什么，是能力不够还是态度有问题？"李卫东说："是能力问题。"麦大卫说："何以见得？"

李卫东解释说："这次的项目，我布置下去的任务她多半完成得不好，她自己解释说尽力了，只能做到这个程度。开始我有些生气，认为她敷衍，但拉拉也说艾玛的能力确实不能胜任项目组分配的那些任务，我还是将信将疑。可是，后来一个偶然的发现彻底打消了我的怀疑。"

李卫东说到这里，故意略作停顿，想吊一吊麦大卫的胃口，麦大卫果然眼睛睁得圆溜溜的，问他那是一个什么发现。李卫东这才接着往下说："我查过了，在过去的二十四个月里，不论是拉拉负责支持销售部期间，还是马莱负责支持销售部期间，招聘的主力都是艾玛——这正是当初为什么我会想用她做项目主力队员的原因。然而，前些日子，我在作流失率分析的时候有了一个担忧的发现，流失率最高的数字发生在入职十二个月以内以及一到两年之间的两组销售类员工——这就很能说明问题了，艾玛的招聘速度再快，她招聘的人数再多，都不能改变流失率高的大问题。看来艾玛的招聘能力确实亟须提高，不然这样下去必有风险，业务部门会责怪HR招人不当的。"

李卫东最后那句话，麦大卫一下听进去了。麦大卫是个很聪明的人，又非常自信，下判断、作决定总比一般人来得快。麦大卫当即拿定主意，一会儿就把黄国栋和杜拉拉找来当面谈清楚，让他们马上打发艾玛走人，以绝后患。

拉拉哪里料到会有这码事儿呀，听说老大召唤就赶紧过来觐见了。她一看，黄国栋和李卫东已经都在了，黄国栋坐在麦大卫旁边，李卫东坐在麦大卫对面，李卫东边上还留着个座位是给她的。

因为"宽带制"做得很漂亮，麦大卫对拉拉的看法好了很多，隔着办公桌，他很给面子地抓住拉拉的手摇了几摇，问候拉拉近况可好，又夸奖"宽带制"做得好云云。没等拉拉从场面话中醒过神来，他忽然话锋一转，跳到流失率的问题上。

拉拉脸上的笑容还没退呢，一下感到了一股无形的压力，她心中有数，销售部目前的流失率确实是太高了，要说把主要责任算到HR头上，拉拉觉得自然没有这个道理；可要说HR完全没有干系，似乎也没法摘得那么清。她正踌躇呢，麦大卫忽地一下把身子朝桌子对面压了过来，道："我知道，在中国大陆，人们喜欢强调销售这个职业流失率就是高，这个观念必须改变！看看欧美国家，销售的流失率为什么就不高？关键还是在于人的观念。"

麦大卫的身体语言和他说的话，让拉拉一下想起当初麦大卫面试自己的情景，拉拉情不自禁地想起上中学时学过的一篇课文，题目叫"惊人相似的一幕"。拉拉意识到自己开小差了，赶紧正襟危坐道："大卫，您说得对，销售部的流失率确实偏高了。我回去就和销售总监们碰头，找出原因，制定解决方案。"

麦大卫点点头说："我们HR自身的问题一定要解决，这两年销售部的招聘主要是由艾玛做的，而现在恰恰是两年内进公司的销售类员工流失率最高，现在何查理因为这个问题对HR大为光火。在招聘流程的项目中，艾玛也不能称职完成任务，据说，她还自称尽力了，只能做到这个程度。像这样不称职的招聘专员，拉拉你必须尽快让她离开SH！"

洋人本来眼睛就大，麦大卫说的时候，眼睛又睁得溜圆，一副不容置疑的架势。拉拉顿时傻眼了，说她这次来香港没指望得两句夸奖，那是假的，可她也实在是不太在乎夸奖，哪想到麦大卫忽然要她炒掉艾玛。

香港的十一月初还处在夏季，拉拉想，半年来艾玛做牛做马累死累活，要是炒掉艾玛，天上会忽然下雪的吧，那也太冤了。

拉拉本能地望向对面的黄国栋，想让他帮着打打圆场。只见黄国栋脸上的表情有些奇怪，似乎哭笑不得的样子。看到拉拉的视线转向自己，黄国栋尴尬地躲开了她的眼神。拉拉见状，马上知道不能指望他了。

拉拉心中很是纳罕，麦大卫和艾玛级别天差地别，他怎么会忽然要求炒掉艾玛？可她随即醒过神来了：一定是李卫东说了什么。心念至此，拉拉马上看了李卫东一眼。李卫东倒是若无其事的样子坐在那里，显得比黄国栋自然多了。

拉拉知道麦大卫个性很强，可不反驳他又不行，只得细声细气地对麦大卫说："大卫，我说说我的看法，如有不妥，请大家指点。HR在招聘上有几个考核指标——数量，速度，还有质量——数量和速度，就是指用多长时间招聘到了多少人数，我们常常用空岗率和空岗时间来衡量这两个指标的完成情况；衡量招聘质量，有一个重要的指标就是流失率。我认为衡量HR的招聘质量是否合格，要看流失率是否发生在试用期内，如果发生在试用期内，那么HR是看人看走眼了，反之，用人部门的经理应承担更大的责任。不知道我这个观点对不对？"

麦大卫用升调说了个"OK"，又抬了抬下巴示意拉拉继续。

拉拉说："SH的在华扩张主要是在去年和今年完成的，其中又以销售部的扩张为主，所以在过去两年内进公司的销售类员工占了公司员工总数的大多数，这也会导致这部分人的流失率占比较高。"

麦大卫听到这里，感到拉拉的分析似乎也站得住脚，他不置可否地问拉拉："所以，你的结论是什么？"黄国栋在一边见麦大卫面无表情的样子，暗自替拉拉捏了一把汗。

拉拉其实也有些紧张，但又想，麦大卫再强势，也不至于蛮不讲理吧，我反正得把我的道理说出来，就算他不爱听，顶多让他吼两句好了。拉拉清了清嗓子，总结说："毋庸置疑，目前的流失率是高了，至于是不是该由招聘专员负主要责任，我建议再核实。"

麦大卫追问道："以你的意思，该怎么核实呢？"

拉拉说："目前大陆市场对人才的争夺日益激烈，SH在短期内急剧扩张，导致我们面临两方面的困难，一方面是管理人才培养不及，部分经理在领导力上有问题，队伍带得不太好，导致人员不稳定；另一方面，合乎要求的应聘者来源不足，所以有时候，经HR和用人部门商量后的共同决定，在招聘要求上确实会存在退而求其次的情况。我想，我们可以从这两方面重点查找流失率的原因。"

拉拉说完，麦大卫扭头问黄国栋："你的意见呢？"黄国栋觉得拉拉分析得不错，又见麦大卫似乎没有不高兴的意思，便借机打了几句圆场。李卫东仍然一声不吭，麦大卫也没有问他的意见。

麦大卫想了想，和颜悦色地说："拉拉，人是给你用的，你觉得艾玛合用最重要。但是，你一定要抓紧查找高流失率的原因，帮助销售部把流失率降下来。动作越快越好。"拉拉连连答应，并在笔记本上作了记录以示郑重。

从麦大卫的办公室出来后，拉拉下意识地叹了一口气：艾玛算是躲过了一劫，可她提主管的事情会不会因此受影响呢？拉拉有些担心，她不由得暗怪黄国栋只顾顺着麦大卫的意思，明知艾玛冤枉也不帮着说话。对于李卫东背后下绊，拉拉更是恼火，现如今，沈乔治和艾玛，这两人的水平如何且不提，他们实实在在是她的左膀右臂，李卫东今天这一下未免太过了。

黄国栋当然清楚拉拉会有什么感受，他马上找了个机会用劝解的口气对拉拉说："大卫的脾气你也知道，当面跟他硬顶效果不见得好，艾玛的事情，我本来准备找个机会单独跟他说的。"

拉拉听出黄国栋是向自己解释的意思，她感觉舒服了一些——且不论老黄的一番话是真心实意还是虚伪卖乖，他肯应酬你就算是重视你杜拉拉的感受了。拉拉领情地点点头说："还是您考虑得周到，我刚才有点儿沉不住气。我是想，我如果不帮艾玛说句公道话，对不住艾玛，也没法对我团队里的其他人交代。艾玛要是真气跑了，损失的还不是我们自己吗？"

黄国栋连连点头道："理解理解。"

拉拉心里揣着一个疑问，乘势问黄国栋："老板，大卫怎么会忽然过问起艾玛的事情？他和艾玛隔了那么多级，艾玛做得好还是不好大卫哪里知道？是卫东说了什么吗？"

黄国栋怕事情闹大，忙矢口否认道："不会吧！拉拉你不要多心。查理因为流失率的事情责怪HR，所以大卫最近也挺着急上火。流失率分析虽然是卫东做的，但是他也只是凭着数据表象作的推断，销售部的事情他自然不如你了解情况。"

拉拉对黄国栋的解释并不信服，她索性把事情都挑明了："大卫似乎对艾玛在招聘流程项目中的表现颇为不满——其实，老板您是最清楚的，招聘流程项目卡壳，问题根本就不在艾玛身上。我刚才是怕影响团队氛围，才忍着没有说这些。"

其实黄国栋早从麦大卫的那番话中推测出李卫东的小动作。当时他犹豫了一下，还是选择了沉默。黄国栋有他的难处，要是他当场说明实情，只怕不仅李卫东下不来台，麦大卫面上也不好看；另外，说起招聘流程项目，黄国栋多少有些心虚，如果说李卫东作为项目经理把自己的工作推给了下面的专员，那么黄国栋作为总监同样难逃失察之责，所以他本能地想尽量回避跟这个项目相关的话题。

面对拉拉的怨气，黄国栋多少有些气短，只得好言安抚道："大卫在这上面确实不太了解情况，拉拉你放心，回头我会把情况向他作一个全面的介绍。"

拉拉克制了一下心头的火气，解释说："老板，不是我斤斤计较，我觉得我们不应该让努力干活的人郁闷，更不能伤他们的心，而是应该及时认可，让人家得到应得的利益，员工才有积极性嘛，不然，鼓励优秀人才和公司共同成长就成了空话。"

黄国栋一连声地说："放心拉拉，我有分寸的。其他都是小误会，好解决，问题的关键还是在于流失率太高，我们要在这上面多下工夫。"

拉拉点点头，说："流失率确实有问题，得好好抓一抓。不然，这边拼命招人，那边一个劲儿走人，这活就没个完了。我回去后马上想办法查找问题根源。"

24 没资格做好人

从香港一回到广州，拉拉就把沈乔治找来商量流失率分析的事情。

李卫东在作分析的时候，是把员工按服务年限进行分组的。拉拉在香港期间就想好了，她要让沈乔治以销售大区为单位进行分组来计算流失率，拉拉让沈乔治同时注明各大区的指标完成率——拉拉的目的是想看看人员流失是比较均衡地分布在各产品线各大区，还是有明显的差异。如果差异发生在不同的产品线之间，说明员工走人可能是因为产品不好卖，拉拉要求列明各大区的指标完成情况，就是为了方便观察指标压力和离职率之间的关系；如果差异发生在同一产品线的不同大区之间，就说明可能是流失率高的大区经理的管理有问题。

拉拉本来还想让沈乔治作一个关于流失原因比例的分析，她试图搞清楚，因为各种原因走人的比例到底有多少，是HR招人根本就招得不对，还是员工跟经理关系紧张，或者是员工觉得工作压力太大，对完成任务没有信心？拉拉推测，主要原因应该就是这三条，现在她需要数据来证实自己的观点。但是因为现有的HR流程，对这方面的数据管理比较粗放，只能大致地根据员工离职的时候是否有本人递交的辞职信来区分为主动离职和被动离职两大类，所以沈乔治在这上边也作不出比李卫东更详尽的分析，拉拉只得作罢。

拉拉和沈乔治商量了一会儿，又有了主意，她让沈乔治仍然按大区分组，计算出年内离职人员中业绩能达标的人数比例，以及未能通过试用期的人数比例——拉拉心里清楚，前者比例高的话，销售经理的管理肯定是有问题的；后者比例高的话，则负责招聘的HR专员就有问题了。

分析结果很快出来了，流失率和产品线没有直接的关联，几条产品线都有表现好的和表现弱的大区，倒是有一个特别的现象引起了拉拉的注意：张寅和另一个总监冯浩的区域，都是业绩好的大区人员相对稳定，业绩压力大的大区则流失率偏高；而在易志坚的区域，两个流失率最高的大区反而是业绩最出色的大区，而且，在这两个大区的离职员工中，能完成指标的人数比例明显比别的大区都高，没有通过试用期的人数比例也最高。由于这两个大区离谱的流失率，导致易志坚的流失率在三位总监中排名最高。

拉拉指着分析表对沈乔治说："难怪老易的流失率比谁都高，你看看曹远征和万方的流失率，一个38%，一个30%，真吓人！特别是曹远征，他也太夸张了，一年还没结束呢，他就38%的离职率了，真能炒人！这么换血，他自己不难受吗？"

曹远征和万方都是业绩一贯呱呱叫的大区经理，而且都属于开山派，SH中国成立不久这两人就来了。沈乔治担心拉拉不知深浅得罪了刺头，他指了指曹远征和万方的完成率，提醒拉拉说："曹远征和万方的业绩都非常好，特别是曹远征，听说老易挺宠他的，资源什么的老向他倾斜，别的大区经理都让他三分。"

拉拉摆摆手说："我看到了，他的业绩非常好，可他的流失率也非常高，高到根本无法接受。为什么他的团队中有那么多能完成指标的人走了？"

沈乔治小心翼翼地说："他会不会说是人家自己要走的，不是他赶走的。"

拉拉马上反问："那这种事情怎么老发生在他的区域？"

负责支持易志坚的招聘专员是杰西卡，沈乔治曾听人说曹远征早就对杰西卡的招聘水平不满了，他担心拉拉如此鲜明的态度会让曹远征等人反过来攻击杰西卡："那他如果说，HR还给他招了那么多没过试用期的人来呢，我们怎么办？"

拉拉说："所有招进来的人，大区经理和小区经理不也都面试过吗，他不点头，HR能硬塞给他？我也没说HR没问题，HR要是有问题，一样得改正。"

沈乔治见拉拉态度很坚决，就不好再多说了。拉拉解释道："我知道，你是怕我和老易干架，其实我也不想没有必要地得罪人。可是，现在流失率问题不小，我呢，是负责支持销售部的，这个位置决定了我没资格做好人——流失率要是再不控制住，HR和销售的日子一样好过不了。所以，现在必须逼着销售部一起找出问题的关键，把流失率降下来。"

拉拉把沈乔治作的流失率分析发给三位销售总监，请大家提出各自的看法，如果没有异议，她就要把这份分析发给麦大卫和何查理了。拉拉特意把流失率偏高的大区都用红色标注出来，以提醒阅读者的注意。其实，不标红也一目了然，易志坚的问题最大。易志坚看了数据，面子上有些下不来，马上把曹远征和万方分头叫到办公室训话。

万方没太顶嘴，表示马上和小区经理们开会想办法改进。

曹远征不服，说："老板，您看我那些离职的人，都交了辞职信，又不是我要炒人，是他们自己要走的，我有什么办法。"

易志坚不吃他这一套："你少给我狡辩，怎么这种事就单单发生在你的大区，你跟一般人都不一样不成？"

曹远征赶紧解释说："嘿嘿，老板，我不是这个意思。您看，拉拉配给我们的招聘专员太嫩，杰西卡做事能跟艾玛比吗？她弄来的人，好些连试用期都过不了。"

易志坚说："你少找借口！杰西卡嫩，你也嫩吗？招进来的销售代表，哪个没给你面试过？你不点头，杰西卡能强迫你要人吗？"

曹远征委屈地说："嗨，老板！她是没强迫我，不过，跟强迫我也差不了多少了！她提供给我们的简历，质量就不怎么样，挑来挑去，就是那些货色。我这边呢，招不进人来，就没人干活，我拖不起呀，时间一长，我也只好在她给我们的那些简历中，来个矮子当中拔高个。您说，这和强迫我有多大的差别呀？"

易志坚说："你活该！没有合适的人，你不会去找杜拉拉交涉？谁让你在OFFER上签字的？既然签了字，就表示你同意接受了，就不要再啰唆！现在好了，你看看这个分析，我只好把你交给何查理处置了。"

话虽这样说，易志坚还是要维护自己的下属的。他打电话把拉拉叫到自己的办公室来，一开口就摆出总监的架子为曹远征辩护。拉拉不同意他的袒护之词，两人各不相让，三言两语就争了起来。易志坚露出了蛮横劲，非让拉拉修改分析。

拉拉赔着笑脸道："易总，数据都是实打实的东西，走了多少人就是多少人，我动不了呀。"

易志坚指路明灯似的说："你可以在分析中加个备注嘛，说明杰西卡提供给我们的应聘者来源不符合公司要求。"

拉拉说："易总，这我还真没法备注，我只能注明，离职者中有多少比例是没能通过试用期的，在招聘这一部分人过程中，HR和用人经理各有部分责任——我就算注明问题都出在杰西卡身上，查理和大卫一样会问，那用人经理为什么要接受不合要求的人呢？为什么不及早反映呢？"

易志坚虎目圆睁，逼视着拉拉，想让她屈服。拉拉眼神既不躲开也不对立，一种以逸待劳耐心奉陪的架势。易志坚圆睁着眼睛坚持了三个深呼吸，眼睛累了，他也算是彻底明白了，敢情杜拉拉不是马莱，关键时刻她跟李卫东一样，绝不是你瞪两眼她就会让步了。

易志坚翻了一下眼睛，忽然大声吆喝起助理，助理在外面不知何事，赶紧跑来垂手立在门边等他发号施令。易志坚一拍桌子，厉声说："去！你去告诉曹远征，以后不合要求的人，一概不要！要他充什么好人！HR的招聘速度不用他操心！他给我看好他自己的流失率！"

助理退出去了，易志坚因为压不服拉拉，恼火得不行，又没法像骂曹远征那样教训拉拉，气得血压都升高了，胖胖的脸蛋涨红得像猪肝。

拉拉心里其实也挺来火，可她又觉得再互相赌气不太好，对方怎么说也是个总监。拉拉压了压心火，说："老易，杰西卡的问题我会马上再作进一步的了解和跟进，抓紧处理好。这里先向您和曹远征说声对不起。曹远征和万方的流失率确实太高，百分之三十几的流失率，得赶紧找出问题所在，不然这样下去，不说查理和大卫要质问，大区经理自己也受不了。"易志坚木着张脸，从鼻子里"嗯"了一声，算是表示同意。

拉拉只当没看到易志坚的表情，她告诉易志坚，李卫东已经设计好了一份新的离职谈话问卷，这份问卷能帮助管理者发现员工离职的真实原因，她去和李卫东商量一下，尽快就用起来。"接下来，所有流失率偏高的大区HR都会重点关注，有什么情况，HR会及时跟总监们通气的，也请您多给曹远征和万方一些辅导。"拉拉最后说。

易志坚气还没全消，不冷不热地说："那个没问题，我会辅导的。"拉拉笑笑走了。

拉拉把分析给黄国栋看，又把和易志坚的争论大致讲了一遍。拉拉特地指出："老板您看，艾玛负责支持张寅的区域和市场部，这两部分的人员流失率都比较正常。"

黄国栋心里清楚，拉拉是担心上次李卫东在香港和麦大卫说的话会影响艾玛的升职，他笑道："我看到了。放心吧，拉拉，艾玛的事情我已经和大卫说过了，他对晋升艾玛没有意见。你可以去准备相关文件了，她的升职从2008年1月1日起生效。"

拉拉本以为这事儿八成还要再有一番波折，没想到一下子就实现了。她高兴得跟自己升职了似的，小脸笑成了一朵花。黄国栋也很高兴自己兑现了承诺，笑道："现在我们来说说杰西卡，你想怎么办？"

拉拉脸上的笑容马上不见了。"杰西卡的合同很快就要到期，我的想法是不再续约了。她还不单单是经验的问题，怎么说呢，还有些别的天生的特点，不太好改。我认为，像SH这么高速发展的公司，不太适合她。"拉拉说。

黄国栋马上说："那就按你的意思办。"

拉拉有些意外，没想到今天两件事情老板都答应得这么痛快。

黄国栋说："你和杰西卡谈吧，尽量让她的感受好一些。毕竟她在这里工作了两年，不是个偷懒耍滑的员工，只是她不适合我们。"

拉拉说："我知道，我一定会好好和她谈的。"

杰西卡一直适应不了拉拉的工作风格，她觉得怎么都没法让拉拉满意，她自己也干得很不开心，要不是因为一直没有找到更合适的机会，她早就想撂挑子不干了。因此，当拉拉提出不再和她续约的时候，她没有像拉拉预计的那么沮丧，而是很镇定地问了一个问题："老板，我能不能申请调组？"

拉拉一怔，因为没有想到杰西卡动过内部调动的心思，随即想，只要杰西卡和新的用人经理你情我愿，岂不是大家都好？拉拉很乐意成全，马上爽快地答应："可以。只要你在合同到期之前找到愿意接受你的部门，我随时放人。"

杰西卡放心地松了口气，大大方方地说："谢谢拉拉。我想调到李经理的组，听说他明年增加了一个招聘专员的人头。你知道这件事情吗？"

拉拉知道李卫东那个人头已经批下来了，但是她不便多事——谁知道李卫东会怎么跟杰西卡说呢？她就谨慎地说："这你可能得问问李经理。"

杰西卡见拉拉没有否定，估计这个人头是落实的。她点点头，道："我马上去找李经理。"

杜拉拉不肯续约对杰西卡而言不算太意外——她清楚杜拉拉一直不满意她，说老实话，她也不太热衷跟着杜拉拉干——可李卫东的拒绝就是另一码事儿了，她惊讶得几乎不敢相信自己的耳朵。

李卫东倒也不否认自己增加了一个人头，但是他说杰西卡不太适合，因为他希望这个人除了会做招聘之外，还要有一点培训的经验。

杰西卡一直认为自己很喜欢李卫东的管理风格，她很有点心眼儿地主动帮着李卫东的组做了不少事情，就是希望有朝一日也许能转到李卫东的组里。没想到，如今人头编制是有了，可李卫东原来是不要她的，那他以前对她说那么些鼓励表扬的话是为什么呢？害得她单相思了一场，这个误会可太大了。杰西卡又惊讶又沮丧，情绪一下低沉到谷底。

拉拉见杰西卡一连几天都没有给回音，又成天一言不发地耷拉着脑袋，就明白是怎么回事儿了。本来嘛，她也很惊讶杰西卡会提出去李卫东那里，李卫东那么精明的人，对来之不易的人头看得紧着呢，不弄个能干的来，他哪里肯。

拉拉悄悄把艾玛找来，嘱咐她抓紧招聘取代杰西卡的人，又让她多关心关心杰西卡。HR专员这种职位，前程无忧和智联招聘上都有一些合适的职位放出来，拉拉建议杰西卡不妨多留心那上面的信息。

艾玛第二天告诉拉拉，杰西卡问拉拉能不能帮她写封推荐信。拉拉满口答应，让艾玛帮忙起草，这种信，艾玛能拿捏好分寸，既适当地为杰西卡说些好话，又别让拉拉太违心。拉拉还建议，以后杰西卡找新工作需要作背景调查的话，可以让对方公司联络拉拉，也可以联络艾玛。

艾玛问了一个问题："拉拉，推荐信里咱们怎么说杰西卡的离职原因？"其实，这是杰西卡特别关心的问题，她委托艾玛来问拉拉，艾玛不好意思直说，就借着推荐信提了出来。

拉拉出主意道："就说个人原因辞职的呗，比如不想在开发区上班之类的。"

艾玛把拉拉的话又转告给杰西卡，杰西卡这才放心——拉拉作为杰西卡曾经的直接主管，得在推荐信上签名的，白纸黑字说出来的话以后得算数。

25 三种主义

人大致可以分成三类：悲观主义者、乐观主义者，以及现实主义者。

同样一件事，悲观者从中看到风险，乐观者考虑的是如何从中获取最大收获，现实者考虑的则是如何过关。

何查理是悲观主义者，麦大卫是乐观主义者，黄国栋则是现实主义者。

当SH美国总部明确要求在"接班人计划"中落实SH大中华总经理何查理的接班人时，何查理心中隐隐不快，他觉得这个事情对他不利。亚太HRD麦大卫则兴奋得两眼灼灼放光，他觉得这是个辖制何查理的机会，既有效且堂皇。

每个人有每个人的野心，这本来是当事人自己的事儿，当旁边有人偏偏要搅和进来，你不由得要厌恶这不知趣的家伙了，孰不知，人家也觉得野心被你妨碍了。

比如总经理何查理，他认为大中华区，尤其大陆地区，那是他一手一脚打下的江山，他的地盘他做主，用谁做总监不用谁做总监，那是他考虑的事情。美国总部要是信不过，也不能把大中华区都交到他何查理手里！

偏偏亚太HRD麦大卫意见特别多，每次老何想提拔个人，他都要问来问去，今天说这个没潜力，明天说那个不称职，好像全天下就他专业。

何查理气得在心里骂，你算老几！你懂业务吗？也配在这里指手画脚！麦大卫心中亦有些毫不逊色的想法，类似于你当公司是土匪窝、你自己是山大王，想为所欲为呀？干部任用你休想绕过HR！

总之，CEO似乎成功地让两人都深信，他们深受器重肩负重任，两人便都以为自己是总部派来替天行道的，CEO与上帝都站在自己这一边。

何查理手下那些总监，大部分是从SH进入中国就跟着他打天下的，有的人做总监还称职，但要说再往上升就够戗了，还有的，总监已经做得不那么称职了，也就是说，何查理本来不该提他做总监的。何查理对这些人的情况了如指掌，他不图别的，就看中这些人的死心塌地。一来死心塌地不求升官，二来死心塌地不思跳槽，三来死心塌地追随他老何，总之，这些人态度上清一色地呈现为知足又尽心，能力另算。可是，缺陷也是明显的，比如一年前CEO来华访问那回，何查理手下的几员大将，英文好的业务不够突出，业务突出的英文费劲，没一个上得了台盘，弄得何查理脸上有点儿挂不住了，老大一走，他就督促着其中还有点儿可能进步的两个去念EMBA，公司出钱。可这俩老兄天天忙得顾头不顾尾，别说EMBA这么费劲的东西了，他们连漫画书都不想读，平时不得不看的工作邮件都巴不得每封不超过三行字，两人嘴上唯唯诺诺，就是没有行动，何查理很失望。

亚太区开会讨论谁可以培养做何查理的接班人的时候，大家，连同何查理本人，都觉得何查理的总监中没合适的人选。何查理见这么多有识之士都认为自己很难被接班，不由得十分受用，忍不住假装埋怨："唉！我的这些总监呀，敬业都没问题，就是战略思维还不够。要想接班，没个三四年，够戗！"

何查理话音刚落，麦大卫马上接茬，他悲天悯人地说："查理，这不行呀！这样对组织太不安全了！我看，我们恐怕得到外部市场寻找一个高潜力人才做您的总监才成！"

何查理这才意识到麦大卫早在这儿等着他了，他后悔自己出言不慎，正想把话往回里说，麦大卫对众人宣布说："各位！巧了！我这次回美国总部开会，CEO提到了他去年来华访问的印象，关于查理的接班人选，CEO也这个意思。"话都说到这份上，何查理只好和麦大卫以及CEO达成共识。

麦大卫志得意满，会后马上把黄国栋叫去面授机宜："按照公司的标准，目前查理下面的几位总监都没有潜力接他的班，得好好在中国大陆给查理物色一个接班人。"

黄国栋怔了怔说："今年销售队伍扩招了很多人，说好明年二季度结束前拆分队伍，新增加一个总监，是不是招这个总监的时候我们格外留意一下？"

麦大卫"嗯"了一声，稍作沉吟，他告诉黄国栋："如果生意能继续保持良好的增长趋势，SH在中国的盘子会进一步扩大。到2009年年中或者2010年年初，我们很可能会把SH中国的供应链和销售体系分开，独立核算。到时候，两边各设一个副总，一个管供应链，一个管销售、市场和渠道，都向查理这个位置报告。供应链这边的副总你知道的，已经有后备人选了，就缺管销售这个。所以，这次你招销售总监的时候，一定要招一个有继续发展潜力的，尤其要注重考查战略思维能力。"

黄国栋大致明白麦大卫的心思了，他没有发表意见，只认真地听着。麦大卫解释说："这是'接班人计划'的一部分，对组织安全很重要，不然查理要是有点儿变动——比如公司给他调换区域什么的——下面没有人能接上来就麻烦了！而且，将来有了这么一个人能负责起销售和市场，查理就能腾出更多的精力专注于公司整体战略的思考。"

黄国栋小心翼翼地问了一句："查理知道了吗？"

麦大卫头一摆，说："当然！我和他在这个问题上已经达成共识。"

黄国栋就请示说："招来的人，我们给他什么头衔？"

麦大卫骨碌碌转了转蓝色的大眼珠子说："是啊，给什么头衔好呢？这个，得看你招来的人现有资历怎么样。如果是已经成熟的人选，应该直接给'高级总监'；如果这个人潜力不错但资历上差一点，那可以先给'总监'，等他用业绩证明了自己，再给'高级总监'。"

黄国栋小心地追问说："如果情况属于后者，我们是不是可以在招人的时候跟应聘者说明情况？不然我怕人家不肯来。"

麦大卫点点头表示理解说："有道理。跟人家明说吧。这考验期嘛，就一年为限，你看怎么样？"

鉴于向来的用人之难，对这一年的考验期应聘者是否会嫌太长，黄国栋有点儿没底，但他又不便反对，就婉转地留了个活口："我们可以和应聘者谈判，如果对方另有要求——比如他希望把一年后升为高级总监写进雇佣合同——我再向您报告。"

麦大卫心情不错，好商量地说："当然，当然。"

黄国栋又询问待遇方面的条件，麦大卫摆出一副阔佬的架势，神气活现地说："这个不用担心，只要确实是人才，具体条件可以谈！"

黄国栋说："那，您希望我怎么安排面试步骤？"

麦大卫说："有了合适的人选，你和查理先在大陆面试。过了你们那关，再把人送到新加坡给我看。"

黄国栋退下来一想，何查理对这事儿多半不太痛快。这样的高潜力人才本来就很难招，何查理再存心挑刺，麦大卫又不是个好伺候的，谁接这活都难办呀。

黄国栋决定把这难事儿往下推。SH中国有三个HR经理，推给谁好呢？马莱是分管组织发展的，她负责"接班人计划"的沟通协调，指派她出头说得过去，但黄国栋不敢——以马莱人畜无害的性格和那点儿老练程度，她非把这事儿砸手上不可。啃硬骨头，李卫东和杜拉拉都比马莱有手段，但是李卫东这厮不好讲话，弄不好，活没推给他反被他质疑。这样，就只有推给杜拉拉了。明知这么做对杜拉拉有些强人所难，但黄国栋还是就这么办了，他是个现实主义者，得在何查理和麦大卫中间给自己寻找空间。

要让杜拉拉干活，就得把实话都告诉她。谁也不比谁傻，杜拉拉听说让她去张罗给总经理何查理招接班人，心中一惊，赶紧说："老板，我这级别招查理的接班人，不合适吧？"

黄国栋信赖得不能再信赖的样子，不容她推托："合适，怎么不合适！"

拉拉急得连连摆手说："老板，我真不合适！真的！查理的接班人，怎么说也得给个高级总监吧？我只是个经理，怎么能去招高级总监呢？"

黄国栋满脸堆笑说："哎呀，拉拉，你不要谦虚啦！你看，三个HR经理中数你对销售团队最了解，你不帮我谁帮我呢？"

拉拉在肚子里转了转眼珠，说："要不，我给您打下手？您有啥条件，我去和猎头沟通，面试的一切安排我都搞定。但这面试……还得您老人家亲自出马！不然，人家应聘者会觉得咱们公司不专业，要不高兴的——哪有低级别面试高级别的道理！"

黄国栋滑头地说："其实，是麦大卫自己负责招聘这个职位，我和你，我们俩都是协助。但是拉拉你看，我们毕竟打算在中国大陆招这个人，猎头送来的人，总得在大陆先过一遍才送去给大卫看吧？你呢，比我了解本土的情况，你就当帮我一把，和我一起作初步的甄选——这样，你只要挑查理方便面试的日子约见应聘者，你先简单地像聊天一样和人家聊一聊，也不说是正式的面试，觉得哪个应聘者有机会，你就送给查理面试。"

拉拉马上反问说："那要是我觉得应聘者没有机会呢，还送给查理面试不？"

黄国栋迟疑了一下说："如果差得太远，当然就不要浪费查理的时间了。"

拉拉笑道："所以了，面试就是面试，装闲聊是装不过去的。不管怎么说，猎头送来的人，第一，现有级别肯定低不了，第二，其中肯定有不合适给查理看的——真遇上这样的，我要是送去给查理看，查理肯定抽我；我要是假装闲聊几句就打发走，人家还不得骂咱们公司？猎头也不干呀。"

黄国栋被拉拉揭穿，只得捣糨糊道："你多给查理几个人选看看，也可以让他多了解一下市场上人才储备情况嘛。"

拉拉还在盘算着怎么反驳，黄国栋拍拍她的肩膀道："拉拉，你放心好啦，有我在你背后做你的坚强后盾，不要担心！如果真遇上不好打发的，你还可以在我来大陆的时候，安排对方再来一次嘛，为了SH的荣誉，我认真地给他做个面试！"

拉拉说："我倒！那不是为了掩盖一个错误，犯更多的错误吗？"

黄国栋一拍桌子下结论道："就这么定了！"说罢脚底抹油，飞一般跑了。

悲观主义者杜拉拉一声哀叹：这下完了，摆明了让我去送死！

家里倒是有个乐观的。王伟听了拉拉的诉苦，想也不想就说："你在DB的时候不是挺想学'接班人计划'吗？这下好了，你不用找谁学了，你直接做，还是这么高级别的接班人！"

拉拉说："问题是这样的人本来就难招，何查理再存心挑毛病，我不为难死吗？"

　　王伟见拉拉嘟嘟囔囔的模样，差点儿笑出声来，他说："那你打算怎么办呀？"拉拉说："我能怎么办呀！先让猎头找人，该怎么找就怎么找，等真找到合适的再说。"

　　王伟说："那你打算跟猎头讲明白可能遇到的困难吗？"拉拉"哼"了一声说："放心，猎头只有比我精的份，这事儿暗示暗示就行了，不用说得太透。"

　　王伟搂过拉拉宽慰说："也许最后你根本就找不着合适的应聘者，也就不用担心人家何查理跟你找碴了。"

　　拉拉嘟囔着："找不找得到合适的人是另一回事儿，关键老黄这家伙坏——本来该他自己搞定的事情，愣推给我。"

　　王伟逗她："你不是一贯认为当下属的关键时刻就该挺身而出为主分忧吗？"

　　拉拉敲了一下王伟的脑袋："这能叫'分'忧吗？忧差不多'全'撂我一人身上了。麦大卫给他什么活，他原封不动转给我，整个一个二传手。等着瞧吧，回头还得劳驾我给他准备工作报告。我要是不小心出点儿纰漏，何查理一准找碴，到那时候我就是再不愿意也得挺身而出了。打量我不知道呢！"

　　王伟笑嘻嘻说："你不全明白吗？太好了，你又进步了。"

　　拉拉推开他说："哎，王伟你说，老黄怎么不找李卫东和马莱，单单就盯上我了？我真是郁闷，老是遇上这样的事情，上回李卫东要整顿招聘流程，明明马莱手下有招聘主管，他不去找马莱要人，非要让我下面的招聘专员艾玛来挑头，我这边又忙不过来，他还不高兴！"

　　王伟摸摸拉拉的头："换了我是老黄，也得找你！"

　　"为啥？数我傻吗？"

　　"这活儿他敢给马莱？给马莱一准办砸！按你的描述，李卫东挺强，可他不是什么善茬，老黄想把自己的活儿推给他，没那么容易！所以，算来算去，能把活儿干好，又好说话的，就只有你了！"

　　"哦，明白了，我既不够笨，又不够狠。"拉拉说。

　　"其实你们老黄不必那么费劲，我有一好招。"

　　"……"

　　"很简单，抓阄呀！谁抓到谁认命。"

　　拉拉扫兴地瞪了王伟一眼："去你的！你这叫什么管理！"

王伟哈哈笑道："我看你们老黄已经堕落到抓阄的边缘了。"

拉拉却不笑，仍是一脸的愁云压境。王伟见状只得也停住笑，说："你太严肃了，你总这副表情让我也很焦虑呀，杜拉拉。你得多看看这个事情透露出的好消息，比如，这意味着你得到了高级别的信任——记得那次黄国栋和李卫东谈事儿，却把你赶出办公室吗？"

"唉，他们那次是在商量怎么炒财务总监荣之妙，炒来炒去，还不是炒不掉？"

"你看，那时候老黄连炒个总监都不让你'听'，不到一年，招总经理的接班人，这么大的事儿，他居然敢拉你来'做'！"

王伟这话说得很在理，拉拉果然眉开眼笑起来。"这倒是！你要不提，我还没往这上面想。"她说，"只是这个事情实在不好办呀。"

"不好办那是肯定。我的意思是劝你不要太焦虑，你就技术性地看待这个任务，多享受其中的乐趣。"王伟说，"退一步说，就算何查理真的刁难你，你也别太往心里去——他是对找接班人这件'事'不高兴，又不是对你这个'人'不满——你只是负责干活的人，他绝对明白这个道理，不会拿你怎么样的。"

拉拉很有把握，"他刁难，我也有办法对付。"

王伟说："我知道，技术上，你肯定有对付何查理的办法。你的焦虑在于你的心理感受。所以我不是劝你想开一点儿嘛，老何要是训斥你，你听着就是了，再难听的话你权当他是在骂麦大卫。"

拉拉认真地说："其实，何查理的风格一向比麦大卫踏实，他对我也比麦大卫对我好。但是说到'接班人计划'，先不管麦大卫有什么私心在里面，我倒觉得是正确的事情，该做！"

王伟赞同说："那当然！你们公司的在华业务扩张得这么快，实行'接班人计划'是迟早的事。这叫大势所趋，谁都挡不住，挡了也白挡。何查理是一时想不开，他需要一个接受的过程。在这个事情上，你们美国总部肯定是支持麦大卫的。你搞明白了每个人的立场，就知道该怎么和他们相处了。"

拉拉抱住王伟猛地在他脸上亲了一口说："大师，您就是有水平，叫您一启发，我就体会到什么叫醍醐灌顶茅塞顿开了。"

王伟抹了一把脸说："你弄得大师脸上都是口水，能不能讲点儿卫生？"

26 知己知彼

　　既然已经把活接下来了，拉拉就按常规开始作动作分解。她先得搞明白SH的销售总监都得做哪些事儿，一个什么样的人才能胜任这份工作；然后，她得把这些要求和猎头沟通明白；接下来，她就得想好，当猎头把搜罗到的应聘者推荐给她的时候，她得用什么样的方法才能准确判断这人是否合乎要求。拉拉用四个字来概括这三步曲：知己知彼。

　　具体地说，拉拉首先需要一份销售总监的任职说明书，这样她好让猎头明白，应该去找一个什么样的人。

　　但是SH中国没有销售总监的任职说明书，李卫东的招聘流程项目本来要完善所有岗位的任职说明书的，拉拉找他要，他两手一摊，一副"这事儿怨不着我"的表情说："马莱还没有把领导力部分的要求提供给我，所以暂时我还弄不出这个东西来。"

　　拉拉于是去向黄国栋要。黄国栋正在新加坡，电话里传来他的声音："我们没有现成的，拉拉，你自己写一份吧。"他说得很轻松。

　　没等拉拉说出推辞的话，黄国栋说还有事儿，挂了电话。

　　我擦！我"自己"写一份！拉拉暗骂了一声，无奈地挂上了电话。现在她只得像黄国栋说的那样，准备自己写一份。

　　以前在DB，拉拉也在没有JD的情况下做过招聘，那时候她的办法是请用人经理说明用人要求，你要一个什么样的人？做哪些事情？可现在她不敢去找何查理问要求，她担心自己一问，何查理会乘机到麦大卫跟前嚷嚷，怎么，你们是让杜拉拉在负责招聘这个职位呀？那可就麻烦了——麦大卫一旦发现黄国栋把这事儿推给了杜拉拉，黄国栋还能有好果子吃吗！

　　要低调，不能给黄国栋惹麻烦，在麦大卫和何查理面前，自己必须是一副跑龙套的嘴脸，就是那种就一句台词，上去吆喝一声"冰棍嘞"就赶紧下来的角色，装成只负责联系猎头协调面试，这个道理拉拉是很明白的。换了李卫东，就不会这么客气了，没有现成的任职说明书是吧，那更得问清楚老板们了，您二位有啥要求？说明白了，我才好去找人嘛，免得找回来的不合用，空忙一场。

一份标准的任职说明书，大致上由三部分构成：该岗位的工作职责；任职者的资历要求，包括教育背景、相关工作背景以及技术资格认证等；价值观和领导力方面的要求。

拉拉手上有参加薪酬调查时从顾问公司那里得到的一些市场信息，她从中找出市场上同类岗位的典型职责，以及平均的任职人员的相关资历，又根据她对SH销售部的了解作了一点儿小修改。剩下的就是领导力部分的要求了。年前，黄国栋给他们在香港安排的那次领导力培训派上了用场，她很快整理出了关键的几条要求，三部分内容一汇总，算是完成了销售总监的JD。拉拉老实不客气地把JD用邮件发给黄国栋，让他看看行不行。黄国栋很快就回电话了，"你看，我说你没问题吧？"他大声地炫耀自己的先见之明，"写得挺好，就用这个吧！"

编写任职说明书仅仅是第一步，和猎头的沟通则是第二步。沟通的时候，技术层面上的要求是最好讲的，要紧的是还得把该职位未来老板的好恶适当地予以介绍，符合岗位要求的人，不见得会被录用，如果他不对直接主管的胃口的话。

拉拉自己不方便明着去问何查理的期望，黄国栋倒是出面去问过，但是没能问出足够多的有价值的信息。拉拉只好把当年年中三位销售总监的绩效考评翻出来，仔细研究了一番。那上面有何查理在年初给总监们设定的全年业绩目标和调整后的下半年的目标，当然，还有他对他们上半年工作表现的评语，以及他对他们未来继续发展的建议——起码那里能正面地透露出不少有用的信息，何查理的期望，他满意什么不满意什么。

这次用的猎头，拉拉想选择猎豹，因为猎豹的老板老猎生来就擅长啃别人啃不了的硬骨头，这种钱就该让他赚。而且，老猎经验老到，一点就透，跟他说话不费劲。猎头要是不会"听话"，那就麻烦了，有些话，不好放到台面上说，猎头如果不能正确地领悟到那一层意思，大家没法合作干活。

黄国栋也很清楚老猎的好处，他爽快地同意了拉拉的请求。

除了常规的组织架构和任职要求以外，拉拉事先征得黄国栋的同意，特意向老猎大致介绍了SH的接班人计划。老猎的眼睛睁得溜圆，一边听拉拉说话，一边手里记个不停。拉拉又强调，应聘者需要通过两个关键的关口，一个是麦大卫，一个是何查理。"这两关都得通过才行。"为了引起老猎的注意，拉拉发出感冒似的鼻音，"老猎，你明白了吗？"

老猎是个人精，人的事情还有什么他不明白的，他就靠这个吃饭发财。比如对"接班人计划"，老猎就很清醒——这里面有三个重要角色，一个是接班人，一个是被接班人，还有一个是HR，各人可能的微妙心态，各人所处的位置，老猎都见识过不少，他自信比一般猎头更有拿捏好分寸的把握。老猎放下手中的笔，当场拍胸脯道："拉拉放心，你是了解我的，我对人还是很有经验的。"

拉拉嫣然一笑："那你肯定有打持久战的思想准备了？"

老猎再次保证："放心，我准备好了。"

拉拉又说："这个职位不好招，万一这单生意做不成，你别怪我。"

老猎"嗨"了一声道："看你说的，拉拉，你照顾我生意，我感谢你还来不及。做不下来，就只能怪我自己蠢。可是，我一定会做下来。你给我一个月，最多两个月，我就把人送来给你过目，保证不滥竽充数。"

老猎自去干活，拉拉开始做她的第三个分解动作：准备面试问卷。

总监算是高级干部了，这个级别的面试，拉拉以前别说动真格地做了，她根本就没见过也没听过，心里难免有些发虚。她不敢造次，老老实实地为面试备战，否则的话，出丑还是其次，耽误事儿就不好了。

拉拉根据任职说明书，又参考了何查理给三位销售总监的评语和绩效目标，准备了一个结构化面试的问卷，她把需要考察的几个方面一一列出，并分别准备好典型的问题，以确保不遗漏对重要项目的考察了解。拟好问卷后，她还特地把问卷带回家让王伟帮着指点指点。

几个分解动作逐一完成后，拉拉感到底气足了一些。

27 疑神疑鬼

陆宝宝自从负气离开后就没有了消息。拉拉每次一想到陆宝宝就有些惴惴不安,生怕她在北京那头会整出什么大动静。白天忙工作上的事情还好,晚上回到家,只要王伟的手机一响,她在旁边就担心是北京来的电话。为了能打探点儿消息,有一次她甚至想给张东昱打电话,幸亏自知不妥硬是忍住了。思来想去,拉拉觉得如果王伟能回北京看看,肯定对稳定陆宝宝的情绪有好处。她就旁敲侧击地跟王伟说,他已经有一阵没回北京了,要不要回去看一看陆教授。王伟却说正在和邱杰克一起忙着做方案,一时半会儿离不开。

陆宝宝都成了拉拉的心病,只要一想到她,拉拉就焦虑,醒着的时候大脑想,睡了小脑接着值班,梦特别多,净是些让人担惊受怕的破事儿,她还不好跟王伟说。

有一天晚上,拉拉梦到陆宝宝把她和张东昱的情史一股脑全告诉了陆教授,结果陆教授气得浑身直打哆嗦,当场脑溢血被送进医院急救。在救护车悲号似的警报声中,拉拉猛然惊醒,心扑通扑通跳个不停,睡衣都叫汗给湿了。这下拉拉急了,她毫不犹豫地推醒王伟,劈头就问:"你说陆宝宝会不会去跟你妈说什么呀?我怕气着你妈。"

王伟睡得正香,陡地被拉拉弄醒,迷迷糊糊的,但他马上明白过来拉拉在担心什么,不假思索就维护陆宝宝道:"不会!陆宝宝不是那样的人。"

拉拉对陆宝宝的人品却没有那么十足的信心,就说:"她是怎样的人?"

王伟没有马上回答,两个人一起沉默着,都在特别严肃地思考,陆宝宝是怎样的人。稍停,王伟说:"她?起码不阴险吧。不是,拉拉,她跟我妈说这些有什么用呀,又不解决问题。就算你对陆宝宝的人品信心不足,你总相信她的智商吧,她没那么笨。"

拉拉对此不以为然,当场指出陆宝宝搞破坏的可能性:"那她要是恨我呢？她只要装成是不小心跟你妈漏了点儿什么，你还不好怪她，而你妈必然会对我不满，那不就给我制造婆媳纠纷了吗？"

陆宝宝对拉拉有怨气，这一点陆宝宝自己曾经亲口明明白白地告诉过王伟，王伟岂能不知。正因为此，不论陆宝宝怎么冲着他发飙，他都毫不反抗地承受了，按他的想法，这就算是代拉拉给陆宝宝赔了礼——陆宝宝是个明白人，让她适当发泄，对于天下太平绝对有百利而无一害。出于同样的考虑，拉拉这头王伟也一直尽量瞒着，并且屡次告诫拉拉暂且不要接触陆宝宝，可是陆宝宝的心思还是叫拉拉给猜着了。王伟想，女人的直觉还真是厉害。

话虽如此，王伟打定主意，得咬死陆宝宝是对事不对人，免得越来越乱。他把以前说过的宽心话搬出来老调重弹："我不是跟你说过了，陆宝宝只是对这件事情不爽，并不是对你有意见，绝不至于到'恨'那么严重。拉拉你别疑神疑鬼自己吓自己。"

拉拉根本不信，说："那她回北京干吗去了？"王伟理直气壮地说："人家心里不痛快，还不许回家消化消化呀。你再耐心等等，也许要不了一个月，她就什么事儿都没有了。"

拉拉不放心地嘀咕说："一个月能发生好多事情呢。"王伟见拉拉大半夜一副自找纠结的模样，不由得好笑道："那你想怎么着呀，你亲自追到北京去，把她给就地控制了？"

拉拉翻了王伟一眼，悻悻地说："我去北京干吗？我说了又不算。"

王伟说："还是的呀！咱们退一步说，就算她对你有气，对我也瞧不顺眼，她总不至于连我妈她亲姑姑的健康都不管不顾了吧？她要是说话没分寸，万一把老太太气出个好歹来，她爸就饶不了她。"

拉拉眨巴着眼睛，思考着王伟的话有多站得住脚，比如陆宝宝和她姑姑的感情能有多深？像陆宝宝那么剽悍的人，想做的事情还在乎她爸能不能饶她？拉拉私下里认为，陆宝宝对王伟的感情，倒远比她对陆教授的感情靠得住，而她对王伟的忌惮也远胜于她对自己父亲的忌惮。

王伟似乎猜到了拉拉的心思，动之以情有点儿难度，就晓之以理吧："拉拉，咱们再退一步，且不说亲戚间的情分，单拿利益说事儿好了——有那么大的生意在这里，陆宝宝的大部分家当都压进来了，她能做出什么出格的事情来？她可比你还财迷！放心吧，什么事儿都没有。别老疑神疑鬼的，多余自己吓唬自己。"

经过王伟这么一分析，再一批评，拉拉才算心定了一些。

转眼大半个月过去了，一切平安无事，就像什么事情都没有发生过。拉拉心里疑惑起来，她不敢相信真有这样容易过的关，基于一向运气平平，她深信要想得到必得足够得付出。

拉拉心中烦闷，约夏红喝茶想跟她聊聊。夏红一眼瞧出拉拉精神不振，打趣道："没精打采的，怀孕啦？"拉拉啐道："你才怀孕了！"

夏红把身子凑近一点儿问："还在担心那事儿？"拉拉老老实实地说："能不担心吗，怕陆宝宝去跟王伟他妈瞎说，又怕她跟张东昱真散了。"

夏红还是那副大大咧咧的脾气："嘴长在她身上，你愁也没用，她要说你又不能堵住她的嘴。依我说，她都说了你还省心，不用你自己去跟王伟他妈解释了。他们这次要是散了正好，免得以后有后遗症！"

拉拉玩着自己的手指不吭声。

夏红给她分析说："你看，他俩要真成了，远的不说，春节你们回北京办婚礼，不邀请他俩参加就说不过去吧？以后他俩的婚礼，你和王伟一样跑不了！到时候可怎么称呼好呢？张东昱得管你叫嫂子，然后你给他一红包，再管他叫一声妹夫，我的天！这都哪跟哪呀！"

拉拉一把抓起手边的报纸作势要打夏红，恨恨地骂："欠收拾是吧！"

夏红一面抵挡，一面咯咯笑道："你这人怎么这样，还让不让人说真话了——本来嘛，他俩要成了，张东昱可不就是你妹夫了吗？"

拉拉长长地出了一口气说："最好他俩还能接着好下去，不然，我岂不成了人神共愤的对象了？以张东昱他姑姑为首的老同志们非恨死我不可……我自己心里也过意不去。至于以后，他们要是因为别的原因，比如合不来什么的又散了，那就怪不到我头上了。"

夏红恍然大悟，指了指拉拉道："原来你的小脑瓜里打这如意算盘，美得你！不过，还真有你说的这可能，就看你人品如何了。"

拉拉悻悻地说："这跟我人品挨得上吗？"

28 天下无事

临近圣诞的一天，陆宝宝忽然从天而降，出现在"德望"广州办。

王伟正在打电话，一眼瞧见陆宝宝手里拖着个行李箱，神气活现地走进办公室。他匆忙收了线，陆宝宝已经一屁股在他对面落座。隔着办公桌，王伟认真观察了一下她的脸色，但见溜光水滑白里透红，一派心无芥蒂若无其事的祥和之气。

王伟不动声色地说了句："我还以为你从此不来广州了呢。"

陆宝宝大言不惭地说："干吗不来？我得来监工呀，看看你们把项目方案弄得怎么样了。"

王伟说："你还真会挑时候，刚弄好。"陆宝宝闻言精神一振，说："太好了，下一步你打算怎么做？"

王伟说："价格和方案一旦正式提交，就等于是泼出去的水，收不回来了。所以在正式提交以前，通常都会开一次交流会，目的是向客户先介绍一下我们的方案，一来可以借机仔细观察客户的反应，二来可以请他们给我们的方案提提意见。"

陆宝宝说："那我们是不是赶紧安排这个交流会？"

王伟沉吟了一下说："不急，我已经让苏浅唱去侧面打听打听其他两家的交流会时间表，我的想法是尽量把我们的交流会排在最后。"

陆宝宝盯着问："为什么要排在最后？"王伟说："为了知己知彼，好更有胜算。"

陆宝宝说："另外两家的方案弄出来了吗？"王伟告诉她，估计都差不多了。陆宝宝说："你打算怎么做到知己知彼呢？关键信息可都是各家的机密，难不成你想从梁科长嘴里弄到情报？"

王伟摇摇头说："这几个月，我们通过编写项目手册和梁科长他们建立了不错的关系，小苏和梁科长也有些私交，但是仅凭这点基础，是不可能让梁科长他们正面地透露任何实质信息给我们的，毕竟事关重大，他们不肯，也不敢造次。"

陆宝宝点点头说："我想也是。"

王伟解释说："但是，梁科长他们在听过前两家的方案后，会在脑子里形成一定的想法，当他们听取我们的方案介绍的时候，对相关部分就会作出一定的反应，他们会提问题、提要求，诸如你们在这个问题上能不能这样做，你们在那个方面能不能有另一种办法等等——这能反映出一些潜在的信息，比如，某个方面竞争对手可能有比我们更优的解决办法，或者我们的某种思路让客户感到新奇。蛛丝马迹中捕捉到的信息，在分析整合后，将有助于我们明确再次修改方案的方向。"

陆宝宝听得很认真，王伟话音一落，她就用唱歌一样的声调赞叹道："你真狡诈。"王伟笑道："你这是夸我呢还是损我？"陆宝宝双手一捂胸口，一脸无辜道："天地良心，狡诈绝对是个赞美之词嘛！"

过了一会儿，陆宝宝又担心地问："小苏能打听出另两家的时间表吗？"王伟告诉陆宝宝，苏浅唱已经打听到孙建冬的时间表了，林如成的时间表也正在想办法打听。

陆宝宝说："难怪当初你给她经理做，小姑娘还真厉害。"王伟却觉得理所当然，淡淡地说了句："一个优秀的销售，这点事情应该要能办到才对。"

陆宝宝摆出首长的气派，一挥手说："没啥说的，晚上都上馆子吃饭去，我请客。杰克，叶陶，小苏，你，一个都不能少。"

王伟提醒她说："你刚回来，不和张东昱共进晚餐吗？"

陆宝宝大大咧咧地说："没事，一会儿我给他电话，让他也过来，给他一个惊喜。对了，拉拉有空吗，请她赏脸一起？"

王伟稍稍迟疑，说："她今晚还得加班。下次吧。"

陆宝宝爽快地说："行，下次！"

两人说笑了几句，王伟心里惦记着陆教授，问陆宝宝："我妈身体还好吗？"

陆宝宝一拍脑袋说："对了，正想跟你说呢，老太太身体还行，我当面监督她量血压来着，高压低压都正常，放心吧。这回用的钟点工小郭情商还真高，和老太太处得还行。"

小郭其实不小，奔四了，陆教授管她叫小郭，结果其他人也跟着叫小郭。

小郭是王伟掘地三尺才找到的，看来有点儿能耐，能搞定陆教授。王伟松了一口气，说："情商不高，早一拍两散了。"

陆宝宝很了解王家向来的用人之难，咯咯笑了起来，又说："我还给老太太看了上回我们吃饭的时候，我用手机给你和拉拉拍的两张合影，她戴上眼镜认真看了半天都舍不得把手机还我，还问了我好些问题。对了，你是不是还没告诉她你们领证了？"

王伟说："还没顾得上。"

陆宝宝道："幸亏我机灵，差点儿说漏了嘴。"说罢她吁出一口气，强调化险为夷后的庆幸之情。

王伟跟陆宝宝解释："我那不是怕电话里说不清？想当面告诉她。"

陆宝宝伸出一根指头在王伟胸前戳了几下，狡黠地笑道："甭跟我解释，我就当什么都不知道，不会给你多半句嘴的。依我说，你干脆也别跟老太太提领证这档子事儿了，只等春节的时候让拉拉去北京见过老太太，然后直接商量婚礼的事儿。"

王伟笑了笑没说话，他明白陆宝宝的意思，陆教授个性很强，他们领结婚证前拉拉一次也没拜见过婆婆，恐怕老太太会觉得拉拉太怠慢，不如瞒下已经领证一节。

陆宝宝特地让苏浅唱为晚饭订了一个包间。张东昱没来跟大家一起吃晚饭，说是有事儿，但这丝毫没有影响陆宝宝的兴致，她在饭桌上和每个人都有说有笑，把气氛调动得特别好。

席间，邱杰克问苏浅唱准备什么时候结婚，苏浅唱大大方方地说明年国庆吧。陆宝宝像想起什么似的，问叶陶有没有女朋友。叶陶有些紧张，干巴巴地说没有。陆宝宝大惊小怪地嚷起来了："这么帅的小伙子居然没有女朋友？现在大城市都是女多男少，你这么闲置着，也太浪费资源了！"

叶陶不好意思地解释说："我谈过几个女朋友，不知怎么回事儿，老是处不长，找个合得来的不容易。我爸说我看人眼光还得再练练。"

陆宝宝笑道："那就继续练习！谈恋爱就是个熟练工种，谈多了，驾驭局面的本事就长了。"

说罢，她扭头去问王伟："对了，上回咱们见到雷斯尼的那个小区经理叫什么来着？"王伟说沙当当，陆宝宝又转回来对叶陶说："对，沙当当！我听拉拉说，当初就是沙当当把你介绍给德望的，她不会是你的前女友吧？"

叶陶只觉得自己的心猛地抽紧了，揣测着陆宝宝是随口一问，还是另有目的，可惜陆宝宝的心思不是他能猜到的。叶陶先干巴巴地回答了两个字："不是。"又补充道，"当时我正想跳槽，我有一位朋友认识沙当当，就拜托她帮我递交了简历，我和她其实不太认识。"

苏浅唱听了大感惊讶，秋季运营商开发布会的时候，她记得叶陶连招呼都没和沙当当打一个，谁看得出来那位还给他介绍过工作呀。苏浅唱一本正经地批评叶陶道："哎，叶陶！这就是你的不对了！人家帮你介绍了工作，你就该好好谢谢人家才是，到现在还好意思说不太认识！难怪你谈一个吹一个，太不会做人了啦！我要是你女朋友，也得和你吹。"

叶陶被苏浅唱说得脸上有点儿挂不住了，尴尬得不知如何作答。

"不碍事儿，男孩子晚熟点儿不要紧。"陆宝宝哈哈大笑，又把手朝王伟一指道，"喏，你们王总就是一个晚熟的，也没见他耽误成家立业。"

饭毕，张东昱开车来接陆宝宝。陆宝宝一见面，就上去大大方方地搂住张东昱贴了一下脸。等陆宝宝放开胳膊，张东昱马上客气地和王伟打了个招呼，然后帮陆宝宝把行李放进后备箱，又给陆宝宝开车门，陆宝宝钻进车后，他小心地关上车门，整个过程充满呵护。

因为张东昱没来吃晚饭，王伟本来还有些担心，如今亲眼见到两人和好如初，他放下心来。

拉拉一个人漫不经心地看着电视，忽然听见钥匙开门的声音，她马上从沙发上蹦了起来。王伟一开门，就露出了拉拉那张满含期待的脸，"陆宝宝怎么样了？"她问，眼睛睁得圆溜溜的，声音也因为紧张，听起来有点儿发涩。

王伟乐了，逗她说："还能怎么样，什么事儿也没有。早跟你说了，天下本无事，庸人自扰之。"

拉拉假作淡定，"切"了一声道："什么严重的事情都能让你轻描淡写得不像话！你得告诉我细节，你怎么说的，她怎么说的，她说的时候是什么表情，什么口气。"王伟便竭尽所能把陆宝宝的相关表现生动翔实地陈述了一遍，他一口气说完了，问："这下行了吧？我已经把所有的细节都告诉你了。"拉拉却还不满意，怪他没有正面问问陆宝宝心里的疙瘩是不是解开了。

王伟不以为然地说："这有什么好问的！嘴上怎么说的那都不能算数，关键还是看她的行动。我觉着吧，她都能主动把咱俩的合影给我妈看，今晚又邀请你一起吃饭，这就是最好的回答。"

拉拉还是不放心，说："也许她只是做做姿态呢，谁知道她到底是不是真想开了。"

王伟笑道："你看你，她肯做姿态，就说明她有改善关系的积极愿望，比她嘴上跟你示好不强百倍吗？知足吧，拉拉。"拉拉一想也对，做人是不该要求太多，人家做出友善姿态就已经不错了，不该再奢求是百分之百发自肺腑。

关于春节回北京的时候暂且瞒下已经领证的建议，拉拉一听就表示反对："干吗要撒谎？哪天不小心穿帮，反而让你妈不高兴。"

王伟解释说："宝宝是替我们着想，我们领证前我妈还没有见过你，这个事情就怕老太太往心里去，觉得我们怠慢。我当时其实也是对这点有顾虑，才没有跟老太太说领证的事情。现在想想，也许当时我索性打个电话告诉她更好，怎么说也是我妈。"

提起这事儿，拉拉也有些后悔，她有她的苦衷，工作忙是事实，但更主要的是那阵子她气色特别差，一脸的黯淡，生怕老太太见了不乐意她当自己的儿媳妇——可这个话又不好意思跟王伟说透。现在想想，丑媳妇也得见公婆，气色不好也比先斩后奏强。拉拉对王伟说："过两天你不是要回去看看吗，就趁着这个机会当面跟你妈说实话，你好好帮我解释解释。等春节回去，我一定好好表现将功补过，你妈说什么我都照着办。"这事儿当时确实没有处理好，两人懊悔过后，还是决定拿出诚意，抓紧跟陆教授说实话。

王伟又把陆宝宝向叶陶打听沙当当的事情告诉拉拉，拉拉一惊："她在饭桌上当着那么多人的面就问叶陶？"

王伟"嗯"了一声，没有发表评论，其实他也对此感到意外。自从听拉拉说叶陶是雷斯尼的沙当当介绍来的，王伟很快就把事情告诉了陆宝宝和邱杰克。邱杰克和王伟意见一致：鉴于雷斯尼和德望在项目中并非直接竞争的关系，而且叶陶在项目的前期工作中干得不错，可以让他继续跟进项目；但为了以防万一，关键价格信息应对他实行封锁。陆宝宝对此安排没有意见，只是提出一点，让王伟和邱杰克在方便的时候，问一问叶陶为什么不搭理给他介绍工作的沙当当，王伟和邱杰克也认为她的提议合理，三人当时就达成了一致。谁知陆宝宝今天会自己出马，当众对叶陶发起突然袭击。

拉拉嘀咕道："不该当众问他的，这会让他很有压力，而且，如果他有苦衷，当众问，只会更难以让他说出实话。"

王伟回想起叶陶说话时不自在的表情，他已经基本肯定，叶陶没有说实话。拉拉皱起眉头："问题是，他为什么要撒谎呢？"王伟沉吟了一下，"不好说，也许是不愿意对外人说自己的私事吧。"

拉拉"嗯"了一声，不由得回想起当初在DB董青追问她和王伟的关系，她矢口否认时的尴尬和郁闷，所以现在拉拉特别能体谅叶陶的感受，不过她也能理解陆宝宝，毕竟这个项目对德望而言，是笔开张就能吃三年的买卖。拉拉叹道："这事儿是有点蹊跷，要是叶陶不参与这个项目就好了。"

王伟摇摇头说："如果我们现在把叶陶撤下来，会让他在德望非常难堪，他在这家公司还怎么待下去？当初叶陶加入德望的时候，承诺我们的是他在德望内部没有直系亲属，他会严守公司的商业机密，他并未违反这两条，现在换他不公平。"

29 新计划

拉拉一到家，鞋子还没换好，就喜滋滋地冲王伟卖关子："猜猜，今天谁给我电话了？"

王伟正靠沙发上看报纸，懒洋洋地说："银监会主席，想聘请你出任中国人民银行的人力资源顾问。"

拉拉走过去，双手往腰上一叉，得意扬扬地说："有点儿沾边。反正，我告诉你王伟，我杜拉拉向来凭本事吃饭靠实力说话，走哪儿都是香饽饽，想要我的人多的是。"

王伟故意气她说："你在SH还真有长进，脸皮越来越厚。"拉拉要掐王伟，王伟一面招架一面劝告："动手动脚就不好了，不像是有文化的人干的事儿。"

两人逗了几句，王伟说："这回猎头又给你找了个什么样的东家呀？"拉拉刚挨着王伟靠下，诧异地又坐直身子道："你怎么猜得这么准？"

王伟说："你现在脑子里就那几件事情，怎么和李卫东作斗争，怎么严防陆宝宝搞破坏，这两人最近几天都处于西线无战事的空窗期。我猜着，就该是猎头又来找你了，你才会这么乐不可支。"

拉拉告诉他，这回的东家是一家外资银行。王伟说："好嘛，上回是'四大'（指著名的四大会计师事务所），这回是银行。说说吧，你是怎么想的。"

拉拉摇了摇脑袋，回答得嘎嘣脆："不去！"

王伟说："不去你高兴个什么劲儿！瞧你春风得意的模样，我还以为攀上什么高枝了呢。"

拉拉"切"了一声道："我告诉你，找工作这事儿就好比找对象，有个不错的追求者垫底，就算没相中，也显得咱有面子，是抢手货，知道不！"

"虚荣！"

"什么虚荣！这叫价值显现。"拉拉往王伟身边靠了靠，"说真的，这要是一个在北京工作的机会，我至少会去试试。可这机会是在广州，就算了。隔行如隔山，我从通信行业跳到化工行业，好不容易才适应下来，没事我瞎跳什么？行业知识、人际关系，全部都要从头来。"

王伟递了一杯水给拉拉，问她："前几个月不是还嚷嚷着要离开SH，现在又改主意了？"

拉拉小手一摆说："嗨！离开SH那还不是迟早的事情？咱们以后要去北京定居嘛。"

见拉拉脸上露出难得的轻松，王伟说："这几天，某些人精神状态明显好了不少嘛，是因为2007年的任务完成得不错吧？"

拉拉感叹道："那是，这对我的精神可是很大的一个解放，唉，我都不敢回想这十个月是怎么熬过来的。"

王伟说："听你说起来，除了李卫东麻烦点儿，黄国栋和麦大卫现在对你还行，特别是黄国栋。对了，最近也没怎么听你抱怨沈乔治糊涂了。"

拉拉笑道："您老观察得还真仔细。沈乔治同学的确有进步，不枉我在他身上花了那么些工夫。你知道吗，头半年，这位老兄做出来的事情，我是既信不过又离不开，那叫一个被动，我还不敢让人家发现。现在好多了，我对团队的控制力强了不少，就没那么累了。"

王伟说："你在SH有什么进一步的打算？"

拉拉踌躇满志地道："凭我老杜这么肯拼这么聪明，再干两年，就能把

HR的各个职能学得七七八八。到那时候，选择就丰富了——我可以看看有没有升总监的机会；甚至可以尝试开始我的自由职业者之路，专门为二十至四十岁的职场人士从HR的角度提供职业辅导；至少，在北京找一个大公司的HR经理的工作机会，不是难事儿。"

王伟"嗯"了一声，心说，身体刚好一点儿又来劲了！以前你可不是这么说的，说好了在SH就干一年，最多不超过两年，也没想着要当总监。可现在已经干了快一年了，忽然又说要再干两年，而且想当总监——真能当上总监的话，别说两年，恐怕再过三年也不会走。王伟就问："你这计划里加了不少新内容，还会再变不？"

拉拉一挥手说："这哪儿说得准，计划赶不上变化嘛。"

王伟听拉拉说得那么轻松，想想母亲还一心盼着自己早回北京，心里挺郁闷。他看了拉拉一眼说："我看你就一副说话不打算负责的样子。"

拉拉听出话音不对，赶紧靠上去搂住王伟的脖子："哥哥，两年内我一准跟你去伟大的首都北京定居，这条不变，还不行吗？"

王伟说："这可不好说，万一两年后SH给你个总监当，你是跟我回北京呢，还是继续留在广州？"

拉拉一拍胸脯，"真给我总监当，我马上利用有利地形，让猎头帮我在北京找一总监的工作。"

王伟不信："那黄国栋，或者另一个主张提拔你的人，岂不是要落得被天下人耻笑吗？我看你不好意思这么干。大体上，你天生就不是个厚脸皮的人，环境能把你的脸皮锻炼得厚一点儿，但是脸皮薄总归是脸皮薄。"

拉拉很爽快，"那就算了，SH给我总监我也不当。再说了，总监哪里是那么好当上的。"

王伟却说："我觉着你能行，在我认识的人中，你的毅力超一流，给点儿阳光你就灿烂。"

"切！少阴阳怪气。人家李卫东又不是吃素的，他会干坐着不上呀？"

"这倒是，李卫东手段比你狠，精力也比你好。麦大卫这么喜欢他，我感觉他俩在很多地方应该都挺像。"

拉拉发现了新大陆似的一拍手："对呀！叫你一说我才发现，这两人的风格还真有七分相似。"

30 累人累心的集体活动

陆宝宝在珠江新城相中了一套不错的公寓，她一口气付了半年的租金，和张东昱一起搬了进去，明显对张东昱不计前嫌了。

拉拉听说这事，发了会儿怔，不敢相信似的问王伟："如此说来，他俩算是同居了？"

王伟笑道："这还不算同居就没天理了。早跟你说了，陆宝宝那样的聪明人，哪儿会跟自己的好姻缘过不去？你不是总担心他俩会散吗？这下可以彻底放心了。"

拉拉空洞地笑了一声，道："是，放心了。"却又问，"那她是不是还对我不高兴呢？"

王伟伸出一个指头指了指拉拉，那意思，你又来了！拉拉趴到他肩膀上撒娇，说："我就是特想知道她心里对我还有意见不。"

王伟开导拉拉道："你管她怎么想呢，她有意见也罢没意见也罢，咱们该怎么过还怎么过。实话跟你说，我压根儿不指望你和陆宝宝能有多好的感情，只要面子上过得去就行——我估摸着，陆宝宝也是这心思。"

然而，出乎王伟的预料，陆宝宝和杜拉拉的交集陡然密集了起来，原因是陆宝宝经常在周末组织集体活动，并且热情地邀请王伟两口子参加。似乎是为了表示诚意，陆宝宝一改前一阵子的攻击姿态，对拉拉显得特别热乎。预约的时候，她不和王伟说，而是直接打电话给拉拉。拉拉知道张东昱也会参加，她心里别扭，可是又不好辜负陆宝宝的热情，只得硬着头皮跟王伟一起去了。

据拉拉观察，张东昱在这种场合也有些不太自在，就连邱杰克两口子，也由开始的活跃变成后来的松松垮垮被动应付，大约是因为活动的次数实在是多了点儿——再好吃的东西也架不住顿顿吃呀。只有陆宝宝一贯保持情绪高涨。

拉拉觉得挺纳闷，跟王伟说："她吃了什么补品，怎么精神头那么足？我们那么多人应付不过来她一个。"

王伟笑道："她那是想对你表示友好。"

拉拉哑巴吃黄连有苦说不出，郁闷地嘟囔着："好不容易有个周末，我就想在家里躺着，哪儿也不想去。"

王伟说："你要不愿意去，干吗要答应人家？"

拉拉没好气地说："你怎么不出面推了她？净让我干得罪人的事儿。"

王伟笑道："下次她再打电话给你，你把电话给我听，我来推了她。"

拉拉又有些担心起来，迟疑地说："那，会不会伤了她的好意？让她误会是我想疏远她？"

见拉拉前怕狼后怕虎兀自纠结，王伟忍着笑，一本正经地说："不好说。要不，咱们就还是委屈自己，辛苦点儿。"

拉拉泄气地把一个靠垫扔到一边，抱怨说："做人怎么那么难呀！"

王伟笑道："行啦，我找个机会和宝宝说说。"

"你去说最好了！"拉拉立马眉开眼笑，叮嘱道，"你可别说得太直，小心让人下不来台。"

王伟说："放心吧！我就说，杰克两口子都是本地人，人家周末还要去看望自己的长辈，活动太多了不太方便——她就明白我的意思了。"

王伟的话还真发生了作用。陆宝宝这回果然没有骚扰邱杰克那一对儿，单单邀请了王伟两口子周六到她和张东昱租住的公寓玩儿，到时候先家庭午餐，然后四个人一起玩牌。

拉拉一听头就大了，这还不是周末不能躺在家里优哉的事了——没有邱杰克夫妇在场，就少了两个能起润滑作用的掩护者，到时候直接上演混合双打，她更避不开张东昱了。

拉拉是在周五下午快下班的时候接到陆宝宝的电话的，她正在公司，王伟不在边上，她只得靠自己应对陆宝宝。拉拉这边稍一迟疑，陆宝宝嗔道："我都想好了，到时候让你尝尝我包饺子的手艺。"这年头，什么山珍海味也比不上亲手做的东西有情有义，话都说到这份上了，拉拉再推托就显得有点不近人情了，只得硬着头皮答应下来。

拉拉苦着脸回到家里，先往冰箱里放刚买回来的东西。王伟问她买了什么，拉拉有气无力地说，陆宝宝已经发了通知，明天要搞家庭午餐，不好意思做个只会白吃的人，她特意准备了一点东西，到时候好带到陆宝宝那里。

王伟听着拉拉发牢骚，不由得皱起了眉头，他既觉得陆宝宝热情得太过分了，对拉拉也不太满意——既然那么不情愿，为什么不大大方方地说出来，反而还要做出积极响应的姿态，这不是在鼓励对方继续这种游戏吗？回过头来又要抱怨——典型的耗子扛枪窝里横。

见拉拉已经很郁闷了，王伟也就不好多说什么。

参加集体活动并不是就玩儿那么简单。除了牺牲个人独处的悠闲以外，最让拉拉头疼的是在活动中找到一个适合自己的角色定位。此外，拉拉每次出门前还需要在妆容上花上一些工夫。

自从跳到SH，过度的操劳加上失眠，拉拉的脸越来越尖，腰倒是越来越圆。夏红有一次还取笑她，说是照这速度发展，要不了三年，王伟光凭眼睛都看不出来您的腰在哪儿了，他得用手摸才找得着。说得虽然夸张了点，但在一定程度上还是反映了发展趋势。这也是拉拉在领结婚证前不愿意去北京见陆教授的主要原因，她一心指望着在春节前突击保养两周，能容光焕发地在婆婆面前亮相。

话说以拉拉如今的身段和气色，往高挑挺拔容光焕发的陆宝宝边上一站，压力确实大。所以，每次去参加集体活动前，拉拉都不得不煞费苦心地挑选衣着，以便扬长避短。

这天出门前，拉拉特意往脸上抹了点胭脂，无奈缺乏水分的皮肤不给力，胭脂是胭脂，皮肤是皮肤，根本不肯好好合作，那红都是浮在面上的，显得有些古怪。王伟看不顺眼，当时就对她的妆容表示异议，说你这是干吗呀，弄得自己一脸红彤彤，跟村姑似的。

拉拉不理王伟，自顾自照着镜子，心里却又羞又恼，王伟说话也太没轻重了，哪有这样说自己老婆的，跟二十岁的小伙子一样愣。

其实，拉拉自己也知道这妆化得不太好，可离了唇彩和胭脂，她就更加底气不足了。陆宝宝曾经当着王伟和邱杰克的面说过一次拉拉脸色不好，弄得拉拉当时就挺尴尬，她可不希望类似事件再次发生，所以这回她是宁愿红似村姑，也不愿黄如饥妇。

可惜，用了胭脂也照样露怯，陆宝宝那双眼睛跟孙悟空的火眼金睛有一拼，任你如何变化，她只一瞟，就能看出你的本色。陆宝宝见到拉拉的第一句话就是："哟，拉拉！你脸上的皮肤有点干呀。"拉拉当时就飞红了脸，支吾着说不出句合适的应对。幸亏张东昱瞧出不对，赶紧过来给解了围。

　　陆宝宝似乎也察觉出自己那话说得不妥，忙拉上拉拉一起下厨。陆宝宝把准备好的围裙递给拉拉，又热心地给拉拉示范包饺子的窍门。拉拉也马上调整了情绪，打起精神做了一份很不错的西湖牛肉羹，这道菜是她事先想好的，配料也是家里带来的。

　　王伟站在门口，看到陆宝宝对拉拉亲亲热热，拉拉不甘示弱投桃报李，两人凑在一起嘀嘀咕咕地交流厨艺，颇有姑嫂的感觉。不知怎么的，王伟感到有些无趣，他转身走开去应酬张东昱。两人聊了一会儿足球，王伟说："我看你挺喜欢足球？"张东昱笑道："还行，算得上是伪球迷吧。"王伟说："彼此彼此。"两人一起笑起来，好像当"伪球迷"是件多么有趣的事情。

　　那天晚上回到家，王伟忍不住跟拉拉说，他理解拉拉想和陆宝宝搞好关系，但是他认为拉拉和陆宝宝一样，正在从一个极端走向另一个极端。显然，王伟对两个女人的过分热乎有些不以为然，他说："你俩是不是用力过头了点？用得着装成那么亲热吗？自然点不好吗？"

　　拉拉大感扫兴，大周末的她累了大半天，这么自我牺牲，捞不到句理解的话也就算了，还被说成是"装"。她冲王伟一瞪眼，"谁装了？就算我装了，按你的理论，我能长年累月地装，和真的不就没啥分别了吗？"

　　王伟说："我没说亲戚之间亲热不好，但是太人工了就没啥意思了，都是自己人，干吗搞得跟交际应酬似的？"

　　拉拉阴阳怪气地干笑一声，说："不是你和陆宝宝兄妹情深彼此离不开嘛！我还不是为了你才去应酬他们的。"

　　王伟听出话风不对，忙哄她说："瞧你说的，我就只离不开你。其他人，谁离不开谁呀。"

　　拉拉听了王伟这话果然很受用，嘴上却刹不住车又来了一句："我就说你离不开陆宝宝。"

　　一句话说得王伟也有些不悦起来："你说得也对！我和她正合伙挣钱呢，要是真分开了，那就是散伙了。你乐意这样吗？"

　　拉拉不肯认输说："所以呀，你当我乐意费那么大力气呢！你不理解我良苦用心也就罢了，还说我'装'。再说了，牌局饭局是陆宝宝发起的，我呢，不过是遵循'来而不往非礼也'的传统习俗。你要埋怨，也该埋怨陆宝宝。其实我巴不得和陆宝宝老死不相往来才好呢，省得隔三差五地被她奚落。"一面说，一面又想起陆宝宝的那句话，眼里顿时冒出委屈的泪花。

王伟一看，没法再说下去了，只得闭嘴，心里却觉得自己就跟个牵线木偶似的任两个女人摆布，本来周末难得的那点儿悠闲都被她们给折腾掉了，挺没劲的！不用问，张东昱的感受八成也好不到哪里去。

这一夜他俩谁也没再说话。他们不知道，张东昱和陆宝宝那边，也不太自在。

张东昱向来心细，对杜拉拉的秉性又非常了解，杜拉拉对陆宝宝的集体活动会作何感想，他可以想象得到。每次看到拉拉装出兴致勃勃的模样，张东昱就替她难受，也替自己难受。杜拉拉明显是在精神上被挟持了。

开始张东昱以为陆宝宝是偶然心血来潮，也没往心里去，结果连着一个月，陆宝宝没完没了了，最后干脆要把人家两口子弄到他们同居的公寓来家庭午餐。

张东昱是周五下班后才知道有这个安排的，他一听就头大了。张东昱觉得陆宝宝这么聪明的人，又是在欧洲留过洋的，哪儿会不知道为人处世顶要紧的就是保持适当的距离，尤其是他们现在这种状况。张东昱有些疑心陆宝宝这么做有些成心，是想给杜拉拉压力。

张东昱一般都比较顺着陆宝宝，家庭聚会的事情他觉得陆宝宝真的是过了，他第一次很严肃地反对陆宝宝。陆宝宝似乎有些吃惊，随即撒娇说，她什么都准备好了，而且拉拉已经答应了，再取消多不合适，距离问题以后她注意就是了。张东昱只得作出退让，心里却不大痛快。

家庭聚会一散，张东昱就挺郑重地对陆宝宝说："宝宝，跟你说个事儿，下次你要是想组织什么活动，咱们预先商量一下，行吗？"陆宝宝抱歉道："怪我，性子太急，下次我注意，绝不再犯。"张东昱就没再说什么，陆宝宝也没话说，气氛有点怪怪的。

31 就你绅士

第二天早上一醒来，王伟先对拉拉做出一个笑脸，拉拉跟没看见似的，径直走进厨房去准备早餐。

王伟忙跟上去说："哎，不是说夫妻没有隔夜仇的吗？这都已经过了一晚上了。"拉拉面无表情，专心致志地在冰箱里翻找着什么。王伟挠挠头，逗她说："家里一共就咱们两个人，这都搞不好团结，多不合适呀。"

这下拉拉有反应了，她回过脸来质问说："那你说你昨天说的那些话合适吗？先是说我把脸涂得像村姑，回来后又说我'装'。"

王伟马上自我批评："绝对不合适！昨晚我其实挺后悔，觉得自己那些话也太不知趣了。你为了处好跟亲戚的关系付出了那么多，就算你做的有不妥当的地方，我也不该那么说话。"

拉拉紧绷着脸，"我哪里不妥当了，你说说？"

王伟谨慎地说："我知道，你是不愿意得罪陆宝宝，所以才事事顺着她。我那不是心疼你嘛。"拉拉脸色好一点，说："你明白就行。"王伟说："拉拉你看，我是这么想的，咱们不可能让所有的人都满意，也不可能让某一个人在所有的事情上都满意，该得罪的还是要得罪，不然，咱们就把咱们自己给活没了。"

拉拉不吭声，拧开水龙头淘米。王伟继续说："你看，当初在DB，何好德要你出面关闭部分办事处，你明知道那是个得罪人的苦差事，还是义无反顾地接下来了。为什么呀？因为你要是不接，没准会让何好德对你失望，要不怎么说你聪明能干呢，你是个非常能把握重点的人。"

拉拉被夸奖得很是受用，嘴角歪了一下，一副想笑出来又使劲绷着的模样。王伟看在眼里，趁热打铁说："眼下咱们的重点就是规划好我们自己的生活。至于你和陆宝宝的关系，我还是那个意见，面上过得去就行了，不用过于勉强自己。下次她再请你，你不愿意就不要答应，当然，话怎么说得客气点可以再讨论，但是不答应的意思必须明确表示出来，更不要去刻意迎合她。"

拉拉说："我知道了。你先出去吧，我这儿做早餐呢。"

吃过早饭，拉拉把碗筷都放进洗碗槽泡上，她擦干净手出来，很认真地对王伟说："我想和你商量个事儿。"

王伟见她一脸郑重其事，笑道："怎么这么严肃，弄得我都有点忐忑不安了。不是什么严重的事情吧？"

拉拉在他身边坐下来，憋了一会儿却又不说话，像在考虑如何措辞。王伟觉得有些奇怪，催促道："怎么了？有话就说呗。"

拉拉这才说："春节咱们就要回北京见你妈了，你说还要举办婚礼。"

王伟"嗯"了一声，说："那怎么了？"

拉拉咽下一口唾沫，从嗓子眼往外挤似的说："所以，我想，是不是在我们动身之前，你先找个机会跟你妈说明一下我和张东昱以前的事情？"

王伟眨巴了一下眼睛，像是没明白过来似的："你怎么会忽然想到这个？"

拉拉解释说："我想了很久，对我们的父母那一辈人来说，这是个很严重的事情——你不能否认这一点——我不愿意将来有一天，你妈觉得我是个骗子，早说明白，也免得我看到她老人家就觉得心里亏欠。我想光明正大地跟婆婆相处。"

王伟劝道："这跟骗子怎么扯得上！这是我们自己的事情，与我妈无关。新媳妇见婆婆又不是政审，犯得着把陈年旧事都和盘托出吗？"

拉拉坚决地说："犯得着，因为这个事情跟你妈有关，会影响到她。你想，如果不是由我们自己先告诉她，一旦哪一天她从别人嘴里听说了，气出病来怎么办？"

王伟说："没有人会去跟我妈说这些的。"

拉拉说："我也没说有谁会成心跟你妈去说，可是人多嘴杂，保不齐谁不小心说漏一星半点也是有可能的呀。知道这个事情的，不只陆宝宝和张东昱，别忘了，张东昱还有个当工会主席的姑姑呢，她以前见过我两回，一打照面就得穿帮。不知道你了解她不，两个特点——热心，话多。"

王伟说："我知道，我们以前做过邻居。张大姑人不坏，就是嘴上缺个把门的，咱们躲着她点儿不就得了。"

拉拉不以为然地摇摇头，"躲得了初一躲不过十五，咱们以后可是要回北京定居的，这也就是一两年的事情。再说了，与其躲躲闪闪心存侥幸，不如早作坦白，争取宽大。"

王伟哭笑不得，道："你这都说的什么呀！我妈又不是人民警察。"

拉拉见王伟听不进自己的意见，索性把话全说透了："王伟，我还有个心病，说出来你别笑我小心眼儿。我总觉得对陆宝宝没信心，哪天她要是看我不顺眼，跟你妈一说，我可就玩完了——要不你说我干吗那么卖力讨好她呢？可是昨晚想了半天，觉得这么下去也不是个事儿，我干吗要把主动权交给她掌握，猜着她的心思过日子？我宁愿自己跟你妈坦白。只要把这事情一说清楚，我就用不着在陆宝宝面前'装'了。不然，这戏我还不敢不演下去。"

王伟这才彻底明白，拉拉这一段为什么对陆宝宝那么瞻前顾后，她心里的忌讳一直就没消。王伟觉得拉拉未免过于多疑，便替陆宝宝辩护："拉拉，你想多了！陆宝宝从北京回来后的这一个月的确有些矫情，可她不是个不负责任的人，不会做出那么莽撞的事情。换一个角度想，她最近的矫情，并不是因为看你不顺眼，有意修理你，她是想和你搞好关系，出发点总还是好的，对吧？"

类似的对话其实已经进行过若干次，王伟根本不相信陆宝宝会损人不利己。拉拉呢，陆宝宝是个不可控因素的想法一直在她心中挥之不去，两人谁也说服不了谁。拉拉知道，王伟的观点不能说是盲目的，他的依据是三十多年的感情，但是拉拉认为自己的依据是当事人的直觉，直觉往往比什么都准。

拉拉迟疑了一下，老老实实地说："说真的，我也猜不透她是什么意思，可能是我多心，也可能是她有意。反正，这种局面我不喜欢。我还是希望你把事情跟你妈说明白。就当这是我的请求，行吗？"

王伟叹了口气说："既然如此，我照办就是了。只是我本来真觉得没有这个必要，我们自己的事情自己消化，何必把老人牵扯进来。"

拉拉低头说："不好意思，让你为难了。"说的是道歉的话，立场却很坚决。

虽然答应了拉拉，王伟却找不到个合适的机会和陆教授说，怎么说都是给老太太添堵。王伟想到这个事情就头疼，暗自怪拉拉太固执。

陆宝宝看出来王伟有心事，找个没人的机会问他怎么了。王伟沉吟了一下，问她："你们和张东昱的姑姑说明情况没有？"陆宝宝一怔，道："还没有。"王伟说："我们打算春节回北京办婚礼，到时候，我妈八成会请张大姑参加婚礼。"陆宝宝"哦"了一声，恍然大悟，"你想和你妈说那事儿？"

王伟"嗯"了一声算是表示默认，随后补充说明了一句："免得她没有思想准备。她血压高，太激动了不好。"

陆宝宝马上表示反对："你去说，老太太就不激动了吗？上了年纪的人，谁听了这样的事情心里不堵得慌，何况快过年了！这谁的主意呀？"

"我的主意。"王伟替拉拉打掩护，见陆宝宝满眼狐疑，他解释道："我也知道，谁说我妈听了都不痛快，但是由我告诉她，肯定比由其他人告诉她好些。"

陆宝宝说王伟："你真糊涂，你这样做，气着老太太不说，你让拉拉以后跟你妈怎么相处呢？肯定对婆媳关系不利呀。"

王伟叹了一口气，不说话。陆宝宝就心里有数了，八成是拉拉逼王伟的。她想了想，用商量的口气说："这样吧，我让张东昱马上和他姑姑谈一次，对了，还有他父母，让三位老人都保证封口。我你总信得过吧？张东昱我也敢担保他靠得住。你呢，就别去郁闷你妈了。你看，这样行吗？"

王伟很感激陆宝宝的体贴，他点头道："那就麻烦你们。我本来也不想把我妈扯进来。"

第二天，陆宝宝就给王伟回音了，张家很理解，答应保密。其实，三位老人听说这事情后心里还是挺别扭的，可是他们非常满意陆宝宝和张东昱的婚事，看在这分上，也就一口答应保密了。

"让拉拉放心吧！"陆宝宝最后意味深长地说了一句。

王伟认为问题都解决了，高高兴兴地回家向拉拉交差。拉拉一听却气得要命，忍不住抱怨道："这是咱们的家务事，你干吗要跟陆宝宝去说呀？"王伟一怔说："她又不是外人。"拉拉说："谁是直系，谁是旁系，你怎么算不过来呢？"王伟没想到会落拉拉埋怨，忍着不快："人家是好心，你别老把人想得有多居心叵测。"

王伟越是维护陆宝宝，拉拉心头那团火球滚得越高，她冲口而出："就你绅士！当初你要是对岱西多一点提防，我们也不会被她害得那么惨！"话一出口，拉拉就后悔了。王伟一下变了脸色，扭头就走。拉拉悻悻地冲王伟的背影翻了一眼，忽然注意到王伟放在鞋柜上的一个塑料袋。"这鸟人，买了什么？"她这么想着，好奇地过去一翻，原来是一袋已经打成了粉的阿胶，另有一罐西洋参。拉拉一看顿时两眼灼灼放光——有一个做过中医的同事曾说她是心肾不交，气血两虚，得补——她翻着说明书想，都说阿胶补血人参补气，我怎么早没想到试试！

　　冷战了几天，拉拉先憋得吃不消了，求和道："是我说错了，给你赔礼道歉。你不是说夫妻没有隔夜仇吗，这都已经隔了几晚上了，你还生气呀？再大的仇也叫你给放馊了。"

　　拉拉连说带逗，王伟也有些绷不住了。拉拉趁热打铁，转到他面前把脸凑过去说："你瞧我今天这妆化得有点进步没？"王伟淡淡地瞟了一眼，这一瞟还真让他发现了点变化，拉拉的脸色似乎好了一点。

　　拉拉得意地点点头道："看出来了吧！这几天我天天吃阿胶，还真比胭脂好使！"王伟有些惊讶，"这么快见效？我还以为怎么着也得过个十天半个月的才能看出点效果。"拉拉说："我试了一下，一吃就灵验，可是只要哪天上午忘了吃，到下午脸色又暗下去了。"王伟说："那当然，不然不成了仙丹了？"拉拉满意地叹气说："这我就万分知足了，能让我体面地进京喽。"

32 低眉顺眼

　　春节期间，拉拉跟着王伟回北京去见陆教授和一众亲友。大家都说拉拉好，素质高，大大方方，长得也端正。陆教授别的都满意，唯独对拉拉不似陆宝宝那般高挑白皙感到有点儿遗憾。

　　拉拉住在王伟家附近的一家酒店，这是拉拉的主意，拉拉的父母这两天就要到北京来准备参加他们的婚礼，一家三口都住在这家酒店。拉拉觉得这样可以免去互相干扰，大家都方便。

　　陆教授患高血压时间长了，又经历了王伟父亲的病故，这两年她的心脏不是太好，就怕待在人多的地方，拉拉的安排本来对她可说是正中下怀，面子上却又觉得有些过不去，唯恐人家说她怎么让亲家去住酒店，便对拉拉做抱怨状，说干吗要住酒店，家里又不是住不下。

　　王伟一语揭穿老太太的小把戏，"算了吧妈，我把人都弄家来住，回头您一准睡不好觉！再说，拉拉的父母也未必觉得方便。"

　　陆教授把脸转向拉拉解释道："我是担心拉拉的父母会觉得住酒店古怪。"

　　没等拉拉客气，王伟冲口而出："不会的！上次我去杭州也是住酒店，没住他们家。"

　　"这样啊，只要拉拉的父母能接受就行。"陆教授做恍然大悟之后的放心状，又问王伟，"你什么时候去杭州的？"

　　王伟顺口说："就我们领结婚证前。"

　　陆教授意味深长地说："你这么做就对了，应该尊重长辈。"

　　王伟闭了一下眼睛，心说我怎么这么多嘴！拉拉自觉理亏，无言以对。幸好陆教授没有继续问责下去的意思，她把话题一转，问他们以后打算把家安在哪里，王伟说自然是北京。陆教授盯着拉拉问："什么时候才能回来呢？"

　　拉拉恭恭敬敬地回答说："我想在SH再拼两年，把职业基础打得牢一点，以后回北京找工作容易些。"

　　陆教授狡黠地说："再磨炼两年也对，也许能有机会当总监。"拉拉傻乎乎地说："您说得是，我也想看看有没有机会当上总监。"

　　陆教授马上说："那你什么时候能有空要小孩啊？你今年三十三了吧？"

　　拉拉连忙纠正陆教授说："我是十一月的生日，到十一月满三十三。"拉拉的意思，是想强调我还得再过九个月才满三十三周岁。

　　陆教授自顾自往下说："过了三十五岁，可就是高龄产妇了，到时候怀不怀得上只怕都是个问题。"拉拉怔了怔，底气不足地表示，当总监一样可以要小孩，她也不是非当总监不可。

　　陆教授表示异议："拉拉呀，你看你现在是个经理，那次我住院你都没时间回来，你要是当了总监，哪还能有时间生孩子？"王伟在一旁忙帮拉拉说话，"那次是我没告诉拉拉，她是后来才知道的。"

　　陆教授不理王伟，继续对拉拉说："女性过了三十五岁，卵子都老化了，对孩子的质量不好。"拉拉对自己的卵子还是很有信心的，婆婆的话让她不太服气，面上还不好露出忤逆来，她微微垂首，很是温婉地答应道："妈，我记住了。"

　　陆教授嘱咐说："得在行动上落实。"拉拉微笑道："我抓紧。"王伟在边上见拉拉一副低眉顺眼循规蹈矩的模样，差点笑出声来。他心里有数，这两人，一个谆谆教诲，另一个毕恭毕敬，一大半是因为她们的心里都还记着领结婚证那茬。

　　说到都请谁来参加婚礼的事情，陆教授明确表示她要请张东昱的姑姑张桂芝，王伟试图打消她这个念头，就说："张大姑又不是我和拉拉的介绍人，干吗要请她呀？陆宝宝结婚的时候请她还差不多。"陆教授很坚决，说："老张是我们家老邻居，又是我们单位的工会主席，上次我住院她还到医院看过我，我请她来参加我儿子的婚礼，于公于私都符合人之常情嘛。"拉拉偷着使劲看了王伟一眼，意思是让他不要再说了。

　　晚上十点，陆教授准备休息了，王伟送拉拉回酒店。街上静悄悄的，车很少，行人更是几乎见不着。空气干冷干冷的，人呼出一口热气马上就化成一团白雾。

　　两人手拉手走在空旷的街道上，一种今生来赴前世之约的感觉悄然袭上他们的心头。

　　拉拉偷眼去看王伟，瞧来瞧去都瞧不够。王伟发现了，开始还不理拉拉，由着她去看，结果她没完没了了，任谁被人这么盯着都得发虚。王伟有点不自在起来，说："嘿，嘿！走道看着点，盯着我干吗，我脸上又没有花。"

　　拉拉看着王伟目不斜视的样儿，狡辩说："你要是不看我，怎么知道我在看你？"王伟说："我还用看吗，你那么死盯着，跟要吃了我似的，我再迟钝也觉出来了。"拉拉低声嘻嘻笑起来，索性转到王伟正面，一面倒着走，一面仰头看着王伟说道："还真说对了，我怎么看怎么觉着你长得跟唐僧似的，真俊！还又白又嫩！我还真就特别想吃了你，省得担心别人弄走你，我还能长生不老。"

　　王伟生怕她绊倒，忙放慢自己的脚步，把步子也放小，嘴里哭笑不得地说："你脑子里都什么乱七八糟的，好好走路呀你，小心摔一跟斗。"

　　拉拉抿着嘴乐，照旧跟着王伟的节奏倒着走，昏黄的路灯下，她的眼睛显得特别黑亮，王伟不禁停下脚步低头和拉拉对视，他一停，她也停下来，仰着脖子看他。凛冽的寒风呼啸着，王伟看到拉拉的脸冻得通红，跟东北大红萝卜似的招人，他伸手摘下自己的围巾，把拉拉整个脑袋都裹上，就露出眼睛和鼻子。拉拉说："难看死了，怪模怪样的！"王伟说："我看挺好，露俩亮晶晶的眼球骨碌碌地转，跟女特务似的。女特务都是最漂亮的，这不是你说的吗？"

　　拉拉说："我漂亮吗？"

"漂亮。"

"那你爱我吗？"

"当然。"王伟有点不好意思，觉得太肉麻。

"正面回答！"拉拉把一只手伸进王伟的大衣口袋，食指透过口袋像一把手枪似的顶着王伟的腰，要挟道。

"不爱我怎么会跟你结婚呢？"王伟辩解道。

"不许反问我！"

"哎，爱。"王伟被动地应付说。

"没听清，大声点儿！"拉拉恶声恶气地喝道。

"干吗呀，大街上。"王伟拒绝配合。

"大街上怎么了？"

"赶紧走，回头碰上巡逻的，看见一男一女拉拉扯扯的，以为我们干吗呢。"王伟拽着拉拉往前走。

"不干吗，谈恋爱。"拉拉尚未得到充分的满足，赖在原地不肯走，她使劲儿想甩开王伟的手，可惜力气不够大，挣不开。

"我倒！真有你的，也不怕人家笑话。"

"笑呗！"她忽然跳起来抱住他的头，狠狠地在他脸上亲了一口，动作敏捷得像只豹子。

一个赶路的男人迎面匆匆走过来，正巧看见了，他奇怪地看了他们几眼，走开了。王伟狼狈地捂住自己的脸，小声告诫道："哎！你怎么当街耍流氓呀？"

"耍一耍，有什么呀！"她笑嘻嘻地说。

婚礼那天，新郎新娘挨桌向来宾敬酒，拉拉看到陆宝宝和张东昱一左一右坐在张主席两侧，大有劫持人质的味道，张主席在这个阵势下，被确保从头到尾没有说错一句话，这是拉拉在北京期间和张主席唯一的照面。拉拉嘴上没说什么，心里却为此对陆宝宝生出一些感激。

33 菜鸟上路

　　拉拉一直觉得坐公司的班车上下班太不方便了，早上得早起不说，因为担心第二天要早起，往往头一天晚上还急得睡不着。因此她一直就想自己开车上下班，时间好控制些。原先因为她睡眠不好，王伟担心她精神不集中，不让她开车。新年后，拉拉的睡眠渐渐正常了很多，她就又吵吵着要自己开车上班。王伟一想，也是，老不开，她那驾照就该废了。

　　拉拉性急，恨不得马上把车买回家，王伟却说还有一件更着急的事儿。原来，拉拉的房子在白云区，到黄埔开发区距离挺远，还得经过广园快速干线，那条路不光大车多、车速快，有的地方转弯还挺厉害，拉拉自己没想到这一点，王伟却很清楚，对拉拉这样的菜鸟而言，这不是一条合适的行车路线。王伟就考虑应该先到天河区租套公寓，这样拉拉上班近了很多不说，而且天河是城市的正中，生活上可以享受到更多现代设施。

　　不久，王伟在马场路找到了合适的房子，让拉拉看了，她也觉得非常满意。房子是全新的，业主配齐了家电，他们只需打包个人物品，很快就搬了家。这里属于珠江新城的范围，小区挨着地铁站，离珠江边也不远，珠江公园就在附近，出行和散步都很方便。住下后，两人都觉得这地段确实太好了，房子好，空气好，附近还有很多优质的生活配套设施，吃饭、购物的好去处就不说了，妇幼医院和口腔医院特诊部都离得不远。王伟跟拉拉开玩笑说，这下好了，不但看牙方便，连生孩子都方便。

　　他们散步的时候很八卦地去找中介打探房价，一套三房的公寓一百五十平米左右要三百来万。拉拉嫌贵，中介殷勤地说，"不贵，珠江新城就这个价，这可是广州最好的地段，一平米的单价只不过两万，要是在北京或者上海，三万还拿不下来。"拉拉小声跟王伟嘀咕："陈丰的房子是四年前在这附近买的，那时候一平米才一万呢。"中介耳朵尖，在边上都听见了，马上凑过来说："是呀，才四年，价格就翻倍了，说明这个地段升值潜力不可限量。"拉拉不置可否地笑笑，丢下句"我们考虑考虑"，就拉着王伟走开了。中介跟在他们屁股后面追着嚷嚷："两位有需要就给我打电话！江边的地可是稀缺资源，升值潜力绝对一流！"他越喊，两人溜得越快。

走出一段路，拉拉问王伟："你怎么看？"王伟说："涨是肯定的，涨到什么价位的问题。单价到三万估计也就三四年的事儿。你觉得呢？"拉拉点点头说："嗯，我也这么觉得。以前陈丰在这儿买的时候我还笑他，花那么大价钱，跑到一个公交车都没有的地方来买房。看来不是他傻是我傻了，这儿要什么公交呀？住的全是有钱人，都开私家车，地铁又四通八达。"

王伟见拉拉一副垂涎三尺的模样，试探地说："那你想买吗？"拉拉一笑，"我随便说说的。"

住处安顿好了，王伟陪拉拉去看车，最后敲定了"速腾1.8"，德国车硬，耐撞。结果从梅花园4S店开回天河的路上，拉拉就把油门当刹车踩了一回，还差点儿把一个正在开罚单的警察叔叔的摩托给撞了。王伟在边上看着，嘴上不说什么，心里直摇头，一堆的毛病！头一条就是喜欢胡乱变道，开着开着，就把车开到旁边那条道上去了。有时候跟前面的车落下好大距离了，拉拉还慢悠悠的，急得后面的车直按喇叭，她还一点没感觉。王伟说："你这样，交警来了就得给你开罚单。"拉拉不服，说："凭什么，我犯了哪条？"王伟说："故意制造交通堵塞呀。"拉拉一脸烂漫地辩解说："我也没'故意'呀。"王伟说："那不管，你看你跟前面的车之间，都空出那么大段的距离了！后面的车都被你压住了，赶紧加点速度。"

开着开着，他们来到一个十字路口，正碰上红灯。拉拉没注意，一脚油门就想跟着前面的公交车过去。王伟赶紧提醒她："哎，停停停，红灯！"拉拉才手忙脚乱地踩住刹车，车将将停在停车线前。王伟问拉拉："你怎么不看红绿灯呢？这样开车很危险的。"拉拉说："我一直跟着前面的大公交，它亮尾灯我就刹车，它走我也走。"王伟批评她说："快到十字路口，你自己就得提前先观察一下红绿灯呀，哪能光盯着大公交。"拉拉满头大汗道："我这不是还得忙着看其他车吗？你先帮我看着点红绿灯。"王伟哭笑不得，说："只能这样了。"

接下来的日子，王伟几乎天天陪着拉拉开车上班。等拉拉到了公司，王伟再把车开回市区。拉拉晚上下班自己打的回家。

这么练了一个多星期，进步倒是进步些了，不乱变道了，也不"故意"制造交通堵塞了，每次还都能记得看清楚红绿灯，可拉拉还是信心不足，车速一上去她就紧张，觉得自己要控制不住车似的。因为太紧张，每次从驾驶座上下来她都是一身汗，右腿累得直发飘。但是拉拉也尝到了车带给她的幸福，她觉得自由了很多，再不用惦记着赶班车，睡眠也踏实了不少。拉拉暗中发狠，就算是为了自由，我也非把车开好不可。

34 清单对人类亦有重要贡献

黄国栋一进广州办就把拉拉找到他的办公室。"怎么样了？"他顾不上寒暄，一见面就满脸急切地问拉拉。拉拉知道他是问招聘销售总监的面试怎么了。这天拉拉安排了两个应聘者给何查理面试，她本来要让人家下午来，因为黄国栋赶到广州得临近中午了，她的计划是先让黄国栋见一见这两个人，没有大问题的话，再送去给何查理见。黄国栋却坚持不用等他了，上午就让何查理开始面试，至于他自己，可以最后再看。拉拉猜到黄国栋是因为知道何查理的这个销售总监不好招，所以能躲就躲。拉拉也就没有坚持。

拉拉告诉黄国栋，估计查理和人家已经谈得差不多了。说曹操曹操到，拉拉话音刚落，何查理来了。

"都是垃圾！你们HR怎么搞的，连垃圾都送给我看！浪费我的时间嘛。"何查理一进门，招呼也没打，就冲黄国栋发起了脾气。黄国栋忙请何查理坐，何查理没有理会，他站在房子当中，演讲一样吧啦吧啦谴责了一通两个"垃圾"，说完了，他撂下黄国栋和拉拉转身就走。

黄国栋挨了教训很尴尬，送走何查理，他马上责怪拉拉没有控制好标准。

既然应聘者是"垃圾"，拉拉自然成了"捡垃圾的"，心里不委屈是假的，不过她一点儿也不感到意外，早料到会有这样的情况。

话说老猎掘地三尺整俩月，煞费苦心从市场搜罗了四个应聘者，拉拉从简历上看觉得都还说得过去，其中有两个似乎强一些。老猎很懂人的心理，本来第一次端上来的就是中等货色，准备好让人骂"垃圾"的；第二批他才会把压箱底的货色亮出来。

一开始，老猎给拉拉也只亮出那两个稍次的，结果拉拉看过简历，嫌人少，品质也不够强，就要求老猎继续找。老猎只得装模作样地等了几天，才交来后面两个人的简历。拉拉一看，这还差不离，答应安排面试。

老猎安排面试的时候把四个人分成两组，前后间隔了半个月，两个强的都安排在第二批面试。收到老猎发过来的面试时间表，拉拉就猜到了七分，虽然老猎声称面试计划是根据应聘者的出差行程安排的。拉拉也没说穿，由着他去玩心理游戏。

果然，第一批的面试就得到两个字的评价：垃圾。

拉拉准备给老猎打打气，结果发现老猎一点儿事儿没有，依旧信心十足，还说下次一定会改进。

拉拉也对面试安排作了改进，这次，她把人约在黄国栋来大陆的日子，黄国栋一到，拉拉说自己觉得这俩人都值得考虑，非让他先看一遍再送去给何查理。黄国栋躲不过，只好把俩人看了，他心里暗想这俩人都还行，其中一个称得上不错。黄国栋就对拉拉点了头，拉拉马上把人送去给何查理看。

拉拉和黄国栋正在办公室里商量工作，何查理来了。"垃圾！"他说，义愤填膺的样子，"太垃圾了！"

拉拉不讲话。黄国栋只好自己出面，好声好气地问何查理对哪些地方不满意。

何查理说："矮个儿那个，叫HOWARD对吧！你们听听他都问了我什么问题，他问公司给他配的是什么车，还问配不配司机，又问能不能租别墅。他这是打算来工作吗？活还没干，要求一大堆！"

黄国栋装出一副惊讶的样子迎合何查理，"啊？这样都行呀？居然问这样的问题！"拉拉在一边正襟危坐，依旧一言不发，显得既认真又平静。何查理注意到她这副一本正经而又似乎暗藏意味的表情，不由得有些不高兴，这可是真的不高兴，不是表演出来的那种，心说，杜拉拉和李卫东一样都是人精，倒是黄国栋比这两个迟钝些。杜拉拉的表情让何查理觉得有些不便再渲染下去，反正，该表的态已经表过了，他耸耸肩，走了。

其实，黄国栋并非何查理以为的那般迟钝，他只是不似杜拉拉和李卫东那般锋利，凡事更能隐忍，这个特点给黄国栋的人生带来了一些好处，比如发生矛盾的时候，那些咄咄逼人的强势者往往相对更容得下他这一号，他因此为自己争取到了更大的生存空间。

等何查理走远了，拉拉才笑吟吟地问黄国栋："老板，您看怎么办？今儿这两个应聘者您觉得垃圾吗？"

黄国栋抱怨说："HOWARD也真是的，面试的时候怎么净问这些问题！"

"谁面试的时候不问待遇呢？看看咱们那些要求，那可都是对顶尖人才的要求呀！总不能又想要人才，又不许人家提要求吧？否则人家凭什么要来SH呀？"拉拉的语气很平和，但话说得挺直接。

黄国栋心知拉拉说得有道理，他嘀咕着："这些问题可以问HR嘛！我见他的时候你见他的时候，他不问，跑去问查理！"

拉拉维护HOWARD道："问谁不是问？他问查理也不算过分吧。"拉拉心想，论说，HOWARD智慧这么高的人，想问这些问题，理应选择朝HR打听呀。她有些怀疑，这些问题说不定是查理自己逗人家讲的。

拉拉问黄国栋："那您说现在该怎么办？"

黄国栋含糊其辞说："你让猎头再找找，就没有更好的了吗？"

拉拉早知道黄国栋会有此一问，她不慌不忙地拿出一张事先准备好的表格，递给黄国栋，说："老板，这是我们的打猎清单。我让猎头准备好的，请您看看。"

黄国栋好奇地看了拉拉一眼，接过清单仔细看了起来。几乎所有有分量的竞争对手的公司名称都列在上面，每家公司相应职位的任职者个人状况，包括年龄、在岗年限、跳槽愿望、主要工作职责、业绩表现、个人特点，都一一列在上面，措辞专业，内容翔实。

黄国栋看罢，抬起头来，一脸无奈地问："真没有更好的了？"

拉拉反问他："您和查理有什么建议？你们希望再去哪一家公司找找？告诉我你们心目中的目标，我可以让猎头去试试。"

那份清单上显示的公司比黄国栋能想到的更多，黄国栋斟酌半天，最后，他下定决心似的说："这样吧，我面试过HOWARD，我认为他是值得考虑的人选，我等会儿去查理的办公室和他说明我的观点。无论如何，这个应聘者我还是想送到新加坡去给大卫面试。"

拉拉点头，觉得黄国栋就该这么向何查理表明自己的观点，做人做事总该坚守自己的底线。

临走，黄国栋说："对了拉拉，把那份打猎清单发一份电子版给我吧。"

清单在人类的生活中又一次发挥着重要的作用。

35 平衡木

　　陆宝宝因为一些生意上的事情要料理，打春节起就一直待在北京，直到三月中旬，她才又来广州。一见面她就告诉王伟：她走的前一天去看陆教授，结果发现陆教授气色不太好，说话都有气无力的，估计是因为天气不好，老太太心脏不舒服。陆宝宝说，她走之前已经跟钟点工小郭说好了，请她帮帮忙，这几天晚上就住在王伟家，这样陆教授身边好有个照应。

　　尽管陆宝宝说了问题不严重，有什么事情小郭会打电话来广州，但王伟还是很不放心，赶紧打电话回去。陆教授在打盹，小郭接的电话，王伟问她陆教授身体怎么样了，小郭说前两天脸色看着有些苍白，歇了两天已经好些了。两人正说着，陆教授醒了，小郭忙把无绳电话递给陆教授。陆教授有气无力地叹气，"唉，放心吧！没什么大事儿，且死不了呢。"王伟听了心里挺不是个滋味，勉强说了几句安慰的话。

　　当天晚上王伟告诉拉拉，陆教授心脏病犯了，他打算第二天一早就回北京。拉拉吓一跳，赶紧帮着收拾行李。吃晚饭的时候，王伟还想着陆教授那一声叹息——"且死不了呢"，他情绪不高，随便吃了点儿就放下了筷子。拉拉见状安慰他说："你别太着急，你妈身边不是有小郭在嘛。"王伟反驳说："那能一样吗？你要是住院了，医生护士能代替得了家里人吗？"拉拉本来是好心，不料当头被王伟硬邦邦顶了个四仰八叉，她自我解嘲地干笑了一下，知道王伟心里烦，也没计较，解释道："我不是那个意思，我就是让你别太着急。"

　　第二天一早王伟就匆匆起身去赶飞机。拉拉睡眼蒙眬，穿着睡衣送到门口。王伟已经走到电梯口了，想起来什么，又转回来嘱咐拉拉："要不这几天你先别开车了，等我回来再说。"拉拉满口应承："我知道。放心回去照顾你妈吧。"

　　一路上王伟心里七上八下，等到家一看，才发现完全不是自己想象的那么回事儿，陆教授正好端端地坐着看电视呢。再一问，原来陆教授前两天是感冒了。

王伟很诧异，不是心脏不舒服吗？陆教授解释说："感冒了鼻塞，头两天晚上睡不好，闹得头疼胸闷，浑身没劲儿。"王伟估计，八成是陆宝宝没问仔细，才闹得虚惊一场，不管怎么说，母亲身体没事儿就行。

母子二人正聊着，陆宝宝打来电话问王伟，陆教授的身体怎样了。王伟告诉她没什么大碍，精神还可以。陆宝宝说："有个好消息，人家刚在北京给介绍了一个不错的单子，我感觉有戏！"

王伟听了也挺高兴，问陆宝宝："你什么时候得到消息的？"陆宝宝说："就今天上午呀，我第一时间向你报喜。"王伟夸了她一句："你还真有本事。"

"那是！"陆宝宝得意扬扬，又说，"你人都在北京了，要不索性把这个单子给落实了？还可以趁便多陪陪老太太。反正最近广州办没什么急事儿，有杰克在这儿盯着就行了。"王伟觉得也对，就答应了。陆宝宝干脆地说："那就这么说定了，我马上打电话给我那位朋友，说你会联络他。这个单子的详细资料我一会儿就发到你邮箱。"

春节后，DB和雷斯尼分别开过了交流会，向运营商详细介绍他们的项目方案。苏浅唱打听明白情况后，王伟也安排了德望的交流会，从客户的反馈来看，德望的方案还算对他们的胃口。经过一番微调，德望形成了最终的报价和技术方案。目前的局势正如王伟原先分析的那样，在软件部分，雷斯尼的方案占据了绝对优势，而在硬件部分，德望的产品要胜出DB一筹。孙建冬手里没一样第一的，明显处境不妙，恐怕要在软硬两个单子上双双走空。

现在就等运营商正式发标书了。由于没听说孙建冬有什么绝招，雷斯尼又是"吃软不吃硬"，不会来抢擅长硬件的德望的那一份，所以现在王伟已经不太担心竞争对手了，他主要的担心是在运营商身上——金融危机爆发以来，受波及的行业越来越多，众多企业纷纷采取守势准备过冬，在这样的大环境下，许多项目一再缩减开支，甚至干脆叫停。王伟最担心这样的情况发生在这个项目上，要是机关算尽到头来却只落个白忙活一场，那才叫欲哭无泪呢。

按照运营商的计划，起码还得再等上一个月左右才会到发标书这一步。王伟这次临回北京前，特意交代邱杰克和苏浅唱密切关注运营商的动静，千万别大意，有什么消息马上和他联系。

下午四点来钟，拉拉打来电话问候陆教授。拉拉和陆教授接触的时间还太短，尚处于感情尚未培养了解有待加深的阶段，婆媳二人客客气气地说了几句，拉拉就不知道再说什么合适了，陆教授也嫌她的话不贴心，像在应付差事，感觉还不如个邻居。王伟在边上看出来了，忙从陆教授手中接过手机，陆教授乘机走开。王伟告诉拉拉只是感冒引起的胸闷，并无大碍。拉拉很惊讶，抱怨说："那陆宝宝昨天怎么瞎说是心脏病，这不是吓人嘛！"

王伟替陆宝宝解释："我妈当时说胸闷，她可能就想当然了，没问仔细。不过，她安排小郭住过来还是做得挺对的，小郭把家里照顾得挺好。"

拉拉灵机一动："能不能请小郭长期住在咱们家里呢？这样你也放心些。"

王伟说："小郭原先一口咬定只做钟点工的——她丈夫孩子都在北京，自己家里也需要照顾，再说，她不想干得太累，周末要歇息。"

拉拉出了个主意："咱们给她个好价钱，她可以一周在咱们家住五天，周末回她自己家。"王伟觉得可以试一试。

拉拉又问王伟什么时候回广州，王伟告诉她，陆宝宝刚在北区盯上了一个不错的单子，他需要在这个单子上花一些时间，估计得在北京待上个把月。

拉拉有些意外，问道："那广州这么大的单子怎么办？你不是说这单子开张就能吃三年吗？"

王伟解释说："广州的单子进展比较顺利，目前正等待运营商的通知，暂时不需要我在广州盯着。"

王伟留在北京，陆教授和陆宝宝都很高兴。拉拉可就郁闷了，她那车开得半生不熟正在兴头上，而且尝过了自己开车的甜头，她就不乐意再受约束去坐班车了，本想凑合几天，王伟一回来她就又能开车上班了，现在只得捺着性子又去坐班车。

勉强坚持了几天拉拉就不耐烦了，经过激烈的思想斗争，她还是壮起胆子开车上路了。一路上，拉拉保守估计被不下五个司机"问候"过，她一概厚着脸皮只做不知，总算是平安无事地把车开到了公司，虽然紧张得腿脚酸软，却特有成就感。

当天晚上拉拉加班后走出写字楼抬头一看，只见夜色茫茫无边，淫雨绵绵不绝，拉拉头一大，叫声"苦也"，本来就没在晚上开过车，偏还赶上了下雨！有心不开车吧，这鬼天气出租车可不好叫，而且当晚若是把车留在公司，第二天早上就得起早赶班车。犹豫再三，拉拉还是硬着头皮发动了车，她打开大灯和雨刮，先干咳一声祈祷各路神仙保佑，然后才挂挡。

拉拉脚下一松刹车，车慢慢开出了公司的大门。然而，刚出大门没多远，车一加速报警器就响了。拉拉莫名其妙，一心期盼报警器叫几声就会自己停下来，偏偏事与愿违，报警器不依不饶一声接一声，叫得她心慌意乱。拉拉只得慢慢把车靠边停下，按下双跳灯后，她在仪表盘上左看右看，终于意识到是因为自己忘了系安全带。王伟再三提醒过她，每次上车后要先系好安全带，她也一直是这么做的，今天因为是晚上开车又碰上下雨，她比平时多了两个动作——开大灯和雨刮，结果就忘了系安全带了。拉拉很高兴自己这么快就发现了原因，她系好安全带，嘴里念念有词地提醒自己这回不能再忘记标准动作了，把车拉上道之前得先打转向灯。

已经过了晚饭时间，路上车不太多，因为下雨的缘故大家的车速都慢了很多，这让拉拉感觉压力小了一些。当她终于把车停好时，提了一路的心总算放下了，浑身的劲道也随之一松，她觉得自己都要累瘫了。拉拉看看表，都快十点了，还没吃晚饭呢，这时候才觉得饿了。

拉拉熄了火，开门准备下车。谁知，她刚一开门，警报器就"当当当当"地叫唤起来。拉拉头一大，"怎么了？"她很无辜地对车说，"我又怎么你了？"愣了几秒钟，拉拉把门重新关上，说也奇怪，车门刚一合上，警报声就停了。拉拉上上下下察看了一番，实在找不出自己犯了什么错，只好又推开门准备下车，警报器马上又叫唤起来，拉拉慌忙把伸出去的腿缩了回来，重新关上车门，警报声再次平复。这下拉拉琢磨出点儿规律了，警报似乎和开关门有关。她又反复试了两次，证实了这个判断。可她也不能不开车门呀，拉拉苦恼地思考着，问题到底出在哪里。

拉拉正不知所措，手机响了，她掏出来一看，是王伟打来的。

"你不在家吗？家里电话没人接。"

"呃，我已经到了，正准备上楼。"拉拉说。

"哦，那就好。我先挂了，一会儿你洗完澡我再打给你。"王伟说着就准备挂电话。

"哎，等等。"拉拉慌忙叫住王伟。

"怎么了？"王伟有些奇怪。

"呃，是这样的，我今天开车上班的。"

"啊，就你开得那么烂还敢夜里上路？胆子够大的。"王伟知道拉拉的动手能力不太行，做动作的事情她往往会比人家差一点儿，小到比如钉个纽扣，大一点儿像学开车，她都显得比一般人费劲儿，所以王伟没想到拉拉敢自己一个人晚上开车。

"别担心，别担心，什么事儿都没有。"拉拉使劲儿给王伟吃定心丸，"我已经把车都停好了，一把就倒进来了！"

"真能干。"王伟真心真意地表扬了她一句。

"可是我现在碰到一个问题需要你的帮助，我刚熄了火要下车，可是只要我一开门这车就报警。不知道为什么会这样。"拉拉诉苦道。

"我想想。"电话里没声了，过了一会儿，又传来王伟的声音，"你是不是忘了关大灯？"

拉拉一听，马上叫了起来："哎呀，对呀！"她关掉大灯，然后开门下车，车果然安安静静地趴在那里，没一点儿打算闹事的迹象。

"怎么样，没事儿了吧？"王伟问。

"没事儿了！你真厉害！你怎么知道我忘记关大灯了？"拉拉的佩服之情溢于言表，王伟觉得她此时此刻就像一个高中女生似的天真可爱，不由得笑了起来。拉拉认真地追问："说呀，你是怎么知道的？"

王伟说："主要是你对车还不熟悉，等熟悉了你也很容易想到原因。对了，你吃了吗？"

"还没有，一会儿下点速冻水饺得了。我累了，外面又下雨，懒得出去吃了。"

"广州下雨呀？"王伟吃了一惊，责备道，"下雨你还敢开车？真是胡来。赶紧上楼弄点儿吃的去。"

拉拉连开了几天车，什么事儿都没有，她越开胆子越大。王伟却仍旧不放心，每天晚上都要打电话回去，确认拉拉平安到家。

王伟这么上心，拉拉自然受用，陆教授就有点儿看不惯了，心说对你妈有这一半就好了。有一天晚上，两人讲电话的时间长了点儿，等王伟放下电话，陆教授似笑非笑道："你们分开不过几天，犯得着天天打电话吗？"

王伟听出那点酸味儿来了，笑道："拉拉刚开车，我不太放心。"

陆教授不以为然，"你不是已经陪着她开了一段时间吗？还不行吗？"

王伟解释："她也不是不行，就是还不够稳。女孩子开车不能跟男人比，她们学得慢一点儿是普遍现象。"

陆教授不买账，立马反驳："那也不一定！宝宝学车的时候就没花多少时间，不是照样开得又快又稳？有一次，我还亲眼见她自己在那儿换轮胎，架势跟专业司机没什么两样。所以呀，还是因人而异。"

王伟觉得陆教授这么说不太友好，就劝："妈，人跟人不一样，各有各的长处。您说您总爱这么比，不是找吵架吗？"

陆教授不服，"我只不过实事求是。"

王伟告诫她："反正，您往后别拿宝宝和拉拉作比较，她俩又不是竞争对手，都是自己人，比来比去有意思吗？"

陆教授耍赖道："我在自己家里，连句实话都不能说？那我以后什么都不说了！"

王伟哭笑不得，"谁不让您说了？我那是提醒您注意搞好关系。"

陆教授叫起屈来："你让群众评评理，我就一个儿子，结果怎么着？儿子结婚领证，不要说事先征求我的意见了，连个通知我的人都没有！儿媳妇什么脾气什么模样，我都不摸底——我说什么了吗？我还得怎么注意呀？"

王伟忙说："得得得，就当我什么都没说！您以后想说什么就说什么，行了吧？"他不愿恋战，抬腿溜了。

陆教授不满意地冲着儿子的背影高声抗议："没话可说了吧？让我注意搞好关系，你们自己就不注意跟我搞好关系。"

黄国栋和拉拉一致认为，HOWARD是四个应聘者中最优秀的一个，尽管何查理把HOWARD批评得一塌糊涂，黄国栋还是顶住了何查理的压力，坚持把HOWARD送去新加坡让麦大卫面试。麦大卫和HOWARD谈过之后，果然表示认可。

拉拉原指望麦大卫能说服何查理，不料何查理坚决不肯让步。麦大卫本来也想适当妥协，免得跟何查理弄得太僵，他就打算说服黄国栋在市场上继续搜罗合适的应聘者，黄国栋早有准备，端出那份打猎清单，有理有据地和麦大卫摆事实讲道理。麦大卫心知人才难得，听了黄国栋催人泪下的陈情，他感到手下人确实已经尽力了，他做老大的只有挺身而出和何查理英勇斗争。怎奈何查理在这件事情上异常顽强，双方战在一起，直杀得鸡毛遍地尘土漫天，仍然未分输赢。后来，何查理的老板也就是SH亚太的总裁威廉，看事情闹得太大了，就出面劝麦大卫说，毕竟这个人是要给何查理用的，既然他不愿意要，就算现在我们硬塞给他，他心里也不舒服，对日后的上下级合作不利。麦大卫只得让步。

拉拉接到黄国栋的电话非常失望，明知道这是定论，没法翻案了，她还是和黄国栋争了几句。黄国栋说："拉拉呀，你是没看到，为了这件事情，大卫和查理都很不痛快，官司都闹到威廉那里去了，威廉的话也有道理，以后人招来了是向查理报告的，这个人如果查理根本就不认同，以后上下级怎么合作？所以我劝你，就不要再说了。再说要出人命的。"

拉拉不情愿地嘀咕着："这事儿我都不知道怎么去和老猎说，他肯定不服。"

黄国栋说："你就跟他实话实说，直属上司不认同这个人选。强扭的瓜不甜，HOWARD非要来，搞不好会死得很难看，要是HOWARD过不了试用期，老猎还不是空欢喜一场，一样拿不到佣金？"

拉拉并不需要黄国栋教她怎么和老猎交涉，她真正发愁的是，上哪儿再去找HOWARD这样的人呢？这样下去，只怕找来的人质量反而不如HOWARD。

老猎收到拉拉的消息也很郁闷，半天没说话。拉拉在电话里听出老猎情绪不高，生怕连他都要放弃了，忙胡乱给他打气："办法总比困难多，你经验这么丰富，你要是做不了这个单子，市场上这些猎头我也找不到第二家能做这个单子的了。"说完了，自己也觉得话说得很空，老猎倒领她的情，说："谢谢拉拉，你这么看得起我，我一定不放弃。让我仔细想一想，下面该怎么做。"

拉拉也说："是，看来我们的思路得变换一下角度，可是具体该怎么变，现在我也说不好，我们都想想，有了眉目就通气。"

本来否定HOWARD的结论就够让拉拉郁闷的了，当天下午拉拉又遭受到一次意外打击，她和何查理在办公室的走道里迎面碰上，她跟平时一样客客气气地叫了一声查理，不料对方就当没看到她一样，板着脸径直走了过去。旁边好几个人都注意到了这场短剧，拉拉察觉到人家都在用异样的眼光看着自己。那一瞬间，拉拉的情绪简直糟糕透了。

站在拉拉的角度，自从接了这桩差事，操心忙碌就不必说了，何查理的种种刁难她都悄没声儿地囫囵吞了，而且现在也按何查理的意思放弃了合格的应聘者，结果还搞得要来看他的冷脸。冷脸就冷脸吧，打工不就这样，可用得着当众给冷脸吗？

当天晚上，拉拉把这件事情告诉了王伟。拉拉很委屈，她说："我就是个卒子，过了河只有向前拱的份，他犯得着针对我吗？"王伟给她宽心说："何查理耍大牌，你用不着搭理他。他在刁难你，他自己心知肚明。"

回想起下午的情形，郁闷之情又袭上拉拉心头，她说："刁难就刁难吧，当初接这个事情就知道免不了的，只是没想到他今天会当众给我脸色，我真的很难堪。"

"他的老板威廉发话后，表面看他是赢了，可实际上付出的代价也不小，你想，一个亚太的总裁还看不出其中的名堂？不过因为何查理这么高的级别，多少要给他点儿面子，才不说破而已。"王伟分析给拉拉听，"何查理也知道自己的老板什么都看得明明白白的，所以他现在的情绪也好不起来。你是知情人，这个时候不是很必要的话，就尽量不要去招惹他了。"

拉拉叹气说："我也明白你说的道理。可是我现在是给他招下属，哪里避得开他？"

王伟宽慰拉拉："他也就是一时烦心。他能做到这么高的级别，你要相信他的智慧，也许明天他就对你和颜悦色了。"

拉拉"嗯"了一声，央告王伟道："我心里好烦，你能不能早点回广州呀？"

王伟笑了，劝拉拉再等等，北京的事情他一时还办不完。拉拉嘟囔说："你们北京办不是有销售嘛，交给他们去跑不行吗？"王伟解释说："现在正是关键阶段，还是得自己抓，单子落实以后，具体的事情会让他们去跟进。"拉拉吸了吸鼻子，不吱声了。王伟问她是不是不高兴了，拉拉说："没有，我琢磨怎么在麦大卫和何查理之间走好平衡木呢。"

36 各有盘算

拉拉琢磨了几天，跟老猎说："没别的办法，扩大搜索范围吧，咱们以前主要在珠三角找人，我看，长三角也可以去碰碰运气。"老猎说："我也这么想，还有，也不要光局限在化工行业，其他行业也可以看一看。"拉拉对此不太赞成，隔行如隔山，行业一跳，那也太没边了。老猎说："当然，化工行业为主，其他行业我就顺带看看。"

何查理倒是对拉拉又恢复了正常的态度，还请三个HR经理一起出去吃了一次饭。饭桌上，马莱说起拉拉现在敢自己开车了，何查理还夸拉拉勇敢。拉拉很自豪地告诉大家，她连一次剐蹭都没有发生过。何查理逗她说："千万别这么说，易志坚前几天跟人吹说他三年来一次都没有发烧过，结果隔天就得了重感冒，连发烧带呕吐，被他老婆弄到医院去打吊针。"何查理本来是为了补偿那天的那个冷脸，有意当众跟拉拉开开玩笑，拉拉却听进去了，那天下班她特意准点下班，开车也格外小心，生怕有点儿什么事儿。

越怕什么还偏偏越来什么，半道上，一辆小面包在距离根本不够的情况下，没有任何征兆就忽然从拉拉的右侧变道插入，尾部擦着拉拉这辆车的右前侧过去的，幸好当时拉拉的车速很慢，也就四十公里的样子。拉拉气坏了，打开双跳灯就跳下了车，质问对方："你怎么搞的呀？有你这么变道的吗？"

肇事司机是一个愣头愣脑的小伙子，据他说，想刹车来着，却误踩了油门。敢情拉拉碰上了比她还菜的菜鸟。拉拉板着脸说："你会叫保险公司吗？我可没叫过。"小伙子连声称会，开始打电话找保险公司，拉拉则打110报交警。警察叔叔到得挺快，处理得也快，小伙子全责，大家签了字，警察叔叔就走了。

正是下班时间，保险公司的车不知道堵在哪里了，两辆车停在路边等了好半天，天都黑了还不见保险公司的车。那小伙子有些抱歉，想和拉拉扯两句闲话，拉拉心中焦躁，根本没心思多答理他。直等到晚上七点半都过了，保险公司的车才到。到八点多，该处理的事情总算都处理了，人家告诉拉拉定损额度，拉拉也搞不清楚是多是少，她只盼着赶紧了事她好走人，不说肚子饿，光是憋尿就够人受的。保险公司的人早看出拉拉是个新手，大晚上的，又是个女的，就好意提醒了她一句，"小姐，你这右前轮裂了，得换新轮胎才能开，你的车后备箱里有备胎。"拉拉一听就傻眼了。

保险公司的人走了，拉拉回身问那愣头青，"你会换胎吗？"他尴尬地说："不会。"拉拉急得想哭，说："那我怎么办？"小伙子挠挠头答不上来。拉拉恼火地一指小伙子，道："你先别走，解决完我的问题你再走！"小伙子还挺讲义气，一拍胸脯道："放心，我就在这儿陪着你，问题解决了我再走。"拉拉翻了他一眼，掏出手机想打给王伟，转念一想，王伟在北京呢，找到他也没用，他也没法帮我换胎，还不如就近找一个能搭救我一把的。

找谁呢？比较靠谱的是找邱杰克，他也住在天河。可是就算邱杰克接到电话马上赶过来，恐怕也得半个小时吧？拉拉咬着嘴唇想辙，那小伙子觉得把人家害成这样有些过意不去，说："要不我找我一个哥儿们过来帮忙？"拉拉已经有主意了，指示他道："你去拦一辆出租车，咱们请出租车司机帮忙。"小伙子眼睛一亮，道："这主意好。"他屁颠屁颠地跑去拦车，很快就拦下一辆过路的出租。两人把情况跟人家一说明，拉拉央求道："师傅，您帮帮忙，耽误的时间算我搭您的车，您该收多少收多少。"司机是个热心人，说："我义务帮忙，不收钱。"花了二十分钟，备胎就换上了，拉拉硬是塞给人家五十元。出租车司机不肯要，拉拉发自肺腑说："今晚要不是您帮忙，我不饿死也得憋死，您要不收钱，全国人民都不答应。"

那天晚上，拉拉到家都九点了，她进门第一件事就是上洗手间。完了一照镜子，才发现脸上和手上不知道什么时候都蹭上了油泥，衣服上也有。她连忙检查了一下背的那个GUCCI手袋，果然也未能幸免，花了将近一万块钱买的呢，还没用多久。拉拉郁闷地放下手袋，叹了口气，不知道是该骂那个愣头青还是该骂王伟。正在这时，家里的电话响了，拉拉知道一准是王伟打来的。"他倒会挑时候，什么都解决了，他出现了。"拉拉气鼓鼓地抓起电话。

听拉拉说被人家撞了车，王伟吓一跳，忙问："你伤着没有？"

拉拉心怀怨气，怪声怪气地说："没伤着。"

王伟松了一口气，"那就好。"

拉拉不满意地质问说："你怎么不问问我车还能开吗？"

王伟说："车还能开吗？"

拉拉冷冷地说："前轮都撞裂了，怎么开！"

王伟一愣，问她："那你后来怎么解决的？"

拉拉这才不无卖弄地说："我叫了一辆出租车，请出租车司机帮我换的！"

王伟先是怔了一下，随即由衷地夸了一句："聪明！"

拉拉得意地说："那是！我当时就想，找汽修厂或者找邱杰克来，我不得憋死在那里呀！大马路上，根本就没厕所，整整三个半小时，我一次厕所没上，再憋下去，非受伤不可。"

王伟怕再出事，劝道："我看你还是先别开车了。等我回来再说。"

拉拉苦笑，"现在我就是想开也没车了，明天一早我得把车开到梅花园去修。"

王伟忙说："车的事情你别管了，就放那儿吧，等我回来处理。"

"你在北京有二十天了吧？什么时候能回来呀？我现在真是特别需要你呀，哥哥。"拉拉连撒娇带央求，企图让王伟答应尽快回广州。

王伟说估计还得一个多星期，最多不超过十天。拉拉听了就没声了，王伟意识到她的失望，安抚她说："再克服一下，一星期很快就过去了。别不高兴。"

拉拉没精打采地说："关键时刻一点儿也指望不上你。算了，不跟你闲扯了，我得去弄点儿吃的了，都快饿昏了。"王伟叫她说得挺内疚。

第二天早上，拉拉一盘算，等王伟回来还得十天，修车又要花上三四天，这么等下去太不方便了。她还是请了假，自己把车送去修了。

从修理厂出来，拉拉心情很好，因为她刚刚靠自己的力量解决了一个麻烦，一个她原本畏惧并且以为只有仰仗男性的帮助才能摆脱的麻烦，而且，她还可以借此加重王伟的负疚感——一个家里，像修车这样的麻烦事由男人处理不是天经地义的吗？因为男人靠不上，女人只好自己出头了。想象着王伟回来后发现车已修好那副又吃惊又尴尬的表情，拉拉高兴得站在大街上一个人笑出声来。一个年轻军官正好迎面走过，诧异地看了她一眼，她有些不好意思，马上恢复若无其事的样子。

老猎又先后找来了两个应聘者，正如拉拉预计的，这俩人的实力都比不上HOWARD，自然被何查理毫不留情地给毙了。老猎为此颇为不满，言语之间颇有撂挑子不干的意思。拉拉感觉老猎已经黔驴技穷了，她和黄国栋说了自己的看法，黄国栋说如果老猎不干，就换一家猎头好了。拉拉说，有经验的猎头恐怕不肯往成不了的生意上赔时间。黄国栋本来想摆官架子教训拉拉，难道世界上就老猎最能干，他做不成的单就没有猎头做得成了？后来自己想想也觉得这话没什么意思，就咽了回去。

拉拉抱着一丝侥幸，怂恿黄国栋去做做何查理的工作，说服他重新考虑HOWARD。黄国栋觉得没戏，为了这个HOWARD，何查理已经和麦大卫闹得不可开交，现在要是又回过头来接受HOWARD，不是等于让他抽自己的嘴巴吗？

拉拉说："这个总监我们已经招了几个月了，懂行的人都看得出来，未来一年内，这方面的人才，市场上可供我们挑选的来源恐怕就只有这样的水准——我觉得，至少我们得把这一点正面和查理作一次清晰的沟通，让他把期望值适当降低。不然，这个总监我们可能永远也招不到。"

黄国栋觉得拉拉这话有道理，就硬着头皮去找何查理。

黄国栋先对何查理的高标准严要求表示了一番认同和景仰，然后才就市场上人才奇缺的难处大叹苦经。何查理这回倒是很通情理，听的过程中时不时发出几声唔唔，以示他对HR的理解和体谅。等黄国栋讲完了，他笑容满面地开腔了，"老黄呀，不是我非要高标准严要求——大卫不是说了吗，这个总监是要作为未来的高潜力培养对象来招的——所以我这么做也是执行组织的指令，落实组织的意图，对吧？"

黄国栋连声附和说对对对。

何查理说："刚才你提到目前市场上的人才状况，既然现在我们已经招了这么久都网不到更好的，看来客观情况差不多就是你说的那样了。"

黄国栋解释说："比HOWARD好的人有，可人家根本不考虑跳槽。"

何查理点点头，"是呀，未来一年内，可供我们选择的人才来源质量就只有如此，这就是我们面对的现实。你们HR也很辛苦，HOWARD就算这个来源中的上乘货色了。"

拉拉从茶水间出来，远远地看到黄国栋正走回他的办公室，她赶紧放下水杯跟了过去。"怎么样？查理怎么说？"她满怀希望地问黄国栋。

黄国栋竖起右手的食指说："是你猜不到的。"

拉拉急得要死，连催黄国栋快说。黄国栋示意拉拉关上门，然后才压低嗓子说："他说，如果市场上确实找不到更好的，他同意适当降低标准。"

拉拉喜出望外地"啊"了一声，随即追问道："那HOWARD行吗？"

黄国栋神秘兮兮地说："他说HOWARD'可用'。"。

拉拉说："我也不需要多高的评价，'可用'就够了。"

黄国栋说："别急，查理还有话。他认为曹远征也'可用'，他同意HOWARD比曹远征沉稳而且有现成的总监经验，但是他还认为曹远征比HOWARD更有冲击力，从长远角度讲，曹远征不输给HOWARD。查理的意思，我们与其接受一个不够完美的外部候选人，还不如优先考虑同等水准的内部候选人，还能起到激励员工的作用。"

鉴于先前听到过一些传言，这个消息不算完全意外，但无论如何算得上一个新故事，惊讶之下拉拉嘴都合不拢了。黄国栋就等着看她这副表情，他说："呵呵，没想到吧？我们在外面招了四个多月了，查理会忽然主张内部提拔，而且理由是从外面找来的人并不比内部的备份水平高。"

拉拉反应过来，马上表示反对："曹远征的流失率太糟糕了，要是让他当总监，他得炒掉多少人？"

黄国栋客观地评价曹远征说："他的流失率有多糟糕，他的业绩就有多骄人，这是一个让人又爱又恨的家伙，优点和缺点都很明显。"

拉拉觉得有必要表明自己的观点，就说："坦率地说，我不认为曹远征的得分能和HOWARD打平手。而且，我认为曹远征目前的水平与公司对总监的要求相比还有一定的差距，他需要改善他的领导力，最近一次的360度评估报告显示，他对下级是逼迫大于激励，管理风格过于生硬，在跨部门沟通合作中也有霸道之嫌。"黄国栋心说，我跟你的观点一样。不过，他嘴上什么也没有说。

拉拉搞不清楚黄国栋对曹远征当总监到底是什么态度，又不好直接问，沉默了一会儿，拉拉坦然地说："如果有需要，我愿意当面向查理表明我的观点。"

黄国栋觉得拉拉这么做起不到好效果，只能白白冒犯老大，因为何查理并不是不了解情况需要HR的意见。他考虑了一下说："这样吧，查理今天已经把话讲得很明白了，我还是和大卫沟通一下查理的意思，看看大卫是怎么个态度。你就暂且不要有什么动作了，等我的通知。"

麦大卫根本不同意考虑曹远征，光是冲着他一贯居高不下的流失率，麦大卫就不能同意。不过，这还不是最主要的，麦大卫考虑得更多的是组织架构的安全问题——何查理没有合适的接班人选，大家都认为现有的几位总监起码两年内都不具备接班的潜力，正因为如此，SH才为新增的总监职位在外部市场寻找更有培养潜力的任职者，这个方向是不可以改变的，麦大卫毫不含糊地再次向何查理表明这一点。

何查理两手一摊说他没意见，那就让猎头继续找，关键是销售团队的拆分已经比预定计划慢了，不能再拖延。对此，麦大卫建议说："要么让易志坚暂且代理着。"何查理最不喜欢麦大卫对他的人员调配指手画脚，他回答说，他自会安排合适的人暂时代理，但这不是长久之计，新总监的人选要早作定夺。

鉴于市场上人才难寻的客观情况和组织对新总监早日到岗的迫切需求，何查理的老板威廉亲自把麦大卫和何查理叫到一起开会，指示他们对应聘者的关键能力不能放松，其他方面的要求则应考虑适当妥协——这可以说是对何查理的一个督促，暗示他要采取更为配合的姿态；威廉同时也给麦大卫施加了压力，要求他必须加快招聘速度。

麦大卫为求稳妥，特意让黄国栋安排他和老猎单独见了一次，面授机宜。这次见面，广见博识的老猎给麦大卫留下了很好的印象，老猎更是借此难得的机会充分领会了精神。回广州后，老猎和拉拉说，要背水一战，全力以赴最后拼一次，这次要再不行，他就真的放弃了。说得拉拉也一阵悲壮。

临了，拉拉说："要不，我安排你也见一见查理吧？"她是担心老猎光顾了听麦大卫的，却忽略了何查理的倾向，平衡不把握好，最终是要从平衡木上掉下来的。

37 变故

王伟回到广州，一进门拉拉就装出一副惊讶的样子说："哟，这些天看你提都不提回来的事儿，我还以为要遥遥无归期了呢。"

王伟本来路上尽想着一进门就温存一番的，被拉拉似笑非笑地这么一说，本来跃跃欲试的那股子激动劲儿一下就不见踪影了，他息事宁人地解释说，半当中出了点儿反复，本来还得再等几天才能回来的。

拉拉就问："那你怎么回来了？你罢工呀？"

王伟说："陆宝宝回北京替我的。"

拉拉觉得有点奇怪，北京的事情都办得差不多了，陆宝宝怎么这时候忽然想起要替王伟？王伟解释说，广州的单子这么久没动静，要小心。

拉拉明白了，陆宝宝是担心广州的单子了，所以才去北京把王伟替回来的。她点点头，说："陆宝宝有你还真是有福。"王伟哄拉拉说："有我就是有福，那你比谁都有福。"拉拉不买账，说："陆宝宝需要你在北京的时候你就在北京，她需要你在广州的时候你又及时回到了广州。我怎么跟人家比。"

王伟见话不投机，笑笑说："我出去一下。"拉拉猜到他是要去车库看车，有意不告诉他车已经修好了，她憋着笑，由他去白跑一趟。过了不到二十分钟，王伟回来了，惊讶地问拉拉，"车已经修好了？"拉拉才漫不经心地"嗯"了一声。王伟奇怪地说："那你刚才怎么不告诉我一声？"拉拉慢条斯理地说："你也没问我呀，我怎么知道你要去干吗？"王伟说："是你自己把车送去修的？"拉拉恨恨地说："没办法，我这人生来就是凡事都得靠自己的命。"

王伟笑道："你这么经历一次也挺好，下回再遇到类似的事情就知道该怎么办了。"

拉拉憋着气说："下回你还打算让我自己来呀？"

王伟说："自己能处理就不用求人，多好！"

拉拉跳起来，赌咒发誓说："王伟，我向毛主席保证，下回要是再撞车，我绝对不求人，尤其不求你！"

王伟弄不明白，自己哪句话说得不合适让拉拉这么恼火，只好闷闷地坐在一边不再说话。拉拉见王伟一副遭受了打击的样子，不由得有些后悔。她摆出一个招惹爱怜的姿势暗示王伟，王伟没明白过来，半天没有动静。拉拉一个姿势坚持了好一会儿，直累得腰酸腿麻，王伟还是不动弹，拉拉只好启发道："不是说小别胜新婚吗？"

还是三月中旬的时候，岳总忽然要求下面的人，比较两个项目分别招标，和两个项目合二为一整体招标，各有何优劣。岳总是一时心血来潮，还是心中已有倾向，梁科长有些吃不准，就去请赵处长的示下。赵处是个玲珑人，二十年来沧海桑田世事变迁，大是大非问题上他没有站错队过。赵处当即启发年轻人道："领导的指示要用心领会，做事才能达到事半功倍的效果。如果还是分成两个项目做的话，三家厂商都出了方案，现在又何必多此一举？"梁科长听了指点，小心翼翼地在分析中偏向了合二为一。不久就有了最后的决定，正式废弃了分软件和硬件两个项目来招标的思路，改为合二为一。

王伟头天晚上才从北京回来，第二天就闻听此事，不由得大惊失色，如此一来，德望可就失去了单凭硬件占据的优势。打听了半天才弄明白为什么突然有此变故，原来孙建冬不知使了什么法子给岳总洗脑，居然成功说服了老岳。

　　一连几天，王伟和邱杰克绞尽脑汁，企图挽回局面，但是一直没有找到管用的法子，又担心运营商近期就要发出标书，那就真的没得玩了。陆宝宝得知消息后急得直跳脚，一天几通电话拼命给他们施压。王伟本来就着急上火，快被她逼疯了，回到家里却一点口风没对拉拉透露，免得她跟着担心，另一方面也是因为觉得跟她说也没用。

　　这天是四月的最后一天，拉拉到中信办事儿，办完事情还不到五点。她一想，一个多月没和王伟一起好好吃饭了，就特意买了一堆好吃的回家。正准备下厨做晚饭，王伟回来了。拉拉兴致勃勃地把采购成果展示给王伟看，问他晚餐想吃什么。王伟敷衍了事地瞟了一眼那堆东西，信口说了句随便，就直接走到沙发边上躺下了。

　　拉拉马上意识到他有心事，关心地跟在后面问他："你怎么了？"王伟没有反应，拉拉又连问了两声，他才说："没怎么。"拉拉不信，说："没怎么你会沉着脸？"王伟随手抄起茶几上的一份《广州日报》翻看着，淡淡地说："上了一天班，累了。"拉拉说："累了你就躺会儿，还看什么报纸。"王伟头也不抬地说："我随便看看，又不动脑筋。"拉拉再问什么，他都不作回应了，只顾把头埋在报纸里。

　　拉拉心里来火了，指责说："你这叫拒绝沟通你知道吗？"王伟还是不吱声，只顾哗啦哗啦地翻着报纸。拉拉忍不住了，冷着脸上去一把夺过报纸，道："说你呢，听到没有！"王伟被抢走了报纸，不满地"啧"了一声，说："干吗呀？你想让我告诉你什么？"拉拉很委屈："你这人怎么这样！你看我，公司里有什么事情，无论大小我都回来跟你说；你呢，什么都不跟我说！你想憋死我呀。"

　　王伟说："你这就没意思了，又不是做生意，你告诉我你的小秘密，然后我就也得说出点什么见不得人的事儿，好跟你交换。"

　　拉拉很坚持："我不管，我都对你掏心掏肺了，你也得这么对我。"

　　王伟心里烦，说："该告诉你的我自然会告诉你，可生意上的事情，告诉你又不解决问题，我复述的时候还得再烦一次，这不是自己跟自己过不去吗？"

　　拉拉不服，说："那你告不告诉陆宝宝？她就能给你解决问题？"王伟说："大事儿当然得跟陆宝宝打招呼，她是老板呀，我要是瞒着她，那叫没有职业道德。"

拉拉冷笑一声，说："她是老板，我还是老婆呢！"王伟哭笑不得，告饶说："这挨得上吗！拉拉，我今儿个一整天净是烦心事了，这会儿想静一静，行不？"

拉拉一听，哦，这意思是嫌我打搅他清静了。她赌气把报纸丢到茶几上，愤愤地说："我也在公司累了一整天了！回到家就想跟老公说说话，可老公要求自个儿待着，我还有什么可说的！真不知道我们干吗要结婚，都自个儿待着好了。还不如弄个合住的舍友回来，舍友还会跟我说说话呢。"

她转身走进厨房，摔摔打打地准备晚餐。王伟也不理她，重新捡起报纸翻看，只当没听到厨房里传出来的那些动静。

38 联盟

第二天是五一，两人吃了早饭，王伟赔着笑脸对拉拉说："我一会儿得出去，今天和杰克约好了有事情要办。"

拉拉不由得一怔，一分钟以前，她还在盘算着两人一起怎么好好享受这难得的三天假期呢，没想到王伟早有了他自己的安排。有安排就有安排吧，好歹前一天晚上吱一声呀，毕竟这是公众假日，又不是平时工作日加个班什么的。要是连这点儿事先的知情权都没有，那还领结婚证干什么。

拉拉很想和王伟好好理论一番，又觉得那未免显得自己好像多想和他黏在一起似的，太丢份！她就垂着头继续收拾桌子，不冷不热地说了句："你爱去哪儿去哪儿，用不着跟我说。"说的时候，拉拉有意眼皮都不带撩的，好显得自己完全不在乎王伟的去向，心里却巴望着他凑上来好好跟她解释一番，并且为了没有提前打招呼而道歉。

王伟确实觉得应该解释一下，可是再一看拉拉那副冷若冰霜的表情，他索性什么都不说了，拿上车钥匙就走。拉拉没想到王伟还真就这么一声不吭地走了，听到身后传来"嘭"的关门声，她气得把手里的思高易洁布往饭桌上一扔，扭过头去愤愤地冲着已经关上的大门嚷道："有什么了不起的！明明自己没道理，还趾高气扬的！"

直到傍晚王伟才回来，精疲力竭的样子，直接就躺下了。拉拉酝酿了一天准备兴师问罪的，看他这副样子，倒有些担心起来，不知道他到底遇到了什么困难，有心问一问，又拉不下面子，况且王伟也不见得愿意说，拉拉只得把话憋在心里，暗暗留心王伟的动静。

吃晚饭的时候，两人谁也没说话，吃完饭王伟要去洗碗，拉拉不让。王伟认真地说："你做了饭，我该洗碗的，这样才公平。"拉拉见他很当回事儿，不由得暗自好笑，心想，这家伙倒是老实。

拉拉说："咱俩本来就没多少家务，用不着分配得那么公平。我不在乎多干点儿家务，可是你放假要出去应该事先跟我说一声。我这要求合理吧？"

王伟说："合理。"

拉拉说："那你早上还给谁脸子看呢？"

王伟说："不是我要给你脸子看，你当时板着脸，我没法跟你说。"

拉拉说："我板着脸因为我有板脸的理由呀——如果你前一天晚上跟我说一声，我一点问题都没有。"

王伟解释说："前一天晚上，我不是看你心情不好吗？就没开口。"

拉拉说："你到第二天才说，我不是心情更不好吗？"

王伟诚恳地说："你说得对，下次我一定提前说。"

拉拉满意地点点头。王伟趁势说："明天我还得跟杰克一起出去，今天的事儿没办完。"

拉拉的脸色倏地暗了下来。王伟有些无奈地说："如果我明天早上说，你会更不高兴。"

拉拉只好假装豪爽："谁不高兴了？"想了想，又问，"别一天一天地说了，太费事儿，干脆咱们一起全说明白，三号你是不是还要出去？"王伟说："现在说不准。"拉拉皱起了眉头。王伟表白道："真说不准。"拉拉无奈地说："那没办法，等你说得准的时候再说吧。"

这天，直到天都要黑了王伟才回来，又是一脸的疲惫不堪。看到拉拉，他正想张口说什么，拉拉制止他说："别说了，歇着去吧！瞧你这样子就知道了，明天你一准还得出去。"

王伟说："你先吃吧，不用等我了，我进房躺一躺。"

拉拉若有所思地看着王伟的背影，她已经基本肯定，王伟一定是遇到什么大麻烦了，她很想打电话给邱杰克好问个究竟，又觉得这样不妥。本想等王伟一起吃饭的，可是直等到八点，王伟还没有一点儿动静，拉拉只好自己先吃了。到九点，拉拉进卧室看了一次，王伟还睡着。拉拉怕他饿着对胃不好，又不忍心叫醒他，左右为难地在床前站了一会儿，还是轻手轻脚地回到了客厅。

拉拉刚在沙发上坐下，王伟放在茶几上的手机就响了。拉拉生怕铃声吵醒王伟，慌忙拿起手机，见是陆宝宝打来的，她按下接听键："宝宝，是我。"陆宝宝显然没有想到会是拉拉接的电话，一愣，随即问："拉拉，王伟方便接电话吗？"拉拉说："他今天一整天都在外面，一回来就躺下了。要我去叫他吗？"拉拉一抬头却发现王伟已经从卧室出来了。拉拉把手机递给他，道："陆宝宝找你。"

王伟接过手机刚"喂"了一声，陆宝宝就叽里呱啦地说了一通。王伟一直静静地听着，等陆宝宝说完了，他说："我认为我们出的价格已经很有诱惑力了，对方只是还想再摸一摸我们的底牌，才故意不肯轻易松口。"

陆宝宝又说了几句什么，王伟说："问题是，现在大家都拖不起了，没有多少时间了。"这话一出，虽然听不清陆宝宝在电话那头具体说了什么，但是拉拉在边上也能感到陆宝宝的声音陡然高了起来，王伟拧着眉头捺着性子听着，拉拉见状悄悄走开。等拉拉把饭菜热好重新端上饭桌，正听到王伟以商量的口气说："今天也不早了，要不等明天你到了以后，我们见面再详谈吧。"

王伟挂断电话，拉拉说："饭菜刚热过，现在吃吧？"王伟点点头。

王伟吃的时候，拉拉坐在一边静静地看着。等王伟吃得差不多了，拉拉问他："陆宝宝不是刚回北京没几天，怎么又要来广州？"王伟淡淡地说："她心里着急吧。"拉拉说："王伟，你这几天在忙什么？是不是……"拉拉想问，是不是那个单子出问题了。

王伟截断她说："我在和林如成谈交易。"他一口气睡了两个半小时，又刚填饱了肚子，这会儿精神恢复了不少。

拉拉不敢相信自己的耳朵，她怔怔地望着王伟说："哪个林如成？雷斯尼的林如成？"

王伟说："对，就是他。"

拉拉很疑惑，"你怎么会跟他交易？他又不买你的硬件，你也不要他的软件。"

王伟告诉拉拉："孙建冬说服了运营商，原本分成软件、硬件的两个项目已经合二为一了。单论硬件，德望最有优势，单论软件，雷斯尼稳操胜券；可是现在一合并，就成了孙建冬第一了，因为DB是软硬通吃的，而德望自己开发软件的能力根本没法和人家比，林如成那边呢，硬件也不行。我和杰克一起反复权衡过了，事到如今，德望只有联手雷斯尼，由雷斯尼出面和运营商签约，德望则不直接面对运营商，而是作为雷斯尼的硬件外包商和雷斯尼签约。"

拉拉喃喃地说："我大概明白你的意思了。可是林如成这个人，听说人品不怎么样，而且有点儿变态。"

王伟说："没到变态那么严重，不过确实很难缠。可现在只有联手林如成是最切实可行的，我们已经没有时间想别的办法了。"

拉拉不放心，道："联盟是你单方面的想法，林如成肯吗？"

王伟沉吟了一下，说："我认为，对他来说，这差不多是正要打瞌睡就有人递枕头，这两天和他谈下来，我更这么认为了，虽然表面上他暂时还没有点头答应。如果不和一家产品有绝对优势的硬件商联合，林如成也吃不到这个大单，德望可谓他最现成最稳妥的联盟对象。"

拉拉担忧地说："林如成要狠狠宰你们一笔了。"

王伟说："那是一定。现在是我们主动去找他，而且连五一假期都不歇气地跟他谈，他就知道我们有多着急了。话说回来，我们也拿不起架子，没时间没资格——林如成输了这个单子，影响的也就是一年的生意；对德望来说，拿下单子，不仅是吃三年的事儿，从此德望就在华南占住了一大块好地，拿到了相当的市场份额。"

拉拉想了想，说："陆宝宝什么个态度？"

王伟叹了一口气，说："她当然比谁都巴望能做成，可心疼钱呀，还得做做思想工作，劝她往远处想。"

拉拉关心地问："这思想工作好做吗？"

王伟摇摇头，道："不好做。她最近每天都好几通电话，我和杰克早请示晚汇报连带听她抱怨，弄得一看到是她的电话就头大。可是又绕不开她，最后还得她说了算，她是老板。"

拉拉不放心，问王伟："要是陆宝宝坚决不肯答应让价，你怎么办呀？"

王伟淡淡地说："没有什么坚决不肯让的，她要么是少赚一部分，要么完全不赚。这笔账属于四则运算的范畴，连数学都谈不上，只能算是小学算术，她完全算得过来，只不过需要一个接受的过程，就跟很多人离婚一样，明知道凑合下去没好结果，可离婚的现实还需要逐步接受。"

拉拉又问了一些细节上的问题，王伟一条一条作了回答，有些地方王伟的回答她还听不太明白，王伟只得又给她进一步解释。说着说着，王伟就有些不耐烦了。拉拉看出来了，不爽地说："你刚才听陆宝宝的电话多好的耐心呀，怎么轮到我才问了几句你就不耐烦了？那我做你的老婆有什么好处？"

王伟把脸别过一边，嘀咕说："我就知道会是这样，一旦被你知道了真实情况，瞎操心不说，还会冒出无数的问题。"

拉拉说："你是不是对数字缺乏概念呀？明明是有限的几个问题，怎么就成了'无数个'？"

王伟指了指墙上的电子钟，道："杜拉拉同学，你看看几点啦？现在已经是五月三号了，你都问了我两小时了。"

拉拉看了一眼挂钟，心里也吃了一惊，但是又不愿承认事实，她翻了王伟一眼，道："我还懒得管你的事儿了。"

王伟说拉拉："你这人就是想不开，你公司里那一摊事儿还不够你烦的呀？我你就别操心了，反正操心也是白操心。"

拉拉没话可说，站起来说："我先睡了。"王伟说："你睡吧，今晚我睡书房，我还要上一会儿网。"拉拉走到卧室门口，猛然想起什么，转回头提醒说："沙当当和叶陶的关系你得小心，现在的情况和原先不一样了……"

王伟懒洋洋地打断她说："又来了。"

拉拉无可救药地操心到底，"你别不放在心上！现在林如成可是一心想探听你的底价。"

王伟说："你再不去睡，明早又得抱怨失眠。"

拉拉还不走，问了一个她不理解的问题："你五一前早告诉我这些事儿，不好吗？"

王伟说："那一周是我最烦的时候，我还就怕你提问，你这人我还不知道吗，一旦提问了又得不到及时详尽的答案，是不会给我好脸色的。"

拉拉听到如此的评价，不高兴地拉下脸来，王伟看了看她的脸，说："看，说来就来，我说的就差不多现在这副表情。"

拉拉狠狠地瞪了王伟一眼，一言不发地回卧室去了。王伟瞟了一眼拉拉的背影，忽然意识到她明显瘦了，这使得她的背影显得柔弱了不少。王伟觉得有些抱歉，他跟了过去，用多少带有讨好成分的语气说："拉拉，其实我本来的想法，是等事情有了眉目再跟你说，这样我能告诉你我的解决方案，你也好放心些。"

拉拉背对着王伟，没有反应。王伟又说："嘿，千万别生闷气，小心失眠。"

拉拉瓮声瓮气地说："多谢体贴，我感动死了。"

王伟说："感动要有个感动的样儿。"说着就去扳拉拉的肩膀。

"干什么！说话就说话，跟我保持三尺距离。"拉拉挥手想打开王伟的手，却被王伟趁势一把抓住，"我看看你是真感动还是假感动。"

拉拉不说话，瞪着王伟。王伟上下打量了一下拉拉的脸，随即严肃地宣布："是假的。这就好，这样你就不会'感动死了'。"

39 解除了的社会关系

王伟又是分析又是展望，连哄带劝，使出浑身解数，就为了说服陆宝宝。拉拉听到他给陆宝宝打电话的时候动之以情晓之以理，几乎要声泪俱下了。拉拉看不顺眼，说："你这是跟老板讲话吗？分明是在使美男计嘛。"王伟说："下流！"拉拉笑道："你做得，我还说不得了？我就弄不明白了，老板不是陆宝宝吗，她不急，你急什么呢？"王伟一脸不屑道："妇道之见！"拉拉说："有本事你别跟着妇道混，自己立山头去。"话一出口，拉拉就作势要打自己的嘴："我说错了，掌嘴五十。"弄得王伟还没法跟她计较。

王伟的苦心终于奏效，陆宝宝骂骂咧咧地作出了一定的让步，事情总算是往前推进了一大步。

王伟和邱杰克稍微喘过一口气来，两人又商量该怎么防备泄密。林如成明明是遇上了一笔合算的好买卖，却不知道是出于什么古怪的心态，一心还想再压迫德望的利润空间，为此他一方面拼命试探，另一方面，不断想办法企图打探出德望的底价。林如成的心思王伟和邱杰克都有所察觉，这让他们不得不顾虑叶陶和沙当当之间不自然的关系。而且，孙建冬那一头恐怕很快就会收到两家联合的风声，人家自然不肯束手待毙，谁知道又会使出什么招数，不能不防。

为了防止走漏底价造成被动，王伟和邱杰克商量好，价格只在陆宝宝和他俩手里握着，但光是这样还不够，为了迷惑外界，再做一个逼真的假价格来掩护真的底价，把这个假的让苏浅唱看到一部分构成，至于叶陶，则严格把他的知晓范围控制在工作量等技术范围，价格他无须问津。这样，如果内部出了问题，泄漏出去的也不会是真的底价。

陆宝宝很赞成这个主意。王伟说："没办法，这也是万不得已，风声太紧，不能不防，这个单我们输不起。"陆宝宝说："是呀，要不上次吃饭我能去试探叶陶吗？"王伟忙嘱咐她说："咱们别再去刺激叶陶了，盘问员工的私事不好！本来，如果有办法，最好就是把叶陶调开，可是现在他已经为这个项目做了这么多事情，调开他就不合适了，太伤人。现在我们这么安排，他若是没事自然没事，他若是有事，谁使坏谁倒霉，咱们反正不受伤。"

邱杰克突然感叹了一句："认识这么多年，我发现，王伟确实是好人呀。"

陆宝宝嗔怪道："难道我是不是好人还说不准吗？"

邱杰克一本正经地说："那得分是谁说的了。让王伟说，他自然说您是好人。要林如成说，他准得说您没安好心。"

按照林如成和王伟的约定，由林如成出面，借着请运营商吃饭，说明雷斯尼打算用德望做自己的硬件外包商。

这种招呼暂且不用惊动岳总，沙当当奉命请到了赵处长和梁科长，另有两位沾着点干系，属于成不了你的事儿但可以坏你的事儿的角色，也跟着来凑趣。

几位客人都是海量，几个回合下来，林如成就招架不住了。客人有兴致，是销售的福气，万没有败兴的道理，沙当当仗着自己还算过得去的酒量替下林如成，舍命陪君子，从饭桌上一直喝到卡拉OK包厢，总算让客人喝得乘兴而归。林如成把该说的都告诉了对方，并且乘机多少打听了一些孙建冬的消息。

刚把运营商的人送走，沙当当就一头栽倒在桌子底下，人事不知了，那模样挺吓人。林如成心里明白，这回沙当当是真喝狠了。喝酒是能要人命的，林如成有点儿害怕，手忙脚乱地把沙当当送到医院。

沙当当昏沉沉地躺在急救室的病床上，护士给她挂上了葡萄糖和生理盐水，好稀释血液里的酒精浓度。林如成看沙当当的情况似乎平稳了些，就走到走廊里打电话给孔令仪，想让她马上赶到医院来陪护沙当当。手机倒是通了，就是半天没人接听。林如成心里那个骂呀：老子在这里拼命，你在家里睡得倒挺香！

这边厢，真正"拼命"的那个醒来了，惊讶地发问："我这是在哪儿呀？"

林如成听到动静，忙跑回去告诉她："你喝多了，给送到医院来了。已经挂了葡萄糖盐水稀释血液里的酒精浓度，医生说应该问题不大。"

沙当当动了动身子，只觉得天旋地转胃里说不出的难受。她有气无力地"哦"了一声，好半天才想明白当晚的事情，虚弱地说："谢谢林老板，我好些了，您先回去休息吧。"

林如成早想走了，就说："你行吗？要不要我帮你打电话通知你家里人呀？"

沙当当指了指背包，有气无力地说："劳您驾，手机。"

林如成忙把沙当当的包递给她，沙当当掏出手机，找到叶陶的手机号码正想拨，迟疑了一下，对林如成说："您先回去吧，我会叫朋友来接我回家的。"

林如成求之不得，他觉得自己已经尽到责任了，就打着哈欠走了。

叶陶从睡梦中惊醒，马上听出是沙当当的声音，"是我，我在医院，你能来一下吗？"她的声音听起来疲惫而晃悠，有种很奇怪的感觉。他想也没想就说："我马上过来，哪家医院？"

沙当当听到叶陶向护士打听她在哪里的声音，她闭着眼睛不肯看他，眼泪却像断了线的珠子往外滚，胸口上下起伏着，发出压抑不住的呜咽声。

叶陶忙走到床边弯腰摸了摸沙当当的额头，倒是没有发烧。他又抓起沙当当的手，发现她的手冰凉冰凉，一张脸被医院的日光灯映照得愈发惨白。

叶陶看到沙当当这副模样多少有些不忍，护士在边上说："她这是看到你来了，心里就更委屈了。"

听到这话，沙当当越发激动，直哭得上气不接下气，先是剧烈地咳嗽，要憋死过去一样，紧接着胃里一阵痉挛，猛地呕吐起来，其实早在刚被送到医院时，她就把胃都吐空了，现在只是不停地呕着苦苦的胆汁。

叶陶心里很震惊，不知道沙当当到底发生了什么事情，又没法问。他一面和护士一起给沙当当抚胸拍背，一面连连劝慰着沙当当。安顿好沙当当，护士交代叶陶说："不要再让病人激动，这得好好休养几天才成。"

凌晨一点多，叶陶把沙当当送回家。沙当当一被扶上床就沉沉睡去，叶陶给她关了灯，自己轻手轻脚走出卧室。他环顾客厅，和他去年离开的时候相比并没有什么变化，一切还是老样子，只是原先摆放在电视柜上的一帧两人合影不见了。叶陶忽然感觉有些心酸，他不忍再细看，匆匆离开。

第二天上午十点多，叶陶接到沙当当的电话，问他能不能到她家去一趟，她有话想跟他说。沙当当的声音仍然有些沙哑，倒是显得很清醒。

叶陶正想问她前一天晚上怎么会喝得那么烂醉如泥，而且，他心里还有事儿想跟沙当当谈一谈，就答应马上过去。

门一打开，叶陶被沙当当的模样猛地吓一跳，"你这是干吗呀？"

一条写着"还我血汗"的白布绑在沙当当的脑门上，使得她看上去活像个霍元甲时期的日本浪人。"我要去深交所静坐！不给个说法，我就天天吃住在深交所！"沙当当恨恨地说。由于宿醉，沙当当的脸色还很不好。

叶陶哭笑不得，"你买了深市的股票？股票跌了要静坐，那房子涨了怎么说？怎么不见你把赚到的钱退给开发商？"

沙当当本来是满腔悲愤气壮山河的，冷不丁被叶陶一问，她干瞪眼答不上话，好半天才说："我又不会真的去静坐，意淫一下，不行吗？"

叶陶伸手一把扯下沙当当脑门上那条不伦不类的白布，劝她："投资嘛，难免有亏有赚！你不能光看着股票跌想不开，起码你在房子上赚到了！比那些白拿着现金踏空的人强。"

沙当当撇了撇嘴，惨兮兮地说："房子赚到了不假，可我又不能卖了房子，不然我住大街吗？万科我早卖了，我把所有的现金都买了云南铜业！还管我哥借了十万，说好了一分利，一年后连本带利一起还。现在大家都知道股市亏得不行，我嫂子吵着要跟我哥离婚，我妈让我赶紧还钱。"

"天！你干吗借钱炒股呀？"

"我本来是想把房子押给银行作二次按揭的，孔令仪劝我千万别这么干。我想，不下大本怎么能赚到大钱？所以才跟我哥借钱，我哥当初也是背着我嫂子借给我的。"

"亏了多少？"

"去年差不多八十块买进的，后来它一路跌，我又一路补仓，谁知道，越补越跌，现在都跌到一股就剩二十八块了，你说亏了多少？"沙当当一屁股栽到沙发上，显得很是颓丧。叶陶心里也替她凉了半截，暗想：真有你的，就算你追高追错了，怎么会任凭股价从八十块掉到二十八块也不知道采取措施呢？再一想，也不能说沙当当没有采取措施，关键她采取了错误的措施，去补仓了。

事到如今，说什么都晚了。叶陶定定神问沙当当："你打算怎么办？我跟你说，别想什么静坐的事了，一点儿用也没有！"

沙当当愁眉苦脸地说："我问了杨瑞，他说三年解套。"

"我靠！"叶陶忍不住骂了一句，心想：三年解套？就怕三十年也未必解套！万一碰上个蓝田股份呢！

叶陶就说："要是云南铜业永远回不到八十块呢？杨瑞要真是股神，他自己怎么也被套住了？当初他不是说大盘要上一万点吗？看看现在掉到了多少？三千五百点！谁知道要跌到多少才止跌！"

沙当当可怜巴巴地说："用不着回到八十块，只要回到七十块我就割，回不到七十块，就是六十块也行！可现在亏太多了，二十八块呀，叫我怎么割得下手！一半都不到了！"

沙当当说着，哭了。

叶陶心里也老大不忍，又实在没有什么好办法，只得劝道："当当，你得把心放平一点，慢慢来。以前孔令仪不是和你说过吗，凡是想着一夜暴富的，最后就是被人家套住的。"

沙当当抹了把眼泪，说："你不也和我说过，如果哪天我栽了，你念旧，能搭救一把不会不伸手。你就站在这门口说的，不记得了吗？"

叶陶被沙当当说得一愣，记起当初从沙当当手上取回那纸婚前协议后，他确实说过此话，可那是撕破脸皮时的讥讽之言，岂能当真。他诧异地想，沙当当真是急糊涂了。

叶陶怀疑沙当当想向自己借钱，他想起一句名家名言，大意是要友谊就永远不要谈钱，他本能地紧张起来，警惕地说："我没有多少积蓄，想帮也帮不上。"

沙当当的脸腾地红了，解释道："我没想向你借钱，银行的按揭可以延期，每月从按揭里省下来的钱，我都还给我哥，连本带利地还，这样，我嫂子应该会同意我分期还款。"

叶陶听说不是要借钱，松了一口气，诧异道："那你想我怎么帮你？"

沙当当咬了咬嘴唇，说："眼下对我来说，最关键的就是保住雷斯尼这份工作，有这份工作就有信心熬下去，等待股市复苏。"

话说到这份上，叶陶忽然猜到沙当当希望自己怎么帮忙了。"莫非她想让我帮她打听德望的底价？"叶陶猜忌地望着沙当当，等她捅破那层窗户纸，只觉得自己心里什么滋味儿都有。

沙当当没注意叶陶的表情，眼睛呆呆地望着墙角出神地想着自己的心事，好半天，还是欲言又止，明显很烦躁，叶陶在旁边也不催她。

过了不知道多久，沙当当从茶几上的纸巾盒里抽出两张纸巾擤了把鼻涕，下定决心似的说："没什么具体要你做的，我就是心里特烦，想找个人说说。除了你，我也没别的人可说。"

叶陶挺意外，觉得这个忙未免帮得太容易，更因为沙当当仍然如此重视他。他一时不知道说啥好，半晌才问："对了，昨晚你怎么喝成那样？"沙当当淡淡地说："请客户吃饭，多喝了几杯呗。"叶陶说："那也不能为了生意不要命呀。"

沙当当振作精神从沙发上翻起来，说："不说这些了！走，我请你吃饭吧。"

自从陆宝宝当众问过沙当当是不是他的前女友后，和沙当当该怎么相处就成了叶陶的一桩心事，他一直想找机会当面跟沙当当谈一下。趁着沙当当请吃饭，叶陶把陆宝宝去年圣诞前怎么盘问他和沙当当的关系，他是怎么回答的，苏浅唱又怎么对他和沙当当没有交往表示怪异，一一告诉了沙当当。

沙当当说："不瞒你说，林如成好像也怀疑我和你关系不一般，我以前并没有跟令仪他们具体说过你的名字，也没提你在哪家公司，可林如成不知道根据什么嗅出了点味儿，旁敲侧击地问了我两次。"

叶陶忽然插嘴说："他想让你找我打听德望的底价吧？"

沙当当犹豫了一下，说："没直说，不过，应该有这个意思吧。从去年下半年到现在，我的业绩都不太好，他一直在给我施加压力。如果这个单子再打不下，他多半会让我走人了。杨瑞就是我的前车之鉴，去年夏天他炒杨瑞的时候，非常果断，没有一点手软，前一天我还和杨瑞在一起开会，第二天回到办公室，杨瑞就从雷斯尼永远消失了。"

叶陶知道沙当当说的是实情，他关心地问："那你怎么和林如成说的？"

沙当当说："我感觉，要是说完全不认识反而会加重他的疑心，所以只好说你是我一个朋友的朋友，彼此并不熟悉。他对我的说法将信将疑，也许心里完全不相信，不过我也不太在乎他信不信——要不，以后咱们遇上了还是打打招呼吧，现在两家有那么多事情要合作，咱俩完全不说话，确实显得很怪异，你说呢？"

叶陶觉得沙当当说得很对，他爽快地说："听你的。"

沙当当感慨说："我向来觉得，我和谁好不关别人的事，我和谁掰了那就更不关其他人的事了。可是想不到呀，这一年来，明明是过去的事情了，社会却冷不丁地要求我作出交代，一会儿是你姐，一会儿是林如成，弄得我是措手不及。如实交代吧心有不甘，凭什么？不交代吧人家还没完了。"叶陶听沙当当提到他姐姐叶美兰，不由得脸上一红，看来沙当当很清楚他们是怎么分手的。

沙当当接着说："记得做学生的时候每年都要填表，每个人都要填自己有什么社会关系。你是我的前男友，这算一种解除了的社会关系，既然已经解除了，照说是不用填表或者向组织汇报了吧，可是碰到需要搞清历史的时候，就算是解除了的社会关系，也得给个合适的交代。除非哪天我隐居了，那我就真的自由了，我就再也不用向任何人交代我的任何社会关系了。现在却没有什么办法，碰到个修养好的算是我的福分，碰到个修养差、心不好的，就只能忍着点儿求个安生。叶陶我跟你说，每次林如成问这问那的时候，我最想对他说的就是'关你屁事'！"

叶陶自然也很反感陆宝宝盘问他的私事，可是现在看来，陆宝宝还是有合理的理由，她是担心自己的利益受影响。叶陶说："德望对我还不错，不过我对陆老板问我那些问题也很憋气。我很喜欢我们王总和邱总，他俩对这些事未必不忌讳，可就是一个字不提，我特别愿意在德望跟着他们好好干。"

沙当当看了看叶陶，莞尔一笑，"放心吧，我没有那么坏，不会影响你在德望的发展的。"

叶陶被沙当当说中心事，不由得有些尴尬，喃喃地说："咱俩大哥不笑二哥，我做过的坏事比你多不少。"

沙当当诚恳地说："我觉得你现在挺好的。"

叶陶自嘲道："我也就是这两年才变好，第一要谢你，第二要谢德望——其实，德望这份工作也是你介绍给我的。"

沙当当闻言笑出声来，"你这倒是实在话，谢谢！好久没这么开心过了。"

叶陶长出了一口气，"我也觉得好久没这么踏实过了。"

沙当当却马上老实不客气地指出："你踏实跟我开心的原因不一样，我是因为做了好事终于得到受惠者的一句认可；你呢，是因为今天和我串供达成了一致，以后在你们公司那里没有后顾之忧了！"几句话说得叶陶讪讪的，半天答不上话。

40 良心

吃过晚饭，叶美兰收拾好厨房里的那一摊子，挨着孙建冬坐下看电视。

孙建冬问叶美兰："叶陶最近怎么样了？"

叶美兰说："不知道，有一段时间没见到他了，他现在不是自己一个人搬到我伯父给他的房子去住了嘛。"

孙建冬点点头，忽然问："他和沙当当什么时候吹的？"

叶美兰一怔，"总有半年了吧。"

孙建冬说："我看他们原来好得不行，怎么说吹就吹？"

叶美兰淡淡地说："那谁知道！叶陶谈朋友都没个长性，哪次都是好不了几个月就吹。"

孙建冬一脸狐疑，"这回跟以前不一样吧，沙当当可是又出钱又出力帮你娘家做了装修的，当时你父母不是还对她满意得不行吗？"

叶美兰被孙建冬问得有点心虚，她镇定了一下，反问道："怎么忽然想起问这个了？你要给叶陶介绍女朋友呀？"

孙建冬很不屑，"我吃饱了撑的，干这号事儿。"

叶美兰不解，"那为什么？"她知道孙建冬绝对不会无缘无故关心起叶陶来的。孙建冬没有马上回答，叶美兰也不说话，心里七上八下地等着他的下文。孙建冬出神地望着一个方向，不知道在想着什么心事。好一会儿，他说："叶陶的老板和沙当当的老板现在合伙打单。"

　　叶美兰一听，原来是这么回事儿，她放心了，说："那是老板们的事情，老板们再怎么合伙，叶陶也不会跟沙当当和好。"孙建冬瞟了她一眼，说："你知道他们的老板合伙是为了对付谁吗？"

　　叶美兰的注意力都放在沙当当和叶陶的关系上，只要这俩人不再有什么瓜葛，他们的老板愿意怎么合伙愿意对付谁她都没意见，所以她很敷衍地问了句："对付谁呀？"

　　孙建冬冷冷地说："对付我。"叶美兰吃了一惊，"什么？"孙建冬说："别看你弟弟只是个小喽啰，这回他负责售前支持，知道的事情还不少呢。那些算计我的方案里，不少基础的东西就是出自你弟弟那个聪明的脑瓜子，他在德望还真是长进了。"

　　叶美兰听说弟弟和丈夫作对，有些尴尬，马上想把责任往沙当当身上推，"那沙当当负责什么呢？"

　　孙建冬说："她？算是雷斯尼的头号急先锋吧，凶得很。这个单子他们要是赢了我，沙当当能挣到不少，叶陶估计也会有一笔不错的奖金。这下好了，他俩是货真价实的志同道合同仇敌忾了，重修旧好的可能性相当高。"孙建冬说罢，嘲讽地笑了一下。

　　出于对孙建冬和DB的一贯仰慕，叶美兰不无天真地说："他们怎么可能赢你？你们是大公司，实力雄厚。"

　　孙建冬摇摇头，说："大公司不假，可也得分什么产品，我们又不是样样都行。这次买家要的东西DB的产品优势就不明显，雷斯尼和德望的产品却各有所长，单独和DB拼，这两家谁也不是我的对手，可他们绑到一块儿，从货色讲肯定比我们公司的好，现在只能拼价格了。"叶美兰觉得丈夫说得很对，连声说："对呀，你就使劲儿压价！"

　　孙建冬没心思鄙薄叶美兰的想当然，只是懒洋洋地说："利润太低的生意DB也没法做，只有摸清对手的价格才好争取主动。可是我的人想了很多办法，根本打探不出一点儿消息。"

　　叶美兰见孙建冬一脸的一筹莫展，不由得也跟着发愁："那怎么办呀？"孙建冬叹了口气，说："尽人事听天命吧。"

　　真正的销售大都是唯物主义者，孙建冬这话却说得很是唯心，足见其无奈。叶美兰意识到事情不妙，小心翼翼地探问："要是丢了这个单，对你影响大吗？"

"你说呢？！"孙建冬心烦地戗了叶美兰一句，又不讲理地责怪道，"跟你说这些有什么用？你从来都帮不上一点儿忙。"叶美兰被他这话堵得够戗，半天出声不得。

第二天中午叶美兰抽空去找叶陶。叶陶见到叶美兰，感到很意外，问她有什么事儿，叶美兰假说只是路过来看看他。

叶美兰这是第二次到这栋写字楼来找叶陶，上一次是在前一年的夏天，她来告诉叶陶关于沙当当和孙建冬的纠葛，那之后不久，叶陶和沙当当就如她所愿一拍两散了。今天叶美兰一来，叶陶马上联想起去年的事情，所以叶陶对胞姐淡淡的，没什么话说。叶美兰也有些讪讪的。

叶陶说写字楼附近有一家小西餐馆，上菜很利索，环境也不错，安静，他问叶美兰介不介意吃西餐。叶美兰想，吃什么餐都无所谓，只要安静就好，讲话方便。

上菜后，叶美兰一边吃一边不停地盘算着怎么开口向叶陶打听她想要的东西。盘子里的食物吃得差不多了，她还没有想到一个满意的方案，又担心叶陶要回办公室了，只得问："叶陶，你们公司和沙当当的公司在合作打单？"叶陶抬起头来看了她一眼，"嗯"了一声。叶美兰又问："那沙当当现在经常和你在一起工作了？"叶陶又"嗯"了一声。叶美兰就说："你可别心软，又被她缠住。现在你有房产，有这么好的工作，你人这么聪明这么帅，大把好女孩喜欢你。"叶陶说："姐，你今天来找我，是怕我和沙当当和好？"叶陶脸上没什么表情，叶美兰看不出来他对沙当当的话题是不高兴还是无所谓，说："我就是不放心，提醒你一下。沙当当那样的人品，你别跟她搅和在一起。"叶陶说："姐，我知道你是为我好，不过，我跟谁谈朋友这样的事儿，以后你就别管了。这是我自己的事情。"

叶美兰这回明白无误地领会到叶陶是不高兴了。她先是一愣，随即又有些高兴，叶陶误以为她是专程来告诫他远离沙当当的，这也挺好，她可以装成是顺便的样子切入真正的正题。叶美兰就说："那好吧。反正我已经把话说到了。"叶陶说："我知道了。要是没别的事，我埋单了，咱们准备走。"叶美兰说："你姐夫最近心里很烦，因为你和沙当当联手。"叶陶笑道："姐，不是我和沙当当联手，是我的老板和沙当当的老板联手。"叶美兰说："就是那么回事儿。你是没看到你姐夫有多愁，瘦了好多，都开始有白头发了。你和沙当当早吹了，咱们总是自家人，你应该帮你姐夫，不该帮沙当当呀。"

　　叶美兰的话中逻辑错乱得够戗，但她的意思，叶陶还是弄明白了。叶陶捺着性子解释说："姐，两国交兵，各为其主。我不是帮沙当当，也不是跟我姐夫作对，我只是拿德望的薪水给德望干活而已。如果我去帮我姐夫，那不成了吃里爬外吗？"

　　叶美兰本来觉得自己理直气壮，不想被叶陶几句话就驳得无话可讲。她愣了半晌，说："我也没让你不帮德望干活。这样吧，我只求你一件事儿，我知道你现在知道很多机密，也一定知道价格，你就稍微把价格透露一句半句，其他的你该怎么干还怎么干，这总行了吧？"

　　叶陶恍然大悟，"姐，原来你不是为沙当当的事情来找我的呀。你是特地来打听价格的吧？"

　　叶美兰说："两样都是。"叶陶点点头说："姐，我过去还真小看你了，其实你挺会打算盘的。"不等叶美兰再说什么，叶陶挥手招呼服务员埋单。

　　叶美兰一看，这是下逐客令了，她也生气了，质问道："叶陶，你这是什么意思呀？这些年，我什么时候求过你？你和爸呢，向我要过多少回钱？今天是老爷子打伤了人家的脚踝要赔钱，明天又是你做生意亏本欠了高利贷，就为了你们那些破事儿，孙建冬都差点儿和我离婚！为了不让你们担心，我还不敢跟娘家讲一个字，宁可自己一个人担惊受怕。叶陶，你说说看，我这个做姐姐的，还有什么没为你做到？做人可要讲良心！"提起伤心事儿，叶美兰的眼圈红了，要不是因为身处公共场合，她简直想大放悲声了。

　　叶陶一直默默地听着，开始他的确有些歉疚，等叶美兰上升到"良心"的高度，叶陶反感起来了，他说："姐，你说的都是事实。不过，你要的这个回报我给不起，因为那不但会让我丢饭碗，还会让我吃官司的。"

　　叶美兰正沉浸在大义凛然的悲愤中，不料叶陶有样学样，也给她来了个拔高立意，"良心"对"官司"。叶陶又说："其实，我心里一直就有个弄不明白的地方。孙建冬和沙当当的事情，一个巴掌拍不响，怎么姐你单让我跟沙当当掰，你自己却牢牢地抓着孙建冬不放呢？甚至为了孙建冬的烦恼，不惜让我去冒那么大的风险？"

　　叶美兰被叶陶问得无言以对，颇为尴尬。叶陶想起前两天沙当当的欲言又止，两个人都需要从他嘴里掏出价格，最后却作出了不同的决定。叶陶这时候特别感慨，他叹道："这两天我明白了一些事情，对沙当当来说，我比她的饭碗还重要；对你来说，我肯定没有孙建冬重要。你们谁都没有错，是我错了。"

叶美兰想说什么，叶陶不让她说，"姐，这事儿就到此为止，当今天你没来过吧。这些年，我和父母都对不起你，以后我一定努力补偿。老爷子老太太那里，我会让他们自觉点儿，你也不要再随便答应他们的要求——就算你想对他们好，也得量力而行，这不是'良心'不'良心'的事儿。"叶美兰尴尬地说："我知道。"叶陶说："你知道就好。说实在的，你要是真为了两个老的闹得和孙建冬离了婚，最后他们又能补偿你什么呢？每个人都得自己照顾好自己。"

姐弟俩在西餐厅门口分手，两人各怀心思，各走各路。

41 志同道合

五一假期刚过，拉拉接到了一个令她意外的电话，童家明来广州了，约她见面。虽然两人后期在DB的合作还算默契，但论起交情也就止于同事，并无私交，拉拉没想到都各奔前程了，童家明还会约她见面。有点疑惑，但拉拉还是高兴地赴约了。

两人各自问候了对方的工作近况，童家明就说："拉拉，我要辞职了。"拉拉笑道："又有什么好机会？"心里却嘀咕，他上次跳槽才刚过一年呀，又要跳？是不是快了点？莫非是一个总监的位置？

童家明说："这次不是跳槽，我和另外两位做HR的朋友准备联手自己创业。"拉拉吃了一惊，第一反应就是："你不想做总监了呀？我觉得你有实力在大公司拼一个总监位置的。"

童家明一笑，说："我也这么觉得。可是总监这事儿，光有实力还不够，还得有运气。"这话拉拉倒也同意，放眼全中国，大公司的HR总监位置也就那么些，一个人就算实力够了，也未必能有空缺轮到他。

"那么，你们三个打算做什么？"

　　"猎头总是要做一做的，三个人都有现成的人脉。不过，这不是我最主要的目标，我想做更贴近普通民生的事情。"

　　拉拉来兴趣了，问童家明是否能说具体点。童家明嘿嘿一笑，"我觉得辅导新人找工作算是一件值得做的事。你认为呢？"

　　拉拉不假思索地说："如果是我，也会选择这个方向做——现在大学生就业很难，就业辅导值得做。"

　　童家明说："是呀，在中国，以前管大学生叫'天之骄子'，倒也有道理。那时候高考录取率很低，我记得我高考那年，录取率也就百分之七到八的样子，你呢？"

　　拉拉想了想，说："差不多，我考大学那年说是每十四名考生中只有一人能被录取。"

　　童家明说："是呀，现在大公司选拔接班人也就是在那最顶级的百分之十的人尖里挑嘛，当年的高考那真叫万人过独木桥，能过去的都是相对拔尖的，工作最后都由国家包了。不知道你有没有关心过，现在的高考录取率是多少？"

　　拉拉说："没有太留意，我猜没有百分之八十也有百分之七十了。"

　　童家明嘿嘿一笑，道："猜对了！反正，过去是百分之十不到的人群，现在扩张到百分之八十的人群，高校已经完全产业化了，没准哪天，只要考生愿意读，百分之百都能被录取——和二十年前相比，'大学生'已经是一个完全不同的概念了。这么庞大的一个群体，每年都要呼啦一下涌入社会，找工作自然成了一件头疼的事情。重点高校的毕业生还好，其他学校的孩子面临的困难就大多了。"

　　"没错，他们得拼努力，拼做人，拼仪表。"

　　"呵呵，太对了，俗称'三拼'！粥少僧多，不拼怎么办？要不怎么现在高校应届生做整容的特别多呢！"

　　拉拉笑道："整容就算了，大部分人都既不那么丑也不那么漂亮，样子过得去就行，还不如把言谈举止给练好了更合适。"

　　"谁说不是呢！"

　　"你打算干这个呀？"

　　童家明说："咱们学英语的时候不是有情景对话吗？老外把人们在不同的场合会遇上的典型对话进行分类，有针对地学习，我觉得效果还是不错的。"

拉拉说："你要是想开这种培训班，得有几个称职的培训师才行，而且最好能分布在高校集中的主要城市。"

童家明说："还不光是这个，我就算开了培训班，也得姑娘小伙子们识货才行。"

拉拉说："得先培养起口碑。"

童家明说："是，准备先下点工夫培养口碑。"

"得体的言谈举止当然是一个重要的帮助，但是我觉得有一个更关键的问题是'定位'，得找准自己的定位才能有效地找工作。"拉拉说，"以我的个人经验，很多新人在找工作的时候，其实挺茫然的，他自己到底喜欢什么样的工作、能做什么、可能做好什么、行业未来的前景、用人单位喜欢用什么样的人，都搞不清楚，有的只是一个模糊的价钱概念——我期待若干工资，这个他们讲得出来，然后只要这份工作能提供一个还算体面的工作环境。当然，如果你给他们机会在面试中提问，很多人会问公司将提供什么方面的培训。"

童家明说："你说的'定位'我特别感兴趣。人总是在摸索和碰壁中不断寻找校正自己的定位，我的职业理想就是缩短年轻人的这个寻找过程，减少碰壁的次数，从而提高生命的效率，改善生活的质量，比如早点退休，钱虽然不很多，但也不为钱发愁。"

"是吗？那咱俩还算得上是同志。"

"我有一双识别同志的眼睛，要不你说我来广州，怎么不找别人单找你呢？"

拉拉起先还笑，等童家明这话一出，她顿时一怔，"你要拉我入伙呀？"

童家明说得很恳切，"拉拉，当年做校园招聘的时候咱俩搭档过，这一套你熟悉，你做事的方式我也非常欣赏。我是真心想拉你入伙的。怎么样，你有兴趣吗？"

拉拉沉吟着，没有马上回答。兴趣她当然有——只是，眼下在SH好不容易才打开局面，虽然辛苦点儿，倒也上上下下都吃得开；工作内容又不错，能学到不少东西，她在业务上已经进步不少；而且，听说2009年下半年组织架构就要准备拆分了，到时候，SUPPLY CHAIN（供应链）和SALES FORCE（指销售团队及围绕销售体系派生出来的相关部门）一分家，SH中国势必要设立独立的HR总监——如果说，过去对总监职务的憧憬只是一种隐约而不具体的想法，那么现在，拉拉是比较具体地看到了当总监的希望。虽然李卫东很强，又深得麦大卫赏识，但是拉拉自问麦大卫的第二选择还是可以接受她杜拉拉的；至于黄国栋，拉拉觉得他会倾向于自己；剩下何查理，他在任何场合对李卫东和杜拉拉都是不偏不倚，一视同仁，但是拉拉估计，基于与麦大卫抗衡的考虑，何查理会宁愿选择一个相对温和的，所以他也可能会谨慎地倾向于自己——如此一来，只要能和未来分管销售市场的副总处好，拉拉感到自己可算是总监职位很有希望的"接班人"。

拉拉没有说出自己的心思，童家明还是猜出了七成。以他对杜拉拉的了解，知道这个人不管陷入什么艰难的处境，她都会咬牙坚持并且设法取得胜利，所以如果说她在SH有升职的指望，他并不感到意外。但是，童家明对李卫东其人也略知一二，他可以想象到，对杜拉拉而言，那绝对是个非常剽悍的对手，恐怕拉拉输给李卫东的概率不会低于百分之五十。

童家明也不着急，他很恳切地对拉拉说："这是个大事，你慢慢考虑，不着急答复。反正，任何时候，只要你愿意了，我就在这里等你。"

拉拉被童家明这话逗得笑起来，说："在DB同事这么久，我可从来没听你说过这么甜蜜的话。"

童家明严肃地说："那时候我还年轻，不懂事儿。"

拉拉止住笑，说："家明，特别开心你能想到我，而且，你的理想和我的理想可说是不谋而合。只是，不好意思，目前我正处在职业发展比较关键的时候，毕业后拼了这么些年，九十九个头都磕了，最后这一哆嗦我不想就这样罢手。"

童家明夸张地做出一个深受打击的表情，其实他早有思想准备。"没关系！"他说，"这次你拒绝了，下次我还会再来问你改主意没有，除非你彻底退休不干了，那我就死心了。"

那天，关于就业辅导，两人兴致勃勃地讨论了很久，很有点酒逢知己千杯少的味道。王伟见拉拉很晚还不回家，心说不是说跟童家明吃饭吗，这吃到哪里去了？他有点儿不放心，还打电话问了拉拉一次。

虽然拉拉明确说了暂时没有创业的打算，但童家明看得出来，她对就业辅导本身还是很感兴趣的。

童家明告诉拉拉，他第一步要做的，就是选择一些有代表性的高校作宣讲以建立口碑，他问拉拉是否愿意帮忙在广州和北京的高校作免费宣讲，内容都是关于就业辅导的。拉拉踌躇了一下还是拒绝了，虽说童家明强调了宣讲是免费的，考虑到自己还在跨国公司任职，她不太愿意独立于公司之外去做抛头露面的事情。

童家明不死心，又问拉拉是否可以帮助他编写培训教材。拉拉想了想，出了一个主意："以案例分析的形式来写，你觉得怎么样？比较生动，便于消化吸收。而且，没有条件上你的培训班的人也可以买书自学。"

童家明眼睛一亮，高兴地拍掌叫好，他觉得这主意很有创意，也很实在。拉拉说："我们可以像写电视剧本那样，每一个观点都用若干个独立的典型案例去说明。"

两人当场一言为定，拉拉回去就结合童家明的就业辅导计划编写教材大纲，写好后两人一起讨论修改，直至敲定这本教材到底需要展示灌输哪些理念和技巧，然后两人分头去准备案例，材料完备后由拉拉主笔。

拉拉说："我刚才给这本教材想了个名儿，《毕业头三年》，你看怎么样？"童家明一咂摸，觉得就是这么个意思，挺准确。

拉拉临走，童家明反复交代说："拉拉，莫负我心，千万不要放我鸽子。"拉拉说："得了，你看中我，不就是因为我是一头明知前面是坑也坚持要掉进去的倔驴吗？"童家明把手放在胸口表白："那不是我说的，是李斯特说的，当然，我认为他有他的道理。"

42 令人意外的应聘者

老猎带着他的新收获，郑重其事地来找拉拉。

当他说出最后找来的这个应聘者的姓名时，拉拉半天没出声，因为老猎喉咙里发出的两个音节是"陈丰"。

老猎很有先见之明地等着，好让拉拉有一个接受消化的过程。拉拉消化完了，咽了一下口水才说："他是我的旧同事，这个你当然知道。"老猎笑道："知道知道，拉拉你就是我从DB挖来的嘛，我怎么会不知道陈丰是你的旧同事。"

拉拉说："问题是，DB和SH属于两个风马牛不相及的行业，连上下游都说不上，他来SH怎么干呢？"老猎解释说："陈丰加入DB以前在化工行业干过，而且，他本科和硕士都是学的化工。"拉拉说："最起码他已经有八年不在化工行业了，隔行如隔山，做销售不比我做HR，HR和财务，什么行业都是待，可做销售的还是得熟悉行业，又是这么高的职位。"老猎很滑头，他先顺着拉拉说了句："拉拉你说得在理，"随后话锋一转道，"不过，销售毕竟不比研发，对不对？"

拉拉没理老猎的茬，她满心纳闷，问老猎，又似乎在问自己："陈丰在DB待得好好的，怎么会肯考虑SH？"老猎打包票说："放心，这我已经问准了，他愿意考虑。要不我哪能跟你提。"

拉拉摆摆手，问道："是你去找他的，还是他自己送到你门上来的？"老猎笑道："是我去找他的。"拉拉倒有些奇怪了，老猎怎么会想到去DB找人？老猎解释说："拉拉，这一得谢你，是你提醒我到长三角去碰碰运气，二得谢你们黄总监，他跟我说，'拉拉你就找得很好，你就像当时找拉拉那么给我们找销售总监嘛'。我一想，对呀，何不去DB上海办碰碰运气？从拉拉你身上就能看出来，DB出来的人素质好的概率高！"

拉拉没吱声。老猎说服她道："拉拉，你看，你离开DB的时候一定要做C&B经理，说句得罪的话，别看我当时跟SH胸脯拍得砰砰响，心里其实真没底，毕竟你没做过C&B呀，这C&B又是HR的几个职能中最没法糊弄人的，你要是过不了试用期，我的佣金就泡汤喽！可是三个月一到，你们黄总监马上爽快地支付了佣金，我就有数了，你不但顺利地通过了试用期，而且以后一定能做得很好。看，叫我说对了吧？如今这么重要的职位都让你来招，不是明摆着的吗！要是没有极大的信任，不敢交给你的！"

拉拉赶紧打断他，"老猎！这个职位是由麦大卫和黄国栋作招聘，我只是打个下手，帮忙做些协调沟通的事儿。"

老猎嘻嘻笑道："明白！不管怎么说，这事儿的机密等级还是高的，对吧？我看得出来，你们公司对你很满意！"

拉拉没再顺着"信任"的话题往下说，她沉吟半晌，还是觉得陈丰不合适，劝老猎道："老猎你看，我们前面推荐的几位全都是有现成总监经验的业内人选，尚且被何查理——驳回，他的评价你也知道的，'垃圾'！陈丰可是跨了行业，升总监也不足一年，我们要真推他，查理得说什么呢？垃圾中的垃圾？"

老猎是没有那么容易打退堂鼓的，他马上打算再次拿拉拉本人的成功事例来激励拉拉。拉拉猜到老猎想说什么，摊开手掌把掌心对着老猎比画了个"别急"的手势，继续说："就算SH这边同意面试陈丰，陈丰的动机有多强烈？我对此很担心。如果他三心二意，只是像逛街一样来看看行情的，我们岂不是被动？"

老猎预料到拉拉会担心跨行的问题，但没有想到拉拉会质疑陈丰的跳槽动机。老猎愣了一下，说："我了解了，他的家小都在广州，如果事情能谈成，他不但能回家，而且以后还有可能再升，这应该是很站得住脚的跳槽理由。拉拉你可以当面问他，看看是不是我说的这样。"

拉拉心说，以后有可能再升，以后还有可能被干掉，也可能被挤走。何查理心里想用的是曹远征，而不是别的一个外面弄来的人，顶头上司这个态度，新人的日子可就难熬了。陈丰要是知道SH的形势，还愿意来吗？

这第一点，拉拉没敢跟老猎明说，不过拉拉心里清楚，老猎早已经猜着了一大半，他不但是个聪明人，更是个经验丰富的老鸟，这正是拉拉为什么把这块难啃的骨头丢给老猎的原因——大家心知肚明，做起事来方便些。但是老猎作为一个猎头，把猎物先骗到新东家手中是他长年累月干的事情，天下哪有媒婆告诉姑娘你未来的婆婆如何凶悍的道理？因此，关于这些潜在的困难，老猎不但自己从没打算和应聘者沟通，还反复劝拉拉，一个人都做到总监了，这些事儿应该由他自己去作充分的估计，不然他就不配做总监。

然而，还是有些情况，是老猎没有估计到而拉拉也没法对老猎说出口的。比如，陈丰在2005年到2007年的牛市里是个典型的大赢家，他持有的万科，市值从一百多万升到了一千万，最重要的是，由于明智地落袋为安，他保住了胜利果实。陈丰的个人经济状况，拉拉大体知情，作为一个追随者，陈丰在投资上的本事，她更是深有体会。正因为如此，拉拉愈发觉得陈丰没有必要放弃DB专业的工作环境，来SH玩一个充满未知和艰辛的冒险，虽然钱这个东西多多益善，但陈丰毕竟不缺钱。以陈丰目前的工作和生活状态，幸福指数应该说是不低的，他和太太孩子分隔两地也只是暂时的，他有能力解决这个问题。仅仅为了"回家"和还在爪哇国飘着的"升职"就跨行跳槽，在拉拉看来，这个槽未免跳得有万水千山那么远、那么难了。

拉拉沉吟了一下，问老猎："你告诉陈丰是SH招人了吗？"老猎解释说："我说了。如果不说明是哪家招人，他也没法判断来还是不来呀。"

拉拉笑道："我就是跟你确认一下。那么，他知道我在协调这件事吗？"

事实上，老猎第一时间就向陈丰试探了他和杜拉拉的个人关系。老猎盘算着，如果两人私交很好，那最好了，说不定拉拉愿意来个里应外合，事情就会容易一些；至少不要是冤家对头，不然杜拉拉这一关就会遇到麻烦。陈丰很谨慎，只说两人是老同事，挺熟。这对老猎来说，是个中性偏好的答案。

这时候听拉拉问，老猎连忙解释说："我一报SH的名头，他马上说有个旧同事杜拉拉在SH做HR，我就没有瞒他。这个让他知道不会不方便吧？"

拉拉说："没问题。其实，我个人觉得陈丰的潜力是不错的。"

老猎听拉拉正面肯定陈丰的潜力，眉开眼笑道："是吧？拉拉咱俩想的一样！我事先找人打听过，都说此人很有头脑，而且性格非常沉稳。这次再一细谈，更觉得人才难得。"

"只是，实在是跨了行业，我担心查理和大卫不接受。"拉拉想了想，说，"这样吧，我先给陈丰打个电话，约他谈一次，看看他究竟怎么想的。他跳槽的意愿能落实，我再去问查理和大卫的意见，看他们是否接受陈丰的硬件。如果陈丰的愿望并不强烈，就算了。"

老猎连声说："好，你们是老同事，说话方便。"

拉拉已经很久没有见到陈丰了。从外表看他的变化不大，只是头发理得比原来短。他下意识地摸了摸自己的头顶，笑道："我换了个发型师，他认为我的头发剪得短一点更精神。"拉拉说："你没怎么变。"陈丰说："人总是要变的，不然不成妖怪了？"拉拉咧嘴一笑，说："这话对。"

上茶后，服务员知趣地退出了包间。两人聊了一会儿陈丰在DB的情况，拉拉话题一转，"跳槽可是很辛苦的。"陈丰淡淡地说："知道，又不是没跳过。"拉拉愣了一下，指出："可你上一次跳槽是八年前的事情了。"陈丰一笑，说："是呀，再不跳，恐怕要失去跳槽的能力了。"

拉拉说："咱俩就不用兜圈子了，你在DB待得好好的，怎么会忽然想起要跳槽了？"说罢，两眼睁得圆溜溜地望着陈丰，像是想从他脸上找到最真实的答案。

陈丰说得挺直接，"因为我还想发展。"

拉拉点点头，不满足地追问了一句："就因为这个？"

陈丰解释说："这是主要的。DB的情况你都了解，我继续待下去，估计现在的职位已经是到头了，有时候想一想，还是不太甘心吧——我觉得自己的精力还很好，能力和状态都足以应对挑战更高的职业目标。当然，还有些别的利益，回到广州，对家庭也更好。"

陈丰这么说，拉拉就基本明白他的心思了，他不是冲着总监来的，他是因为老猎跟他说了接班人计划，冲着副总来的。有提拔的机会当然是好的一方面；问题是还有拉拉没法说出来的另一方面，何查理对待这次外招的态度；此外，SH的销售体系比起DB，水准还是有差距的——谁知道新总监面临的将会是什么呀。拉拉婉转提提醒陈丰说："我有一点个人的体会，不见得对，说出来跟你分享，你别当我是HR，只当我是个旧同事好了——所有的跳槽，前面都会有一个大坑等着你跳下去填。"

陈丰马上说："这个当然，不然人家要你来干吗。"看来，他对此似乎有思想准备。

拉拉眨了眨眼，说："实话实说，作为HR，我巴不得你能马上来SH，我自己能完成任务，又给公司招来个人才。不过，毕竟你现在已经做到这么高的职位了，好歹有八十来万年薪，所以跳槽的事情，你可一定要慎重考虑。"

几句话下来，陈丰听出拉拉有两点不放心，一是他是否有充分的跳槽动机，二是他是否对困难有充分的估计。他说："拉拉，你了解我的性格，对我个人来说，这是大事，如果没有考虑好，我不会贸然出来面试。"

有的事情，拉拉身为HR不方便说得太直接，可不提又不放心，拉拉踌躇着该怎么措辞，最后说："你慎重考虑过就好。我在SH存活下来了，可那不等于你也会喜欢SH。每个部门有每个部门的情况，当然，面试的时候，你有机会向你未来的直接主管也就是我们的大中华区老总提问题，了解你感兴趣的信息。"

陈丰说："放心。我会谨慎的。"

拉拉说："嗯，万一……陈丰，我是想说，跳槽的时候当然会有乐观的预期，也要作好悲观的打算。"

陈丰笑了笑，诚恳地说："拉拉，我在外企也这么些年了，要是还有什么估计不足的，那只能怪自己了。我想我没有那么笨，也没有那么脆弱。这个世界，总是适者生存的。如果轻易放过这个机会，我反而会觉得遗憾。"

陈丰等于把话都说透了，拉拉这才稍感踏实，再想想，他还未必能过何查理那一关。拉拉就告诉陈丰这个职位已经招了五个多月了，一直没能招到让领导们满意的人。拉拉的意思是想提醒一下陈丰，想过关不容易，好让他降降期望值。陈丰说，猎头跟他说过这一点，仍然很平和的样子。

43 客气意味着提防

关于对陈丰的录用，那两位关键人物是如何达成一致的，拉拉不得而知，连黄国栋似乎也说不出太多的所以然来。一切都进行得悄无声息，唯一的争议是陈丰要求高级总监头衔，而何查理认为他毕竟属于跨行跳槽，"高级"二字还是留待一年半载后再说不迟，但陈丰坚持，最后SH也就让步了。

陈丰的OFFER是黄国栋亲自操办的，拉拉只起到了个传递的作用，她也乐得。何查理和黄国栋生怕中途有变，对新总监人选一直秘而不宣。尤其是黄国栋，他刚刚经历了一次变故，好不容易招到一个HR组织经理，对方OFFER都签了，结果中途突然变卦不来了，弄得黄国栋既郁闷又被动，所以这回陈丰的事情，他就学乖了，嘴特别严实，跟李卫东和马莱也没有透一点儿口风。

自从知道公司要设置一个新总监，曹远征就暗自给所有的大区经理排过队，业绩多年持续保持高增长的就属他了，虽然管理层不断在敲打他的人员流失率，但是，一个销售经理首要的不就是业绩好吗？业绩要是不好，就算手下一个员工都不离开，又有什么用呢？公司开门是为了做生意，利润永远都是第一位的。比起会做生意，爱炒人只能算是小缺点。曹远征越想，对这个职位的期待越高。因为他的业绩确实过硬，易志坚和何查理一直都对他另眼相看，尤其是易志坚，很宠着他，久而久之，曹远征在公司养成了霸道的作风，除了何查理和易志坚，谁都不在他话下。2007年年终考评的时候，他和前两年一样，正面和上司谈了早日升职为总监的期望，易志坚也和往年一样鼓励认可了他一番。

可是春节过后，这个事情还是没有一点儿声音，曹远征开始觉得有点儿不对劲了。大区经理都知道，二季度末之前销售队伍要完成拆分，那么按说四月份最好就要确定新总监人选了，曹远征捺着性子忐忑不安地等到四月份，还是没有任何人来和他谈话。他知道大事不妙了，春节后他已经隐约听说公司要外招这个总监，当时他只认为那是谣言，曹远征心里那个恨呀，谣言往往他妈的就是真事儿！他怀着最后一线希望找易志坚谈了一次，易志坚其实已经知道公司在外招这个职位，但是他也知道何查理还在和麦大卫战斗，如果何查理赢了，那么曹远征还是很有希望的。只是事关重大，易志坚不敢把实话告诉曹远征，只好推说自己也没有一点儿消息。

易志坚这一躲闪，曹远征心里就更有数了。想起自己多年来的辛苦忙碌，曹远征心里拔凉拔凉的，再一想，平时只要易志坚有难处，他总是毫不犹豫地去分担，关键时刻，这个顶头上司却一点儿义气不讲，看来也不过是个喜欢利用人的势力之辈。

曹远征心里有气，工作上就懈怠了很多，对易志坚的指令也不像以前那样坚决执行了。有一次易志坚看他实在不像话，忍不住说了他两句，他当即毫不客气地顶了回去。别看曹远征平时对其他人霸道，对易志坚和何查理的指令却从来不打折扣，偶然吃了教训，更是坚决改正绝无二话，从来不曾有过这种阴阳怪气的当面顶撞。易志坚对曹远征的突然袭击没有一点儿思想准备，吃了一惊，他立刻意识到，他和这个下属的关系已经变了。

当上下级之间的关系非常可靠的时候，遇到出了纰漏，上级会臭骂下级，骂得越凶，越显得关系不一般，这叫"不见外"。可一旦下级的顶撞出现翻脸式的阴阳怪气，这种可靠的关系也就走到了尽头，这时候，明智的上级就会刻意约束自己对下级的言行，显得慎重而客气，这叫"提防"。现在曹远征和易志坚之间的状态，正属于后者。易志坚那颗骄傲的心被曹远征的无理激怒了，不过，理智让他表现得非常克制，他不但没有和曹远征计较，反而息事宁人地作出了迁就。易志坚摆出了一个罕见的低姿态，这个姿态对满足曹远征的心理需求有效，但让他本人很不舒服。

销售队伍拆分的事情，一直是易志坚在协助何查理筹划。五月中旬，何查理在销售市场的总监会上要求一周内把拆分方案最后敲定，易志坚就猜到是新总监已经签了OFFER。

易志坚是何查理的得力干将，一般有什么机密大事，何查理多多少少都会和他通通气，可这次他从何查理那里完全得不到一点新人的具体信息，他不由得有些失落。易志坚不敢追问老何，就拐弯抹角地问了拉拉两次，拉拉只是装傻充愣，易志坚心里有点酸，抱怨说："得啦，拉拉！你跟我还保密呀！"

越是问不出新人的背景，易志坚心里就越不踏实。易志坚是个很有想法的人，特别是近年来，随着SH中国的战略地位越来越重要，他渐渐萌生了有朝一日坐上副总宝座的强烈期望，而现在他忽然有一种很不好的直觉，新总监可能会导致他的雄心壮志落空。

易志坚迅速作了一个决定，在报给何查理的拆分方案中，他作了一个调整，把原本打算留在自己团队的曹远征调到了新总监手下。

何查理一看拆分方案，就问为什么。易志坚解释说："我想带个头，把能力强的大区经理匀两个给新总监，初来乍到，手下多几个能干的人，新总监的压力也能小一点儿。"

何查理说："你把万方也给了新总监？"

易志坚表白说："是呀，这次我够大方了吧？最好的两个大区经理都给了新总监，张寅和冯浩不能再说我小气了。"

何查理心里其实很清楚易志坚这么调整的缘故，他轻轻点了点易志坚，道："万方一季度就险些没完成指标，我看她二季度又悬了，这样的大区经理还能算'最好的'吗？"

易志坚有点尴尬，辩解说："那是属于掌控中的，暂时的，万方到三季度就发力了，一准把前面落下的差额给补回来。"

何查理没有理会易志坚的信誓旦旦，他在心中权衡了一下利害关系，觉得也好，分两个难搞的大区经理给新总监去管，才能看出新总监有几两本事。

何查理没有说破易志坚的小九九，批准了这个拆分方案。

直到陈丰报到的当天，何查理才宣布了对他的任命。

公告一出，不但曹远征郁闷失落，连易志坚也很是愤懑，高级总监的"高级"二字深深地刺痛了他的心，再一看新总监的背景介绍，他就更恼火了。

"一个卖通信的，跑来卖化工！俗话说得好，隔行如隔山，他凭什么'高级'呀？就凭本科和硕士学的是化工？还有八年前做过化工？八年！行业每一天都在不断进步，八年不接触一个行业，还能算懂行吗？"易志坚在心里暗骂着。

易志坚越想越咽不下这口气，起身就往张寅办公室去了。到了那儿一看，巧了，另一个销售总监冯浩也在。易志坚自己找了把椅子一坐，说："你们聊什么呢？看了咱们新来的高级总监的任命了吗？"他有意把"高级"两个字咬得很重，又摇头晃脑地说，"唉！还是外来的和尚好念经，咱们也得向人家看齐，争取早日'高级'！"俏皮话逗得那两人都笑了起来，易志坚自己也跟着哈哈大笑，笑罢，他提出一个问题："你们说，这通信和化工隔得那么远，按卖通信那一套来卖化工，行不行呀？""有点悬！"不等那两人说话，他自问自答地摇了摇头。

三人正半真半假地议论着，张寅的助理进来报告说，何查理的助理打电话过来，通知他们过半小时到何查理办公室碰头开个短会。易志坚对张寅和冯浩说："这一准是要给咱们引见了。"

不等人介绍就主动上门和陈丰认识的人也有，大部分是分到陈丰手下的大区经理，此外还有两个人给陈丰留下了深刻的印象，一个是财务总监荣之妙，还有一个是HR的培训经理李卫东，这两位带给陈丰的感觉，正像雷锋说的那句话，"对待同志要像春天般温暖"。

44 融入与新鲜血液

拉拉听人说，陈丰来了不久就立了一些新规矩，说是为了完善原有的体系。

拉拉很理解陈丰为什么会这么做，她自己刚加入SH的时候，就领教了SH的管理风格，有点儿像过去的手工作坊，更多的是依靠师徒传承，而不是靠体制维系，这种靠人治不靠法治的运作方式，在摊子还小的时候看似灵活快捷，实际上，规模一大人一多，就容易出错，而且，一旦中途换人，工作半天接不上手，新人也非常痛苦。拉拉自己就吃足了这些苦头，所以她和李卫东在加入SH的头半年，不约而同地选择了把整顿流程作为自己的工作重点之一。SH的销售虽然比HR强大不少，但是相对而言，远不如DB的销售风格那么细腻严密。

由于陈丰一再强调他非常尊重现有的销售体系，所作所为只是为了补充和完善，所以有俏皮者戏谑地冠之以"维新"之名，意思是他只是想改良，不是要革命。

在陈丰的种种维新举措中，最为人们津津乐道的有两个表格，一个是销量预估表，还有一个是销售进度复核表，这都是大区经理们每月必填的。每到月末，陈丰要求大区经理要以小区为单位，预估下个月的销量，这个不能大概填个数字了事，他规定大区经理们必须细分产出来源，你说下个月能做一千万是吧，那你得说清楚这一千万分别是从哪些客户那里取得的，以及你认为那个客户能给你这么多生意的根据是什么。到了每个月的月中，陈丰又要求各大区复核当月销售进度，看看与预估相比，上半个月的完成情况是否符合进度要求，如果有偏离，则要马上采取措施补救。到了一个月结束，销售和市场效益分析部门统计出上个月的销量，如果实际完成情况与预估产生了百分之五以上的偏差，大区经理们又要作出书面的分析解释。

易志坚发现，光是每月研究这些表格的数据，就对陈丰加快对化工行业的学习颇有帮助，陈丰进步得很快。当然，陈丰这样做的主要目的，是为了让各级销售管理人员加强对业务的把控。可是大区经理们过去都随便惯了，指标分下来，心中大概有数就行，到了时间交不了账自己要负责的，谁也不会偷懒，干吗要做这么多文案工作？他们觉得太麻烦，表格是都按要求填了，私下里却颇有抱怨，风声也传到了何查理耳朵里。

有一次，在销售总监的月会上，何查理提起这件事情，问总监们怎么看。易志坚就说："陈丰，听说你们的大区经理现在每个月要填很多表格，这样会不会让他们的文案工作量太大呀？"

陈丰解释说："作为管理者，本来就该对全局心中有数，这都是大区经理和小区经理本来就该思考清楚的问题，我只是让他们把思考的结果变成文字而已。白纸黑字的东西，每个人写的时候自然又会格外慎重，这样可以逼着粗枝大叶的人变得更踏实一些。"

易志坚说："SH能在中国做到今天的规模，销售体系的控制力还是很强的吧？！指标年头分好了，每个季度又要复核，到了每个月又要再复核调整，销量更是月也统计，季也统计，公司养着个销售效益分析部门，就是专管数据统计分析的嘛，你那两个表格是不是有点儿重复累赘呀？"

陈丰坚持说："不重复。销售效益部是从公司的层面，从宏观上作指标分解和销量统计，销售部作为执行者，自己要心中有数，这些计划是怎么具体地得以分阶段分区域实现的。而且，很多情况是不断变化的，销售作为战斗在一线的部门，对各种变化是最敏感、最快得到消息的，各级经理可以根据实际情况及时有序地调整战术。"

易志坚笑道："我听说你现在的很多手法都是从DB套用过来的，可是毕竟行业不同，SH有SH的做法。我冒昧说一句，你来的时间还不长，有些事情可能还需要花时间来慢慢了解，先融入，然后才谈得上完善嘛。"

这话分量很重，而且说得很不客气，尤其"融入"二字，刺激得陈丰心跳都快了起来。他正待反驳，突然有人说话了："老易，新人应该努力融入是不假，可是从另一个角度讲，公司为什么要从市场上外招呢？不完全是因为内部没人，而是一家公司要想进步，就需要不断补充新鲜血液，要不断借鉴市场上更先进的做法，尊重多样性，企业才有活力。否则的话，全是内部提拔，就成了近亲繁殖，一代一代的经理都是一个模子里出来的，所有的规矩也是一代一代地传承下去，没有任何变化，这可不是好事情。"说话的人是培训经理李卫东，按照SH的惯例，每次月度销售总监会议，都会有一个HR经理代表HR来参加会议，这次恰好轮到李卫东。

易志坚素知李卫东在麦大卫面前颇为得意，李卫东忽然跳出来力挺陈丰，让他更怀疑上面是有意把陈丰作为重点培养对象招进来的。易志坚心里一阵冒酸，刻薄话都涌到喉咙口了，但他清楚李卫东是个狠角色，在会上和李卫东死磕不合算，就打了个哈哈，"融入重要，新鲜血液也重要，都重要哈。"

何查理转头问冯浩和张寅道："你俩什么意见？"张寅和冯浩心里都觉得表格设计得不错，可易志坚已经摆明了在唱反调，这两位资历较浅的总监既不愿意得罪易志坚，也不愿意被易志坚绑架，更重要的是，他们搞不清楚何查理对陈丰的维新是什么态度，于是两人都大耍滑头，各问了一个关于表格的技术性问题，就没有说法了。

何查理看看各人都发表了意见，才表态说："我看陈丰的表格不错，值得你们几位借鉴。这样吧，陈丰你找一个大区经理出来，给所有的大区经理培训一下这两个表格该怎么用。到时候，你们几位总监要去听，我也去，记得通知我一声。对了，让曹远征讲怎么样？他表达能力不错，普通话也说得好。"

易志坚为了表示自己的积极，对何查理建议说："老板，万方的表达能力更好，我以前都喜欢让万方给大家讲课。"

何查理转过头对陈丰说："陈丰你来安排吧，你觉得哪位大区经理这两个表格用得好的，表达也好的，就由他来讲。"

陈丰说："我觉得小梁不错。"陈丰提到的小梁，在拆分前是张寅手下的大区经理，他的资历比曹远征和万方浅一些，但是非常要求上进，吸收新知识的能力很强，对于陈丰介绍进SH的那些管理工具，小梁兴趣很高，掌握得很快。

易志坚个性甚强，非要冒一头，"陈丰，这点你就不知道了，论起做讲者，小梁的功夫比不上万方。"

李卫东力挺陈丰，"小梁讲课的确不错，我们上半年的领导力论坛就用过他做讲者，效果挺好。"

会后，李卫东快走几步追上陈丰，说："要是小梁觉得有需要，可以找我先试讲一次，我帮他看看有哪些地方可以作点改进。"陈丰自然高兴，连声道谢。

45 "接班人"的变迁

一转眼，陈丰进SH三个月了，虽然作了很多努力，业绩却并不理想，几个总监中，他的排名是第三，马马虎虎刚刚及格。何查理试用期虽然让陈丰过了，但是在面对面的评估谈话中毫不客气地指出，作为"唯一的高级销售总监"，陈丰的业绩距离公司对他的期望有差距，他应该"尽快"让业绩有"明确提升"。

陈丰多少年没听过这种话了，比让人抽了脸也差不了多少，何况何查理白纸黑字地给他在试用期鉴定评语中写了下来。何查理总算留了点儿情面，使用了"尽快"这样含糊的字眼，而不是诸如"三个月内"的限定性用词，否则，这份试用期鉴定，就成了一份类似"限期行为纠正"的通知书了。陈丰当晚没睡好，他想到了种种可能性。

第二天中午陈丰约拉拉吃饭，地点是陈丰挑的，菜可口，环境也雅静。可是拉拉发现陈丰几乎没怎么吃，显然情绪不好，就宽慰他说："压力特大吧？熬过去就好了。"

陈丰心头一暖，"嗯"了一声，忽然问道："拉拉，你在SH的头半年压力很大吧？"

拉拉一怔，道："何以见得？"

陈丰说："当时我每次给你电话，你都很烦躁，我就估计到你压力很大。"

拉拉不知想到什么，低声笑了起来。陈丰摸不着头脑，问她："笑什么？"

拉拉止住笑，道："忽然想起我还在DB的时候，有一次你对我说，'你这人别的好处没有，嘴还是很严的'。"

陈丰也哑然失笑，说："我嘴是挺严的，打小就连我父母都对我的嘴严感到不可思议。"

拉拉说："嗯，我也就不在你面前装了，我当时试用期都过得胆战心惊。试用期过后的几个月虽然好些，但还是挨得又累又苦闷。"

陈丰问她："怎么会搞到那么严重？"

拉拉叹了口气，说："我当时刚接触C&B，很多事情都得边干边现学，自然压力比较大。另外，和DB这样的老牌美资公司相比，SH在系统和体制上的差距还是很明显的，这会让新来的人在这里活得很累。"

陈丰闻言，感到自己几乎是在复制拉拉的经历，他虽然是销售老手，但毕竟跨了行业，很多事情也得边学边干，SH销售体制的粗放带给他的压力就更不用提了。

拉拉说："这还不是全部的苦恼来源，更大的压力来自避不开的竞争，让我一刻也不敢稍作停歇。没办法，世上有些好东西，你想要，其他人也想要，大家就得拼一拼，这就是竞争的起源。有时候其实你没想和人家争，你只是想维持现状，但也会身不由己地陷入竞争，这点是我来SH后才深有体会的。"

关于杜拉拉和李卫东之间的竞争，陈丰来SH不久就听说了，联想到易志坚也是处处针对自己，陈丰哑然失笑。拉拉本来还想说，当时黄国栋和麦大卫对我也不好，话到嘴边又咽了回去，她倒不是信不过陈丰，只是觉得大家都是成年人，关系好归关系好，总还是有所忌讳的。

拉拉还不知道何查理刚刚和陈丰就试用期评估作了面谈，这次面谈带给陈丰的感受，和当年拉拉被黄国栋当面斥退后的惊慌失措可谓旗鼓相当，只不过拉拉是当着李卫东的面被老黄斥退的，而何查理和陈丰谈话时并无第三者在场，但是那份试用期鉴定是要交到HR归档的，所以实际上，谈话结果将以更正式的途径向更大的范围扩散。

拉拉淡淡地告诉陈丰："反正，当时的日子非常难熬，来了不到半年我就想走了。"

陈丰好奇地追问："那后来为什么又没有走？"

拉拉回忆说："进SH后，我第一次接到猎头的电话，是在刚刚过试用期的时候。那是一个来自快销品行业的机会，我不太喜欢——因为我还是希望能在一个附加值比较高的行业工作，收入高一些，同事的素质也会普遍较高——所以就没有考虑那个机会。过了两个月，又有了一个来自四大会计师事务所的机会。"

陈丰插嘴说："'四大'不是挺好吗？里边净是精英和准精英。"

拉拉说："是呀，以前在DB的时候，我和'普华'（四大会计师事务所之一）的人打过交道，印象很好，所以这回我倒是认认真真地去面试了，只不过面试下来，我感到自己不能适应那种疯狂的反应速度，工作强度姑且不论。我觉着，适合他们的应该是那种体力和脑力都特别棒的年轻人，有本钱拼命。可我已经没有那么好的本钱了，坦率地说，我也不想要那样的生活，我向往的是能从容深入地把事情做好。'四大'的确专业，他们非常清楚自己需要什么样的人，所以这次面试就是一次双方都没有看上对方的'相亲'。"

陈丰理解地点点头，"那么你后来一直没有再跳，是因为外部的机会都不太合适？"

拉拉晃了晃脑袋，说："不完全是。随着时间的推移，我很快就意识到一件事情，在SH，几乎每两到三个月就有一次大公司的工作机会向我招手，而且猎头的游说异常热心——这完全不同于我在DB的情况，那时候我得到处去找工作机会，猎头还对我爱答不理，因为人家不看好我，觉得在我身上挣不到钱。"

陈丰猜测说："你认为这种变化的关键是因为你是SH的员工？市场上喜欢SH的员工？"

拉拉说："加入SH之前，我明知道这家公司不如DB，还是义无反顾地奔着这儿来了，因为SH给了我特别想要的工作，我知道做个HR经理能让我的市场价值比起做行政经理的时候提升很多，但是没想到差异会那么快就体现出来。听猎头说，外面都知道SH的人特别能吃苦能拼，SH的业绩这几年增长很快，2008年那么多公司都在过冬，SH却保持了强劲的增长，这就是最好的证明——大家还是想到业绩好的公司去挖人。"

陈丰沉默了一下，说："很多一流大学的优秀应届生进'四大'，其实不是为了在'四大'干到退休，而是为了在'四大'拼几年，学到一身本事，然后仗着'四大'的好名声找个好下家，既不那么辛苦，又可以拿高薪。"

拉拉想了想，说："我进SH，跟应届生进'四大'差不多，所以我想我不能两年都没有待满就跑吧。在这种发展势头好的公司，确实能学到很多东西，以前在DB我的苦恼是想学的东西学不到，价值大一点儿的工作人家压根儿不让我碰；这儿是正相反，不管你会不会做，一股脑地堆过来让你做。在SH累是累点儿，可也能学到很多东西，而且升职机会更多——你不得不承认，我们要是继续待在DB，哪怕运气再好，有的机会是永远都不可能得到的，SH却可能提供给我们——所以，在SH干下去的想法就占了上风。"

陈丰觉得拉拉的话有一定道理，他不做声了。

拉拉给他打气，说："反正，就那么回事儿，天下乌鸦一般黑，哪家公司都有自己的问题，牙一咬心一横就过去了呗。有时候，事情看起来似乎是一团糟，可是别人也会遇到他们的麻烦，咱们再坚持坚持，没准就赢了。"

过了一周，何查理、麦大卫、黄国栋还有何查理的老板威廉聚在香港开会，对何查理手下总监级别的人员进行下半年的人才评估。

何查理临行前，把陈丰的试用期鉴定评语交到拉拉那里归档，拉拉正跟人开会，不在自己的办公室，何查理就把东西用牛皮纸袋封起来留在她办公桌上了。等拉拉回到办公室一看，顿时恍然大悟，难怪那天吃饭的时候陈丰会心事重重。

拉拉一想，老板们当天下午就要在香港开会评估总监了，她赶紧把陈丰的试用期鉴定扫描发给了黄国栋，好让他参加评估的时候心里有数。拉拉担心黄国栋没有及时收邮件，又特意打电话给黄国栋，口头说了一下这个事情。黄国栋说，麦大卫和何查理都要午饭后才会赶到香港办公室，评估会前多半来不及和他们沟通陈丰的试用期鉴定了。

当天下午的评估会上，大家对香港和台湾两地区的几位总监的评估没有太大的分歧，讨论到SH中国的几位总监的时候，分歧就出来了。何查理坚决要把易志坚作为他的接班人选放入高潜力人才库，麦大卫马上表示异议，他说对易志坚的霸道和本位主义的反映一直不断，此外，不论是去年还是今年上半年，易志坚都是人员流失率最高的总监。麦大卫最后还说了一句："我们上两次开会评估总监的时候，查理你不是也认为这位总监没有潜力作为你的备份吗？"

何查理说："一年前我们评估总监的时候，易志坚确实还不够格进入这个人才库，可是在过去的这一年里，特别是近半年来，他的进步很大。除了保持了业绩的一贯优秀，在本位主义和霸道上也有了很好的改善，比如二季度销售队伍拆分的时候，他主动提出把手下最优秀的两位大区经理曹远征和万方都调给新总监——这要是在过去，是不可能的事情。"

麦大卫问他陈丰的表现如何。何查理说："正如我们期待的，陈丰确实带来了一些时尚的管理工具和销售理念，但是从过去的三个月来看，这些东西更多的是停留在理论的层面，而没有转化为实际的生产力——在四位销售总监中，三季度他的业绩排名倒数第二，令人失望。"他说到最后一句的时候，摇了摇头，强调自己的失望。

麦大卫对此没有思想准备，怔了一下，反驳说："现在下结论为时尚早。按照我们的游戏规则，加入公司不满半年的员工，可以讨论其表现和潜力，但暂时不给予打分。"

在销售总监的评估标准里，业绩永远是第一条。易志坚当总监两年来，业绩一直很好，这一点使得何查理理直气壮，在何查理的坚持下，他的老板威廉终于也表态，可以把易志坚作为"READY IN 2 YEARS"（指接班人并非现成就够格提拔，而是还需要两年的时间为晋升作好准备）的接班人选放入高潜力人才库，并责成黄国栋配合何查理，针对易志坚的优缺点，抓紧制定出一个培养他的一年期的行动方案。

至于陈丰，威廉表示赞成麦大卫的观点，现在就下结论说他的功夫仅限于纸上谈兵还为时尚早。"陈丰的逻辑思维能力确实很优秀，但是，"威廉很严肃地强调说，"他必须用业绩证明自己！"何查理马上说："就是呀！不然他的逻辑思维再好，对我们也没用呀！"

黄国栋这一年新增加了一个组织经理的人头，但是这个位置的招聘特别不顺利，好不容易找到一个看得上眼的，那人接了OFFER说好六月份来上班，结果半当中放黄国栋鸽子，变卦不来了。可怜黄国栋只好重新再去找人，组织经理就由马莱暂且继续当着。

一晃几个月又过去了，找来找去就是没有入他法眼的，不是能力不够就是要求太高。黄国栋有时候就想，中国这个市场真跟别的国家不一样，好像到处都是机会，外部的应聘者心思太活络，稍有点儿本事的个个都一心想着往高枝上攀，相比之下，马莱虽然能力弱一点儿，起码踏踏实实安分守己。

黄国栋当时把李卫东拉进马莱负责的项目，后来证明是一个行之有效的办法。经过一年多的试行，SH中国的人才评估已经覆盖到所有部门经理以上的各个级别，接班人计划也做得越来越有模有样。工作方面的压力一减轻，黄国栋招组织经理的迫切感就缓和了下来，他对应聘者的资历愈发不肯迁就，大有宁缺毋滥的架势。

黄国栋和麦大卫沟通过一次，说马莱的工作大有起色。麦大卫却不看好马莱的潜力，他相信，通过实践，经验可以获得，知识可以掌握，但是人的某些特质是与生俱来的，比如不够聪明始终是不够聪明，不够强硬始终是不够强硬，可以改善，但是不会有根本性的转变。麦大卫坚持要老黄继续外招，销售总监都招得到，组织经理怎么会反而招不到？

香港的评估会结束后，黄国栋把总监级别的评估结果发给马莱，让她把各级别的评估结果汇总到一起。马莱汇总后把结果发给了黄国栋和其他两位HR经理，拉拉和李卫东都一眼从总监级别人才库的变化，看出了端倪——易志坚成了接班人了，虽说是两年后才能READY（就绪），但接班人总归是接班人。而陈丰，虽说是"TOO SOON TO EVALUATE（现在评估为时尚早）"，"优势"方面也给予了"逻辑思维缜密"的肯定，但在"需改进之处"也白纸黑字地写着"业绩待改进"，李卫东由此敏感地联想到了一点——对易志坚一贯评价的突然变化，可能是部分由于陈丰的"令人失望"。

黄国栋自然明白其中的利害关系，他很严肃地告诫HR经理们务必对评估结果严加保密，他强调这是纪律。

纪律归纪律，这种事情对聪明人其实保不了密。首先是易志坚，现在又是要送他去念EMBA，又是要请老外来教他学英语，他还能不知道自己上位了？其他几个得不到类似待遇的总监，不也马上看到这种区别了吗？谁还不知道其中的意思？

李卫东想起那次月度销售会议上，自己力挺陈丰不说，还把易志坚得罪得够戗，他心里有些后悔，得赶紧作点补救才好。

46 投鼠忌器

拉拉知道陈丰在系统完善和人员整顿上花了不少精力，就劝陈丰把别的事情暂时缓一缓，先集中精力把业绩冲上去再说。陈丰却很坚持，他说："有了好的制度，有了合适的人，销售一定会上去。"

拉拉心里替陈丰着急，忍不住说："你现在这些人有哪个不合适吗？曹远征和万方可都是数一数二的大区经理。"陈丰不吭气。拉拉想起曾听人说曹远征的状态不太好，就追问陈丰是不是对曹远征表现不满意？陈丰没有回答，反问道："听说本来有提拔他做总监的考虑？"

陈丰这一问，拉拉马上想起何查理曾对黄国栋提出提拔曹远征的想法，后来又被麦大卫给坚决否定了，可她不便贸然说出这些故事，就谨慎地介绍说："据我所知，提拔曹远征的事情没有在正式场合拿到台面上讨论过，民间说法倒是有的，他自己抱有期望也很自然，毕竟是业绩排名第一的大区经理嘛，查理和老易还是挺欣赏他的。"

陈丰说："正式场合没有在台面上讨论过，也许非正式场合私下里个别交流过。"拉拉愣了一下说："那个我就说不好了。"陈丰笑道："行了，我知道了。"

拉拉又问他："万方怎么样？"陈丰先是不说话，等拉拉追问，他忽然冒出一句："拉拉，你有没有听说过万方的区域业绩虚高？"拉拉吓一跳，说："你发现了什么？"陈丰说："肯定有问题，而且问题不小。要不是这样，易志坚也不会把万方扔给我。"

拉拉的嘴张成一个大大的"O"字，说："怎么会这样？老易知道吗？"陈丰淡淡一笑，说："当然知道，他心里比谁都清楚。"拉拉说："你有什么根据吗？"陈丰很自信地说："不需要根据，光凭逻辑推理就能一眼看出问题来。"

拉拉知道，凭陈丰的沉稳，没把握他不会说出这番话，这可不是小事。拉拉问陈丰："你觉得老易参与了吗？"陈丰分析说："一般说来应该不会参与的，虽然万方弄虚作假他是受益者，可要说到直接参与，对他来说划不来——毕竟他已经做到这么高的级别了，犯不着因小失大。他只是一直在装傻。"

"装傻也够严重的了。"拉拉说。她想了想，小心地试探道，"你觉得需要和查理谈这件事吗？"拉拉没有把话全说出来，陈丰明白她的意思，他说："放心吧，查理肯定早看出问题了。"

拉拉想到何查理平时看到曹远征就眉开眼笑，跟万方却不怎么说话，她恍然大悟，喃喃地说："我说呢，曹远征和万方业绩都不错，怎么查理单看曹远征顺眼。"

陈丰说："其实，财务那边应该也很容易看出来这里的问题，内控归财务管，财务总监并不向查理报告，不知道荣之妙为什么软绵绵的，也不派内控的人到经销商那里去查一查数据。"

拉拉说："这我不清楚。不过，我们又焉知荣之妙没有查呢？也许早不动声色地查过了。但是，他要查的话，事先是必须跟查理打招呼的，并且得提出充分的理由。"陈丰点点头，他也一直在琢磨这一点，到底内控查过没有？虽然陈丰来的时间不太长，但他已经看出荣之妙和何查理之间的气场很有些古怪。

拉拉心想，既然何查理肯定早看出问题了，却一直没有动手捅破这层纸，是因为后面是一个马蜂窝吧？如果陈丰现在要明着清理假销量，只怕不单是易志坚处境微妙，就是何查理面上也不好看，动作太大了——陈丰毕竟来了没多久，一动不如一静。拉拉就问陈丰："能不能和平过渡？现在起对万方盯得紧一点儿就是了。"

陈丰苦笑道："拉拉，现在不是我非要翻旧账，而是我自己就面临着难关。要是按实际情况来，估计万方连去年销量的百分之七十都完成不了，何况是今年还要求百分之二十的增长？她的大区可是主力大区之一，她的情况这么不好，我怎么办？总不能让我也跟前手一样装傻吧？而且，老易还有装傻的余地，我却已经没有那个余地了，那个谎已经扯得满得不能再满了，再扯下去，马上彻底穿帮。"

陈丰还想给拉拉再往具体里解释解释，拉拉摆手说："不用说了，我明白你的意思，反正，现在就算你有心由着她扯谎，她那泡泡也已经到了极限，没法往下吹了。"

两人沉默了一阵，拉拉问陈丰："你准备跟查理摊牌？"

"对！我在等待一个恰当的谈话时机。"陈丰说，"不过，拉拉，你就当什么都不知道吧，免得你跟你的老板说也不是，不说也不是。"

拉拉苦笑道："也只能如此了。如果你们销售部自己能设法消化假销量，和平过渡，那是最好不过的了，否则的话，大家不好看。要是我去跟我的老板说，查理会很难堪，我呢也不用在这儿干了。"

陈丰望着桌面，幽幽地说了一句："事情要是闹大了，恐怕我也干不长了。"

拉拉宽慰他说："不关你的事，这是陈年旧账。"

陈丰笑道："哪里有那么多公平可讲，山芋再烫手，接到了就只能想办法接好，扔是扔不掉的，我自然也不愿意烫着我自己。"

按常理，拉拉身为负责支持销售的HR经理，既然知道了有虚假销量，就该知会她的老板，做老板的当然喜欢下面的人都给他一些基层的信息。可是站在杜拉拉这些HR经理的角度，他们毕竟是负责支持业务部门的，做支持的如果有点风吹草动就往上捅，势必导致和被支持者的关系搞僵，那么这个支持也是很难做好的——这就是个度的问题，报告什么，什么时候报告，由什么人说，在什么时机说，都是要多动脑筋小心拿捏的。

比如现在，假销量这么严重的事情，按说是必查必杀的，可是何查理的态度很不明朗。他明知销量有假却没有指示清查，而且没有让万方靠边站——是投鼠忌器，顾忌清查销量可能会碰上地雷带来一系列副作用，还是另有缘故，不得而知。

以拉拉多年支持销售部的经验来看，一般情况下，大老板若是直接清查假销量有苦衷，至少还可以采取两个措施：一是进一步严格制度，从制度上不给人犯错的机会，也让人少受诱惑；二是设法慢慢把当事的大区经理万方调离销售岗位，即使不方便炒，也可以让她转岗，比如去做销售培训，这样她就不会造成进一步的危害。而这些动作何查理都没有做。

这样的情况下，拉拉更不敢贸然去捅马蜂窝，可以预见，风声一旦到了麦大卫的层面，势必要马上彻底清查假销量，弄不好内部倒一大片不说，还会影响到外部的经销商，这就不仅仅是清除假销量了，对今后的市场可能也会产生一定的伤害。处理不好，是要吃不了兜着走的。

47 惹是生非

陈丰在茶水间遇上李卫东，陈丰说起想请他给大区经理作一个培训，陈丰也就是顺嘴一提，没想到李卫东一改原先的热心，含含糊糊地想推诿。正巧易志坚也来泡咖啡，李卫东和他有说有笑地走了，把陈丰一个人晾在那里品味世界的变迁。

销售部所有员工的试用期鉴定评语，都在拉拉手里管着，拉拉在这些事情上向来很小心，这点陈丰很清楚，所以李卫东应该没有机会看到他的试用期鉴定。看来，李卫东态度的陡然转变，八成是和人才评估的结果有关了。陈丰越想越是这么回事儿，他不由得脑门子冒汗，心里烦得不行。

这天一到下班时间，陈丰就收拾东西走人，路过拉拉办公室，正碰上拉拉站在门口跟行政主管陈立说话。陈丰一眼看见拉拉居然穿着拖鞋，右脚还用纱布厚厚地包扎着。陈丰惊讶地问："哟，这是怎么了？"拉拉笑道："不小心扭了。"陈丰说："那你现在想怎么着呀？"拉拉冲陈立努了努嘴，道："这不，正请陈立帮忙给叫个车，准备打的回家。"陈丰马上说："不用叫车了，我送你回去。"拉拉对陈立笑道："运气真不错，难得崴回脚，还就碰上学雷锋做好事的了。"

路上，陈丰问拉拉："王伟出差了？"拉拉说："聪明，猜对了。"陈丰笑道："这又不难猜，他要是没出差，肯定来接你呀。"拉拉告诉陈丰，王伟陪客户去欧洲了，昨天刚走。陈丰笑道："起码得半个月吧？"拉拉说："不止。"

陈丰想了想说："明早上班我去接你吧？"

拉拉推辞说："不用，今晚睡一觉，没准明天我自己就能开车了。"

陈丰说："我这两天不出差，早上都要回公司的，下班不敢保证能跟你凑到一个钟点——但早上接你还是没问题的。"

拉拉一想也是，陈丰家离她现在住的地方不远，就说："行，那我就领你的情了。可是咱们得先说清楚，这是你自愿的，你别惦记着让我还你人情。"

陈丰哭笑不得，"我做事有那么强的目的吗？"

拉拉一本正经地说："你有，因为你是HIPO（高潜力人才），HIPO做事都是先搞清楚目的才采取行动的。"HIPO一词触动了陈丰的心事，陈丰又不讲话了。

车到了小区门口，陈丰靠边停好车，随即下车绕到副驾驶位，帮拉拉把车门拉开，他有些担心地问拉拉："行不行呀，要不要我扶你一把？"拉拉说："没那么严重，我自己来。"说着拉拉先把两脚挪出车外，再扶着车门小心翼翼地慢慢站起来，她尽量把身体的重量都落到左脚上，饶是如此，右脚一落地，就疼得她龇牙咧嘴地"哎哟"了一声。

陈丰赶紧伸手扶了她一把，好笑道："我看你这个样子，恐怕一周之内都休想开车了。"

拉拉试着走了两步，告诉陈丰："刚一站起来的时候确实疼，不过站稳了也就问题不大了。"

两人正说着，从旁边跑过来一个人，原来是苏浅唱，人还没到跟前，就嚷开了："拉拉，你的脚怎么样了？"等走近她才发现旁边站着陈丰。

苏浅唱早听说陈丰和拉拉现在同一家公司，却没想到会在这儿碰上陈丰。她一下想起当初想从李坤手下调到梁诗洛手下的时候，逼着陈丰马上签字放人的事情。苏浅唱不由得有些尴尬，她按照DB的习惯，恭恭敬敬地向陈丰问候了一声："陈老板，好久不见。"陈丰笑着点了个头，说："小苏，听说你在杰克那里做得很不错。"

苏浅唱心里高兴，嘴上故作谦虚："我给邱老板打打下手。"陈丰说："你们聊，我先走了。"

陈丰走后，苏浅唱想起自己来访的目的，忙对拉拉说："王老板不放心，特意打电话回来嘱咐我过来看看你。要不要我送你去医院？我的车就停在边上，很方便的。"

拉拉指了指裹着纱布的脚踝，笑道："上午已经去二沙岛看过中医了。"

苏浅唱忙问："伤得严重吗？"

拉拉说："骨头没问题，是韧带拉伤，不算严重，医生说养上一两周应该就差不多了。只是现在不能开车有点儿麻烦。"

苏浅唱忙说："要不，我回去和邱老板说一声，这几天让他派车送你上班？"

拉拉笑道："不用这么麻烦！陈丰家就住这附近，这两天他都要回公司的，我先搭他的便车，问题不大。"

苏浅唱闻言，觉得已经能向王伟交代了，她还有事儿急着回公司，就向拉拉告辞说："要是有用得着我的事儿，就给我电话。"

说好了一起吃晚饭，张东昱按时来接陆宝宝。陆宝宝正起劲地讲一个马拉松电话，等了好半天，陆宝宝还没结束的意思，他掏出手机上网看新闻，作好了打持久战的准备。

好不容易陆宝宝才余兴未消地撂下电话，她正想招呼张东昱，却一眼瞥见苏浅唱匆匆走进办公室，陆宝宝喊了她一声，苏浅唱走过来笑眯眯地叫了声"陆总"，又跟张东昱打了声招呼。陆宝宝问她："王总不是让你去看看拉拉吗，她的脚伤得怎么样了？"

苏浅唱笑道："我刚从拉拉那儿回来。她已经看过医生了，是韧带拉伤，养两周就能好。就是伤在右脚踝，现在没法开车。"

陆宝宝说："哟，那她上班怎么办？两个星期也不算短呢。"张东昱也竖起耳朵关心地听着。

苏浅唱说："我问拉拉要不要请邱老板派车送她上班，拉拉说不要。她说这两天可以搭陈丰的车上班，过几天要是还不能开车就打的。"

陆宝宝有些茫然，陈丰是谁？苏浅唱这才想起陆宝宝不认识陈丰，忙解释道："陈丰是我在DB时的大区经理，他现在跳到SH当总监了，所以跟拉拉又成了同事。我今天过去，正碰上他送拉拉回来。他俩以前关系就挺铁的，搭两天便车不成问题！"

陆宝宝"哦"了一声。苏浅唱为了证明自己已经尽心尽责了，又补充了一句："我跟拉拉说了，有事需要帮忙就给我电话。"

陆宝宝说："那就好。你有空就主动打电话给拉拉，省得王总人在欧洲还放心不下。"

苏浅唱笑嘻嘻地保证道："明白。"

"利苑"是典型的粤菜馆，到了晚上九点还很热闹。

陆宝宝和张东昱酒足饭饱，趁着等服务员埋单，张东昱去洗手间。回来的时候，见陆宝宝拿着手机正笑嘻嘻地讲电话："小苏去看过了，没什么大事儿！我本来还说这几天安排车接送拉拉的，结果你猜怎么着？拉拉有一个同事陈丰……这人你也认识对吧？他们家住得离你们家特近，他天天都会接拉拉上班的，放心吧！那就先这样，挂了。"

埋好单，两人走出餐馆，张东昱就问："刚才是王伟？"陆宝宝"嗯"了一声。张东昱说："让我猜一猜，这个电话，一准是你打给王伟的。"

陆宝宝解释说："拉拉这不是没什么事儿嘛，我跟王伟说一声，好让他放心。"

张东昱说："你这个电话恐怕只能让他不放心。"

陆宝宝瞪了张东昱一眼，"阴阳怪气的，说什么呢？"

张东昱淡淡地说："本来嘛，那陈丰明明是说让拉拉搭两天便车而已，到你嘴里就变了味儿了。"

陆宝宝不高兴了，"你说哪儿变味儿了？"

张东昱反问道："'两天'和'天天'能是一码事儿吗？"

"嗨！你是说这个呀！我压根儿没注意，就顺嘴那么一说呗！叫你说得就跟我蓄意破坏团结似的。"陆宝宝满不在乎地一摆手，"'天天'怎么了？老同事遇到困难能帮就帮，王伟都没意见，就你意见多。"

张东昱沉默了半晌，劝道："宝宝，要我说，杜拉拉也罢，王伟他妈也罢，王伟他们家的事，我们还是少掺和的好，有时候太热心了反而是自找麻烦。"

陆宝宝不满地责问："难不成要六亲不认吗？"张东昱不冷不热地回了一句："那也比惹是生非强。"

48 位置决定观点

陈丰在万方的大区里挑了一个重灾区悄悄作了点儿调查，然后就跟何查理摊牌了。

何查理翻看着那几张陈丰设法弄来的报表，表面上看似乎他在琢磨那些数据，其实他根本就没兴趣细看，陈丰说的是事实，这点他心里有数，而且报表上反映出来的只不过是冰山一角。

在中国做销售管理做久了的人都知道，有些区域是很不好管的，何查理知道，他下面那些总监也都知道。有些时候因为担心造成更大面积的伤害——这个伤害包括人员和生意上的双重伤害——做头的不得不睁一只眼闭一只眼，与其刨根究底元气大伤，还不如现实点，多下点工夫加强制度上的严控——作假难度的加大必然导致作假成本的攀升，无利可图也就没人去动那个歪心思了。

自从陈丰到SH后，何查理逐渐看出陈丰那一套细腻严密的手法，除了把控生意和人员以外，还有一个很重要的目的正是为了正本清源。何查理对此暗自赞成，但又感到陈丰此人平时看着处处低调，实则手腕强硬野心勃勃，不是个好控制之辈，这让何查理对于怎么用此人颇为踌躇。

关于假销量，何查理以往曾不止一次地点过易志坚，但是都没有产生实质的效果。易志坚有他的难处，从某种角度讲，万方为易志坚的上位也是立过汗马功劳的，再外行的人都会想到这一点，如果万方是有问题的，那易志坚也跑不掉——这层绑架关系，让易志坚对万方虚高的销量很是犯憷，一直不敢动真格的。

何查理自然对易志坚很是恼火，可易志坚这个人他又是必须要用的，他还真离不开易志坚，很多方面的合力就导致问题一直拖了下来。

陈丰一来，易志坚趁机把万方踢出去，何查理默许了，他心里暗暗希望问题能在陈丰手上自然消化掉。可是出于多多少少的打压陈丰的心理，何查理又没有提供一个合理的周期让陈丰去消化，相反，他利用了人才评估的机会，提醒管理层陈丰的业绩不遂人意，并且力主让业绩漂亮的易志坚进入高潜力人才方阵。

这是一着险棋，被逼急了的陈丰很可能会马上把假销量的问题公开化。可何查理有他的道理。

一个总监要在市场上找工作不容易，而且，由于既得利益丰厚，他们往往会在关键问题上表现得非常克制忍耐。通过观察，何查理判定陈丰此人绝非激进之辈。因此，何查理作了一次赌博，他赌陈丰会吞下假销量的哑巴亏。至于让易志坚抢占到"两年READY（就绪）"的接班人位置上，两年能发生多少的事情呀，现在先把这颗棋子摆上去，以后他和陈丰好抗衡嘛。哪朝哪代是只有忠臣没有奸臣的？皇帝又不傻，他心里清楚谁忠谁奸，只不过奸臣也有奸臣的用途，比如跟忠臣抗衡，免得忠臣的尾巴翘上了天。再者，两边经常干干架，也好显出皇上的威严和龙恩。这就是何查理下的棋，政治家总是喜欢这样的智力游戏，哪怕这个政治家是科学家出身。

现在看来，这棋下得不够稳当，起码，对陈丰的估计有些偏差，陈丰根本不打算吃哑巴亏，还自己动手去寻找真相了，就那几张报表，何查理心中有数，要弄到并不容易，陈丰一定是颇动了些脑筋耍了点儿手段才弄到手的。

令何查理满意的是，陈丰的做法还算温和，他没有找别的人谈，而是先向他老何报告了，这点很重要——陈丰的姿态只是要求老大给主持公道，但是并没有造反的意思。

何查理稍作思索后，当着陈丰的面，直接把易志坚和销售市场效益部的总监都叫了来，后者负责分管销售和市场数据以及销售培训。

那两人刚一落座，何查理就把那几张报表递了过去。两人毕恭毕敬地接过去一看，心里都明白了要谈的是什么，易志坚只觉得脑袋"嗡"的一声就大了几倍。

何查理说："万方那组的数据我一直就在说看不懂，但是从来没有人回答我，我呢事情一忙，也就没顾上追问你们。现在陈丰提出来要彻底搞明白这个问题，这很好，就此把事情搞搞清楚，不能继续不明不白地糊涂下去。"

三个总监都假装在认真研究那几张报表，谁也不吭声。

何查理就点效益总监的名，说："马腾飞，你马上派人下去查万方的数据，该怎么办就怎么办，查清楚，不要给我一本糊涂账。"他的表情和语气都很平和，越是这样，易志坚就越是忐忑，不知道这位老大到底是什么意思，查到底和查一查都是查，敲山震虎和一网打尽都是办。

效益总监马腾飞在公司里以脑子清楚著称，他谨慎地说："这几个地方的经销商历来都不太好讲话，当然，谈我们是肯定要和他们谈的，但是说不好他们能合作到什么程度。"房间里的每个人都知道马腾飞省略了一句话，"要是经销商不肯合作，老板你看怎么办？"

这些做头儿的都是聪明人，他们的判断力足以使得他们知道什么是真相，但是"掌握"真相和"知道"真相还是有距离的，马腾飞说的是实情，经销商的事儿归商业部管，就眼前这么个棘手的案子而言，没有商业部的配合，他很难说服经销商，从而拿到真相。马腾飞的话表面上是在请示，其实是为了进一步摸清领导的意图。何查理是要触及灵魂地查，还是要文过饰非地查，作为去查的部门，总得先领会清楚，才知道该怎么做动作。

何查理似笑非笑地对马腾飞说："我和孟扬谈一下，让商业部派一个经理跟你们一起下去，协助你搞定经销商。"显然，何查理没有一点通融的意思。

易志坚可真慌了，急不择言地说："万方的部分区域是没有办法的，所有跨国公司在那里都是那么做生意，别说跨国公司没有办法，政府都没有办法！当地的民风如此。"

何查理脸一沉，说："什么叫没有办法？照你这么说，在那里做生意就非作假不可？那我就不要那一块生意了又如何？！解散那里的销售队伍，生意嘛，由着它去自生自灭，有多少自然销量就算多少！"何查理讲话的声音依然不高，却杀机毕露，吓得易志坚整个心几乎翻了个个儿，不敢再随便发言。

这当口，商业总监孟扬接旨飞奔而来。何查理说："来得正好，马腾飞，你把你的要求和孟扬说一说。"马腾飞大概介绍了一下事情的由来，孟扬就问："是查数据异常的小区，还是万方管的所有小区都查？"

大家都看着何查理，何查理说："看我干吗？你们是怎么想的？"易志坚硬着头皮说："老板，万方下面有六个小区，如果每个都查，我担心这样影响面太大，一旦查起来，必然人人自危，没有心思做生意了。"

要想状子倒，还得找原告，何查理说："陈丰，你看呢？"

陈丰也知道，要是整个大区这么横扫过去，只怕生意都不用做了，就爽快地说："那就把检查重点放在问题较大的两个小区吧。"

孟扬又提出一个他很关心的问题："是查最近三个月的数据呢，还是查最近半年的数据？"

陈丰马上表示不同意，他说："我个人意见，应该查最近二十四个月的数据，至少也应该查最近十二个月的数据。"

易志坚几乎要跳起来了，"陈丰，你这比秋后算账还厉害！秋后算账也不过是一年的账。你这样的查法，基层那些销售代表都要寒心了，他们在前方拼杀，结果现在公司内部要查他们，以后谁还肯给公司卖命？！"

陈丰觉得易志坚在危言耸听，他淡淡地说："没那么严重，老老实实做销售的就没事儿。公司也不是要揪着小辫子不放，只不过要确保大问题不能有。"

易志坚不看陈丰，话里有话地回了一句："在座的各位都是从销售代表做起到今天的，老老实实的，能做得好销售吗？"

陈丰针锋相对说："不实诚的人，老易你敢用吗？"

何查理见两人各不相让，就问商业总监："孟扬，说说你的意见。"

孟扬谨慎地说："我是站在我的部门角度来看的——不一定对——如果追溯太久的历史数据，可能会引起经销商的不安。因为回款的问题，那几个区域的经销商向来很不好找。"

孟扬的话说出了何查理的担忧。何查理心里有数，陈丰有陈丰的心思，易志坚有易志坚的算盘，一个是查得越长越好，另一个是最好只查一个月了事，都为了自己那一亩三分地。何查理就不同了，他是当家人，得平衡好全局的利益。这也算屁股决定大脑，位置决定观点。

何查理当即作出了决定："这样吧，先查今年一月到九月的数据，然后，要不要再接着往下查，视具体情况再定。陈丰，你看怎么样？"

陈丰也知道孟扬的话在理，加上何查理并没有把话说死，算是很给他面子了，陈丰知趣地点头表示这样很好。何查理就总结说："都清楚该干什么了吧？本来是不用交代的，我还是再强调一下纪律吧，这个事情就限于今天到会的各位，请不要和任何人谈论此事。"

孟扬和马腾飞先走了。何查理看出陈丰还有话要说，就打发还坐着不动的易志坚道："志坚，你也忙你的去吧。"易志坚很关心他们下面要谈的是什么，但何查理已经发话了，他只好悻悻地退了出去。

易志坚一走，陈丰马上说："老板，这次可能会查出不少问题，我担心涉及的人员恐怕不在少数，下一步我们该怎么办？"

何查理淡定地一笑，"等数据出来了，我们先看看问题到底有多严重，然后再一起商量看看该怎么处理。现在先不着急。"

陈丰前脚刚走，商业总监孟扬又转回头来敲何查理的门。何查理说："我算准你还得回来，说吧，有什么条件？"孟扬踌躇了一下，说："老板，刚才人多，有的话我不方便讲，老易说那几个区域的生意不好管，也有一定的道理。"

何查理说："易志坚那是推托之词。孟扬，你也要对经销商严加管束——假量的事情，没有经销商掺和进来，单凭销售自己，独角戏唱不起来。"孟扬赶紧说："是是是，我这次一定和几个经销商把话说清楚，对他们严加控制。"

何查理威严地"嗯"了一声。孟扬凑近一点，下意识地压低嗓子，谨慎地请示道："只是，这次，咱们能不能给他们一颗定心丸吃？比如保证在合同期内不换掉他们，还有，不让他们卷入可能的法律纠纷——其实，以前那几个胡来的经销商都被我们换过一轮了。现在这几家，都是去年下半年刚换上来的，情况应该好了很多，回款率也控制得不错。"

作为商业总监，孟扬最关心的就是公司的回款，货发出去了，钱还得及时收回来才算落袋为安，他找到这几家经销商也不容易。

何查理当然也很重视回款，他沉吟半晌，说："如果这次不给他们承诺，恐怕人家也不肯把真实数据拿出来。"

孟扬心领神会，说："我和经销商讲清楚，谁再犯就出局，哪个今后不想和SH做生意了，自己看着办。"

49 关键在于"下一步"

拉拉右脚踝上的伤好了不少，不过她还是不敢开车，有时候打的上班，有时候也蹭陈丰的车上班。

这天一大早，陈丰按时接上拉拉。拉拉上车后顺势瞥了陈丰一眼，第六感让她觉得似乎有点儿不对，再仔细瞧第二眼，她随即宣布说："你有事儿。"陈丰矢口否认，"哪里有。"拉拉晃晃脑袋想了想，猛然一惊，"你和查理摊牌了？"陈丰含含糊糊地"嗯"了一声。拉拉追问道："'嗯'是什么意思？"陈丰说："就算是摊牌了吧。"

拉拉愣了一下，说："胆子真大。"陈丰说："不是胆子大，我也是被逼无奈。"拉拉说："这我明白。现在查理怎么个意思？"陈丰把那天的事情跟拉拉大致说了一遍。拉拉说："看来，查理这回打算认真追究。"

陈丰不置可否地"嗯"了一声。拉拉马上敏感地意识到陈丰不同意自己的看法，就问："你这'嗯'又是什么意思？"陈丰说："没什么特别的意思呀，就是答应你一声而已。"拉拉揭发说："才不是呢！你是不同意我的观点。说说为什么吧。"

陈丰说："我没有不同意。"拉拉叹气道："我说你这人就是要将狡猾进行到底，改不了了。"陈丰辩解说："我怎么狡猾了？我在你面前向来都是老老实实的。"拉拉说："老老实实还怎么做销售？"陈丰说："你这观点和易志坚如出一辙。"拉拉哈哈笑了起来，笑罢，追问道："说真的，你怎么想的？"

陈丰沉默了片刻，说："我在想，问题都暴露出来后，查理会拿那些作假的人怎么办？"

拉拉猜测说："肯定是要严肃处理的。如果查理不打算处理作假的人，他就不会下令让效益部去查，查出来问题又放着不处理的话，不是搬起石头砸自己的脚，自找难受吗？"

陈丰没有说话。何查理确实是指示下面的人去查了，但陈丰并不认为他的作为是完全主动的，而是至少带有相当的被动成分——陈丰和其他几个销售总监不同，他是空降兵，不是嫡系部队，这点，大家都心知肚明，现在陈丰把问题都摊到桌面上了，销量作假这样的大是大非，何查理身为一把手，哪里还有拖着不办的余地呢？再不情愿也得动手查了。查归查，这是没得选择的，但是查出来后怎么处置，却大有游戏可玩。

拉拉猜到陈丰的心思，她分析给陈丰听，"如果查理只是为了应付你，那他就不会指示商业部参与进来——离开商业部的配合，效益部就算明知道其中有名堂，也拿不到完整的真凭实据。这说明查理也想把问题彻底查清楚，而不是走过场。"

陈丰有陈丰的担心，查而不办也不是没有的，如果何查理真下了决心要彻底查办，那就应该按公司的流程公事公办，马上通知HR和内控一起参与进来——可现在事情并不是这样，黄国栋和荣之妙都被排除在外，监控部门毫不知情的情况下，目前何查理的做法更像是一个家长在处理自己的家务事。

陈丰对拉拉说："目前这个事情还是局限在SALES FORCE（指销售以及销售衍生出去的相关部门，如效益部和商业部）内部，从性质上说，属于销售部的一次自查。"

陈丰话不多，但拉拉马上清楚他的意思了，现在参与此事的几位总监，顶头上司都是何查理，包括马腾飞和孟扬——最后究竟怎么办，说到底这些人都得听他的。其实，陈丰今天把事情一说，拉拉就意识到何查理至少是暂时还不想让HR和内控知道这件事情。拉拉沉默了一下，说："怪我，不该追问你。还是不要知道那么多的好。"

陈丰无所谓地说："反正你迟早要知道的。在SH这家公司，很难保住秘密。"

拉拉心想，这话对，查都开始查了，当中得经过多少环节、多少个人？哪里还瞒得住HR和内控？消息传到麦大卫和威廉的耳朵里，只是早晚的事情！从这个角度讲，查理应该很快就会拿出一个说得过去的解决方案，反而能保持主动。

拉拉就说："查理也许是想等查量的结果出来，他对事情有个完整的了解了，再跟内控和HR沟通下一步怎么办。"都知道下一步是最关键的，查销量的目的不是查销量，而在于"下一步"。

陈丰笑笑说："也许吧。"心里却想，这不好说，何查理非常自信，也许他认为还是有可能静悄悄地消化掉假销量，然后设法把万方调离大区经理的岗位就算了事了呢。为了表示自己主持公道伸张正义，也许他还会把陈丰和易志坚的指标调整调整，减法加法做一做，以示安抚和惩罚。

拉拉当然也关心陈丰希望下一步怎么办，但是又觉得既然现在事情还没有明媒正娶地传递到HR部门，陈丰不说，自己也不便贸然相问。

众人捺着性子等了几天，效益部派出去查销量的经理回来了，结果没有任何悬念，果然和大家估计的一致。几个总监关在何查理的办公室里嘀嘀咕咕开了大半天的会。

何查理的想法是把万方调到效益部去，数据那一摊是不让她碰了，做个销售培训经理倒可以胜任，正好发挥她口齿伶俐善于讲课的特长，级别上降了一级，但是由于换了部门，相对没有那么扎眼，也算给她留了面子。

效益总监马腾飞心里是一百二十个不愿意要万方，可何查理发话了，易志坚又不停地在旁边让他帮忙，马腾飞只好捏着鼻子答应下来，他心不甘情不愿地说："我可以把人接收下来，可万方答应不答应还两说呢。"

何查理心里对易志坚有气，故意调侃他说："易志坚，要不万方那边由你去和她谈？"易志坚赶紧说："我谈名不正言不顺，我一不是她的现任老板，二不是她未来的老板，还是陈丰去谈合适，要么就请HR去谈，对了，拉拉去谈最合适。"陈丰气得一言不发。

两个当事的小区经理，何查理的意思，眼前先用着，以后慢慢找机会换掉。至于销售代表的层面，主要是当官的不好，当兵的就不予追究了。这也没法追究，要开就得全都开了，全开了谁来做生意？就算能马上招来人，新人上手还不得有个过程？再说，人员这么大动荡，客户看着不怕吗？那样的话，几个区域的生意就真得荒了。要不开呢，就只好全留着，不然被打发开路的必然要蹦起来问，怎么别人能留下？

陈丰心里非常非常的不爽。

首先，他感到何查理很不尊重他。毕竟是他陈丰管的区域出了事，何查理事先却根本不问他的想法，就直接在总监会上把处置方案端出来了！表面上说是征求大家的意见，实际上摆明了就是要直接这么做主了。

二者，陈丰觉得，照何查理这么处理，作假的成本也太低了。以后大家就都知道了，作假成了，能扶摇直上，不成的话，抬屁股挪个位置就是了，撑死了也就是拍拍屁股走人，做销售的找工作又不难，换一家公司又是一条好汉。陈丰想，如此，公司"商业行为准则"上的那些规定，还有什么严肃性可言？他以后还怎么管其他人呢？

心里这么想的，话还不好直说，陈丰尽量委婉地表达自己的担忧，"这次效益部下去查销量虽然是保密的，但是恐怕很快风声就会传出去。"效益总监马腾飞插话："那是一定。"陈丰冲马腾飞点了点头，说："是呀！恐怕很快别的大区的人也会听说。现在，当事人心中忐忑不安，其他人也都在看着公司会怎么处理。这个方案，我感觉是非常仁慈的，讲良心的人会深受感化就此改过，但是人有百种，会不会有人把公司的宽大错误地解读为软弱，今后只要看着利益足够大，他就又犯老毛病呢？"

何查理沉吟了一下，问陈丰："你有什么想法？"陈丰说："万方和相关的小区经理肯定都不合适再用了，怎么和他们谈，怎么善后，那只是个方式方法问题。至于销售代表，其实，其中一部分人也不该用了，坏习惯已经养成，聪明劲儿都没有放在生意上。其实，这批人就算留下来，恐怕也没有心思好好干活了——年轻人谁不想发展？就算公司完全不给予任何处分，当事人也清楚自己是被打了标签作了记号的，心里肯定不自在，你不赶他走，他自己都会去另谋出路。"

易志坚打断陈丰说："那客户怎么办？看到我们这么动荡，谁还敢跟我们做生意？"

陈丰捺着性子说："人员大换血确实会影响到客户，可是要整顿总是要付出代价的。我们可以预先主动和客户打好招呼，努力把后续服务跟上，争取把损失降到最低。所以，我的建议是，长痛不如短痛，该换的人还是抓紧换掉。从长远说，反而对生意有利。"

不等何查理表态，易志坚急得几乎要跳起来："一下要换掉这么多人，且不论怎么和上面交代，就说内控和财务那头，荣之妙本来就嚷着要求销售部单笔超过一千元的费用就得刷信用卡，查理和财务部顶了好久才没实施这一条，这件事情要是被荣之妙利用了，他肯定又要老调重弹，大家还怎么做生意？还有HR那里，怎么跟他们说？麦大卫还不得来中国肃反了？"

陈丰说："什么叫以正视听？真是'反'公司价值观的，我们自己就要'肃'嘛。HR又不是销售的天敌，用好了是资源，有他们的协助，我们可以把事情处理得更专业更安全。"

易志坚沉默了一会儿，再开口的时候嗓子就有些哑了，"SH在中国的天下不是一朝一夕得来的，多少销售付出了青春和心血！就说万方吧，她是不该，我也不想为她说话，但是为了公司的生意，她三十七岁的人了至今还不敢要孩子，在SH这是人所共知的——她这辈子还能不能要得上不好说……守住这个江山很难，要毁掉可能就是一朝一夕的事情。我建议千万慎重，不要伤害生意，更不要伤了那么多销售的心，不然以后谁还肯为公司卖命！"

一席话说得原本保持中立姿态的孟扬和马腾飞也不好再不作任何表示了，话不方便多说，那两人就拍了拍易志坚的肩膀，一时间陈丰显得有些孤立。陈丰长叹一口气，"伤心总是难免的，看伤谁的心了。对于那些老老实实做生意的销售来说，管理者对弄虚作假姑息的话，就真要让他们伤心了。"

对于易志坚打出的"伤心"牌，陈丰觉得十分可笑。三十七岁不生孩子，是个人的选择，既然选择了做SH的员工，就意味着同意接受SH商业行为准则的约束。不能说因为到了三十七岁还不生孩子，一个人就有了弄虚作假的资格，哪怕彻底放弃生育，弄虚作假还是弄虚作假，生不生孩子不能成为绑架他人价值观的手段。

虽然事先已经料到陈丰会不高兴，但是何查理对陈丰的坚持还是估计得不够充分。看陈丰的意思，是一定要来个人员大换血——那就意味着整个真相都得和盘端给上面和相关部门，不然没法解释这么大的人员动荡。到时候，就算他老何怎么为易志坚开脱，易志坚在公司的地位也必定会被重新评价。

何查理算是彻底看明白了，陈丰志存高远，他不在乎眼前一城一池的得失，而是要从根本上掌握主动，那么给他减一点指标给易志坚加一点指标，是不能让他满足驻步的。

硬压陈丰显然不合适，答应陈丰的要求又不是个小事儿，眼瞅着当天再谈下去也谈不出个好来，何查理就使了个缓兵之计，道："你们说的都有一定道理，此事不急于一时，公司一定会慎重平衡好各方利益，总之，大局为重。我下面还有个电话会议，今天先谈到这里。"

看到效益部的人回来了，拉拉马上猜到总监们在何查理的办公室讨论什么。等到几个人出来后，拉拉发现他们的脸色都不太好，就知道必定是发生了激烈的争执。

不一会儿，陈丰到拉拉的办公室来了。见他眉头微蹙一言不发，拉拉不便多说，只问四季度的销售指标有没有调整。陈丰不太热心地说："查理给作了点儿微调。不过，今年就剩下两个多月，这么点儿调整，调不调我都无所谓了，跟安慰剂没什么两样。"不等拉拉答话，他又说："关键是明年怎么办？既然现在已经查明有两个小区的实际销量都这么烂，按说，明年就该在真实数据的基础上谈增长，否则，销售代表哪里还有信心做下去？！可是照今天这个架势，根本就不是那么回事儿，我明年还得继续背着易志坚留下的包袱。"陈丰声不高，可明显透着焦虑郁闷。

拉拉也知道陈丰说得在理，事实上，一年前，万方队伍里就有不少销售代表见势不妙纷纷撤退了，导致万方团队的人员流失率居高不下。

说什么都是空的,眼下只有等了。拉拉劝慰陈丰:"再等一等,让查理想个万全之策。"

50 杀人游戏

才等了两天,忽然有人群发了一封邮件,内容是举报万方大区的销量作假。

邮件是用非常地道的英文写的,有理有据,还特悲情,显得写信人对SH感情深厚。严格地说,不能算是匿名邮件,人家有署名,那是个常见得不能再常见的男性英文名字,类似于彼得、比尔之类的,天知道是哪家的孩子干的。

何查理一看,这封邮件同时发给了不少人,SH中国总监级别的名字都在上边,此外,三个HR经理的名字也都在上边,总算是写邮件的人手下留情了,没有发给全世界。何查理想,这下妥了,省得犹豫不决了,主动跟HR和内控说吧,说个六七成好了。何查理抓起座机拨通内线,"拉拉,你现在能到我这儿来一趟吗?"拉拉也刚看过那封邮件,她想,正好,事情就算过了明路了,做HR的,该朝谁提问就朝谁提问。

对黄国栋来说,这本来是平淡无奇的一天,突然冒出来的检举邮件改变了这一点,黄国栋被那封生动的邮件大大地吸引了,他兴奋地把邮件仔仔细细地通读了两遍,正想找杜拉拉问个究竟,何查理的电话到了。

黄国栋好奇地问到底是怎么回事儿,何查理心中多少有一点儿尴尬,语气却显得比较轻松,"通过销量分析,陈丰怀疑万方的大区有点事儿,他跟我一说,我感到有道理,所以我就决定作一次自查。这不,效益部刚去查量回来,还真有事儿——不过,并没有邮件中说得那么吓人。"

黄国栋就问:"问题存在有多久了?"何查理替易志坚打马虎眼,说:"有大半年了。"黄国栋"哦"了一声,马上想到,实际发生的时间恐怕只会更长,那么易志坚至少难逃失察之责。黄国栋本想追问易志坚对此作何解释,眼珠子滴溜溜一转把话又咽了回去,他想先看看何查理有什么打算。

出了这样的事情，按公司流程，得马上通知内控，内控归财务总监荣之妙管。何查理说："我一会儿就跟荣之妙也打个招呼，约一个时间，我们三人碰头，一起讨论这件事情吧。"

黄国栋放下何查理的电话就打电话给拉拉。拉拉说："刚才我给您打过电话，可您电话一直占线。"

黄国栋说："是查理在线上，商量那封邮件说的事情。你们听说了什么吗？"

拉拉谨慎地说："今天上午查理把我找去简单沟通了一下，他刚刚派人查过销量，确实有问题。据查理说，这次是因为他和陈丰都觉得万方的数据有些古怪，才想到要在销售部内部自查一下的。查回来的数据我还没有看到，查理也说得比较含糊，所以，问题有多严重，牵涉面有多广，历时有多长，都还不得而知。"

自查的事情有时候也是有的，但黄国栋心里对何查理的"自查"一说还是有些犯嘀咕，就怕问题不像何查理说的那么简单，他才会如此刻意地控制知情的范围——那样的话，只怕这次人事变动的动作不会太小。

黄国栋问拉拉："你没找陈丰问问情况？"拉拉说："陈丰上午一直在忙，我找了个空当问了他几句，陈丰说得比查理具体一些，他说这次效益部查的时间范围是今年一到九月份，有两个小区的问题比较突出。我想，销量还是等内控的人来裁定吧，就没有再追问他具体数字。"

黄国栋心里也有数，这么敏感的事情，销售总监们自然不敢随便说话。他嘱咐拉拉："不管怎么样，按照公司的相关规定，这些数据一定要经过内控部的审核，才能下结论，这是内控的职责。等内控确认了调查结果，HR才好配合销售部做下一步的动作。"

拉拉说明白，又问黄国栋，麦大卫是否已经知道此事。黄国栋说："知会一声是要的。要是问题不太严重，只是处理到大区经理级别，就不见得要去打扰大卫，我们自己处理就好了。但事要是牵扯到总监级别了，就肯定得和大卫通气后才能作出最后决定。"

拉拉问这个问题，是因为她有一层担心，如果让麦大卫来指挥，就他那一贯强硬的做派，只怕到时候HR会和销售部闹得很对立，具体经办的人必定相当为难。所以，报告是必需的，但怎么报告还是要有个讲究，不然最后自己把自己给卡在半当中，那就真成了风箱里的老鼠，两头受气。

黄国栋明白拉拉在担心什么，他给拉拉吃宽心丸说："匿名信嘛年年有，事情未必就有邮件里说的那么严重。拉拉你先不必太担心，总之，一切都等我和查理、荣之妙开过会再说。"

临挂电话前，拉拉想到了什么，又补充道："对了，我怕自己记错，特意再问了一遍万方一到九月的业绩，陈丰说一季度是勉强完成，二季度和三季度都没有完成，尤其三季度的完成情况很不好。"

黄国栋闻言不由暗自奇怪，作假还完不成指标？嘴上却什么也没有说，只把拉拉这话记在心里。

当天中午，何查理请手下的总监和几个HR经理吃午饭。饭吃到一半，何查理开腔说："都收到那封邮件了吧？有什么想法？"一桌子人都憋着想议论这个事儿，只是何查理不开口，这些人谁也不敢提，就等着他给信号呢。

易志坚抢先发言："只要分析分析谁是受益者，就能找出始作俑者。要我说，肯定是个男人写的，这人还挺了解内情，是个行家，没准就是销售部的人！"

李卫东笑道："我有不同看法。别看署名是男的，你就认为是个男人写的。没听说欲盖弥彰声东击西吗？就因为写信的人是个女的，她才故意用了个男人名。还有你们看，整封邮件的遣词造句相当雄性化，哪个男人写邮件会如此雄性呢？恐怕只有那女扮男装的，才会如此刻意。再看这英文，语法规范用词地道，各位别生气，我说句冒犯的话，销售部的人英文用得如此熟练的，不多。英文好的，都在市场部、HR、财务部待着呢。要找写信的人，该往这几条上去猜。"

李卫东话音刚落，有几个人就把目光投向拉拉，她条条对得上。

拉拉察觉了，急得涨红了脸，道："看我干吗？！"马腾飞逗拉拉，"哟，拉拉，脸怎么红了？"拉拉分辩说："老实人就这样，没干坏事也脸红。真坏的，那脸根本不变色。"

何查理一本正经地说："我赌这邮件不是拉拉写的，我出一百块。"众人哄堂大笑，一片笑声中，易志坚忽然说："我赌是拉拉写的，我出一千。"拉拉看了看易志坚，说："我赌这封邮件不是易志坚写的，我出一万。别问我为什么。"

李卫东看看拉拉，又看看易志坚，觉得有点儿火药味，忙打圆场说："没有人肯为我下注吗？"

马腾飞说："你既不是受害者，又不是受益者，典型的无利害关系的第三方，谁会压你呀？那不等于干赔钱的买卖吗？"

何查理笑道："好了好了，开开玩笑，都别当真。拉拉你没有生气吧？"易志坚也跟着说："拉拉你没有生气吧？"拉拉逗他说："你猜。"易志坚说："没有。"拉拉说："猜对了。"

李卫东说："那就以茶代酒，你俩喝个交杯酒，好让我放心。"

拉拉笑着骂李卫东："呸！就你没安好心。说什么声东击西呀，声东击东是你一贯的风格，我赌那信是你写的。"

张寅是个厚道人，他担心话题敏感又生是非，忙说："得得，都别赌了！再赌下去，就跟玩杀人游戏似的，没准好人全给误杀光了，最后剩下的那个才是真凶。"

51 目的与方法

在何查理召集的三人会议召开之前，荣之妙的人已经把效益部查回来的数据仔细研究了一遍，他们得出的结论是：这份数据应该是比较可靠的，能够大致准确地反映当年一至九月的实际销售情况。

荣之妙在会上把内控部的结论一宣布，黄国栋马上问："既然每个月都在虚报销量，为什么万方还不能从账面上完成指标呢？"

荣之妙对这个问题笑而不答。何查理只好出面说："这里可能有多种原因，比如相对于当地的经济状况而言，指标确实定得偏高了。另外，这几个区域从去年下半年开始，人员流失率就一直居高不下，人员不稳定，也是影响生意的一个重要原因。"

黄国栋点点头，又抛出一个问题："会不会有一种可能性，这两个区域在去年甚至前年，就一直在虚报销量？"

荣之妙看看何查理，何查理怔了一下才谨慎地说："不能说完全没有这种可能。这不好说。"

　　黄国栋问荣之妙："去年的数据，年中和年末例行抽查的时候，内控有没有感到有问题？"

　　荣之妙慢条斯理地说："问题首先是财务的总账在作季度分析的时候提出来的，所以，去年年中，由效益部出面，内控跟着一起下去，重点抽查了相关区域，但没有查出什么。"何查理听荣之妙这么说有点尴尬，因为这意味着，万方的数据有蹊跷并不是刚发现的，一年半前就有人提出来过。

　　黄国栋当然也注意到这一点，他有意避免与何查理的目光接触，追问荣之妙道："那就是说，从内控的角度看，去年上半年的数据是没有问题的？"

　　荣之妙"呃"了一声，迟疑了一下，说："也不能这么说。"

　　黄国栋闻言拧起眉头，显然不满意荣之妙黏黏糊糊的回答，他笑道："这我就有点儿不懂了，有问题就是有问题，没问题就是没问题，莫非还有第三种答案吗？"

　　荣之妙下意识地看了何查理一眼，然后说："这里面有个缘故，去年查量的时候，经销商表面上对效益部的人客客气气，但是我们能感到他们实际上不太合作，他们提供的数据看着没有问题，但数据是否客观真实，是一个问号。"

　　黄国栋就问何查理，能否让商业部跟经销商交涉一下，请他们配合？何查理笑道："去年老荣就问过我这个问题，当时我马上让孟扬派人去跟经销商交涉了。"荣之妙赶紧承认说："是，是，商业部的人跟我们一起去找过经销商。"何查理就看看黄国栋，那意思是怎么样，我的人是配合了内控的，不能怪我不支持吧？

　　黄国栋眨巴着眼睛想，问题到底出在哪里？何查理猜到黄国栋还想设法翻旧账，为了让他早点儿打消这个念头，何查理告诉他："当时那件事情过后，孟扬也和我谈过一次，他因为回款不佳，对那几个经销商不满意，所以去年下半年我同意孟扬换了一批经销商。"

　　黄国栋一怔，"那就意味着过去的事情没法查证了？"

　　荣之妙笑道："老黄你想，当年那些人和SH做着生意呢，尚且不肯好好合作，现在人家都不跟SH做生意了，谁还理我们？"

　　黄国栋心想，只要想办法，总还是能查出一点东西的。可他也不愿把何查理逼得太急，免得惹恼了这位老大，而且，查得越多，暴露得越多，只怕牵扯进来的人也越多，黄国栋也担心摊子铺得太大最后不好收场。他在心中迅速权衡了一下，感到更换经销商是一个可以跟麦大卫交代得过去的理由，便索性干脆表态："那我们就根据今年头九个月的数据来处理善后吧。"此言一出，何查理觉得放心不少。

接下来，他们讨论了下一步该怎么作出人事处理。何查理就说出自己的主张，把万方调到效益部去。黄国栋不同意，荣之妙也表示这样处置太轻，不能服众，两人都主张万方和两个当事的小区经理应当离开公司。三人争辩了一会儿，何查理想想，万方和两个小区经理实在是自食其果，唉，走就走吧。他让步了。说到销售代表的层面，三个人倒很快达成了一致：由陈丰拟一个去留方案，情节严重的打发走人，其他人则教育为主，既往不咎。

黄国栋说："是不是把陈丰请来，听听他的想法？"何查理说："你和老荣都是大忙人，大方向、大原则今天我们已经定好了，至于具体的细节嘛，让陈丰和拉拉商量着办就行了，拉拉办事还是很牢靠的。他们有困难，还可以再来找我嘛，我会支持他们把首尾处理干净。"

黄国栋点头说："那也行，我回头交代拉拉。"荣之妙说："没其他事儿我先走了。"

荣之妙一走，黄国栋就把起先一直憋着的话说出来了："查理，易志坚这两年一直是万方的总监，这件事情，他责任不小呀。"

何查理忙替易志坚开脱，"易志坚的管理风格是粗放了点儿，昨天我刚狠狠教训了他一顿，他自己也非常懊悔，再三保证要吸取教训。"

黄国栋点点头，但那点头绝对不是同意的意思，只不过表示听到何查理说了什么。何查理话音刚落，他就指出："荣之妙去年上半年就提出怀疑了，并且实施了抽查，虽然当时没能查出什么，但照说，易志坚就算再粗心也该引起警觉，至少要加强防范。但是似乎他并没有这样做，至少从今年上半年的情况看是如此。这是很不应该的。"

何查理同意也不是不同意也不是，一边听，一边嘴里嗯嗯嗯，那作用跟黄国栋的点头相当，也是表示我听到你说什么了。

黄国栋微微一笑，"下属的业绩是上司业绩的一部分——事情传出去好说不好听，往轻里说，易志坚有失察之责，要往重里说，他就浑身是嘴也说不清了。"

何查理心中不悦，但他还不便发作，出了这样的事情，HR总监说上两句也是必需的，不然人家还有什么存在的价值。这次内控部表现得知趣低调，已经算是侥幸了；荣之妙那厮，向来只顾自己，平时业务部门想从他那里得到点儿支持很难，还动不动出台几条让各部门难受的规矩。为此，去年初拉拉他们刚加入SH那阵子，何查理本来是非常想换掉这个财务总监的，但财务总监是世界上最难换掉的一个品种，最后还是不了了之了。荣之妙自己对当时的危险心中有数，那以后他在SH中国的行事低调了不少，比如这次，他显然手下留情了，并没有坚持往深里刨根，不然的话，他只要把事情往亚太那帮老爷那里一捅，销售部这次就有得麻烦了。

黄国栋从何查理那里出来就直奔拉拉的办公室。他顺手把门带上，才在拉拉对面坐下，道："都谈妥了，大区经理和两个小区经理离开公司，销售代表嘛，主要看陈丰的意思，让他拟一个去留方案报给查理和HR，问题严重的打发走人，其余的教育为主，既往不咎。"

拉拉问："让他们马上走？"

黄国栋说："马上走，还等什么。"

拉拉说："那我现在就把陈丰请来讨论一下让哪些销售代表离开。我觉得，什么叫问题严重，还是现在就一起商量个标准比较好，也别他一个人说了算，免得到时候起了争执不服众。根据这个标准把销售代表的去留方案定出来，如果您和查理没有异议，再执行。"

黄国栋觉得拉拉这话对，毕竟要牵涉到不少人呢，这可是人家的饭碗。

陈丰很快赶了过来，他手里拿着几张表格，那是效益部从经销商那里查回来的数据。三个人主要依据这份数据，又参考了销售代表入职时间的长短，一起拉了一份去留人员的名单。

SH中国现在是是非之地，黄国栋不想久留，现在谁走谁留都说好了，动手的事情就让拉拉和陈丰去做吧，他准备第二天就回新加坡去向麦大卫报告他们的处理方案。

拉拉把那几张表格的正面反面都翻了一下，忽然提出一个问题："陈丰，这是复印件吧？怎么看不到经销商的公章？"

陈丰说："原件在内控那里，我这复印件上面没有公章，原件应该也没有公章。"

拉拉一听马上说："那这人我没法炒。"

黄国栋一怔，说："为什么？"

拉拉指着那几张纸说："你们看，这用的就是最普通的A4白纸，不但没有经销商的公章，连经销商的公司抬头都没有，到时候，我们怎么证明这数据的出处呢？你说这上面才是真实的东西，人家是可以不认的。"

黄国栋从拉拉手里接过那几张表格正面反面都看了个遍，果然没有公章。陈丰说："让内控把原件给我们看看，弄清楚是不是原件上确实没有公章。"他要打电话给荣之妙，黄国栋想还是自己出面去要比较方便，就拦住陈丰说："我来打。"

不一会儿荣之妙就打发人把原件送来了，黄国栋马上翻了翻，顺手把原件又递还给来人，说："行了，还给你们吧，谢谢啦。"人家好奇地问："不用了吗？"黄国栋说："可以了，已经用过了。"

内控的人走后，黄国栋说："确实没有公章，看来，得让商业部找经销商去补盖公章。然后才好拿这些作依据开人。"

黄国栋说罢又要走，拉拉担心其中另有缘由，不让他走，说："哎，我这就打电话给孟扬。"

孟扬听说黄国栋也在拉拉的办公室等着他，很快就过来了，一进门就满面诧异地问黄国栋："查理没跟您说这件事吗？"黄国栋丈二和尚摸不着头脑，"公章的事吗？没有呀。"

孟扬搓了搓手，说："是这样的，经销商不愿意卷入法律纠纷，所以，数据他们是给了，但公章他们是绝对不肯盖的。"

黄国栋扑哧一笑，"还有什么不愿意卷入的？他们要是没有卷入，这些假也做不成呀。"

孟扬小心地解释说："不是经销商的公司行为，是个人行为，他们的人他们自己会处理。"

黄国栋眨巴眨巴眼睛，"这么说，请他们补盖公章是没戏喽？"孟扬一拍脑袋，道："够戗！"黄国栋只得放他走人。

黄国栋和拉拉对望了一眼，两人心里都有数，照这个情况，眼前这份数据是做不了证据的，没有能证明销量作假的证据，就不能以此为由炒人。

陈丰在旁边一看这架势马上急了，他一心想快点把事情处理干净，好集中精神做生意，就说："自己做了什么，当事人自己心中都明白！也不见得非要把这东西亮给他们，口头点一点就行了。"

拉拉不同意，"那可不好说！神经坚强的人总是有的，他就说他不明白他犯了哪条，让你给他个说法。只要有人带头闹，其他人就会跟上，到时候我们反而骑虎难下。要让人家走，一定要有在法律上站得住脚的理由，有理有据。"

陈丰还想再找理由说服拉拉，黄国栋说："我再找查理商量商量，拉拉你也和陈丰一起想一想有什么别的办法。"

黄国栋一出去，陈丰就冲着拉拉说："我认为公章的事情没门，刚才孟扬已经说得很清楚了。"拉拉不吭气，打电话给沈乔治，让他把万方和两个小区经理的合同到期日查出来。

拉拉放下电话，陈丰说："万方的合同还有两个月到期，两个小区经理，一人刚续约没几个月，合同到期还早着呢，另一个的合同也要过半年才到期。"拉拉有点儿意外，说："你怎么记得那么牢？你刚查过？"陈丰闷闷地"嗯"了一声。

沈乔治很快把拉拉要的信息查来了，拉拉看了一遍，陈丰记得都对。陈丰说："拉拉，我知道，你想利用合同到期，自然终止合同。合同到期不再续签，这样就不需要给对方一个让他离开的'理由'。可是，我等不了半年，何况还有一个才续约的，总不能让我等上三年吧？"

拉拉说："两个月一晃就过去了，你招新的大区经理不也需要时间？至于那两个小区经理，你不是说他们已经连着两个季度都没有完成指标了吗？我想以'不能完成销售指标'为由来跟他们谈，其实在六月份的时候易志坚就应该让他们进入'行为纠正计划'了，既然当时没做，现在来要求他们在二至三个月内改进，更显得天经地义，否则，就得离开公司了。"

拉拉提到的"行为纠正计划"，是一种针对员工不合格的业绩表现的管理工具。在SH，这个计划用得最多的就属销售部门。

当员工连着三个月不能完成公司既定的工作任务时，员工就要进入"行为纠正计划"，只有一种情况能豁免，那就是员工没能完成任务是由于客观原因造成的，与员工的主观努力程度和个人能力无关——这个判断应由该员工的大区经理来做，如果是大区经理完不成任务，则由总监来作判断。

销售们戏称"行为纠正计划"为"警告信"。因为进入计划的后果只有两种，要么经过改进达到了预定目标，要么仍然不能达标，只有走人。

行为纠正计划的格式是这样的：

首先，清楚定义当事人在工作上未能达标的方面；
然后，分析造成现状的原因；

接下来，直接主管要给员工设置一个新的工作目标，并辅导员工制定
相应的行动计划来改进；

计划应规定出改进的期限，通常是一至三个月；

最后，双方签名，并交HR备忘，以示这是一种公司层面的管理行为。

从管理的角度讲，行为纠正有两个重要作用：一是促使表现不佳的员工及
其主管都更加重视问题，主管有效地管和教，员工踏实地学和做，从而达到改
进绩效的目的；另一个作用是，当部分员工经过行为纠正，仍然不能胜任工作
时，为企业合法解除劳动合同作好了准备——根据劳动法的相关规定，员工不
能胜任工作的，企业应给予培训或者换岗，之后仍然不能胜任工作的才能解除
劳动合同——"行为纠正计划"能证明直接主管给予了合理的培训和辅导。

但是在实际工作中，销售经理们由于承受着指标的压力，更倾向于一步到
位地解决问题，对他们来说，作"行为纠正计划"太麻烦了，为了图省事，最
好是直接换人。陈丰现在的情况，更是巴不得这些人马上就走，他说："拉
拉，我承认，你这一套都是最正规、最专业的做法。可是你看，我现在给他们
作行为纠正，那不又需要一个过程？少说也得两个月。我哪里伤得起呀？"他
生怕拉拉又说你招小区经理不也需要一个过程，赶紧补充了一句："这两个小
区经理的位置，我在内部已有合适的备用人选，随时可以到岗。"

拉拉捺着性子劝道："我知道你有备用人选。可让人走也得有一个过程，
欲速则不达。你且忍耐两个月吧，大哥。"

陈丰换了一个角度跟拉拉理论："拉拉，你以完不成指标为由炒人，公司
不还得给他们赔偿费？"

拉拉说："如果真的用这招，我会和查理先讲清楚，到时候公司该出多少
赔偿费就出多少赔偿费。你就别心疼这笔钱了。"

陈丰往椅子上一靠，"不是钱的问题，我是觉得事情根本就不是这么回事
儿，挺没意思的！"

拉拉很理解陈丰的心情，假报销量属于重大违纪行为，按照《劳动法》的
规定，公司有权无条件解雇相关人员；现在因为没有可以亮出来的证据，拉拉
不得已想了另一个办法，要以当事人"不能胜任工作"为由打发他们走人——
可是这样一来，按照相关法律规定，SH必须根据当事人的服务年限及其最近
十二个月的平均收入来进行相关赔偿。

拿着公司的薪水挖着公司的墙角，现在要他们离开还得倒过来赔钱给他们，世上哪有这样的道理？这让陈丰心中堵得不行。

"其实我也不喜欢这样，可这是最安全的办法。"拉拉也是一肚子的无奈，既然陈丰不愿意赔人家钱，她就又出了一个主意，"要不然，那半年到期的小区经理，可以先给调换一个岗位，比如给一个不重要的区域，或者组织一个孕产妇队伍让他带，你随便拨点经费，他做多做少你都不指望。等合同期到了，也不用多啰唆，直接结束合同。其实，这样公司也并不见得能省几个钱，发工资的钱也够赔偿费了。"

陈丰想起何查理前两天提出要把万方调到效益部，拉拉这法子和何查理的思路简直是不谋而合，陈丰怪声怪气地说："你这主意肯定对查理的胃口。"

拉拉知道陈丰心里烦，装没听出他话里有话，反而开解他说："你着急的不就是想让人腾开位置，新人好早点儿顶上来做生意吗？只要我的方法能达到这个目的，就算对你的胃口了嘛。"

陈丰说："就按你说的，让他去管孕妇和刚休完产假的，不还得占着我的人头编制？"

这倒是个很实际的问题，拉拉想了想，出主意说："你可以去和查理讲讲条件。就是因为搞不定经销商，现在才这么为难，让查理好歹支持你两个为期半年的临时人头编制，不算过分吧？"

陈丰说："既然'假销量'这三个字提都没法提，你凭什么让人家去管不重要的区域呀？"

拉拉解释道："只要说工作需要就成。公司跟员工签合同，从来都是只写明职务、工作地点、待遇，以及合约期限，小区经理就是小区经理，并没有规定非得管哪个小区，雇用的时候说好工作地点是某地，只要你给他调换的区域仍然在同一个城市，他的头衔仍然是小区经理，公司又没有降他的薪水，他就无话可说。这是法律允许的。"

陈丰不耐烦地说："你说的这个我明白，关键人家能信'工作需要'这样的理由吗？"

拉拉说："他当然不信，就像你说的，自己做了什么自己心中有数。可他信不信都不重要了，只要这个理由合法。"

陈丰怔了半晌，说："那万方的事情怎么说？"拉拉不容置疑地说："两个月你必须等，当然，我能快就快，快不了你就得等足两个月。说实在的，要照我本意，不妨再拖些日子，等到离合同到期日还有四十五天左右的时候再去和她谈，谈得早也有谈得早的弊病，她更早地摸到我们的底牌，中间可能再生变故。"

陈丰硬邦邦地冲了拉拉一句："没办法，我等不起。"

这下拉拉也恼了，赌气说："那您给盖公章回来，我麻溜儿给您办好。"

陈丰一听拉拉用"您"，就知道她也不高兴了。"拉拉，我不是冲你。"他有些抱歉地解释道，"我是着急生意。"

拉拉说："知道。你还一肚子不甘愿。"陈丰叹气道："唉！还是你理解我。"拉拉没好气地说："你别拿销售的那一套对付我，要么压死人，要么哄死人。"陈丰哄她说："我现在巴结你还来不及。"拉拉说："是呀，就算你是个势利眼，好歹也等我帮你收拾完了这一摊子麻烦事再变脸。跟你说，你再吹胡子瞪眼睛地甩脸子，我就不伺候了。"陈丰抵赖说："哪有？你看错了。"拉拉瞟了他一眼，似嗔非嗔地说了一句："要我说，现在能这样处理，其实挺好的了。你还想怎么着呀？"

让经销商盖公章的事情，何查理表示没得办，倒是拉拉的思路他认为可行，赔点钱给两位小区经理甚至给一些销售代表，或者给陈丰拨两个临时的人头编制，他都肯。

就像拉拉说的，事情发展到现在，陈丰已经大大扳回了得分。

黄国栋回新加坡跟麦大卫一报告，麦大卫马上就反应过来，道："那么我们不能说人家陈丰业绩不行喽？！这么个烂摊子谁接不要一个过程？"又摇头道，"查理这回看人没看准，不论是从主观讲还是从客观讲，易志坚都说不过去嘛。最起码，他把控队伍的能力还大大有待改善。"麦大卫就要把易志坚从那个"READY IN TWO YEARS"（两年就绪）的接班人位置上拉下来，黄国栋劝他说，等来年春季作人才测评的时候再谈这件事情也可以。麦大卫说："那么，我们那些用于培养接班人的行动计划你先缓一缓。"

黄国栋告诉麦大卫，拉拉现在把所有要离开的人包括销售代表分成两种情况，一种是合同还有较长时间才到期的，主要是以销售业绩不达标为由逐步劝退，这部分可能还需要两三个月的时间才能处置完；另一种是合同快到期的，不肯走的就熬着等合同到期，愿意走的给一个月的补偿。

麦大卫转了转眼珠子，打起官腔道："这次要开七个销售代表、两个小区经理，加上大区经理，十个人呢，都赔一个月也是一笔钱。"

黄国栋解释说："中国大陆实行了新《劳动法》以后，非常强调劳动者个人的利益，只要员工没有严重违纪，就算是合同到期，企业提出不续签的，也要按服务年限给予员工赔偿费——这些人都是老员工，所以相当于员工一个月收入的赔偿费用是无论如何也省不掉的。真能就此了事，对这么大的案子来说，还是挺省的，就怕没有这么美的事情，最后还得花上更多的钱。"

麦大卫说："关键这事儿本来就不该花一个子儿，假销量不算严重违纪什么算严重？"

黄国栋赔笑道："是是是，经销商那头公司不想冒险，拿不到违纪的证据，只好想别的办法。现在这一个月的补偿也不是以补偿费的形式给，就是给他们一个月的时间出去找工作，这个月可以不来公司上班，相当于公司送一个月的薪水，也方便他们找新工作。"

麦大卫听明白了，说："拉拉这个办法倒是会做人，既给了当事人实惠，查理的账面上还不会出现三十万的赔偿费——所以查理一定很赞成这个办法。"麦大卫的意思是，如果一下子出现一笔数目可观的解雇赔偿费，年底财务作分析的时候，何查理面子上也不好看，所以如果能避免这一点，何查理一定求之不得。

黄国栋笑道："这个办法估计大部分人都愿意接受，算是与人方便与己也方便，有利于避免劳资双方的对立。"

麦大卫又问万方怎么办，黄国栋说："她的合同还有两个月就到期，拉拉会尝试劝她尽早离开，如果她不肯，就只有熬到她的合同到期。"麦大卫说："还算不错，她的合同快结束了。"

黄国栋点点头说："不过，拉拉现在还有一个担心，她怕万方在这期间怀孕。假如万方怀孕，根据中国的《劳动法》，女性雇员在孕期乃至孩子一周岁以内，都是不可以解雇的，除非公司有足够的证据证明她有严重的违纪行为。"

麦大卫就再开了一次何查理的玩笑，道："证据倒是有，就是没有公章。"说罢响亮地笑了起来，黄国栋陪着呵呵了两声。

麦大卫说："你让拉拉不用太担心，孩子也不是想怀就能怀上的。天下没有这么多的巧合。"黄国栋说："我也是这么和拉拉说的，而且我听人说，万方这几年一直想要孩子，好像怀不上。"麦大卫说："是吧？不孕是一个全球性的难题。"

52 面面俱到滴水不漏

陈丰有一个惊人的发现：万方不穿高跟鞋了，她以前可是连爬山都穿高跟鞋的。

陈丰看着万方脚上那双平底鞋，心里直犯憷。他问拉拉，"你说她会不会是怀孕了？"拉拉把黄国栋给她的宽心丸分给陈丰吃，笑道："哪有那么容易怀孕的，这又不是演戏。"陈丰心里七上八下的，他说："不管怎样，得抓紧行动了，免得夜长梦多。"

"你去通知她合同到期不续签吧，喏，东西都给你准备好了。"拉拉说着把一式两份不再续约的书面通知递给了陈丰，"这通知可都是盖了公章的，你让她签字后，她可以拿走一份原件，公司保留一份。"

陈丰迟疑着说："我跟她谈呀？不是你谈吗？"

拉拉说："按正常程序，这个都是由直接主管跟员工谈的，现在又没有撕破脸皮，你就按公司流程办呗。说不定你撞大运，她一声不响就直接签字了，那不是皆大欢喜？"陈丰嘀咕说："我从来没有撞过大运。"拉拉说："那我就会跟上来替换你的。"

陈丰走了。谁知道才过了半小时，他就气急败坏地回来了，劈头就说："拉拉！万方跟我说她怀孕了！"拉拉吃了一惊，瞪圆了眼睛，"啊，真的怀孕了？那，不再续约的事情她怎么说？"

陈丰很郁闷，"我把不再续约的通知书给她，她接过去只看了一眼，就跟我说她怀孕了，还给了我一份医院的诊断证明。结果我什么也没法说了，只好恭喜她，然后让她先出去了。"

拉拉愣了愣，问："现在通知书在哪里？"陈丰苦着脸把那两张纸又还给拉拉。拉拉接过来一看，上面没有万方的签名，她忍不住埋怨陈丰："应该让她在上面签个字嘛，她可以书面申明不同意通知上的内容，但得承认她在此时接到了这份通知。"

　　陈丰一拍脑袋，说："是哦，我太老实了。"拉拉把通知书放进抽屉，一面嘟囔着："得，回头我让她签吧。你命可真好，这种杂事你不操心。"陈丰辩白说："我不是故意的。"拉拉似笑非笑，"不好说。"她低头浏览了一遍那份医院的诊断证明，感叹道："哇塞！真牛呀！三十七了，说怀就怀。可不是得恭喜嘛。"

　　陈丰可怜巴巴地说："恭喜没问题，问题是我怎么办？"

　　拉拉认真地说："我跟你说陈丰，她要是真怀孕了，那咱就认了，因为咱们没拿到供应商的公章。也不用你操心什么，我来跟查理提议，还是让她到效益部去做销售培训经理，万事都等孩子满周岁再说。"

　　陈丰说："孕妇可以不同意换岗的，何况培训经理级别比大区经理低一级。"

　　拉拉说："是低一级，可我们不会降低她的薪水呀。大部分人处在这个位置，要是真怀孕的话，会接受一个相对轻松的工作。当然，她也可以不同意调换岗位，那就是摆明了要较劲了。真那样也没问题，她就仍然顶个大区经理的名头好了。"

　　陈丰问："你的意思是她完全白拿钱，不用干活了？"

　　拉拉摇摇头，说："那不行的，劳动者有劳动的权利，工作还是要安排的。可谁也没规定一个大区经理非得带多少个小区经理，就把刚续约的那位给她带呗。关键是，她是不是真的怀孕了？"

　　陈丰大摇其头，"我觉得不是。哪里有那么容易！她今年要是二十七岁，我还能有几分相信。"拉拉说："我也觉得没这回事儿。"陈丰指了指桌面上那份诊断证明，"这个东西很容易搞到，她只要到医院的化验室门口，随便找个刚证明怀孕了的，跟人家买点新鲜标本，马上能得到一张如假包换的阳性化验单了。"拉拉笑道："是，估计最多给二百元，就有人肯跟她交易了，反正又不损失什么，多上一趟厕所而已。"

　　陈丰想了想，试探地对拉拉说："要么，我们跟她说，为慎重起见，找人陪她上医院重新检查一遍？"

　　拉拉迟疑地摇了摇头，"复查是可以要求的，毕竟她这个情况显得比较特殊，可派人跟着去验尿就不合适了，显得多傻呀，丢公司的份不说，还有侵犯隐私之嫌。再说，只要她存了这个心，就算你守在厕所门口，还是有机会作弊的。"

陈丰不死心，缠着拉拉说："你让艾玛陪她去医院，艾玛在厕所门口等着她，她总不见得能在厕所里交易吧？"

拉拉恼了，说："你这什么馊主意呀？HR又不是警察，万方也不是犯人。你想这么干，让你的人陪她去好了。"

陈丰耍赖道："我的人又不是HR，没有这个资格呀。"拉拉抢白道："哦，HR是陪人验尿的呀？"陈丰摆摆手说："行行！算我没说。那你说现在怎么办？"

还在黄国栋离开广州之前，拉拉就已经担心怀孕这件事情了。虽说麦大卫认为这种可能性微乎其微，谨慎的天性还是促使拉拉为最悲观的情况早作打算，她大致考虑过相应的对策。这时候，拉拉在心中又把各种可能性从头到尾盘算了一遍，一边想，一边在笔记本上写下思路。陈丰在边上看着，急得百爪挠心似的，不知道她葫芦里卖的什么药。

好容易，拉拉抬起头来告诉陈丰："明天下午四点，我约万方谈话。"

陈丰不放心，"你打算怎么谈？她肯定坚持说自己怀孕了。"

拉拉坐直身子，说："真是怀孕了，就认。孩子周岁前，SH养着她万方。可我会让她白纸黑字写下来，保证她说的话句句属实，否则公司要跟她打官司。根据这份诊断，她自述已经停经两个多月了，再等两个月，身形多少得有所变化了吧？到时候要还是腹部平平，她就得给个说法了。"

陈丰说："嗨！那还不容易？你现在跟她续了约，进入新的合同期也就是两个月的事情，她只要说医院误诊了，并没有怀上，不就得了？"

拉拉解释说："我会现在就要求她复查。她可以自己找一家三甲医院去复查，我们相信她，不派人跟去。如果两家医院都说她怀孕了，那可就不好说是误诊了。"

陈丰又提出一种可能性，"好吧，就算你把误诊的机会先掐死了，那她还可以跟你说不小心流产了呀。"

拉拉用笔敲了敲笔记本，一脸淡定地说："我会事先准备好一份协议的，上面列明各种情况，包括流产和误诊。我这都已经记在本子上了，要不你看一眼？"

"不用了，你考虑得肯定比我周全，我听你的。"陈丰推开拉拉递过来的笔记本，又叹气说，"人家是两口子闹离婚，孩子周岁前女方不同意就离不了，现在公司要不续约，也得等孩子满周岁！公司跟孩子他爸似的。"

陈丰还要发牢骚，拉拉打断他说："既然你没别的意见，我得赶紧跟查理和黄国栋说一下这个情况了，他俩都同意的话，我今晚还得加班拟出协议呢。要么你现在跟我一起去查理那儿？"

"你去就行了，你说得比我清楚，他们俩肯定会同意的。"多一事不如少一事，陈丰现在烦心的事情比谁都多，拉拉能搞定的事情，他巴不得当甩手掌柜。

拉拉匆匆收拾笔记本准备去找何查理，陈丰在边上嘴甜得跟抹了蜜似的说："辛苦你了。晚上你就别加班了，协议让法律事务部去拟吧。"

拉拉果然觉得受用，咧嘴笑道："我也想让法务部去拟呀，可那样起码得多等两天，我先拟份草稿，让法务部的人在这个基础上修改，这就快多了——我看你已经等不及了。"

陈丰叮嘱说越快越好，别回头哪个女销售代表有样学样也跟着怀孕。拉拉应付地"嗯嗯"着往外走，陈丰跟在后面又问了一句："明天下午能让她签协议吗？"拉拉低声嗔怪道："想什么呢！人家不要考虑考虑吗？不用和家里商量商量吗？就是去医院复查，都得等后天了。"

何查理特意跟法务部打了招呼，法务部果然在第二天中午之前就把拉拉头天晚上拟的协议草稿修改好了。

下午四点，万方如约来到拉拉办公室，一见面拉拉就满面春风连说恭喜恭喜，万方也喜上眉梢回说多谢多谢，并问拉拉什么时候也来一个。拉拉说："哎呀，我是想啊，没办法，肚子不争气，我有劲儿使不上呀。"万方就说："继续努力，你还年轻。"拉拉说："是是是，必需的。"两人又扯了几句哪家医院妇产科好之类的闲话，拉拉拿出不再续约的通知书，万方认得那两张纸是什么东西，马上坐直了身子，脸上虽然还是笑吟吟的，身子已经是一副准备战斗的意思。

拉拉说："是这样的，陈丰和查理都跟我说了，今年你的大区业绩一直不够理想，尤其是最近半年。形势逼人，没办法，所以公司决定不再跟你续约了。希望你能理解。"

万方说："是是是，我自己也不满意这个业绩。本来呢，陈老板不说，我自己也在考虑跳槽，乘着还跳得动，换个地方也许是好事。可是没想到出现了这样意外的情况，我怀孕了。现在让我离开，我实在不能接受，《劳动法》规定，员工在怀孕、产假、以及孩子满周岁之前的哺乳期间，企业不能解雇员工。作为孕妇，我是受《劳动法》保护的。"

拉拉说："是，昨天上午陈丰跟我说了。我当时就跟他说，要是真怀孕了，只要员工自己不愿意离开，公司是不能让员工离开的，除非员工有严重违纪行为。"拉拉一面说一面带着一丝笑意望着万方。

万方连连点头表示很赞同，"是是，违纪是态度问题，完不成指标是能力问题，不一样。"又说，"我把医院的诊断证明给陈老板了。"

拉拉说："我知道，他转交给我了。这样吧，咱们一码事归一码事，公司想不再续约是一回事儿，假如你怀孕那是另一回事儿，因为怀孕的事情是忽然冒出来的情况，所以你还得容我有个沟通办理的过程。在最后决定出来之前，不续约通知还得麻烦你给签个字。"

万方生怕拉拉没明白自己的意思，强调说："我不同意离开SH。"

拉拉说："明白，刚才你已经讲得很清楚了。你可以在通知上注明，你已收到该通知，但是因怀孕，不同意离开SH，要求续约，并且已经交来某医院为你出具的相关诊断证明和检验报告。"

万方说："我不知道能不能签这个字，我要打电话给律师，拉拉你不介意吧？"

拉拉说："我完全理解，你打吧。"

万方出去打电话了，拉拉等了好半天她才回来，这回她倒是很爽快地签了字，两人各拿了一份收好。

拉拉进入下一个议题，"万方，公司的本意是不再续约，现在你主张你怀孕了，因为这个原因，公司同意续约。"

万方微笑道："谢谢公司。"不过她心里清楚，杜拉拉下面还有话，那才是关键的部分。果然，拉拉说："你这次怀孕，对公司来说，和一般员工怀孕还是有不同意义的。为了稳妥起见，希望你能选择一家三甲医院进行复查。"

万方跟被蜜蜂蜇了一下似的马上跳起来抗议道："我提供的是三甲医院出具的正式诊断和化验单，为什么还要我复查？这是对我人格的不尊重。"

拉拉笑道："你误会了！复查不是因为不相信你，是因为担心医院弄错了，比如张冠李戴弄错了化验单什么的。复查一下，可以排除误诊的可能，对公司比较好，你也可以更放心。"

万方这才重新落座，她眉头微蹙，仔细观察着拉拉的面部表情，想从中看出来，这是下的什么套？拉拉说："你可以任意选择一家你信任的三甲医院，自行去复查。这两天把报告交来就行。"

拉拉已经说得很明白了，一个是可以由她"任意选择"三甲医院，另一个是可"自行"去复查，有了这两点，应该说，SH给出的自由空间到哪里都说得过去了。万方挑不出毛病，但又不放心，想了想，故技重施说："我要问问我的律师，因为我不知道公司有没有权利这样要求我。"拉拉笑着做了个请便的手势，她有思想准备，根本不指望一次谈成。

万方和律师又通了一会儿电话后，回来雄赳赳气昂昂地通知拉拉："对不起，拉拉，律师说了，公司没有权利侵犯员工的人权。"

拉拉说："侵犯人权是不允许的，问题是，有没有侵犯人权，不是由某位律师说了算的。"

万方说："容我再找两位律师咨询。"拉拉说："没问题，你要实在不愿意复查，也可以，咱们在协议中写明公司提出了复查要求，员工不同意。"

万方说："别人怀孕公司都不要求复查，为什么单单针对我呢？"拉拉笑道："刚才我解释过了，你要是没怀孕，公司就不再续约了，公司续约的前提是你确实怀孕了且本人提出要求续约，所以，这个复查要求不过分吧？不能说公司只有义务，没有权利了。如果你不要求续约，公司绝对不要求你复查。"

万方发脾气说："说来说去，公司还是对我的人格有怀疑喽？"拉拉不理睬她的脾气，淡淡地回了她一句："不能这么说。法律的东西，一切要凭证据的，不能凭揣度或者感觉。"

万方想了想，说："这样吧拉拉，容我回去考虑考虑。是不是只要我提供了三甲医院的复查证明，公司就会和我续约了？我现在怀孕两个月，到孩子满周岁还有二十二个月，所以合同期是二十二个月？"

拉拉解释说："是这样的，万方，你需要声明你所言是实，并且是你主张续约的。对公司来说，需要考虑到方方面面的情况，所以你的合同期限将约定为以你受法律保护的条件消失为止。"

万方一怔，问道："这是什么意思？"拉拉说："你别介意，我只是打个比方，比如流产，又比如孩子早产，或者晚产，都会造成当事人受法律保护的条件消失的时间点发生变化。"

这个说法大大出乎万方的意料。她愣了愣，说："我以为在签约的时候，应该约定好固定的时间。"

拉拉解释说："那不一定，合同期可以有几种约定方式，咱们常用的是固定期限，三年或者两年，还有的合同是以完成某个任务为期限的，任务完成合同就期满，做项目的时候就常用这种方式。你这次的情况比较特殊，公司同意续约是因为你现在正处于特殊阶段，受法律保护，所以合同期的约定以受法律保护的条件消失为止。"

万方的头大了。拉拉在说调到效益部的事情，让她考虑考虑，她已经无心听下去了。万方揉揉太阳穴表示头疼，这倒是句实话，她想回家休息了。拉拉觉得该传达的信息也都传达了，于是两人各自鸣金收兵。

合同期才是万方最想咨询律师的问题。让她失望的是，律师告诉她确实可以像拉拉说的那样来约定合同期。

为什么万方那么在乎合同期呢？一来，她潜意识里还存有一丝侥幸，希望在一段足够长的时间里，通过小心翼翼发愤图强，有机会让何查理对她回心转意。更重要的是，如果最后不得不离开SH，那么她希望能获得一笔丰厚的赔偿。

可是假如是因为合同到期而离开，她将只能得到大致相当于一个月工资的补偿金，也就是四万多的样子，这还是托了2008年1月1日起开始实施的新《劳动法》的福。

反之，如果合同还需要较长时间才到期，做主管的多半会熬不住而想办法让她中途离开。万方已经看出来SH不愿意以假销量为由炒人，既然不想招惹是非，要和平解决问题，多半只能以不能胜任工作为由让她离开了——如此一来，根据《劳动法》的规定，公司须以（N+1）×最近12个月的平均月收入的计算方式来支付她一笔赔偿费，N=服务年限。

万方在SH的年份可不短了，这个N已经接近两位数了，她自己估算了一下赔偿费，没有四十万也有三十几万了。基于争取赔偿费的考虑，万方当然希望合同期签得越长越好。

律师告诉万方，SH这份协议的重点有两个：一个是针对假怀孕下套，好让企图假怀孕者及时地知难而退；另一个是避免支付赔偿费，为此他们对各种情况作了预防，以便及时结束合同。律师认为，咱们是真怀孕了，吃定SH了，万方要做的就是好好保胎，好好养育宝宝。

万方心里着急又不好意思跟律师说实话，实情是，正如拉拉讲的那样，她"肚子不争气，有劲使不上"。再过两个月，肚子还鼓不起来，这谎可就没法往下撒了。

万方盘算了半天，又想到一个办法，她问律师："我可不可以不签那份协议？"

律师不太理解她的想法，说："你要是不同意，当然可以不签，可那样一来，SH就有话说了，他们开出了合乎法律规定的续约条件，是你不接受——那么签不成约的责任就在你了。"

万方说："既然是签约，就得双方自愿，他们有他们的条件我有我的条件，为什么一定要迁就他们？"律师发现万方还挺缠人，不过做律师的见得多了，他心平气和地给万方解释："事前，SH已经明确表示不续约，只是因为受到相关法律条文的约束，SH才被迫同意续约，只要约定的条款符合《劳动法》的相关规定，公司方面就没有法律风险了，它并没有义务全盘接受员工提出的条件。"

万方固执地说："我要是不签，他们能拿我怎么样？"律师笑道："万小姐，您是对SH的哪个条款不满意？不妨具体地提出您的主张，比这么干脆不签会来得对您更有利。从准备的那份协议以及HR和你谈判的策略来看，HR和法务都很专业，您不签字，我相信他们也会找到办法证明他们已经尽到了相关的义务，签不成约的责任在您。"

万方眨巴眨巴眼睛，说："让我再仔细考虑几天。"

一想到拉拉桌面上那份面面俱到滴水不漏的协议，万方就心绪不宁坐卧难安。看来，要从SH弄出这笔赔偿费还真难。

思来想去，万方还是决定要拼一把，她还有时间，也许，在现有合同到期前的两个月里能发生奇迹，她真怀上了？

隔了一天，万方就把复检结果交来给拉拉了。拉拉认真看了一遍，试探说："那，你同意签协议吗？"万方很坚决地说："我要的是续约，公司给所有员工用的那份统一格式，不是签这份特殊协议。"拉拉提醒她说："这事本来就是特情特办呀。"

万方使劲儿摇头，"很抱歉，反正我不签。我已经在不续约通知书上说明了我的情况和要求，我也提供了三甲医院的诊断证明，并且按照公司的要求提供了复检证明。该做的我都做了，公司没有权利再要求我额外签协议。公司养着好几个专业的律师呢，我呢，人单势孤，又不是学法律的，这根本就是极度的不对等不公平。"

拉拉想劝说两句，万方忽然情绪激动起来了，一副豁出去的架势，"拉拉，我在SH干了八年了，没有功劳还有苦劳吧？我有做得不好的地方，可我敢拍着胸脯说，有人责任比我更大！不要出了事情，就推得干干净净，拿下面的人顶缸。"

拉拉诧异地笑道："好端端的，怎么说到这上面来了？"

万方也咧嘴一笑，"拉拉，我不怪你，职责所在，你不得不出面跟我谈这些。也只能你们HR来跟我谈了，销售部的领导们心里都清楚，他们没法说服我。"

对于万方的突然发作，拉拉心里多少一惊，但她随即感到不能回避对方的风头，否则好像公司害怕面对违纪这个话题了。拉拉就笑道："万方，我没误会你的意思吧，我怎么听着你话里有话？你是觉得哪位老板能力有问题，还是发现哪位老板违纪了？但说无妨，只要你有理有据，商业行为准则面前，人人平等。"

万方反而倒过来劝拉拉："拉拉，你别劝我了。生意有做成的，有做不成的，人呢，有炒得掉的，有炒不掉的。你就把我这话告诉上面就行，他们不会怪你的。另外，我现在就明确答复公司，我不同意调到效益部去，因为那是降职。要调就平调。我是没有完成指标，可没有完成指标的也不止我一个。"

陈丰听拉拉说了情况，他一拍桌子，显得有点儿兴奋，"好啊！谁责任比她大？你让她说出来好了，只要她有凭有据！"

拉拉赶紧摆摆手，道："别了，那不更乱了？"陈丰反驳说："她现在不肯签协议，炒又炒不掉，赶又赶不走，这才乱呢！"

拉拉笑道："这是做人的工作，人是最复杂的动物，得拿出点耐心来。"陈丰说："她的合同眨眼就要到期了，到时候，她就是不签字你怎么办？"

拉拉告诉陈丰，其实她和法务部事先已经商量过，如果万方不肯在协议上签字该怎么办，为了应对这种可能性，法务部已经准备好了一份SH单方面发给万方的通知书，这份通知书和协议的作用是一样的。

陈丰一听就抱怨说："为什么不一开始就直接把通知书给万方呢？省得花那么多时间来跟她谈什么协议。"

拉拉解释说："通知书是单方面发出的，姿态上显得比较强硬，实质就是我只是通知你一声，不是来请求你的同意的，你同意或者不同意，我都是这个方案——这样会让员工心理上感到不舒服，觉得公司以大压小。如果是谈协议，毕竟显得双方还是在磋商，能一定程度减轻员工心里的怨气。协议的目的就是争取和和气气地解决问题。"

陈丰摇了摇头，拉拉知道他不满意，让他把心里的想法说出来。陈丰说："拉拉，我觉得你的风格变了不少。以前你挺厉害的，上海办装修的时候，你一声令下，管他是王总监还是李总监，都得照着你的时间表搬家——怎么你现在处理起事情变得瞻前顾后了？做工作嘛，总免不了要担当一点风险和责任的！"

陈丰的话挺直接，冲得拉拉一口气把肺胀大了半个码，她咽一口唾沫，说："我是想，不必要的麻烦何必去惹？其实，到了我这个层面，方向早已经定好，剩下的只是执行问题了，我自然力争在技术上处理得漂亮一点儿，但不管我怎么发挥，也不能背离已经规定的大方向。现在这么小心翼翼，不就是因为管理层担心影响公司的生意，才要求保守疗法吗？"

陈丰企图说服拉拉："现在又不是你要出格，是万方自己提出来她不当替罪羊，上面有人责任更大——你只需要顺水推舟就行了呀。"

拉拉解释说："万方的话，我已经转告给查理和老黄了。他们还是坚持保守疗法。"

陈丰怂恿道："拉拉，你在一线，比那两位更了解情况，你应该尝试说服他们。"

拉拉沉默了一下，说："老实说，如果我是查理，我也会作出和他相同的决定。"

陈丰没想到拉拉会这么说，气得一时说不出话来。拉拉感到气氛太紧张了，为了缓和一下，她劝陈丰别太着急，又说："万方是个聪明人，她签字的概率还是很大的，再等一等吧！说不定，未来两个月内，她甚至会直接同意不续约就此走人——如果她根本没怀孕。"

陈丰说："现在她已经说了不签，你准备最迟什么时候发通知呢？"拉拉说："无论如何，不会晚于现有合同到期的一个月前。"陈丰马上追问："她要是拒收你的通知呢？"拉拉保证说："这个你放心，我有办法保证落实送达。"

陈丰无话可说了，十个手指无意识地在拉拉的办公桌上敲着，看得出来他内心十分焦虑。过了一会儿，他霍然起立对拉拉说："好吧，我着急也没有用。但愿事情能像你说的那样发展。"拉拉听得明白，那语气，是无奈，也是不满，但是她没有更好的办法来满足陈丰，只好一言不发地看着他径直走了出去。

易志坚也已经听到风声了。

原来万方有意把口风漏了一些给曹远征，曹远征非常清楚陈丰和易志坚之间的微妙关系，几个月以来在渐渐见识了陈丰的手段和水平后，他对陈丰由开始的对抗变得服气了不少，对易志坚却一直旧怨难消，巴不得陈丰趁此机会给易志坚来两棍，不求砸下马，起码砸他个晕头转向。

曹远征稍一留心就发现陈丰在拉拉办公室里谈事儿，他眼珠子一转，起了促狭之意，故意跑到易志坚面前，绘声绘色地把万方的话学说了一遍。

易志坚果然紧张起来。他心里清楚，曹远征明着是来通风报信，其实没安好心，便故作镇定地对曹远征说："嘴长在她身上，她爱怎么说怎么说去。"把个曹远征乐死了，他凑近一点对易志坚说："我刚看到陈老板在拉拉办公室里，估计就是在商量万方的事情。"

曹远征的行动都在万方预料之中，她要的就是通过曹远征之口，让易志坚了解她的态度。万方对易志坚的心理还是揣摩得很到位的，知道他害怕事情搞大了多少会影响他的前程。万方想，这些年你老易官运亨通，姑奶奶我没少为你作贡献，现在我水深火热了，你躲在一边凉快，哪里有这样的便宜事！至少你得去为我多争取点赔偿费吧？

陈丰听说了万方那些话后会产生怎样的灵感，易志坚不用脑袋用脚指头就能想到。易志坚一想，这事儿得分几方面下工夫，一是赶紧到何查理那里吹吹风，最好这位大佬能大方点儿，多给万方些赔偿，大家好过关，钱能解决的问题都不叫问题嘛；另外，杜拉拉是经办人，得给她做做思想工作，免得她被陈丰当枪使；至于万方那里，恐怕也只有自己出面做做中人，看看怎样推动双方讲好条件达成妥协。

53 狼来了

德望和雷斯尼的联手成功了，用邱杰克的话来说，孙建冬挨了这一记冷拳，没有半年缓不过来。这次王伟和林如成带队，陪客户到欧洲连考察带观光，一圈下来，名义上是雷斯尼做东，实则费用都落在德望身上，这是当初讲好的一部分条件。钱虽然少赚了一些，但首先是要确保把钱赚到手，从这个角度讲，王伟的策略可谓大获全胜。

这天晚上，陆宝宝请客给王伟洗尘，拉拉因为公司有事儿要加班没来。陆宝宝和张东昱刚回过北京，饭桌上大家聊起欧洲和北京的种种八卦新闻，很是热闹，尤其王伟，有一种刚刚完成任务后的轻松，心情非常好。

聊着聊着，陆宝宝忽然夸奖起照顾陆教授的小郭情商不错，王伟就问陆教授和小郭处得可好？"小磕碰是难免的，但没什么大问题，"陆宝宝说，又感叹道，"只是小郭每逢节假日都要回家，小郭一走房子里就显得空荡荡的，老太太一个人摸摸索索的，让人看着总有点形单影只，不是味道。"张东昱在边上一听就觉得不对劲，忙给陆宝宝使眼色，果然，就这么几句话，王伟起先还很高的兴致马上低了不少。张东昱忙把话题引开。

散席后大家各自回家，张东昱一进门就忍不住说陆宝宝："我怎么觉得王伟他妈的情况没你说的那么严重？我们去看她的时候，她精神状态好好的呀。"

陆宝宝不以为然地"啧"了一声，道："老太太当着你的面当然要掩饰，她的情况我比你清楚。姑父去世了，姑姑一个人，王伟又是独子，对姑姑来说，他是不可替代的。"

张东昱说："可你每次从北京回来都跟王伟报忧不报喜，他哪还有心思在广州待？我看你今天说完那几句话，他后面都魂不守舍的。"

陆宝宝理直气壮地说："男人都是粗心的，不提醒提醒，他几个月也想不起来回北京一趟！我不能让人说我光知道让他为我赚钱，连老太太都不顾了。"

张东昱不以为然，道："我怎么觉得王伟现在几乎要不了两个月就准回北京？而且在北京一待就是十天半个月，甚至一个月。"

陆宝宝叹气，"等你老了就知道了，老人都巴不得子女天天在身边。"

张东昱心里觉得陆宝宝在耍赖，他不讲话了。

再说王伟回到家里，一开门发现拉拉已经回来了，正站在玄关的镜子面前把一件连衣裙往身上比画着臭美呢。沙发上花花绿绿的摊得满满的，都是王伟从欧洲给她带回来的衣服和包包。

看到王伟进来，拉拉忙丢下手中那件MAXMARA的连衣裙，高兴地迎了上去，冷不丁在他脸上狠狠地啄了一口，跟盖章似的。王伟猝不及防被她扑得几乎站立不稳，连忙提醒道："哎，哎，别太热情了，我的腰都要闪了。"拉拉在王伟脖子上找地方，打算啄第二口，王伟慌忙躲闪，生怕她在自己的脖子上留下记号，那第二天可没法见人了。

拉拉说："好好好，别躲了，咱不用强的。"随即，拉拉对着王伟发出唱歌一样的赞叹，"真能干，这些我都太喜欢了！这下合算死了，比在大陆买不知道要便宜多少！"不等王伟回答，拉拉踌躇满志地高声宣布，"我明天就要穿这条连衣裙回公司上班！"

说罢，拉拉丢开王伟又扑向沙发上那些让人着魔的东西。这回，她背起了一个CELINE的小挎包，然后跑到镜子前左顾右盼，想了想，回身重新拿起那条MAXMARA的连衣裙往身上比，问王伟："你帮我看看，这裙子跟这包搭不搭？"王伟打量了一下，说："我看挺好。"拉拉做了个收腹挺胸的姿势，神气活现地说："那是！什么叫经典？看看我这包就知道了！"

王伟坐到一边，见拉拉左一件右一件地比画个没完，王伟笑道："上了一天的班，你还不累呀？"拉拉这才恋恋不舍地放下那些宝贝，说："昨晚没试够，所以今天要再仔细试试。"王伟说："赶紧去洗澡吧，不早了。"拉拉把沙发上的东西都收回大衣柜，高高兴兴地洗澡去了。等洗完出来一看，王伟还坐在那里没动窝，一副若有所思的样子。

拉拉走过去告诫他说："哎！想什么呢？我跟你说，你可才把单子打下来，欧洲你也去了，别又回家奔拉着张脸，有话不跟我说哦！那我可真要找陆宝宝抗议去了，没这么使唤人的。"

王伟说："我没想公司的事儿。"拉拉说："那你打什么主意呢？"王伟把她拉到身边坐下，说："拉拉，跟你商量件事儿。"拉拉警惕起来，"你又想干吗了？"王伟一脸讨好的笑容，说："下周我想回北京看看我妈。"

拉拉眨巴眨巴眼睛，"怎么了？"王伟解释说："我妈最近心情不太好。"拉拉担心地问："家里发生什么事情了吗？"王伟摇摇头，说："那倒没有，上年纪了，孤单吧。"

拉拉心里顿时有些不以为然，心想，好好的，没病没灾，老太太也要心情不好，那我们这些整天被一堆事情烦死的人，岂不是不要活了？最主要的是，王伟才从欧洲回来，屁股还没坐热呢，又要回北京！拉拉就兜着圈子反对，"不是还有小郭吗？我们不是特意请了小郭住在你家陪你妈的吗？"

王伟解释说："那不一样，小郭总不是自家人。再说，小郭周末要回自己家的。"

拉拉笑道："那你也不能每个周末都回北京呀。就算咱们住在北京，也不能保证每个周末都回去陪你妈呀。"

为了说服拉拉，王伟含含糊糊地说："我妈不是还有高血压吗？我去欧洲前她还在电话里叫头晕，我不太放心。"

拉拉觉得陆教授的病情有时候其实被夸大了，让拉拉恼火的是，不管是陆宝宝还是陆教授说了什么，王伟都次次当真，这一年来王伟在北京待的日子着实不少。事关孝敬，拉拉心里不情愿，还说不出口。这回，拉拉打定主意不让步了，"我妈也有高血压。高血压这东西，没别的办法，就靠终身服药。好好吃药注意休息，其实不碍事的。"

王伟说："我妈跟你妈的情况还不完全一样，你妈有你爸陪着，她不孤单呀。"

拉拉正告道："王伟，我说得直，你可别生气。人都说老小孩老小孩，什么意思呢？就是说人年纪大了，就像小孩，喜欢调皮捣乱，没事儿玩个'狼来了'什么的。"

王伟有点儿不高兴了，"拉拉，你对我说话刻薄点儿没关系，可有你这么说长辈的吗？"

拉拉的"狼来了"本来主要是想说陆宝宝的，结果没说好，把目标歪到陆教授那边去了。她本来想解释解释，可是被王伟一说，她也不高兴了，脸跟篮球场上的记分牌一样，"啪嗒"掉了下来，"我说什么了？上回我脚踝韧带拉伤，你要去欧洲，结果第二天一早我自己去的医院！我不能开车，天天拐着个脚上下班，有多不方便？我说什么了？"

拉拉一提这事儿，王伟有点儿过意不去，拉拉伤脚的时候他看到她很疼，可是当时急着赶飞机，只好丢下她自己照顾自己。王伟辩解说："我不是让杰克安排车接送你了吗？你自己跟小苏说不要。"

拉拉脸一扭，说："我又不是德望的员工，我干吗要沾陆宝宝的光！"

王伟想起陆宝宝说过，陈丰天天接拉拉上班，这时候他一个冲动，冲口而出道："那你就不介意沾陈丰的光？"

拉拉说："哦，你当我想沾陈丰的光呀？谁叫我男人忙呢？顾不上我呀！大晚上的，我的轮胎被撞坏了，我不会换胎，只好厚着脸皮跑到马路边求不认识的的士司机帮忙。关键时刻，我都得靠自己呀！"

王伟想想，已经在外面待了一个月了，才回来就吵架不好，他勉强露出个笑脸道："拉拉，一码归一码，咱别把事情都往一处扯嘛。"王伟一边赔笑脸，一边过去搂拉拉，企图软化她，心里觉得自己有点儿低声下气，不由得有些委屈，那丝笑容也显得格外僵硬。

拉拉没注意王伟的表情，看他求和，她认为自己占了上风，一时得意多少有些乘胜追击的意思，一把甩开他的手，道："不扯就不扯。咱就说现在，你跟个猫似的到欧洲去野了一个月，才回来，就又要回北京，妈是重要，那老婆就不重要了？"拉拉越说越溜，半赌气半耍挟地蹦出一句："那你结婚干吗？散伙算了！"

拉拉这话说得很臭，她自己却没有察觉。强压下去的那团火在王伟心头又慢慢升起，王伟克制着自己，告诫拉拉："想清楚再说话，别说话不过脑子。"

拉拉不服，"我看是你脑子缺根弦吧？我问你，你妈孤单什么的，是今天陆宝宝跟你讲的吧？"

"又来了！"王伟泄气地低声嘀咕了一句。拉拉听得真真的，逼问道："什么叫'又来了'？"

王伟说："为什么每次吵架你总要把话题往人家身上引？今晚吃饭的时候，是我主动问起我妈的情况的，宝宝起先压根儿没提我妈。"

拉拉不相信地"哼"了一声，说："那是你迟钝，没觉着是人家挑起的话题。陆宝宝不是第一次搞事了，我都总结出来了，每回她一从北京回来，非告诉你点儿什么坏消息，上回说你妈心脏病犯了，结果怎么样呢？老太太只是小感冒！这回又什么忧郁症了，你回去看好了，八成什么事儿没有。"

拉拉说得顺嘴了，该说的说，不该说的也说了，这下王伟可真来火了，"杜拉拉你少胡说！谁忧郁症了？我妈只是孤单点。"

拉拉毫不示弱，"孤单？那就该多参加群体活动，多和社会接触。你就算是在北京，能时时刻刻守在你妈身边吗？难道所谓的孝顺，就是不要自己的生活？现在我们是还没有小孩，一旦有了孩子，我告诉你，你这样做不了父亲！如果你只会做儿子，那你就不该结婚，不该为人夫、为人父。"

王伟冷冷地说："我是一身的臭毛病，自我，不会讨人欢心。可就我这样的，当初还有人哭着喊着非要找我呢。"

拉拉脸色一变，道："你什么意思？"

王伟说："我没意思，行了吧？别动不动拿离婚吓唬人，只怕真要离，有人还不敢了。这也算是上演'狼来了'吧？"

拉拉跺脚说："谁不离谁是孙子！"

王伟一脸不屑，"杜拉拉，你也是高级知识分子家庭出身，赌咒发誓的，不嫌给爹妈丢面子？"

王伟说的时候图一时痛快，话一说出来就有些后悔，不知道拉拉会怎样不依不饶地跟自己大闹一场。出乎他的预料，拉拉忽然不吭声了，她一脸平静地坐在那里，不知道心里在想什么。

王伟有些不安，说到底，其实就是他想回北京一趟，拉拉却舍不得他刚回家又走呗。为什么最后会控制不住自己，说出那么多不相干的话来互相伤害？

王伟正使劲在脑子里搜寻软和话，打算哄哄拉拉，拉拉开口了，"我刚才对你态度不好，不尊敬长辈，是我不对，给你赔礼道歉。"

王伟一愣，以拉拉的脾气，别看她在职场上很能忍耐，要让她在家里给丈夫低头实属不易，王伟有些尴尬地说："我也有错，没有好好体谅你的心情。你脚伤了我不在家，好不容易刚回来我又要回北京，确实没处理好。"

拉拉抢着承认错误，"我不该说'狼来了'，更不该说'散伙'。这样的话说多了伤感情，这道理就跟两口子吵架千万不能动手一样，只要动了一次，以后就忍不住老得动手。下次我一着急你就提醒着我点。"

拉拉说得很理性，她的眼神很诚恳，对自己的批评也很到位，王伟却觉得有些不自在，心里有种怪怪的感觉。可时间已经不早了，拉拉第二天还得上班，再说下去，这一宿她一准别想睡好了。要是她睡不好，那可能就是两个人的灾难。

拉拉说："今晚分开睡吧，我怕失眠。"王伟说："好的。"两人各自回房休息。

王伟躺上床，不由自主地想起拉拉那番充满理智和悔意的道歉——其实，类似的话拉拉以前也说过，可是没用，下次一有点儿什么风吹草动她就固态萌发，都快成习惯了。

王伟眼睛盯着天花板闷闷不乐地想：没想到婚姻生活会是这样，到底哪儿出问题了呢？

54 梦有所指

王伟怕发出声音，蹑手蹑脚地走着。走到主卧室门前他先驻足侧耳听了听，房间里一点儿动静都没有。他有些迟疑，不知道拉拉睡着还是醒着。犹豫了一下，他还是伸出手轻轻推开虚掩的房门，看到拉拉平静地睁着眼睛躺在床上。王伟的紧张一下落了地，既然拉拉醒着，就不用担心吵醒她。

"昨晚睡得好吗？"王伟一面问，一面观察着拉拉的脸，拉拉没有露出烦躁之色，这多少让王伟放心了一些。通常，如果拉拉经历了一个无眠之夜，她会非常焦虑，并且不愿意别人靠她的身体太近，这时候王伟就得特别注意不碰到她身体的任何一个部位，比如不小心把手搭在她的肩膀上，她就会抱怨王伟的手臂太重，压得她喘不过气。

拉拉歪了一下脑袋示意王伟靠近一点。等王伟挨着她躺下，她很热情地说："王伟，我做了个梦，说给你听吧。"王伟听她这么说，彻底松了一口气，人只有睡着的时候才会做梦，既然拉拉做梦了，那么她一定睡着了。

于是拉拉开始描述她的梦，梦不短，她把很多细节都记得很清楚。

拉拉的父母育有多个子女，具体数字梦中不详，她是夹在当中的一个。他们全家住在一栋旧式的砖木结构的二层小楼里，有些拥挤。拉拉很幸运，勉强拥有一个属于自己的角落，那是楼梯旁边的一个小房间，恰好能横放下一张小床，床上铺着蓝白的格子床单，床边立着一个古朴庄重的五斗柜，此外就几乎放不下什么了。五斗柜的台面上有一个台式闹钟在滴答滴答地走着，还立着一面镜子，一个小化妆盒和几本书。马路上的声音隔着薄薄的壁板传进来，尤其是在夜深人静的时候外面的动静越发听得真切，幸好他们门前的这条马路不是大马路。在墙上一人多高的位置有一扇木窗，光线从那里照进拉拉的角落。窗口开得那么高，开关窗户就不太方便了，不过，因为临街，为了隐私的缘故，似乎也没有别的选择。遇到天气不适合开窗的日子，拉拉的小房间里光线就很暗了。

拉拉绘声绘色的描述，让人毫不怀疑她就是在那个小楼里长大的。她说她的父亲杜先生是一个普通的公务员，中等个子，戴着近视眼镜，夏季在家里总穿着圆领的老头衫，摇着蒲扇看书。母亲自然不是李工那样的职业女性，而是一个勤快麻利的家庭妇女，终日忙着操持家务，穿着属于短打，又忙得没有时间发表任何超出柴米油盐的见解，所以猜不出她到底受没受过教育。

为什么靠一个公务员的收入就能养活这么多孩子，似乎令人有点琢磨不透，但是拉拉居然接受了完整的高等教育，而且成为一家美国公司的审计员，她的工作是到那些代工的外包工厂检查是否侵犯人权，比如是否雇用了童工，是否非法要求工人加班等，如果工厂做得不合规矩，就会被停止代工的资格。

拉拉的总监王伟是一个已婚的男人，大她十岁。王伟身材高大，英俊儒雅，言谈举止颇有绅士风度，据说在大学里学的是天体物理专业，天体二字让拉拉感到很不可思议，不是因为天体本身，而是因为王伟学了天体却没有去研究宇宙。

但是这个梦里真正奇异的事情是王伟到拉拉所在的城市出差，并且当晚留住在拉拉的家中。据说是外面在打仗，不太平，交通断了，旅馆里都是滞留的旅客，没有房间了。

这个家太拥挤了，只能在楼梯下的位置放了一把躺椅提供给王伟。这个位置恰好正对着拉拉的小床，只要她敢于敞开她的房门。拉拉借口天气太热半掩着房门，她躺在自己的位置上，度过了一个有无数念头却没有任何行动的夜晚。

天蒙蒙亮的时候，拉拉悄悄起身，想去问候总监。总监在黎明淡青的天光里俯身看了拉拉一眼，忽然短促地亲了一下她的头发。拉拉浑身过电一样一颤，但两人随即一下分开了，因为头顶传来有人下楼梯的声音。

下楼的是拉拉的父亲杜先生，王伟连忙向杜先生道扰，拉拉借机走开去打水。杜先生笑呵呵地请王伟原谅家中局促，又说拉拉平时倒不用受这个苦，因为她大部分时候并不住在家里，她住在男朋友家。

拉拉打水回来，在门口撞上王伟，惊讶地问他要去哪里。王伟匆匆说了句有点儿急事要办就走了。

拉拉刚放下水桶，杜先生就喊她过去。拉拉心虚地在父亲面前站定，杜先生直截了当地说："拉拉我告诉你，王伟是有家的男人，你别想和他搞在一起。"拉拉辩解道："我没有。"杜先生说："没有最好。"拉拉不安地看了看门外，杜先生说："你不用看了，他不会回来了。"拉拉惊讶地问："为什么？"杜先生说："我跟他说你平时住在你男朋友家。"拉拉气急败坏道："您怎么胡说！我明明是住在家里的，您为什么要坏自己女儿的名声？"杜先生哼了一声，说："好让他死心。"

梦到这里并没有结束。按照拉拉的性格，她当然是很快就冲到马路上去找王伟。街上一片混乱，有几个老外居然踩着滑轮在拼命蹬，就像哪吒踏着风火轮。望着四下奔跑的人群，拉拉惊慌地意识到命运的无常，她也许就要凭那短促的一吻留给她的感觉，去找一辈子王伟。因为以拉拉的人生经验，一份满意的爱情，不容易找到。

梦说到这里，拉拉喃喃地说："我肯定有英雄情结，我在梦里总是暗恋英俊的首长，首长肯定还是学理工科的，首长当然指点江山挥斥方遒，言语却并不粗鲁，首长的头衔没准，有时候是总监，有时候是总裁，还当过总统呢。首长的心里居然爱我，可每次我都只是短暂地得到那一下印证，然后就和首长失散了，然后我就开始在茫茫人海中开始找寻，也不知道这辈子能否找到。"

王伟知道，每当拉拉这样做梦，就是她对他不高兴了。两人一时无言以对。

过一会儿，拉拉转了个话题，"前几天有个记者来采访点事儿，最后人家顺便问我最近在读什么书，我跟他说我在读《普罗旺斯的一年》。他问我其中印象最深的是什么。我说是关于法国人的无序和随意，而且，我有个有趣的发现，原来法国人和意大利人颇有相似之处，比如脾气都比较大，对人还都特别热情。"

"你说的不是真话吧？"王伟说。拉拉一下没弄明白他是指拉拉读的不是那本书，还是拉拉对法国人另有评价。

拉拉说："关于对法国人的评价？那倒是我的真心话。只不过《普罗旺斯的一年》的确不是我最近在看的，书一直摆在安眠药的旁边，我本来每天晚上临睡前看几页，看了有一多半，又停了下来——这书好，我不想糟蹋，等退休了再找时间好好读吧。"

"怎么，你现在就开始想退休的事情了？有计划吗？"王伟有些意外。

"没有计划。不过，我高兴退就退。你呢？"

"我还早。我觉得我还能好好干上二十年。"

"好好干二十年？那陆宝宝可有福了，连带张东昱都跟着沾光。"

"能不能不要那么刻薄？"王伟有些哭笑不得。

"太能啦。"拉拉咧嘴一笑，"其实，我最近读的是《伊索寓言》。其中让我印象最深刻的一则寓言是关于人类的寿命的。据说宙斯创造了人类，但是只赋予了人类很短的寿命。人很聪明，盖房子给自己遮风挡雨。冬天来了，马冻得受不了，求人让它进屋避寒，人便要求马用一部分寿命作为交换，马同意了。后来，牛也来要求避寒，人于是要求牛用一部分寿命作为交换，牛同意了。最后，狗也冻得受不了了，向人请求进屋避寒，人又要求狗用一部分寿命作为交换，狗也同意了。人在自己的岁月里，活得善良而单纯；然后人活到了马给他的岁月，他变得像马一样自高自大；后来人活到了牛给他的寿命，他像牛一样没完没了地干活；最后，人活到了狗给他的寿命，他成天不住地叫唤指责，看啥都看不惯。"

王伟看看拉拉，不由得想起在DB的时候，每次开会，老外的PPT上总会有一张总结用的片子，WHAT'S OUR LEARNING？（我们学到了什么？）王伟就问拉拉："这则寓言说明了什么？"

拉拉笑道："每一则寓言都说明了某些道理，对于我这样既患得患失又心胸狭隘的人，寓言总是很好用的工具，因为我既忍受不了有事儿不说，又害怕人家真枪实弹地跟我谈，最好的办法就是通过一则寓言来说事儿——我觉得我现在活得比一头牛更像一头牛！可要说到我的过去，我单纯过，或者说傻×过，却没有自高自大过。"

"我倒，别说脏话，一点儿也不淑女。"王伟揽过拉拉，轻轻摩挲着她的头发。

"我没想说脏话，就是觉得这些词儿特带劲儿，特有力量。"拉拉嘟囔道，她的眼中涌出了泪光。泪水中两人再一次像恋爱时那样紧紧拥抱，拉拉拼命感受着王伟的体温和呼吸。"我爱你！"她说，又半是命令半是恳求道，"说你爱我。""我，"王伟发现拉拉盯着他看的眼神里含着焦急，他不由得也焦虑起来，一时语塞说不出口，接着他忽然没来由地觉得鼻子有些发酸。"我也爱你。"王伟说。拉拉却不满意王伟的"也"字，她要求他把"也"字拿掉。王伟辩解说："老外不都是一个说 I LOVE YOU，另一个说 ME TOO？"拉拉方才作罢。

拉拉坐直身子，郑重地对王伟说："你今天就准备准备，抓紧回北京吧，好好陪陪你妈。"王伟很意外，一下子有点儿转不过弯来，他还有些担心拉拉是在试探他。几年来，在经历了岱西、杜拉拉、陆宝宝们一个又一个的教育后，王伟就算再晚熟，也已经明白女人是一种言不由衷的动物，如果一个女人无比诚恳地对你说她错了，你千万别傻乎乎地以为你可以就此得意扬扬，省得后悔莫及。王伟忙表态说："我昨晚想了想，这都已经十一月了，再过三个月就春节了，没必要非现在急着回北京，家里又没有什么要紧事儿。"

"不！"拉拉像个激进的女学生那样坚决，"你都已经快两个月没回北京了，要是等到春节，那也间隔太久了。"

王伟还是推辞说："不急这一时，实在春节前要回去，我也可以等到元旦再说。"

拉拉一手按在胸口，表白似的说："你是怕我找你别扭？我不会的。你看，我是诚心认错的，昨晚确实是我不对。"

王伟赶紧说："不是。我就是真觉得没必要这么着急。再说，我刚回来……"王伟本来要说"想好好陪陪你"——他真是这么想的，他也知道拉拉喜欢听，可终究没说出口，就是觉得太肉麻，话都到了嘴边，在舌头根转了一圈，又叫他给改了，"时差还没全倒过来呢，我懒得动弹。"

"真的？"拉拉狐疑地问。

"真的！"王伟保证说，"跟自己的老婆有什么好客气的！"

拉拉放心了，她本来生怕不让王伟回北京会招他记恨，才强作大方的，这下好了，她也表态了，王伟也想通了。拉拉眉开眼笑地跳下床，说："那这事儿咱们回头再说，我得赶紧准备上班了。"

王伟跟在后面问她："那个大区经理的事情你还没搞定？"

"早呢！"拉拉一边刷牙一边含含糊糊地说，"这两天，万方动不动就找我谈心，在我办公室一待就是两小时，害得我耽误了好些活儿，又不好意思把她往外轰。"

王伟说："你让陈丰自己也使点儿劲，毕竟是帮他炒人嘛，他也别什么都推给你。"

拉拉漱漱口，说："让他使劲？想得美呢！他现在躲得远远的不说，还埋怨我动作太慢。其实，我已经跟万方说了，'你有什么想法也可以跟你的老板陈丰多沟通'。可她说了，她就信任HR——人家盯上我了。"

55 美人救英雄

自打万方放出狠话，扬言她纵然有千般不是，处罚起来也该官大的顶在前面，陈丰又趁机一个劲儿让万方把话说清楚，易志坚就着实担心了半个多月。他又是说服何查理，又是撺掇杜拉拉，目的只有一个，让公司多给万方点儿赔偿，花钱买平安，好早点儿打发万方开路了事。

任凭易志坚说破天去，何查理就是不肯松口。何查理倒不是不想帮易志坚解围，问题是，还有好几个要一并打发走的员工都盯着呢——如果给万方的赔偿费开了口子，其他人的赔偿费就也得跟着水涨船高，不然肯定闹事，麦大卫可是在新加坡虎视眈眈呢。

易志坚急得不行，又使劲劝拉拉手松点儿，"公家的钱，不要太认真。炒人是不得已的，谁叫我们做管理呢！我现在处理这样的事情，都是能为员工多争取一点儿就多争取一点儿，权当积德。三十年河东三十年河西，谁知道哪天这样的事情就会轮到我们自己头上。"

见易志坚把自己当小姑娘哄，拉拉也大耍太极，"哎呀，老易，谁不知道您老在SH是如日中天，您往我面前一坐，我就觉得周身暖洋洋，从外热到里。"

易志坚一本正经地说："我说的是心里话，活到这把年纪，也见多了命运的无常。真的，拉拉！别看我现在还坐在这里和你讨论炒万方的赔偿费，没准下个月就轮到你来和我谈判我的赔偿费了。要真有那一天，拉拉你可别对我太狠心。"

拉拉叹气说："我倒，老易，你不是在对我进行情感胁迫吧？照你说的这么容易，经办的HR松松手，赔偿费就能高上去，那我的老板就成了吃干饭的了，内控的人也该全炒了。"

拉拉话都说到这份上了，易志坚还是不肯放弃给她洗脑，"县官不如现管，这话流传了千年，还是有它的道理的。"

最近一个月以来，万方声称情绪不好，三天两头来找拉拉控诉，在拉拉办公室里一坐就是两小时。职责所在，拉拉不得不捺着性子反复开导万方，加上还得应对上头的询问、陈丰的不满，以及易志坚的啰里啰唆，拉拉真有点儿烦了，她果断地打断易志坚，说："老易，我明白你的意思了。欲速则不达，钱也不是万能的。放心吧，我自有我的策略。再给点儿耐心，最多再等一个月，时间一到，事情必然会有结果。"

易志坚白操心了。没过两天，万方的事情就峰回路转，比拉拉预想的还早了一个月。

万方来找拉拉的时候，可谓满面春风，一进门就对拉拉说："我要是同意离开公司，公司应该按《劳动法》规定支付我一个月的补偿。"

拉拉倒是不惊讶，因为这也是她经常设想的结局之一，当然是最乐观的一种，通常发生在万方顺利找到下家的时候。

拉拉笑眯眯地说："那当然，这是公司应该给你的。"

万方说："好吧，那我现在就在那份不续约通知书上签字，说明我没有异议。"说罢，她掏出笔来刷刷刷地就签了字，她的动作很麻利，拉拉亦毫不逊色，两人只用了几分钟就把该办的手续都办好了。

万方又恢复了销售本色，很客气地向被她烦了一个月的HR经理致歉："这一个月给您添麻烦了！"拉拉理解地笑笑，"应该的，问题解决了就好。"她是真能理解万方。

万方说："有一件事情还得麻烦您。我在SH的合同期还有一个月，可是这些天我身体不好，医生建议我休息一个月——您看这事儿……"

拉拉马上接口说："你的病假得由陈丰来批，我一会儿告诉他这事儿——应该没什么问题，你现在处在特殊时期嘛。"

万方见拉拉答应得这么爽快也挺高兴，她从包里取出在医院开好的病假证明递给拉拉，随即眉开眼笑地向拉拉告辞，拉拉也笑眯眯地让她保重身体。

万方一走，艾玛就蹿进了拉拉的办公室。"搞定啦？"她的眼睛睁得圆溜溜的，像一对问号。

"那是！"拉拉得意地把那张有万方签名的"不续约通知"递了过去，让艾玛拿去归档。艾玛来来回回仔仔细细地研究了几遍万方的签名，才不敢相信似的收好。

拉拉又把万方的病假条往桌上一拍，对艾玛努了努嘴，"喏！你给陈丰送过去，请他批一下。别节外生枝呀，你盯着他签好字，然后马上带回来给C&B存档。"

艾玛拿起病假条看了看，"要休一个月？真的假的？"

拉拉放松地往椅背上一靠，"管她真的假的呢！人家有病假证明，不续约通知都签给你了，其他的事情就别太较真了。她不来上班不是更好吗？更方便陈丰管理。"

"过去这一个月她闹得多凶呀！为什么忽然变得这么爽快？"

"找到新工作了呗！这还不好，共赢！免得双方为难。"

"怀孕是假的吧？"

"真假都不重要了。赶紧去找陈丰签字吧。"

不一会儿，艾玛空着手回来了。"他不肯签字？"拉拉诧异地问。

"不是，他说一会儿他自己带过来，他要来谢谢你。"

"哟，太客气了。"

艾玛正要说什么，陈丰来了。"你俩说我什么坏话呢？"他笑眯眯地问。

"我们正在担心，今天是不是又有什么事儿办得不妥，惹您老不满意。"拉拉慢悠悠地说。

陈丰呵呵一笑，"拉拉，今天我请你和艾玛吃饭，把你们组的人全叫上。最近你辛苦了，还受了我不少气，算我跟你赔不是。"

"天下没有免费的午餐，我们不去。"

"那就晚餐如何？"

"晚餐更贵。"

"哎呀拉拉，你这就是不肯原谅我喽？"

"我是怕有风险。我这人不愿担责任。"

陈丰挠挠头，"我该怎么做？提示一下。"

"吃饭可以，咱们各付各的。"拉拉一本正经地说。

艾玛说，也许查理要请客的，谁都不用出钱，吃老板的。

听说万方签字同意离开了，何查理和黄国栋都非常高兴。午餐何查理请客，他手下的几个总监都去了，此外就是三个HR经理，还特意叫上了艾玛和沈乔治，热热闹闹地开了一个大房。

易志坚虚惊一场，颇多感慨，"哎呀拉拉，古时候都是英雄救美人，时代不同了，你这回是美人救英雄呀！万方的事情你办得漂亮，和和气气的就什么都过去了，真是帮了陈丰一个大忙。陈丰，你得敬拉拉一杯。"

陈丰笑眯眯地说："我敬是我的，咱话得说清楚——这回的英雄不是我，是你。"陈丰的意思是万方事情的和平解决，救的是你易志坚。

拉拉心里对易志坚默许万方作假也很不以为然，乘机跟上去说了易志坚一嘴，"没错！我看老易长得帅，我就好搭救这么帅的英雄。"

众人哄堂大笑。易志坚也跟着嘿嘿了两声，总的说来，万方答应走人，还是让他心里一块石头落了地，损两句就损两句好了，又不伤一根毫毛。

何查理心情很好，在饭桌上讲起了笑话：

有一个人虔诚地相信上帝。有一次，忽然发大水了，大家都忙着逃命，只有这人一动不动，端坐在家里，他坚信，上帝会来救他的。

不一会儿，街上的水就漫过了脚踝，这时候来了一个人，对他喊："快跑，洪水要来了！"这人不动，他坚定地说："我不走，上帝会来救我的。"那人劝不动他，只好自己跑了。

过了一会儿，一个骑着骆驼的人经过，对这人大喊："跟我一起骑上骆驼跑吧，水已经过膝盖了！"这人不肯走，他坚定地说："我不走，上帝会来救我的。"骑骆驼的人只好自己逃命去了。

又过了一会儿，水已经漫过了人的腰，一个人划着小船经过，大声地喊这人，"快上船来，咱们一起逃命吧！"这人仍然不肯走，他坚定地说："我不走，上帝会来救我的。"

见每个人都听得聚精会神，何查理对自己讲故事的效果很满意，他开始点名了，"易志坚，你觉得是怎么回事儿？"易志坚茫然地瞪着眼睛答不上来。何查理更来劲了，又点马腾飞，"马腾飞，你说是怎么回事儿。"马腾飞亦表示茫然。

何查理矜持地笑笑，正准备接着往下说，拉拉忽然跳了出来，"那三个人是不是上帝派来搭救这个人的？"

话一出口，拉拉就后悔得想抽自己——满桌子都是销售部的人精，谁猜不到答案呀？就你杜拉拉傻帽，冲出来揭谜底！这让老板的笑话还怎么往下讲嘛！

何查理果然很没趣，为了保持风度，他还是硬着头皮把笑话完成了："这人被淹死了，因为是好人，所以死后上了天堂。这人一见到上帝就抱怨，上帝呀，我是如此虔诚地相信您，为什么关键时刻您却不搭救我呢？上帝叫苦不迭，'我三次派人去搭救你，可是都被你拒绝了！你让我怎么办呢？'"

何查理话音刚落，拉拉为了将功补过，使出吃奶的劲做恍然大悟状，随即用花腔女高音放声大笑。总监们本来没有觉得何查理的笑话有多好笑，倒是拉拉的表现落在他们眼里，比什么喜剧都喜剧，借着何查理笑话的掩护，他们放肆地释放出对拉拉的哈哈大笑。

众人正笑呢，李卫东刚才去上厕所，这时候回来了，拉拉心里对何查理十分过意不去，她一把揪住李卫东，逼他听错过的笑话，并且让他猜，"你说这是怎么回事儿？"李卫东虽然绝顶聪明，却不擅脑筋急转弯，被拉拉一问他一时摸不着头脑，半天答不上来。李卫东的反应让拉拉松了一口气，觉得这下对何查理有交代了，她很高兴地模仿何查理的口气给李卫东接着往下讲："这人被淹死了，因为是好人，所以死后上了天堂。这人一见到上帝就抱怨，上帝呀，我是如此虔诚地相信您，为什么关键时刻您却不搭救我呢？上帝叫苦不迭，'我三次派人去搭救你，可是都被你拒绝了！你让我怎么办呢？'"

李卫东恍然大悟，拉拉扬扬得意地说："告诉你吧，这是查理刚才讲的笑话！"

这下，不但总监们乐死了，连起先因为被拉拉冒失破了谜底而恼火的何查理也乐了。"拉拉其实挺可爱的。"他代表SH中国管理团队作出了权威评论。

56 泄密

新年前，黄国栋总算落实了一个他自己和麦大卫都认可的组织经理人选。

在谈录用条件的时候对方突然提出，一定要在"HR经理"的头衔前面冠以"高级"二字。讨价还价了一番，黄国栋还是依了人家。

春节后，人来报道上班了，组织经理的人事任命一宣布，李卫东马上问拉拉："看到没有？咱们新来的组织经理资历不浅，是'高级'经理。"拉拉自然明白他这话的意思。

这两人本来并不在乎高级不高级，经理再高级也不过是经理，总监哪怕是副的也是总监，关键还是得拿到总监——不过，突然冒出个有"高级"帽子的同僚，性质就变了。

黄国栋已经想到了，得赶紧给杜拉拉和李卫东也一人发一个"高级"戴上才好，免得搞定了这一个，又惹毛了那两个。麦大卫也深以为然，在公司方面这总是一个明确的姿态，承认那两人很重要，主动给比等着人家来要聪明，不过就是一人加个两千块钱的事儿。

于是，黄国栋马上通知杜拉拉和李卫东，公司已经准备晋升他们为高级经理，手续正在办理过程中，从三月一号起，他们的晋升就将正式生效。

从黄国栋房间出来，李卫东对拉拉说："这还差不多！不然不显得外来的和尚好念经？！"又说，"老黄办事就是喜欢拖拉，严格来讲，'高级'两字根本算不上晋升，这只是一种意在平衡的安抚和认可，就这个，他也要什么EFFECTIVE MARCH 1（三月一日生效），换了我，直接就来一个EFFECTIVE IMMEDIATELY（立即生效），大家省事儿。"

拉拉没有回答，李卫东拿手肘碰碰她，"想什么呢？"拉拉才如梦初醒似的说："我是想，老大也不好当，一个不小心，碗没端平，水就洒了。"李卫东说："本来就是。"

安抚了杜拉拉和李卫东，又安排好马莱接起招聘那一块，黄国栋总算是松了一口气，想起这一年招聘组织经理的种种不易，黄国栋忍不住对何查理感慨："当年我找太太都没现在找一个合适的经理难！"

何查理哈哈大笑，"我们每个经理在招人的时候都应该学习你，像找太太那样用心挑选下属，人员流失率就肯定会降下来。"

黄国栋连连摇头，说："那不行，查理你没听说吗，现在中国大陆一线城市的离婚率非常高，具体多高我不好说，但是肯定高于我们公司的人员流失率。"

何查理说："看来我说反了，应该是，每个员工找对象的时候都得像经理招下属那么仔细，就不愁离婚率不下降。"

三月底，杜拉拉和李卫东的"高级"生效尚未足月，有一天，黄国栋一上班就收到了一封让他几乎崩溃的邮件：屁股还没坐热的组织经理提出辞职，理由是要移民去澳洲了。

黄国栋被人家放了鸽子，气得那张脸从下巴一直红到脑门顶，他对着那份辞职邮件破口大骂："我靠！既然准备去澳洲，当初为什么要接我的OF-FER？要我玩呢！没见过这么缺乏职业道德的！还职业经理人呢，狗屁！"

骂得再凶，不过是没人的时候自己意淫一把，他也明白，按照中国的法律，试用期之内，人家只要不想干了随时可以走人。骂完了，还得赶紧想办法处理善后。

事到如今，黄国栋唯有老起脸皮跟麦大卫商量，让马莱仍旧把组织发展那一摊子接回去。对SH中国HR团队的组织架构，黄国栋提出了一个新的想法，他想让马莱向李卫东报告，同时把艾玛升起来做助理经理，接替马莱手上的招聘职责，让艾玛向杜拉拉报告。

黄国栋作出如此安排的根本原因，是他不放心马莱。

马莱本来就不是个能干的人，又怀着几个月的身孕，过不了多久就得开始休产假，而李卫东经过和马莱在"接班人计划"上的合作，对SH组织发展的那一套已经比较熟悉了——如果让马莱向李卫东报告，不但有人在大事上给她把关，而且她一旦休假，李卫东本人就接得起组织发展，如此一来，黄国栋就算从组织发展这一摊子事情中解放了。

至于艾玛，这姑娘当了一年的招聘主管，黄国栋已经看出来，她不但业务水平比另一个招聘主管潘吉文胜过一筹，而且在领导力方面也比马莱有潜力，把招聘交给她，再让杜拉拉把一把关，应该是安全的。

其实，早在2008年下半年，"人才评估"的那场危机之后，黄国栋痛定思痛，就悄悄打过这个算盘，因为这样对黄国栋本人明显有一个好处——能少操点儿心，只需要面对杜拉拉和李卫东两个人就行了。而按照原来的组织架构，他需要面对招聘、组织发展、薪酬福利、培训共四个经理，加上台湾和香港还有好几个向他报告的，每天光是和这么多人的邮件往来就需要不少时间。这也罢了，关键是马莱不知道什么时候会给他捅娄子，让他有点提心吊胆。

只是当时李卫东和杜拉拉还不是高级经理，跟马莱平级，没法让马莱向他们报告，黄国栋的算盘打得再如意也无法实现。如今情况不同了，"高级"两个字还是很好用的，经理向高级经理报告，名正言顺。

现在，黄国栋就吃不准麦大卫的态度，一来他唯恐麦大卫仍然坚持要外招组织经理，二来也担心麦大卫对艾玛还抱有成见——去年被李卫东一搅和，麦大卫差点要炒了艾玛，后来经过黄国栋和拉拉的解释，麦大卫才勉强同意艾玛升主管。

黄国栋没想到，麦大卫同意得挺爽快。麦大卫原先坚持要外招组织经理，主要是基于对马莱的不放心，但如果让她下属李卫东，那又是另一回事儿了。至于艾玛，其实麦大卫对她的印象并没有那么不好，只是当时被李卫东一挑，他一时动气罢了，拉拉事后用数字为艾玛说话，麦大卫还是听进去了。

麦大卫对黄国栋说："我没意见，就看两个高级经理是否也接受这样的安排？"

令黄国栋意外的是，李卫东一口拒绝了。按照李卫东的想法，说得直白点，马莱虽然人品不错，但这并不能改变她不够聪明的事实。有这么一个下属，复杂一点儿的事情都不敢放手，何况马莱快要休产假了，他干吗要给自己找这份累？

黄国栋在李卫东那里碰了钉子，又转而想把马莱塞给拉拉。拉拉已经听李卫东讲笑话一样地说过这件事情，C&B和销售部这一群人已经够她累的，她自然也不乐意当马莱的老板，只不过拒绝得比李卫东客气婉转点罢了。对于让艾玛向她报告，拉拉倒是很乐意，手下多一个能干的经理当然好，艾玛又是她用惯了的。

黄国栋对两个"高级"不好逼得太紧，只得暂且放下马莱不谈，心里却暗自打定主意，过两周，还是要再逼一逼他们的。高级和不高级总得有所区别，不能白"高级"嘛，工资都给你们每人加了两千块钱呢，还不该多分担一点儿吗？工作又不是买白菜，带谁不带谁还能挑挑拣拣。麦大卫那里都说好了，到时候，马莱这个下属你们愿意带也得带，不愿意带也得带。

马莱重新接回组织发展的第一件事情就是2010年上半年的人才评估。现在她本人对这个活已经比较熟练了，而且，各部门对人才评估的接受度也大有改善，到四月中旬就顺利完成了上半年的评估。

黄国栋看过马莱发给他的评估结果汇总，一切正常。他放心了，暗笑李卫东和杜拉拉过于紧张了，总担心马莱会是个拖累，其实人家马莱虽然没有那么精明，但做熟的东西还是能踏踏实实地执行到位的。

征得黄国栋同意后，马莱照老规矩把评估情况做成PPT，发给拉拉和李卫东，再由他们把相关部分转给各自支持的部门。

拉拉把马莱的邮件转发给销售市场的总监们不久，艾玛忽然无意中发现了一个问题。

原来，SH使用的是OFFICE2000，马莱用EXCEL作的评估结果汇总，这个EXCEL文件包含了几个不同的工作表，她选取其中相关的工作表直接粘贴到了PPT上，而没有使用抓图。这样，如果读者在PPT中双击这个EXCEL表格，不仅会看到要展示的这一页，还可以切换到该EXCEL文件的其他工作表，于是，那些本不欲展示的东西也一览无余了。

要命的是，其中包含了2009年下半年总监级别的评估结果和2010年上半年总监级别的汇总结果，而这些内容，本不该让总监们看到，要对他们保密的。艾玛本来也没有资格看的，这下可好，她大饱眼福：在2009年秋天，评估结果显示易志坚是何查理的接班人，READY IN TWO YEARS（二年内就绪），到了2010年的春天，陈丰的名字上来了，READY IN 6 MONTHS（半年内就绪），有趣的是，易志坚的名字仍然在册，现在他的成熟时间变为READY IN 6 MONTHS（半年就绪）。对SH上层有一定了解的人光看这张表，就可以想象到最近一次对总监的评估会上，麦大卫和何查理之间曾经有过的激烈交锋，同时可以期待未来六个月里，陈丰和易志坚之间将会有一场别开生面旷日持久的掰腕子大赛。此外，还有些其他常规内容，某人潜力已尽，某人潜力平平，计划通过何种手段在多长时间内把某人栽培到某个位置上，内容堪称生动而具体且刺激，就算是再迟钝的当事人，恐怕也受不住亲眼看到人家如此直白地评价自己吧，何况还白纸黑字地写下来。

怎么办？是装没看见，还是赶紧告诉拉拉？说了，秘密知道太多的人总是讨人嫌的，不说呢，实在事关重大。艾玛的思想激烈挣扎了三分钟，还是赶紧报告了。

拉拉开始还不相信会有这样的事情，她赶紧打开PPT，又去双击那个EXCEL表格，果真就像艾玛说的那样，激动人心的秘密一览无余。拉拉一惊，顾不得其他，先召回（RECALL）发出去的邮件再说，可是，屏幕上的提示显示，已经不止一个人打开了这封邮件，没法召回了。

"现在怎么办？"艾玛紧张地问。拉拉抓起内线电话就打给马莱，半天没人接听，拉拉急得对艾玛一挥手，"你赶紧过去叫她过来！"

艾玛去叫马莱了，拉拉又打电话给隔壁的李卫东。李卫东一进来，拉拉就问："卫东，评估结果你发出去了没有？"李卫东说："发了呀。"

拉拉发急道："你赶紧召回吧。"

李卫东丈二和尚摸不着头脑，"怎么，有什么失误？"

拉拉一把把他拉到电脑前，鼠标双击那个EXCEL表格，李卫东一看惊得目瞪口呆，二话不说，转身就回自己的办公室去了。不一会儿，他又气急败坏地回来了，"能召回的我都召回了，但是已经有人打开邮件了！马莱知道了吗？"

拉拉说："她好像不在办公室，电话没人接，我让艾玛找她去了。"李卫东说："现在怎么办？是赌那些看了邮件的人不会发现那个工作表呢，还是让IT进入他们的邮箱去删除邮件？要是前者，就不要声张了；要是后者，想动用IT，老黄至少得跟查理说实话。"

拉拉说："就算IT删除了总监们邮箱里的那封邮件，也不敢保证没有人已经作了转发动作或者保存到本地。"

李卫东说："不管采取哪一种办法，决定都不是由我们来做。现在先得赶紧跟老黄说清楚这件事情。"

拉拉自然明白李卫东说得对，她看了看表，艾玛已经去了足有二十分钟还不见回来，拉拉着急地嘀咕了一句，"真是急死人，这两人到哪里去了？"

李卫东催促说："不用等马莱了，咱们现在就打电话给老黄吧。"

拉拉有些迟疑，她还是想先跟马莱碰碰头，然后由马莱自己去跟黄国栋解释会比较好。李卫东明白拉拉的心思，他提醒拉拉道："还记得前年第一次作人才评估吗？当时评估会开得一团糟，我们不也是想着让马莱自己去跟老黄报告？结果马莱没跟老黄说，查理倒先跟大卫说了，害得老黄好生尴尬，从香港打电话过来冲着我们俩大发雷霆，说我们本位主义什么的。"

拉拉心里挺矛盾，半天不吭声。李卫东催促道："拉拉，马上要下班了，我们再不打电话，回头找不到老黄，事情就要拖到明天了。"

李卫东这一说，拉拉也急了："好吧，现在就打电话给老板。"她抓起了桌面上的电话。

黄国栋正在新加坡，听拉拉一说，他就知道情况不妙了。"怎么会有这种事情！马莱怎么这么不小心！"他恼火地说。

"现在我们该怎么办？要不要让IT马上进入相关人员的邮箱删除那封邮件？"拉拉问他。

"那得事先征得查理的同意。"黄国栋迟疑地说。

"如果决定删除的话，越早动手越好，省得时间长了，泄露的面积进一步扩大。"李卫东提醒说。

黄国栋好半天没吭声，过了一会儿他说："这样吧，等我和大卫商量商量，再告诉你们。我去看看大卫在不在，这个钟点他可能已经下班了。有消息的话我就打拉拉手机。"

等到挂了电话，马莱才和艾玛一起匆匆赶来。艾玛知趣地退了出去，随手给他们带上了办公室的门。

拉拉告诉马莱他们已经把事情都告诉黄国栋了，现在等候指示。马莱忙问："电话是谁打的？"拉拉打了个睖睁，说："我。"

马莱紧张地问拉拉："你是怎么跟老板说的？"

拉拉看她挺着个大肚子一脸惊慌，不由得有些同情，也有些不安，就像自己刚才给黄国栋打电话是出卖马莱似的，她不自觉地用解释的口气对马莱说："刚才我和卫东商量了一下，因为已经有几个人打开了邮件，我们担心拖得越久越不好——所以，我把你的邮件转发给了老板，他自己试了一下就知道EXCEL文件的问题了。另外，我们把有人已经打开邮件无法召回的情况也如实告诉他了。"

李卫东听出拉拉口气发虚，不由得暗自好笑，觉得拉拉解释得多余，毕竟两人现在头上顶着"高级"两个字，这种原则性的大事不报告怎么办？！马莱问得就更多余，怎么跟老板说的？自然是实话实说，难道她还指望有所隐瞒吗？越瞒只能越糟，早点儿跟上面说实话，还能有人替她担着点儿。

马莱追问拉拉："老板什么时候能有回复？"

拉拉告诉她，黄国栋找麦大卫商量去了，如果麦大卫已经下班了的话，估计要到明早才有回复。

马莱自知麦大卫对她的能力不满意，平时看到麦大卫就紧张，这下，慌得声都打颤了，"大卫也知道这件事情了？"

拉拉有点儿不知道说什么好，李卫东说："这么大的事情，老黄也不敢自己做主吧。"一句话说得马莱无话可说，她扶着桌子吃力地站了起来，临走前她看了拉拉一眼，那是意味深长的一眼，拉拉马上领悟到了，心里的滋味不由得也复杂起来。

第二天上午十点钟的样子，黄国栋回电话给两个高级经理了，他很果断地告诉他们："把事情严格限制在已经知情的这几个人范围内，不要外传，不要讨论，到此为止！你们跟马莱和艾玛都说清楚。"

李卫东觉得这个决定有点鸵鸟，他不服地反问："要是有人发现了那张东西呢？"黄国栋说："要是有人发现了，再说。现在的指示，就是不要有任何动作。"黄国栋的口气很强硬，显得不容辩驳，因为麦大卫就是这么明确告诉他的。

麦大卫不愿意让何查理知道HR出了这么大的乌龙，如果现在说出来，那么何查理马上就什么都知道了，如果不说，至少还有一半的机会不让他知道。麦大卫的想法是，那份EXCEL工作表确实有可能会被某个心细的总监发现，但是，这些总监都很聪明，他们有足够的智慧了解一个道理——看到不该看到的东西还说出来，不是聪明人的选择。最好的做法就是看了也装没看到，烂到肚子里，反正是白看，没人让他掏钱买票。

拉拉想，这对马莱至少也算一个不错的消息。她打电话给马莱，电话却没人听，让艾玛过去问潘吉文，才知道马莱忽然觉得不舒服，刚刚回家休息了。拉拉听了有些不安，心说她不是要提前生了吧？

怕什么还就来什么，下午下班前，马莱的先生来电话了，说马莱早产，生了一个女儿。

马莱怀孕才八个多月，拉拉心一紧，赶紧问："大人孩子都好吗？"对方沉默了一下才说："马莱还好，孩子不足月，体重只有三斤，身长也只有三十四厘米，现在在保温箱里。"拉拉很想问一问，孩子有没有问题——潜台词其实是正常不正常的意思——但是她没有勇气问，对方似乎也不愿多说。

李卫东闻讯后，想不通似的说了句，"怎么就早产了？"拉拉没言语，呆呆地看着手里的一把塑料直尺，她在想，三十四厘米才多长一点呀，三斤，还不如一个小西瓜重，上帝保佑，希望孩子发育齐整了。

马莱早产让拉拉闷闷不乐，尤其是孩子的情况更让她感到揪心。拉拉不无懊悔地想，当时给黄国栋的电话打得还是性急了一点，应该再多等十五分钟的，让马莱自己打那个电话就好了，这样，至少马莱不会担心别人是怎么跟老板报告的。

第二天早上，拉拉一到办公室就把行政主管陈立找来，吩咐她马上代表公司去医院探视马莱。拉拉把马莱早产的情况跟陈立大致说了一遍，嘱咐她到了医院说话要小心。

中午，陈立回公司了。"情况怎么样？"一照面拉拉就迫不及待地问。陈立有点吞吞吐吐，拉拉说："有话直说。"

陈立这才告诉拉拉，马莱很冷淡，见了她连招呼都不打。陈立提出去看一眼孩子，被马莱拒绝了。马莱的先生送她出门的时候悄悄告诉她，孩子的听力有点问题，到底以后会怎么样现在还不好说，得再观察两个月。

拉拉听到这里，只觉得心都被揪得喘不过气来。

陈立说："最后马莱的先生问了一句，是不是马莱在公司受了什么刺激。"

"你怎么回答的？"

"我说好好的呀，没听说有什么特别的事情。"

"他怎么说？"

"他没再说什么，不过，我看他的眼神，好像不太相信。"

拉拉挥挥手，道："你辛苦了，赶紧去吃饭吧。"

陈立刚退出去，拉拉又把她叫回来，"孩子的事情，是马莱的私事儿，不要出去说。"

"知道。"

黄国栋来大陆的时候，拉拉当着李卫东的面把马莱的情况跟他说了一下。黄国栋感到有些意外，问出院了没有，拉拉说："孩子肯定还得在保温箱里待一段时间，马莱已经出院了。"

黄国栋说："派人去慰问一下吧。"拉拉告诉他已经安排陈立去探视过了。黄国栋觉得那就可以了，公司该表的心意已经表过了。拉拉却依然一脸的想不开，黄国栋看出来了，问她怎么了。拉拉鼓起勇气问黄国栋："老板，马莱早产会不会是因为泄密的事情压力太大？"

黄国栋诧异道："不会吧？这次她出现了这么大的失误，我们也没说她什么呀！查理还决定把事情压下。"

李卫东也觉得拉拉太过多虑，他耸耸肩，道："要是这样都会导致早产，那就只能怪命运了。"在李卫东看来，拉拉纯属自己跟自己过不去，做人像她那样想不开，不累死也得吓死。

黄国栋不想再讨论马莱早产的原因，他今天来是要把组织架构的事情敲定。黄国栋说："我现在向二位宣布我们HR最新的组织架构变化，马莱向李卫东报告，马莱缺位期间，组织发展由李卫东负责。"

李卫东听黄国栋用的动词是"宣布"，不由得一怔，忙说："马莱休产假，我代理她的部分工作，这个没问题，互相帮助嘛。但是报告线的事情，上次我和您说过我的意见了，我觉得不太合适。"

黄国栋说："这个事情是大卫批准的，已经定了，就这样执行吧，不再讨论合适不合适。"

李卫东只好不谈报告线的事，转向工作量来讨价还价，"组织发展我马上接过来，可马莱平时还要负责支持供应链，现在这一块怎么办？"

黄国栋一点拉拉，"拉拉，你接过去吧。"

拉拉毫无异议地点点头，现在，黄国栋就是让马莱向她报告，她也不会说一个"不"字，她觉得自己欠马莱一笔。

黄国栋接着说："艾玛正式晋升为助理经理，负责招聘，向杜拉拉报告。"

李卫东马上说："好呀，拉拉，这下你舒服了！这么好的事情怎么就轮不到我？"

黄国栋装没听见，他对拉拉说："拉拉，供应链那边的事情，你要是忙不过来，可以让艾玛帮一帮你嘛。"

57 患得患失

　　拉拉和童家明合写的那本案例分析《毕业头三年》，本来他们主要想用于配合童家明公司的商业性培训，后来因为一个偶然的机会被出版商看中，两人商量了一下，童家明认为能正式出版对教材的权威性和影响力是一件好事情，拉拉对书花了很多心思，也乐于扩大分享面，结果他们自己还没开始用就直接上架卖了，并且卖得出乎意料的好。不足半年，光是稿费拉拉就进账了五十多万，童家明也分到了将近三十万。另外，童家明在一线城市选择了几家高校作宣讲也很成功，为他们在北京和上海的商业性培训先打了个不错的底子。风助火势，火借风威，用童家明的话说，他们的事业如火如荼。

　　然而，拉拉却被这如火如荼弄得惴惴不安。她问王伟："你说，人家会不会看出是我写的？"

　　王伟说："你们不是用了笔名吗？谁会想得到是你写的！"

　　拉拉把书哗啦哗啦一阵猛翻，越翻越不放心，指给王伟看："瞧！这个观点，还有这个，典型的DB式价值观呀！太'DB'了！还有这些，都是童家明在DB作校园招聘时的那套东西，行内人很容易看出来的。"

　　王伟发笑道："拉拉，你以为你俩能有多火？以至于行内人都注意到这么一本案例分析？你看，你和童家明已经得了不少稿费，我估计，差不多了，要不了多久这书就该卖不动了。"

　　拉拉大摇其头，"你不知道，童家明作校园宣讲，老是扯上《毕业头三年》——都知道当年做管理培训生项目，就是我和他两个人合作的，这样人家很容易顺藤摸瓜的。"

　　王伟说："那你也不能不让他讲呀。你们作就业辅导，不到高校讲，到哪里讲？"

　　拉拉埋怨起来，"都怪你！当时我就担心内容会不会太'DB'，暴露了我们，就是你，信誓旦旦地跟我胡说什么一点儿不'DB'，而且是'现实主义的职场教育'。我上你当了！哪天SH有人知道了，你让我还怎么混？"

王伟有点儿理亏，索性耍赖说："知道就知道，就是你写的，怎么了？"

拉拉没好气地说："说得轻巧！换了你是我，我不信你没压力。"

王伟满面笑容地劝拉拉："要我说，你和童家明搭档挺好，也许真能大热，总监做不做都不打紧。"

拉拉恼火地瞪了王伟一眼，"一边儿去！"

王伟笑道："童家明不是说，有人要买第二部的出版权，催你们接着写吗？这可是个机会。再说，作就业辅导，不也挺符合你的理想吗？"

拉拉心里七上八下，想了半天也拿不出个决断，长叹一声，"眼前不是想拼一拼总监吗？我离这个位置已经前所未有的近，怎么可能在节骨眼上放弃？"

王伟说："你只是在大公司待惯了，一下让你从里边出来，你有些害怕罢了。"拉拉心里烦，把冷气被往脑袋上一盖，整个人裹着被子从床的这边滚到另一边，她瓮声瓮气地嚷了一句："不活了！"

王伟跟过去，轻轻推了推那个被卷，"行啦，不纠结了，咱接着为总监奋斗！理想嘛，等哪天有空了再谈不迟。"

眨眼到了六月，广州的天气已经变得很热了。拉拉打发行政主管陈立又去探望了一次马莱，陈立回来告诉拉拉，小孩的体重已经长到了六斤，个头和那些足月出生的孩子看上去差不多，只是听力的情况仍然未见起色，为此家里的大人一个个都愁眉不展。

不安纠缠着拉拉，她对此事讳莫如深，和谁都不愿意多谈，对王伟更是从头到尾只字未提。

六月中旬，王伟想回北京看陆教授，拉拉正巧也要到北京开会，两人索性一起回了一趟北京。陆教授好不容易逮到拉拉，自然不肯放过这个机会，再次郑重强调要警惕卵子老化。王伟怕拉拉尴尬，忙打岔道："孩子漂亮不漂亮聪明不聪明都不打紧，只要健康正常就行。"

陆教授马上说："卵子要是老化了，怎么保证生出来的孩子健康正常？孩子要是不理想，做父母的就永远别想得到安宁。"

陆教授最后那句话说中了拉拉的心病，她就怕听这个。拉拉的思想开小差了，她心不在焉地木着张脸，对陆教授的警告不置一词。陆教授把拉拉的身体语言理解为一种对抗，不由得大为不悦。王伟也觉得拉拉表现得太过任性，老太太就算话说得不好听一点，出发点总是好的，做小辈的愿意听就听，不愿意听也敷衍两句，何必当场拉脸？王伟偷偷用胳膊肘顶了一下拉拉，拉拉醒过神来，敷衍道："我知道了，妈。我会抓紧的。"

陆教授也想给自己找台阶下，就和解地说："我不是针对你，拉拉，我是泛泛而谈。"

拉拉"嗯"了一声，又没话了，她的思想控制不住地再次飞到了马莱母女的身上。

陆教授本来想做个和解姿态，事情就算过去了，拉拉的惜字如金却让她更不痛快了。老太太想，我做长辈的主动跟你解释，你怎么也得有所表示吧？就一个"嗯"字算什么呀？难道还要我来跟你说软话赔不是不成？

陆教授心里不痛快，站起身淡淡地说了句："我困了，你们也早点儿休息。"王伟猜到母亲不高兴，想跟过去劝慰两句，被陆教授挡住了。

两口子回到自己的房间，王伟把门一关，就质问拉拉："我说你今晚怎么回事儿？我妈就算说话过了点儿，她又没有恶意。"

拉拉说："我也没说她有恶意呀。"

"那你就不能给她一点儿笑脸？"

"我不是已经答应抓紧了吗？干吗非得嬉皮笑脸？"

"根本不是那么回事儿，你刚才啥态度你自己心里明白。"

"你要看我不顺眼，我去住酒店好了！"

"你去呀，没人拦着你。"

"我还真去了。"拉拉起身就往门边走。王伟慌了，拉拉要真走了，明天怎么和老太太交代？他一个箭步蹿到门边堵住了门。

"呵呵，看到了吧，还是有人要拦我。"拉拉得意地笑，转身又坐回床上，王伟仍然警惕地站在门边。拉拉暗自感到好笑，她开始一件一件地把衣服从行李箱里去取出来挂进衣橱，王伟这才放下心来，走到一边坐下，看拉拉走来走去地收拾衣物。

王伟仔细观察了几分钟，感到拉拉似乎情绪还行，便起身走到拉拉身后抱住她吻了一下。拉拉瞟了他一眼，说："都是自己人，用不着使美男计，有什么话就说吧。"

王伟满面笑容，"拉拉，你明天对我妈能不能温顺一点儿？她的观点，你要是觉得不对完全可以不听，但是你也应该捍卫她发言的权利嘛。"

拉拉要挟说："那要看你的表现了。"王伟气得在身后攥紧拳头，拉拉拖长了声音问他："怎么样呀？"这不是吵架的地方，王伟勉强笑道："没问题。"拉拉得意地"哼"了一声，"我看你敢跟我抢拳头！"王伟申辩道："哪儿有。"拉拉说："当我没看见！"

第二天早上，拉拉一起床就先洗了个澡，她香气四溢地从卫生间走出来，志得意满地从衣橱里取出那条"光华四射"的MAXMARA连衣裙套上。

这条裙子是去年秋天王伟从欧洲给她带回来的，拉拉特别喜欢，可惜当时她太胖穿不进，只好忍了大半年，经过努力，现在拉拉已经瘦了一些，这次到北京开会，拉拉决心要穿上这条裙子来个惊艳亮相。

裙子是真丝料子的，滑溜溜地顺着拉拉的双肩往下坠落，唯一的问题是左侧腰的拉链怎么也拉不上。拉拉努力了半天，拉链没拉上，汗倒出来了，她着急地嚷了一嗓子："王伟！"

王伟在外面一听不对，进房间一瞧，差点儿笑出来，"小心把裙子给拉爆了，这可是娇贵的真丝料子。"

拉拉冲他使劲招手，"别干站着不动呀，快来帮我把拉链拉上。"

王伟为难地"嗯"了一声，拉拉催促道："快点呀！"

王伟走上前去研究了一番，仍然不知从何下手，小心翼翼地试了一下，更加发憷，"难度有点儿高，拉链剐到你怎么办？要不，你换条裙子？"

拉拉坚定地说："我不换！这件气派！"

王伟看拉拉誓不罢休的劲头儿，只得说："好吧，你抱住床架吸一口气，我来拉。"

拉拉如言双手抱住床架深吸一口气后屏住呼吸，王伟配合着她的呼吸，一手往下拽住裙腰，另一只手使劲儿往上一提，"嗖"的一声，拉链像火箭发射似的猛地拉上了。尽管王伟十二分的小心了，拉链还是不轻不重地剐了拉拉一下，拉拉没吭声，王伟倒吓了一跳，忙问她："伤到没有？"

拉拉呼出一口长气，跌坐在床沿上，哼哼唧唧地说："还好，没皮开肉绽吧。"

王伟四下里一扫，见拉拉似乎没打算带行李箱，只用一个单肩包装了换洗内衣和睡衣而已，王伟忍不住建议她："你不多带条连衣裙换洗？"

拉拉心不在焉地说："只住一晚酒店，明天下午开完会就解散，我懒得带行李箱了。这单肩包这么点儿大，回头还得放个化妆包进去，哪里还塞得下连衣裙。"

王伟不赞成地摇摇头，"晚上睡觉你总得脱下这裙子换上睡衣吧？刚才我帮你拉都费了那么大劲儿，靠你自己，明早怎么把这条裙子的拉链拉上？"

拉拉忙着在镜子前左顾右盼，说："酒店冷气足，热胀冷缩，我在酒店的房间里，身子能比现在小一些，到时候我屏住呼吸，自己就能把拉链给拉上了。这拉链结实得很，拉不爆的。"

王伟不放心，劝道："我看够呛。万一你自己拉不上呢？"

拉拉却充满必胜的决心，"拉得上！一定拉得上！晚餐我少吃些，过一晚上，明早我还能再瘦点儿！"

王伟看看拉拉，穿上裙子后果真是明眸皓齿顾盼生辉，其本人从精神上已经达到一顾倾城、二顾倾国的境界了，王伟只得由她去了。

王伟忍着笑走出卧室，这才发现母亲正站在客厅里。

"啥事儿呀，她那么大呼小叫地喊你？"陆教授问儿子。

王伟打马虎眼儿说："没啥，让我帮着找个文件。"

陆教授不以为然，"你又不是她助理，她的文件在哪里怎么还管你要呢？"

王伟解释说："昨儿我确实动过她东西，再说她这不是赶着要去开会嘛。"

陆教授说："周末还开会！幸亏她只是个经理，她要是总理，你们这日子该怎么过！"

王伟担心拉拉听见，正想把母亲哄开，拉拉开门出来了。陆教授一看她穿着那条连衣裙，华光四射贵气逼人的样子，就说："拉拉，你这是要去开会呀？"

拉拉笑道："妈，是的。"

陆教授说："裙子很漂亮，你要不说，我还以为是去参加晚宴呢。"说罢，老太太自顾自走开了。拉拉看了王伟一眼，王伟给她使了个眼色，那意思，昨晚你答应过我的。

拉拉跟在陆教授屁股后面，笑眯眯地说："妈，我去开会了，今晚住在酒店不回来，明晚回来陪您吃饭。"

陆教授拿出婆婆的派头"嗯"了一声。

从北京回到广州后不久，有一天拉拉有事去找李卫东，李卫东正打电话，拉拉一眼看到在李卫东的手提电脑旁边，赫然放着一本《毕业头三年》。

两人正常地谈完了该谈的事情，拉拉就回自己办公室了，她希望自己的脸上没有显出异样，但是对此并没有多少信心，那颗心正没出息地在她的胸膛里扑腾，折腾得她肝都发颤。

当天晚上回家，拉拉把事情告诉了王伟。她愁眉苦脸地说："怎么办？八成让李卫东给嗅出点儿什么来了。"

拉拉一说，王伟就意识到李卫东是先听说了什么，才去看这本书的，不然凭他一个成熟的HR经理，哪里会有兴趣看这种科普性质的职场案例分析。但是看拉拉已经很紧张了，而且，如今书已经卖得遍地都是，想修改也修改不了，王伟只得安慰拉拉道："李卫东也许就是一时兴起，随便翻翻的。你不用自己吓自己。"

拉拉根本不信，她责怪王伟道："我再也不听你糊弄我了。当初就是听信了你的话，我才大意了。不然肯定能把内容处理得更模糊点儿。"

王伟能理解拉拉现在感受到的压力，所以一开始，他还尽量忍着由拉拉去说，可是拉拉越说火越大，用词的激烈程度不断上升，王伟终于被她给说毛了，把手中的书一扔，道："你是成年人，做什么事情之前自己先想清楚，不要出了纰漏就开始埋怨这个埋怨那个。你既然那么担心搞副业会影响你升总监，当初就不该答应童家明合伙作什么就业辅导！"

拉拉被王伟一说，自觉理屈，但嘴上还是不肯承认，"我答应童家明是做幕后工作，抛头露面的事情都由他来。"

王伟说："你想躲在他身后过一过你的理想瘾，这我可以理解，但是你没躲好，就只能怨自己。躲有躲得好的，也有躲不好的，你早就该想到，鱼和熊掌不可兼得的情况下，要如何作出选择。而不是等做都做了，才来患得患失。"

拉拉沿着大路说不过王伟，马上一拐弯上了岔路，"我是没想清楚就行动了。现在我也没说后悔呀，我只是感到很有压力——在自己的家里，说句大实话都不行吗？求点儿安慰都不行吗？"

"你有压力，我不也宽慰你了吗？你把气往我身上撒，我不也承受了吗？"

"那你现在教训我干吗？你这算是哪门子的为夫之道？"

王伟觉得这架再往下吵已经没啥意思了，跑题都不知道跑到哪儿去了，他赌气说："从现在起，我禁言。我在自己的家里，我有沉默的权利吧？"

结果，两个人都很不痛快，一连几天，谁也不答理谁。拉拉不比王伟，王伟本来话就少，不说就不说，拉拉可是不说话就难受，尽管如此她还是使劲坚持，不能先开口，谁先开口谁就输了。

年度加薪批下来了，按SH的规矩，新工资七月一日起就生效了。

黄国栋恪守平衡原则，杜拉拉和李卫东的工资他一人给加了一千七百元，谁也不比谁少一分，谁也不比谁多一分，免得多了少了生出事端。

但是这就像永远不分胜负的比赛，让两个实力相当拼命较着劲的选手在无话可说之后，产生了一种单调乏味之感。李卫东对这个加幅也不够满意，当着拉拉的面，他半开玩笑地和黄国栋说出了这个意思。拉拉因为现在经济条件还不错，光是稿费分成就每个月十来万地往她账户里打，所以她对加薪已经不太敏感，但是心里也觉得这个增加幅度确实很一般，以上一年的底薪数字为基数，这次加的连百分之八十都不到。

黄国栋有黄国栋的想法，他觉得单看年度加薪，是加得不怎么样，但是这两个人在三月一号刚加过一次工资，两次合起来就不算少了，七七八八加起来，如今这两人的年薪差不多四十万了。黄国栋想，也不能一下加得太多了，不然以后拿什么来激励他们？当然，他也能猜到两个高级经理的观点，三月份加薪是因为升职，七月份加薪是因为年度绩效表现，一码归一码。

反正是各有各的想法，又都不好摆出来争长论短，就马马虎虎地过去了。

总算也有好消息，一天，陈立喜滋滋地来向拉拉报喜，马莱女儿的听力终于过关了！拉拉心里一块石头"扑通"一声落了地，喃喃地说："太好了！太好了！"

更让拉拉高兴的是，马莱自己打电话给她，告诉她小孩没事了。自从马莱早产后，这还是她第一次和拉拉讲话，之前拉拉曾两次打电话问候，马莱都不肯接，每次都是由她先生应酬拉拉的。再次听到马莱的声音，拉拉竟有恍如隔世的感觉。

58 合则聚，不合则散

陆宝宝捧着一本杂志在看，看着看着，她忽然"咯咯"乐了起来，随即用手肘捅捅张东昱道："哎！你看你看，这不是你说的那个土老帽儿吗？就那个骚扰拉拉的胡阿发，人家现在真有钱哎，一下就捐了一个亿做慈善！"

张东昱显然对胡阿发不热心，敷衍地瞟了一眼，说："那怎么了，钱多到一定程度的时候，就成了符号而已，还不如做做好事活得更踏实。"

陆宝宝端详了半天胡阿发的照片，评论说："土是土了点儿，可也不像你说的那么不堪，人家还是显得挺有沉淀的，怎么说也是个大实业家。"

张东昱没回应，陆宝宝意犹未尽地摇摇头，自言自语道："当年拉拉刚毕业，还是个小姑娘嘛，真想象不出来，这胡阿发是怎么想的。"

张东昱"啪"地合上手里的书，认真地说："宝宝，求你帮个忙，成不？"

陆宝宝嫣然一笑，"看来这回你麻烦大了，都'求'我了。"

张东昱说："你别去跟王伟传胡阿发这事儿，行吗？"陆宝宝没想到他会有这话，一怔，翻了他一眼，"我吃饱了撑的呀，没事儿我传这个！"

张东昱说："没事儿你还真不传了，我就怕你心里有事儿。"

陆宝宝莫名其妙地眨巴眨巴眼睛，骂张东昱道："有病呀你！你要信不过我，当时就别跟我说这个呀。"

张东昱说："这话说得，我的确追悔莫及，怪我没管好自己的嘴。说出去的话也收不回来了，还得求您多帮忙。"

陆宝宝意识到必须严阵以待了，她放下手中的杂志，脸一沉，"我说你想干吗呀？找吵架呀？我没招惹你吧？"

面对陆宝宝一连串的问号，张东昱反而不吭声了。陆宝宝咄咄逼人道："有话你就说，别憋坏了自己！"

张东昱被她一逼，还真就开口了，"你猜怎么着，我发现，我们之间最大的问题，在于我们产生不了深厚的感情，我们不能像王伟和杜拉拉那样，那两人哪怕外人巧设机关，让他们因为某些缘故撕破脸面反目成仇，他们之间依然是千丝万缕彼此缠绕。"

陆宝宝说："他们怎么样关我什么事儿，关你什么事儿？"

张东昱说："过去我一直以为你不喜欢杜拉拉是因为我的缘故，可后来我渐渐地发现好像不是那么回事儿，我怎么觉着你不喜欢杜拉拉是因为王伟呀？"

陆宝宝勃然大怒，"你放屁！"

张东昱说："我放屁能惹你这么大动肝火？在我刚发现你这个秘密的时候，我有多想不通你知道吗？我甚至怀疑你和王伟并没有直接的血缘关系，我想，要么你是被父母收养的，要么王伟出生时让医院给弄错才抱到你们家的。

可惜，在你们俩身上，有着太多共同的家族基因，光是从外形，就很容易辨别出你们源自一脉。我只好承认，你们是货真价实的表亲。我不确定的是，你是心态比一般人特别呢，还是凡是像王伟那样优秀的男人就容易激起你一网打尽的控制欲，哪怕是嫡亲的表哥也不能例外？"

陆宝宝怒极反笑，"原来你这么变态！"

张东昱也笑，"随你说吧。不管怎样，我看咱俩还是到此为止，免得瞎耽误工夫不说，还对彼此的身心健康不利。我张东昱确实一心想找个聪明漂亮又有钱的老婆，但是如果我对她的作用也就是一个能让广大群众夸赞的配偶，那我还是不会因为她有钱又漂亮就委屈自己的感情生活。"

陆宝宝傲慢地抬起下巴道："合则聚，不合则散，无须多言了。"

张东昱双手插在裤袋里不停地来回踱步，显然他在极力控制自己的情绪。陆宝宝则一言不发端坐不动。

好一会儿，张东昱停下脚步，说："宝宝，有几句话我还是想劝劝你，你最好调整一下心态，否则不但会对你的个人生活有影响，弄不好还会给你的事业带来风险。王伟是你非常重要的事业伙伴，至少未来三年内，我看你的生意非常需要他，如果你不调整心态，那么你对他的控制欲可能会毁了你们的关系。一旦王伟发现你试图在工作之外左右他的私人生活，他很可能会选择离开，那样的话，对你的事业绝对不是什么好事情。"

陆宝宝平静地说："多谢忠告。还有吗？"

张东昱长叹一声，"咱们收拾东西吧，宝宝。"

张东昱和陆宝宝这场分手分得干脆利落，王伟和拉拉还不知道呢。两个人周末去吉之岛买东西，回家路上经过陆宝宝他们住的地方，王伟跟陆宝宝前一天约好了，他有样东西要交给陆宝宝，车停好后王伟正要下车，拉拉忽然提出要跟上去坐坐。王伟不太情愿，经验告诉他，为了不妨碍世界和平，杜拉拉和陆宝宝这俩人，能离多远就离多远。王伟就说："你不是最烦陆宝宝的集体活动吗？现在人家不招惹你了，你自己又要往前凑？"

陆宝宝刚从北京回来，拉拉其实是担心陆宝宝借着这个机会，又要给王伟一个什么北京来的惊人消息，拉拉伤不起。可这话要照直说了，显得她要监视王伟和陆宝宝似的，拉拉就胡乱找了个借口，缠着王伟说："我一个人坐这儿闷得慌。咱们今天买的这奇异果多好，我送点给他们尝尝呗，不久坐，东西送到我们就走。”

王伟只得告诫她："是你自己要去的，别回头又找我别扭。"拉拉信誓旦旦道："不能够！"王伟还是有些迟疑，他说："不知道人家方不方便？"拉拉掏出手机冲王伟晃了晃，"我打给她问问不得了吗？"王伟只得由她去了。拉拉马上拨通了陆宝宝的手机，"我们在你们楼下，给你送点好吃的，方便吗？""方便！上来吧！"手机里传来陆宝宝爽朗的回答，王伟在旁边听得一清二楚。

结果两人一进门就傻眼了，房间里一片混乱，那两位正各自收拾东西呢，散乱物件扔得到处都是。

王伟诧异地问给他们开门的陆宝宝："你们这是要搬家？"陆宝宝哈哈一笑，说："我们这是要分家。"王伟说："胡说什么呢！"陆宝宝说："没胡说，不信你问张东昱。"张东昱走过来说："没错，我们分手了。"

王伟看这架势不像是开玩笑，他下意识地回身和拉拉对视了一眼，拉拉在他边上一句话都说不出来，明显受到了惊吓。王伟转回身对那两位说："我不是要多管你们的事情，只是，能问句为什么吗？"

陆宝宝说："不为什么，合则聚不合则散，好聚好散呗。"张东昱把王伟两口子的尴尬不安都看在眼里，他有些过意不去，解围似的把话接过去："宝宝跟你们开玩笑呢。其实也没什么了不起的原因，就是觉得性格不合吧。虽然缘分不足，可我们还是朋友。"让人在旁边看了反倒像是他在安慰那两个尴尬的客人。

"没错，还是朋友。"陆宝宝冲着张东昱"咯咯"一乐，又转过脸来问王伟和拉拉："找家馆子一起吃晚饭？收拾了半天东西，我也饿了。"王伟忙说："改天吧。"两人狼狈地告辞而去。

结果是，分手的当事人情绪如常，两个外人反而无精打采灰头土脸的，回家路上，两人谁也没有说话。张东昱和陆宝宝本来都要谈婚论嫁了，居然说分就分，这给了拉拉不好的心理暗示，她不由自主地联想到了自己婚姻中的危机，连王伟也隐隐约约产生了一种不好的预感。

一进门拉拉就一脸严峻地说："王伟，咱们谈谈。"

王伟已经估计到她不会有什么好话，加上自己情绪也不高，就懒洋洋地推托说："有什么事儿明天再谈吧，我累了。"

拉拉鼻子里冷笑一声，说："是人家搬家打包，你累什么！"

王伟不客气地还击说："行了！今天这事儿你纯属自找，要不是你非要去他们家，就不会撞上那么尴尬的场面！你别在外面不爽，就回来折腾我。"

拉拉被王伟一刺激，跳了起来，"我就是不爽怎么了？好端端的一门亲事，说散就散，没心没肺的人才没感觉呢！"

王伟讥讽道："打量别人不知道呢，你不一心就盼着那两人掰吗？现在你如愿以偿了，还想怎么着呀？"

拉拉被王伟说中要害，顿时恼羞成怒，"好呀王伟，没看出来呀，你这人心地这么阴暗！亏得我一向以为你有多阳光呢！"

王伟说："随你怎么说，我反正心中没鬼！你喜欢上纲上线就上好了。"

拉拉逼他说："那你说你爱我，才能证明你心中没鬼。"

这是拉拉让王伟十分不解的逻辑之一，对于拉拉来说，"我爱你"可以证明很多事情，比如"心中没鬼"，王伟却想破脑袋也想不出这两者之间的联系。还有，王伟最佩服拉拉一点的就是她能在任何情形下非常自然投入地说"我爱你"，绝对的心无旁骛，只要有"我爱你"，她就能逾越世界上的任何困难似的。王伟就不同了，他需要适当的环境与情绪，才能说得出"我爱你"。两个人越熟，他越不好意思再动那三个字。比如眼下这种情形，他就完全说不出来，也根本不想说。

对于拉拉的强行索爱，王伟很反感，他爱答不理地回了一句："说不出来。"

王伟的不合作让拉拉觉得自己的家庭地位受到严重挑战，她拔高嗓门嚷了起来："看人家分，你也想效仿呀？行，那咱们也分。是你搬还是我搬呀？"

拉拉还要接着嚷，王伟忽然站起身来就往外走。拉拉见势不妙，抢先一步冲到门前挡住王伟的去路，她急得白了脸，尖声高叫道："不许走，你得把话说清楚。"

王伟问她："不是你说要分开的吗？我照你的意思办还不行吗？"

拉拉跺脚道："你胡说！你少歪曲我的意思！"

王伟笑了，说："拉拉，你平时不是最看不起那些为了离婚闹得天翻地覆的人吗？你可是受过高等教育的女性，总不至于落到那么俗不可耐的地步吧。"

拉拉的嘴唇有点哆嗦，"王伟你什么意思，你要和我离婚吗？"

王伟说："不是我要和你离婚，是你要和我离婚。"

　　拉拉顿时软了几分，分辩说："我什么时候说要和你离婚了？我只是说分开住。"

　　王伟一针见血地指出："分开的目的是什么？不离你分什么分，作秀吗？还是打算上演'狼来了'？"

　　拉拉眼中顿时涌出泪花，说话的声音都带着点儿颤，"你觉得我是作秀吗？我是真难过！我就想让你多关心我，多陪陪我，我这么想有错吗？"

　　王伟心里也很委屈，喉咙口一阵发酸，他说："我难道没有顾及你的感受吗？你恐怕也不得不承认，我一直在尽力而为吧？可我毕竟不是你的私人物件，我爸刚去世的时候，我答应过我妈要多花时间陪陪她，作为独子，我对我妈负有不可替代的责任你明白吗？如果不是为了你，我完全可以分出一半的时间待在北京。"

　　王伟的最后一句话再一次刺激了拉拉，她的眼睛顿时睁大了，这使她看起来活像一只受了惊吓的小猫，她喃喃地说："我耽误你照顾你妈了？"

　　王伟一看拉拉那副哀怨的表情就又烦躁起来，说："又来了！你怎么变得这样，都没法和你讲道理了。"

　　拉拉泄气地跌坐在门边的换鞋凳上，伤心地说："我本来就这样，有一说一。是你变了，都是让陆宝宝给挑唆的。"

　　王伟好笑道："实话跟你说吧拉拉，没人能挑唆我做什么不做什么，除了你！所以，你不要往不好的方向推我，还是多想想自己有哪些地方做得不对吧，不要总把问题往别人身上推。"

　　拉拉不敢再刺激王伟，心里又不服，她放低了声音嘟囔："不是我非要扯上陆宝宝，没有她，我们之间就不会到今天这个地步。"

　　王伟的倔劲也上来了，针锋相对道："你要这么说，那我也有点不同意见，我倒觉得，要不是半当中蹦出个张东昱，陆宝宝根本对我们的生活没有任何影响。"

　　拉拉眼睛一亮，自以为抓住了王伟的话柄，"那你还是承认现在陆宝宝对我们有影响了？"

　　王伟气结，他挥挥手说："好！好！好！随你怎么说都行，我不想和你再吵下去了。"

　　拉拉无比诚恳地说："你看你误会了，我根本没打算和你吵，我就是想和你好好谈谈，咱们解决问题。开始确实是我错了，我不该一进门就发难，更不该说要分开什么的。我那是想让你多关心我点儿，没恶意，只是用的方法不太好。下次我注意。"拉拉的眼睛里有诚恳，有讨好，甚至有点低声下气息事宁人。但这些话落到王伟耳朵里却有一种似曾相识的感觉。

这一年多来他们吵了不少架，开始拉拉总是很强硬，事后多半都得王伟先求和示好。对拉拉来说，吵架不完全是坏事，每次的和好都伴随着温存和誓言，让她一次又一次重温爱情带来的心跳和沉醉，眼泪也往往换来了更清澈澄明的心境，尤其是她从中不断地验证了王伟对她的感情。

但是拉拉忽略了这里还有个技术问题，当她反复验证自己的幸福的同时，另一个人在不断地放低自己的姿态，而他并不习惯于此。吵的次数多了，王伟的解释讨好已由原先那种发自真心的心疼着急，变得越来越按部就班，而且越来越懈怠。

拉拉察觉到了这种变化，她开始发慌了。拉拉平心而论，王伟虽然有时候话少点儿，受陆宝宝的影响也多了点儿，可他回家从不主动寻衅滋事。倒是拉拉自己，有理有据的时候固然不少，可也没少借题发挥小题大做。

明知道吵架不好，可就是忍不住。拉拉也怕把王伟彻底给吵烦了，有时候，吵到最后自己也慌了手脚，可怜巴巴地认错了事。王伟看到她小心翼翼的样子，全然没有了当年在DB装修的时候责令王总监立马搬家的气势，他心里老大不忍，一搂一抱化干戈，两颗相爱的心又贴得紧紧的了。可往往下一次有点儿风吹草动，拉拉就又故态萌发，弄得王伟对她的道歉多少有了免疫力。

不过，今天拉拉的身体语言还是令王伟感觉到不太一样，拉拉这回是真发慌了，不仅有内部的原因，还有外部的刺激，内外一夹击她显得特别脆弱。王伟心一软，长叹了一口气，劝道："拉拉，我说得要是不对，你可别生气啊——我是说，你要学会给别人留一点空间，即使是对最亲密的人，也不能时时刻刻控制着对方的大脑。每个人都有自己独立的思想，有自己要做的事。当然，我也有需要改进的地方，我应该更多地关心你，尤其是在你遇到困难的时候。"

拉拉已经清楚地意识到再这样吵下去，只会落个两败俱伤，那一瞬间，她感到了害怕和孤独，态度立马就软化下来，对王伟的劝告一概报以点头称是。

末了，拉拉扬起脸来问王伟："从现在起，我一定改，还不晚，对吗？"王伟心说我也不知道，可他知道不能这么说，他要敢这么说，也许拉拉当场就得崩溃了。王伟避开拉拉满含热切的眼神，含糊地"嗯"了一声。拉拉注意到了，她心里很难受，可她没有像惯常那样追问王伟，诸如你到底什么意思，你把话说清楚。拉拉想，刚说了要给对方空间，她得给王伟点儿信心觉得她孺子可教。

那天晚上王伟一反常态，久久不能入睡，黑暗中身旁传来拉拉均匀的呼吸声，王伟很纳闷，拉拉睡眠一向娇气，怎么这么大吵一架之后她还能睡得如此平静？

王伟心酸地想，难道那种亲密的关系正在渐行渐远？不知道过了多久，他才慢慢入睡。旁边的拉拉轻轻翻了个身，她慢慢地舒缓着装睡时被压麻的胳膊，在黑暗中睁大了眼睛。

59 没趣

闻听陆宝宝和张东昱分手，张家长辈极度失望。作为这桩婚事的媒人，心有不甘的工会主席企图出马游说陆宝宝回心转意。后来，不知道张东昱跟她说了什么，张主席被摁住了。

陆教授听说之后也深感惋惜，再三追问陆宝宝原因，陆宝宝一个劲儿跟她打马虎眼。陆教授灵机一动，自作主张打电话给张主席，想请她出面说和张东昱和陆宝宝复合。

张主席正一肚子邪火找不到出气孔呢，陆教授这可真叫送上门来。愤懑的张主席来了个竹筒倒豆子，三言两语噼里啪啦就把杜拉拉和张东昱的情史倒了个底朝天，末了她请教陆教授这个中人该如何做才好？

陆教授哪有这个思想准备，怒急攻心，电话一撂人就倒了。幸亏不是周末，小郭在家，赶紧打120叫来了急救车，小郭挺聪明，知道远水解不了近渴，她没有急着找远在广州的王伟，而是忙不迭地打电话通知了陆宝宝的父亲和陆教授的单位。

陆宝宝的父亲打来电话报信的时候，拉拉和王伟下班刚回到家，拉拉听王伟叫了声舅舅，对方急促地讲了两句什么，王伟的脸色刷的一下就白了。

从王伟跟对方的对答中拉拉已经明白了大半——她最担心的事情还是发生了！陆教授知道了她和张东昱的事。听说人直接拉进了手术室，拉拉的脸也绿了，恍惚中她听到自己的心像一只玻璃杯那样砰地跌落到了冰冰凉的水泥地上。

王伟放下电话就上"携程"买机票，所幸当晚九点广州飞北京的最后一个航班还有座位。买好了机票，王伟开始收拾行装，整个过程中，拉拉一直一言不发地站在卧室门边看着王伟，她不敢靠王伟太近。

王伟三下两下就收拾好行李，他准备出门了。这时候拉拉才走近两步，怯生生地说了句："我也去。"王伟没看她，自顾自背起包，说："你去干吗？去了也帮不上忙。"拉拉看出王伟绝对没有可能带上自己了，只得退而求其次，她恳求道："那我开车送你去机场？"王伟大步流星直接往外走，扔下三个字："不用了。"

王伟走了。拉拉一个人手足无措地在房子里来回打了几圈转，心底涌起从未有过的张惶和凄凉。她竭力稳住心神，开始上网搜索脑溢血的后果，越搜心越慌，越搜气越短。

拉拉发了一会儿呆，终于下定了决心，就算招王伟白眼，她也得赶去北京，哪怕她的婚姻就此结束，她至少要看一眼陆教授，当面说一声对不起。

拉拉打电话给黄国栋请假，黄国栋听出她情绪很不好，关心了她几句，她就崩溃了，眼泪刷地顺着脸颊就下来了，哽咽得语不成句。黄国栋对拉拉的失态大感意外，以为拉拉单纯是因为婆媳感情特别好才导致情绪失控。

小郭附在王伟耳边低声告诉他，拉拉来了，在外面走廊里等他。王伟吃了一惊，眉头一皱，他看了看病床上的陆教授，交代小郭说："我出去一下，你看着点。"

两人一照面，王伟劈头就说："不是让你别来吗？""妈怎么样了？"拉拉硬着头皮问了一句。

不知怎么的，王伟的思想忽然开小差了，他想到拉拉对他提起陆教授的时候，从来不说"妈"如何如何，而总是说"你妈"如何如何。

拉拉又问了一句："手术顺利吗？"王伟才回过神来，说："顺利。"拉拉说："那就好。"王伟不以为然地哼了一声，说："有你说的那么容易就好了，还在重症监护室待着呢，人都还昏迷着。"

拉拉一时语塞，她想不到既吉祥如意又不显得轻描淡写的话，踌躇了一下老老实实地问："不会留下后遗症吧？"

王伟叹了口气，说："说不准。现在先得看人什么时候苏醒过来。医生说，就算能过这一关，百分之六十的概率会留下后遗症。"拉拉难过地"哦"了一声，接不上话了。

王伟问她："你是住酒店还是住家里？"拉拉嗫嚅道："我都可以。"

王伟把家里的钥匙递给拉拉说："随便你，你自己决定吧。我和小郭这些天都要跑医院，你自己照顾自己。我得回病房了。"

王伟转身要走，拉拉忙叫住他，王伟皱了皱眉，说："你还有什么事儿？"拉拉鼓起勇气，说："我想，现在妈需要人陪护，我留下来，好歹能替替你。"

王伟看了拉拉一眼，说："医生说了，接下来二十天很关键，得让病人静养，绝对不能再刺激她了。张大姑现在懊悔得不行，我让她别来，免得老太太一醒来看到她又气昏过去。可她说了，要不每天来偷偷看一眼，她也没法活了——你去，碰上了不方便。"

王伟话还没说完，拉拉的脸就腾地红了，她讪讪地恳求王伟："我真的想上去看一看妈，我什么也不说，就待一小会儿。"

一丝苦笑浮上王伟的脸颊，他说："你说也没用，她现在意识都不清醒。"拉拉咬咬牙说："我只看一眼。"

陆教授躺在病床上，没有一点儿意识，身上插了好几根管子，边上是一堆的仪器把人围在当中。拉拉一看差点儿没掉下泪来，这还是那个教训她要提防卵子老化的核物理学家吗？王伟拉了她一把，意思是人你已经看到了，该走了。拉拉只得跟着王伟离开。

王伟把拉拉送到楼梯口，拉拉问王伟："你什么时候回家？"

"我没有时间陪你。我妈现在吉凶未卜，你刚才也看到了，她那副惨样！我是真没脸向我爸交代呀，把我妈照顾成这个样子。"王伟难受地说，"老实说，现在我只能为人子，没有精力为人夫了。"

拉拉被王伟说得很不好受，她尴尬地解释："我不是这个意思。我就是想给你和小郭准备点吃的。"

王伟打断她说："我看，要不你过两天就回广州吧，你公司里事情不少，在这儿又搭不上手，白耽误工夫没必要。"拉拉说："我不走。"王伟心想，随你便，看你能坚持多久，你这种要当总监的大忙人，别说是婆婆病危，恐怕就是亲妈病危，你也守不过两星期去。

接下来的日子，王伟基本都守在医院里，小郭也跟着在医院帮忙，除了晚上睡觉，她很少回来。拉拉一个人闷在家里，像热锅上的蚂蚁一样焦躁不安。

有时候拉拉早上起床看见王伟换下来的衣服，才发现他前一天晚上回来洗过澡了，至于具体什么时间回来的又什么时间走的，她一点儿也不知道。有一次，拉拉好不容易碰上王伟回家，却见他眼窝深陷，一脸的疲惫，话都懒得说。看着王伟和小郭忙碌奔波，自己却什么忙也帮不上，显得特多余，拉拉又尴尬又难受，尤其是和小郭照面的时候。

小郭虽然文化不高，但人很能干，情商还特别高，该她管的事情她眼里很是有活，不该她管的事情她一个字不多说，比如她从不问拉拉为什么不去医院看陆教授，这让拉拉对小郭非常感激。

小郭向拉拉讲述过陆教授那天为什么打电话给张大姑的事情，她其实已经知道张大姑说了什么，但她对拉拉只字不提，只说两个老太太在电话里不太愉快。拉拉听的时候，脸上白一阵红一阵的。

过了几天，有一天晚上小郭回来高兴地告诉拉拉："陆教授醒过来了，能认人了，王伟跟她说话她都明白。"

拉拉心里一阵狂跳，紧张得舌头都捋不直了，结结巴巴地问小郭："有……有……有没有后遗症？"

小郭谨慎地说："好像说话说不清。"就这么简单的一句，话一出口，小郭就后悔了，马上又改口道："有没有后遗症我也不知道，大夫应该会交代王伟的吧。"

拉拉忙问手脚能不能动，小郭犹豫了一下，含含糊糊地说自己弄不清楚，因为医生不让陆教授多说话，也不让陆教授下床。拉拉不信小郭不知道，她就在病人边上，病人四肢有没有活动障碍总看得到的。可拉拉越是追问，小郭越是装傻，什么也问不出来。

这一来，拉拉实在忍不住了，她迫不及待地想去医院看一眼，弄清楚情况到底怎样了。拉拉生怕王伟不同意，第二天，她没有和王伟打招呼，自己一个人悄悄上医院去了。等摸到病房门口，拉拉并不敢造次擅入，她害怕陆教授看到她受刺激，别又晕过去了，那她杜拉拉可就真成了十恶不赦了。

拉拉在病房附近心事重重地徘徊来徘徊去。开始，她想打小郭的手机，把小郭叫出来问问里面是否方便。作为儿媳这么去求一个护工，当然是颜面扫地，可拉拉已经顾不得那么多了，脸皮都可以不要了，还在乎厚一点儿吗？问题是，拉拉想，小郭那个人谨慎得很，一定不肯多管这个闲事的。拉拉想来想去，还是只有打王伟的手机。让他说几句难听的她有思想准备，就怕王伟不肯跟她多啰唆，直接轰她走。

拉拉来的时候勇气鼓得足足的，这会儿自己一设想各种可能性，又踌躇起来。她退而求其次地盘算着，不让见也没关系，好歹可以当面问问王伟，婆婆的病情到底怎样了？哪怕多嘴讨人嫌呢，不闻不问才不是东西。

拉拉正自己想得出神，忽然身后传来一个男人的声音，"是拉拉吗？"拉拉这一惊几乎魂飞魄散，不知道是撞见谁了，她猛地转过身来，面前赫然立着的正是陆宝宝父女俩。

陆宝宝的父亲是一个离休的老军人，虽然年过六旬，却依然保持着军人挺拔的身姿，眉宇间有一股不怒自威的霸气。拉拉见过他几次，赶紧低眉顺眼地叫了一声"舅舅"。

陆父问道："来看你妈？"拉拉恭恭敬敬地回答说："是的。"说着，她用眼角的余光悄悄往病房门口扫了一眼，陆父看在眼里，问她："那你怎么不进去？"拉拉咬了咬嘴唇老老实实地交代说："我怕我进去不合适，担心惹我妈生气。"陆父点点头，又问她："王伟知道你来了吗？"拉拉摇摇头，"我没诉他。"

陆父叹了口气，招呼拉拉道："来，你随我来，舅舅跟你说两句话。"拉拉跟着老头走到一个僻静的角落，陆宝宝拉开一点儿距离跟着他们，她一直没有说话，站在几步开外看着。

陆父说："拉拉呀，你们年轻人之间的事情我不懂，也管不了。你和王伟以后会怎么样，还能不能过下去，那都不是我说得上来的。但是，我想请你帮个忙，不要再刺激王伟他妈妈了。好好的一个家弄成这个样子，已经够惨的了！拉拉，听我一句劝，你还是回避了吧，最好现在就离开北京回广州去吧。等过了这半年再说。"

拉拉含泪解释："舅舅，我只是想知道，我妈的病情怎样了？"

陆父叹气道："唉，我都听不明白她讲话了！"老人红了眼圈，不想再说下去，他对拉拉摆摆手道："唉，走吧！千万别让王伟他妈再看见你，人只有一条命，没了就再也见不着了。拉拉，你是受过高等教育的人，你也有爹有妈，'老吾老以及人之老'的道理你一定明白吧？"

虽然从小郭语焉不详的回答中，拉拉已经预感到情况不妙，但这时候当面从陆父嘴里得到证实，拉拉还是一下子变得面如死灰，尤其陆父最后说的那几句话，更是让她心如刀绞，她呆呆地站着一动不动，跟傻了似的。

陆宝宝看拉拉那副神情有些于心不忍，她走上几步，小声劝父亲道："爸，这事儿也不能全怪拉拉。都是那张大姑缺德！"

老头一把甩开女儿的手，厉声训斥道："你也不是什么好鸟！离我远点儿！"陆宝宝脸色一变，掉头就走。老头气得剧烈地咳嗽起来，好容易喘息稍定，他"哼"了一声，倒背双手气咻咻地走开了。撇下拉拉一个人站在那里，只感到千分的心灰万分的没趣。

拉拉硬着头皮在北京又待了几天，夜里也不敢睡死，竖起耳朵听着从大街上远远儿传来的各种动静，还不时从床上起来往窗外探头，就怕错过王伟回来。可是王伟一直没有回家，连换洗衣服都是由小郭来来回回给他带的。

再说拉拉请假后，公司里的事情，但凡通过邮件能处理的，她每天都上网及时处理，邮件不能处理的急事大事，就由黄国栋顶替她。SH中国正在筹备架构改组，这一阵子黄国栋手边事情特别多，她这一走也有十天了，黄国栋开始委婉地催她回去。

广州那边一再催促，北京这边又直言不讳地轰她走人，拉拉终于决定离开。她打王伟手机，王伟没有接，直接把电话给掐了。过了一个多小时，他打回来了，问她什么事。拉拉说要回去了。王伟问她票买了没有，拉拉说买好了，明天中午的航班。王伟沉默了一下，说："回去吧，在这儿干耗着也不是个事儿。"

那天晚上，拉拉收拾好了行李，一个人趴在窗前的桌子上发愣。偌大的房子就她一个人，房间里静得让人心里发慌，就像把握不住前途看不到希望那样。

王伟是什么时候进屋的拉拉一点儿不知道，她感到有人在轻轻推她，睡眼蒙眬地抬起头来才发现王伟正站在面前，她一时产生了错觉，竟以为两个人一起在他们广州的家里。

等到清醒过来，拉拉霍地立起来，问王伟吃晚饭了没有，王伟点点头，拉了张椅子在边上坐下，拉拉一下子敏感到了他的味道，不知怎么的她特别想好好地闻一闻他，这个念头是如此强烈，她不得不暗骂了一声自己不害臊。她给他泡了一杯茶，他接过去捧在手里，没有喝，他低头看茶，她默默看他。过一会儿王伟抬起头来说，我回来看看你，明天送不了你。拉拉"嗯"了一声，想给他一个微笑，但是没能成功地笑出来。

王伟问拉拉："舅舅说你去过医院？"她点点头，耳边仿佛又响起了陆父的声音："你和王伟以后会怎么样，还能不能过下去，那都不是我说得上来的。但是，我想请你帮个忙，不要再刺激王伟他妈妈了。好好的一个家弄成这个样子，已经够惨的了！"她赶紧晃了晃脑袋，不让自己再去想那天的对话。

看着王伟消瘦了不少，拉拉心疼地问他："你自己身体还好吗？"王伟说："我没事儿。"她忍不住就想伸手去摸他的脸颊，却又感到他会避开，只好硬生生地忍住了。

两人谈话的节奏很慢，他们似乎不约而同地在回避着什么。

拉拉有些紧张，她一边猜测着王伟晚上还回不回医院，一边脑子里产生了一个近似迷信的念头，她相信，王伟今晚是否留下对他们俩的未来非常重要，他留，他们的婚姻就能越过这道坎儿继续向前，他走，那么他们共同的前途将变得非常渺茫。

王伟穿得整整齐齐，不仅没有宽衣的意思，而且他的坐姿让人感到他正处在一个有约束的环境中，带着几分正式几分注意，那不是一个人在自己家里、在太太面前的坐姿。这让拉拉暗自绝望。

后来，王伟终于说："我该回医院了。"拉拉一肚子想留他的话说不出口，她被动地跟着王伟站起身，送他到门口。王伟转身拦住她，说："不早了，你别出来了。"她温顺地站住了，微笑着说："路上小心。"

王伟看出拉拉的凄惶不安和故作镇静——自从得知母亲脑溢血，沉重压抑和不知所措使得他不愿意去面对她，他也不知道该如何和她相处——那一瞬间他忽然意识到自己心疼她了。可他仍然说不出她需要的话，他知道她需要什么，却不知道自己还能不能做到，所以只好什么都不说。

拉拉目不转睛地看着王伟，她想说"我爱你"，特别想说，可是嘴唇张了几次也没说出来，这是她第一次深刻地了解，即使非常非常"我爱你"，有时候就是说不出来。

第二天临出门前，拉拉发了条手机短信通知王伟："我回广州了。妈妈的事情，非常对不起。"拉拉想，短信有短信的好处，王伟要是不想和她多啰唆，那么他只消简单地回一条短信就足以打发她，他甚至可以干脆不予理睬，反之，如果他还在意她的感受，那么他收到短信后自然会打来电话。

短信发送出去后，王伟半天没有回音。拉拉不死心，去机场的路上她一直把手机拿在手上，隔不上十秒钟她就要低头看看手机。可是直到要登机了，王伟还是没有回复，拉拉只好准备关机。可就在这时，手机忽然一颤，拉拉的心跟着一阵狂跳，低头一看真是王伟的短信来了！她面色绯红哆哆嗦嗦地打开了短信，内容只有两个字："收到。"

倒是陆宝宝听说拉拉离开北京，后来给她发了条短信："别太担心，姑姑还是有希望康复的。"拉拉淡淡地回复："谢谢。"

拉拉不想和陆宝宝多啰唆，她清楚地记得，在2008年春节举办婚礼前，她再三向王伟提议，把事情向陆教授说明以争取主动，可是当时王伟听了陆宝宝的主意，错过了那次机会。这些天拉拉不止一次感慨地想，如果当时就说了，也许和王伟的婚礼就办不成了，可是无论如何，不会比现在更糟。

事到如今，拉拉不想怪谁，但是她觉得她有权利选择不和谁做朋友。

在过去的两年里，她和王伟吵架的理由十分芜杂，以至于当事人杜拉拉本人也诧异于自己的好斗，但是其中三分之二的争吵根由正是陆宝宝，而陆宝宝至少算不上完全无辜，这点拉拉十分清楚。

60 变数

SH中国组织架构的拆分方案已经定得七七八八了，SUPPLY CHAIN（供应链）和SALES FORCE（销售体系）将分开，供应链和研发留在开发区，包含销售、市场、商业、销售培训、销售效益分析等部门的销售体系则整体迁入市区，财务各自独立核算，并独立配备全套支持部门，财务、HR、IT、行政、政府事务、法务，一应俱全。两边各设一名副总，均向大中华区总裁报告。

本来大家都以为何查理是大中华区总裁的不二人选，没想到突然传出消息，公司准备调他去管俄罗斯，另从欧洲市场调人过来当总裁。

供应链的副总人选没有什么争议，原来的生产总监在员工中威望很高，上面也看好他，属于民意和上意一致认可的人选。人人都在窃窃私语的是，销售体系的副总会是谁？相干的人很紧张，不相干的人很好奇，一时间八卦笼罩着SH中国的上空。

SH中国在纪律方面一直受到一个问题的困扰，就是保不住秘密，唯独这次，保密工作空前成功，连黄国栋也口口声声说自己不知道谁是SALES FORCE的副总人选，却没人相信他的话。

难怪大家不信，麦大卫的规格新近提高了，头衔变为SH亚太HRVP（副总裁），水涨船高，黄国栋跟着如愿以偿升为大中华区HRVP，升职后，他特别谦虚谨慎，口风比原来紧了不少，明明知道的事情也装不知道。

李卫东太想知道销售体系的新副总是谁了！随着黄国栋的升职，听说香港和台湾会共用一个新的HR总监，SH中国则将独立设置自己的HR总监职位——何查理马上要调走，新总裁谁也不认识，按照老外的实在作风，他多半会你们说是谁就是谁了，那么，决定HR总监人选的投票人实际上就剩下这么几位：麦大卫、黄国栋，以及销售体系的新副总。

趁着黄国栋请几个HR经理吃饭没有外人，李卫东冲黄国栋撒娇说："老板，透露一点儿嘛，我们保证不外传。"

黄国栋信誓旦旦地说："真不知道！我要是知道却不告诉你们，我直说我是不告诉你们。"众人看他的眼神明明无辜纯洁的样子，似乎所言不虚。

李卫东不死心还想追问，黄国栋对大家说："再忍两周吧，新总裁一到，自然昭告天下副总是谁，现在你们问我也没用——别说我不知道，就是新副总自己都不知道他会是新副总。"众人被黄国栋的绕口令逗得哈哈大笑。

拉拉也缠着黄国栋使劲套他的话，"老板，那能不能说一说，新副总是SH中国的内部人选，还是外部找来的？或者是从公司别的区域调过来的？"

大家都一起帮腔说："是呀是呀，这总可以透露吧？"

黄国栋犹豫了一下，说："那我就透露一下，是SH中国的内部人选。"艾玛快嘴快舌地说："哦！我知道是谁了。"黄国栋说："你敢说你知道？这里就属你嫩。你问问他们三个，哪个敢说自己猜得到？"那三个果然没人吱声。艾玛眼珠子一转，说："那咱们玩个游戏吧，背靠背，各人在纸上写下你认为谁是副总，然后，看看哪个人是得票高者。"黄国栋严肃地警告她说："不许玩这样危险的游戏！"

配合本次拆分，HR的组织架构也作出了相应的调整，马莱仍旧支持供应链留在了开发区，杜拉拉、李卫东和艾玛将跟随销售体系搬到市中心。地方已经租下来了，行政主管陈立正忙着办公室装修的那一摊子事，元旦后，大家就要搬进新写字楼了。

有一天，拉拉加班到很晚，远远地，她看到陈立正在自己的位置上埋头干活。拉拉站在过道上，手里端着一杯茶望着陈立的方向出神，有人在她肩膀上轻轻拍了一下，她吓一跳，回身一看是陈丰。

"想起自己在DB做装修的日子了？"

"嗯。"

"怎么还不下班？"

"马上就走。"

"别太晚了，最近你脸色不太好。"

"减肥闹的。"

"不用减了，你现在这样正好。"

回到家，拉拉闷声不响地做饭、吃饭、洗澡。王伟不在，公寓里显得特别冷清。她吹完头发，忽然发现固定电话的留言灯在一闪一闪。拉拉心里一动，这个号码他们从来不告诉外人，莫非是王伟来过电话？她赶紧收听留言，却是房东留给她的口信，房东说要卖房子，不好意思，只有请王先生和王太太及早搬家。

陆教授两周前出院了，是王伟打电话告诉拉拉的，当时她厚起脸皮表示想问候陆教授，王伟拒绝了，他告诉她，以后有事先发短信，他方便的时候会给她回电话。

虽然王伟没有正面提及陆教授对拉拉的态度，但是事情也已经是明摆着的了。从那以后，拉拉就知趣地保持了沉默。王伟是这样说的——有事发短信——她现在能有什么事呢？她只能被动地等着，等他拿出一个决定性的态度，关于他们的未来。

有几次，她特别想给他发短信，这时她就会狠狠地骂自己手欠无耻，骂得自己满面羞惭无地自容为止。

老天有眼，现在她有一个充分的理由发短信了。

晚上九点来钟王伟回电话了，拉拉估计他是等陆教授休息后才打过来的。她想先问问他近况，但是王伟开口就问她什么事，这让拉拉立刻意识到自己的柔情蜜意在此时的王伟面前，显得是那么的格格不入、不合时宜，她不得不把已经涌到喉咙口的情绪都给憋回了肚子里，尽量用事务性的口气告诉他房东的口信内容。

王伟沉默了一会儿，简单地说："你觉得怎么好就怎么办吧，我没意见，怎么着都行。"

拉拉心凉了半截，一时不知说什么好。她正发愣，王伟忽然听到隔壁传来陆教授的咳嗽声，慌忙对拉拉说挂了，就收了线。

王伟跑进母亲房间，陆宝宝已经抢先一步赶到了，正轻轻拍着陆教授的后背。陆教授喘息稍定，含糊不清地说渴。王伟忙端来一杯水，他小心地扶母亲坐起，陆教授像个孩子一样就着儿子手中的杯子喝水，有一小部分水顺着嘴角漏出来她也浑然不觉，王伟忙用干毛巾帮她把水擦干净。陆教授躺下后，却还不肯睡，盯着儿子问："电话？"王伟避开她的眼光，说："邱杰克来的电话，没什么事儿，您睡吧。"

陆教授重新睡下后，王伟和陆宝宝一起回到客厅。陆宝宝压低嗓子问王伟："是拉拉的电话吧？"王伟"嗯"了一声。

"你要不要回广州看看拉拉？"

"现在我妈哪儿离得开我。"

"或者让拉拉来北京看看老太太？"陆宝宝热心地怂恿道。

"问题是，见面以后我跟拉拉说什么呢？我和她以后该怎么办？连我自己也不知道。还不如先不见。"王伟喃喃地说，长长地叹了口气，"再说，我也担心我妈见到拉拉再受刺激，那可真完了。我妈受不起，我受不起，拉拉也受不起。"

61 抉择

那本让拉拉纠结万分的《毕业头三年》并没有如王伟所说要卖不动了，相反，每个月流进拉拉账户的稿费分成越来越多。已经有几家出版商给《毕业头三年》第二部开出了好价钱，一些高校也对他们的就业辅导做出了欢迎姿态。童家明非常高兴，反复劝说拉拉动笔，并且开始把就业辅导的培训课程往二线城市推进。

童家明从来没有像现在这样迫切地需要拉拉。可惜，他说得舌头都要抽筋了，她就是不肯辞职离开SH，也不肯在《毕业头三年》第二部的出版合同上签字，逼急了，她就开始耍赖，"家明哥，要不您找找别人吧，两条腿的蛤蟆不好找，两条腿的HR还不有得是？"把童家明急得不行，却又拿她没办法。

其实，童家明反复提到的那几条——自由的工作时间，自由的工作方向，把技术转化为生产力从而实现其价值，无一不让拉拉怦然心动，自由、财富、成就——那都是她的理想，而她，是一个为理想而活的人。

可惜现在似乎不是一个正确的时间。

几个月以来，拉拉身边变数四伏，让她极度缺乏安全感。她不过打了个电话给黄国栋，隔天马莱就早产了；张东昱和陆宝宝都要结婚了，说散伙就散伙；然后就是婆婆中风，和王伟的关系一下变得扑朔迷离、颤颤悠悠；就连住得好好的房子，也会碰上房东忽然要把她往外撵的事来。

还好工作是稳定的，虽然这份工作太辛苦，太多的不由自主，但是起码它为她提供了一份踏实，一份安全。拉拉守着这份工作，好让茫然无着的心仍有一方可靠的栖息之地，更何况总监之决近在咫尺，不分胜负此心难甘。

黄国栋和麦大卫商量下来，觉得两个高级经理都够做HR总监，麦大卫偏向李卫东一些，黄国栋则更偏向杜拉拉，这是他们的分歧之处，但有一点他们是完全一致的：这两个人他们一个也不愿意失去。

可是，且不谈到底升哪个，升了其中一个，另一个必定极为不爽，而且很可能负气跳槽。商量来商量去，始终找不到万全之策，两人很是为难。后来，麦大卫灵机一动，正好SH新加坡有个HR经理很快就要休产假了，把没升起来的那个调到新加坡来轮岗半年，这样，这个人可以获得跨国工作的经验，心理就能平衡一些，而且这个人调开后，新HR总监工作起来也方便些。

黄国栋问麦大卫："半年后怎么办？"麦大卫说："半年后再说半年后的，也许那时候又有新的情况了。"黄国栋听明白了，麦大卫也没有一个能根本解决问题的好办法，他只是把眼前的矛盾先往后推半年，避开风头而已。

黄国栋踌躇了一下，说："这个办法好是好，就是不知道这两人会不会接受来新加坡。"

麦大卫有些诧异，"能获得跨国工作的经验不是求之不得吗？对他们未来的发展是好事呀。"

"那是那是，谁听了都会高兴的。"黄国栋小心地解释说，"只是这里有点特殊的原因，这两个人的经济条件好像都不错，又都是已婚的人，如果他们觉得投入产出比不够高，只怕未必愿意背井离乡一个人来新加坡。"

这个倒是麦大卫没有想到的。他说："这个HR总监是虚线向大中华总裁报告的，而且，他（她）未来的主要职责，就是支持SALES FORCE，我们总得听一听新VP的意见。"

黄国栋说："那就等新VP的任命宣布后再说吧。"

新总裁到任后，公司为他举行了一个喜气洋洋的欢迎会，会上，他当场宣布了新VP的任命。陈丰如愿以偿。

陈丰在三千人的瞩目下被总裁请上台去，台下一片欢腾，真欢腾的人不少，应酬式欢腾的也不少。艾玛属于真欢腾的，她忍不住捅了捅拉拉，高兴地冲她眨了眨眼。拉拉也是一脸的喜不自胜。

有人欢喜有人愁，李卫东的心就凉了半截，这回让杜拉拉押宝压对了！他后悔地想，当初不该倒来倒去，开始明明已经压了陈丰赢，后来只怪自己太性急，一看2009年秋天的评估结果，以为易志坚要上了，结果就冷落起陈丰来。

早知如此，何必当初呀。李卫东悔得肠子都青了。

几天后，HR也宣布了新的人事任命。

SH中国的新HR总监是李卫东。

杜拉拉拒绝了新加坡的轮岗机会，在组织架构图上，清楚地标志着她的位置：向李卫东报告。

黄国栋一时说不服拉拉，只好准备另找机会慢慢再劝她。

拉拉心中郁闷，找夏红说了说公司的事情。夏红劝她："让你在李卫东手下你又不服，恐怕人家李卫东也不喜欢你待在他手下——何不接受新加坡的机会呢？换了我，我就先去了再说，半年后也许又出现了新的机会。"

拉拉摇摇头，"没什么意思，投入产出比太低，不值得。当初DB给我经理做，我连上海都不肯去，何况是新加坡。"

"就半年，又不是长期的。"

拉拉不吱声了，好半天才说："半年，半年能发生好多事情。我要是真去了新加坡，那我和王伟就彻底没戏了。"

夏红关心地问："你上次从北京回来后，他一直都没有来过广州？"

拉拉摇摇头，"我婆婆现在说话还是含混不清，只有王伟和保姆小郭能听明白她说什么，右脚也康复得不够理想，到现在走路还得靠人搀，又要坚持帮她按摩，王伟根本走不开。"

夏红劝拉拉，"要我说，他来不了，你得再去北京作作努力，不然两个人就真要分了。"拉拉苦笑一声，"我脸皮没这么厚，把人都害成那样了，哪还好意思再去招人嫌？我现在也就是等候命运的宣判吧。"

"这事儿也不能怪你呀。"

"我也这么想，不过，站在王伟家人的立场上，确实没法找到比杜拉拉更合适的责任人了。你找得到吗？反正我找不到。"

"怎么找不到，那张大姑不是责任人吗？"

"她就是个粗人，再说人家也不过是实话实说。"

"你本来早就要说出来的，是王伟听了陆宝宝的主意才弄到后来让老太太受到这么强烈的刺激。"

"说实在的，出事后我特别怨恨陆宝宝。可现在想想，这事还真不好说，要是当初直接说出来了，说不定我婆婆当时就叫我气得中风了。陆宝宝也许就是因为了解老太太的性格，才拦着不叫说。过去我总是特别恼火王伟听陆宝宝的，现在想想，他有他的道理。"

夏红说："你们现在这么各过各的，也不是长久之计呀，你有什么打算呢？"

　　拉拉看着窗外，好半天才喃喃地说："说实在的，就算王伟还想跟我好下去，看着婆婆这样，我也觉得自己再也笑不出来了，我觉得王伟也是——恐怕我们没有能力再在一起幸福下去了。"

　　话虽如此，辞职还是不辞职毕竟是一件大事，拉拉决定去北京跟王伟见上一面，他要是关心这件事情，就和他说一说，他要是没心思听，她也就不提了，自己拿主意。

　　王伟接到拉拉的电话，赶到国际饭店和拉拉见面。

　　拉拉拿出一个纸袋递给王伟："我在香港买的，让小郭炖给妈妈吃吧。我查过《中华药典》，这些对病后体虚的恢复特别管用。"

　　"上次的虫草和燕窝还没有吃完呢。"

　　"妈妈怎么样了？"

　　"奇迹还没有发生，不知道有没有发生的一天。"

　　"……"

　　"至少半年内，我不会放弃努力。"

　　"你自己还好吗？"她低声问。

　　他看到她目光中的小心翼翼，心中不由得一阵酸楚，为她，也为自己。

　　"怎么说呢？打个比方吧，一个人要是丢了小孩，恐怕这辈子都再难开怀大笑，除非有一天他把孩子找回来了。"

　　"明白了。"拉拉说。一阵撕心裂肺的难受令她几乎要背过气去，原本岌岌可危的信心在那一瞬间分崩离析，她感到最后的决定已经冷冷地攫取了她，她的心为之一颤，随即放弃了挣扎。

　　过了一会儿，王伟问："房子的事情现在是怎么解决的？"拉拉说可能会先搬回自己的房子。

　　"那你上班开车要注意安全，特别是广园快速干道那一段，一定要多加小心。"

　　拉拉笑道："我知道。"她随即一转话题，"陈丰做了VP。"

　　"哦？"王伟有些吃惊，"升得还真是快，看来他跳到SH是跳对了——要是还留在DB，恐怕没有机会实现这个野心了。"

　　"是，当年TONY林，还有你，实力都在陈丰之上，还没能当上VP呢。"

　　"DB的关键岗位向来喜欢用老外，他们还是不放心本地人。不管怎说，陈丰当VP，对你应该是个利好。"王伟笑道。

"王伟！"拉拉忽然叫了一声。

"怎么了？"他听出她的郑重，预示着她有一件重要的事情要告诉他。

"HR总监的任命已经宣布了，是李卫东，陈丰把他的票投给了李卫东。以后我要向李卫东报告了。"

王伟一怔，随即说："没关系，你还有机会。就算SH不行，你还可以跳槽。"

"知道。"

"不要太介意陈丰的选择，我相信他对你这个人是肯定的，也许有工作上的考虑。职场就这样。"

"上次处理万方的案子，就是销量作假那事儿，陈丰不太高兴，应该是嫌我的处理方式太软弱。"

"你跟我说过。他那次是想把事情搞大，最好把万方逼急了，咬出易志坚，这样他不仅可以除掉万方，还可以让易志坚元气大伤，他升VP的道路上就少了一个强有力的竞争对手。打的是一箭双雕的算盘。"

"我心里当然明白他的想法，HR的手法能狠也能柔，可是，关键得按大老板的意思来办。何查理希望息事宁人，我怎能不知趣地搅起是非？"

"那当然，你如果按照陈丰的意思做，万一万方把事情闹大，影响到经销商和客户，搞不好公司会让你走路的，总得有人来背责任。"

"嗯，我很清楚这一点。其实我也反感易志坚那一套，但是我得服从大局嘛。"

"客观上，你的处理方式起到了保护易志坚的作用。"

"的确是这样，陈丰因为这个挺恼火。当然，不仅是这一件事情，我自己猜想，他上台后，易志坚如果不合作，他是会动手的，也许要除掉一批人。他需要一个够狠够果断的HR来协助他，而他显然认为我不是这样的类型。"

"你是吗？"

拉拉轻笑了一声，"可能不是。虽然只要领导给了狠的方向，我也能在技术上执行好，不过，自己内心会感到痛苦。以前，李斯特也为这个说我没出息。"

"我觉得你还行。"

"呵呵，我也这么觉得。"

"王伟！"拉拉再次叫了他一声。

"嗯？"王伟感到了异样，忽然产生了一种不好的预感，他一语不发，紧张地等着她的下文。

"我们分手吧。"

王伟把手中的杯子重重往茶几上一放，茶水溅得到处都是，"什么？！"

"我只是，实话实说……我没有信心让你过幸福的生活了，我也没有脸……我们没有有效的办法找到我们的前途。"

"说话过脑子了吗？又要找碴是不是？"他厉声呵斥她，心如刀绞，让他勃然大怒。

"这次和以前不一样，这次是真的，不是'狼来了'。"拉拉说。王伟看到她眼中泪光一闪，他的眼眶也红了。他霍地站起身来，走到窗前，背对她站着。

房间里静得让人不安，两人谁也不说话。

过了好一会儿，王伟走回来，重新坐在拉拉对面。

"拉拉，以前你说要给我讲一千零一个笑话，可是我们结婚后，你很少讲笑话了，你改讲寓言了。每次讲完一个寓言，你都会告诉我，这个寓言说明了一个什么样的道理。今天，我也给你讲一个寓言吧。寓言的题目叫《肚胀的狐狸》。饥饿的狐狸四处寻食，他看见树上的洞穴里有牧人遗留的面包和肉，就立即钻进去吃。肚子吃得胀鼓鼓的，他费了九牛二虎之力，却怎么也钻不出来，便在树洞里唉声叹气。另一只狐狸恰巧经过那里，听到他的呻吟，便过去问他原因。当他听明白缘由后，便对他说道，'你就老老实实待在里边吧，等到恢复你钻进去的样子时，就很容易出来了。'"

"……"

"这则寓言的寓意是，时间能解决许多困难和问题。给我们自己一点儿时间吧，拉拉。"

拉拉站起身，她绕过茶几，王伟向她伸出手臂，她身子一滑，整个人就进了他的怀里。

亲热的时候，王伟发现，她仍然是那么的细腻而敏感，柔软而多情，不论是竞争总监的失意，还是卖翻天的《毕业头三年》，都没能改变她，她还是拉拉，那个宣称要给他讲一千零一个笑话的拉拉，那个为理想而活的拉拉。

"我爱你。"他说。

她没有说话，用一个无比长的亲吻，缠绵地回应着他。

"我爱你。"他再次说。

"我知道，我就知道你爱我。"她咬着他的耳朵低语。

62 要扶

周末保姆小郭照例要放假回自己家的，因为王伟有事要外出，陆宝宝这天自告奋勇来陪陆教授。

她按王伟的交代，对照着方子，一丝不苟地用电子秤逐一称出虫草三钱、石斛三钱、花旗参二钱、桂圆二钱，以及枸杞三钱，方子的最后是瘦肉适量，陆宝宝有点为难，多少算适量？想了想，比着炖盅的尺寸，约莫切了一小块瘦肉拿给陆教授看："姑姑，这瘦肉适量不？"陆教授不屑地扭开头去，不回答她。陆宝宝说："您不说，就算是默认了。"

按照方子上的指示，陆宝宝把称好的补品连同用水焯过的"适量"瘦肉一起放入炖盅，又往炖盅里倒了一些开水，等锅里的水烧开了，她小心地把炖盅放进锅里，开始用小火隔水炖。

"得炖两小时呢！"放下方子，陆宝宝自言自语道。她看了看手表，决定利用这两小时扶老太太下楼去散步，中风后，除了说话不清晰，陆教授的右腿也不太利落，医嘱多运动以利恢复。陆教授对此倒没有异议，还算合作地让陆宝宝伺候她换了衣服。

在小区里散了一会儿步，陆宝宝的额头就出汗了。陆教授大半个身子都靠在她身上，她得使劲儿搀着才行，陆教授块头不小，陆宝宝想不出汗也难。她觉着这么散步不太对，陆教授自己都不卖力，哪能达到运动的目的？就劝道："姑姑，您尽量靠自己的力量走，大夫不是说了吗，您得多运动才能恢复得更快。"

陆教授含混不清地嘟囔了一句什么，陆宝宝没听明白，不过，从陆教授的眼神里她能估计到，八成是在对她的服务表示不满。陆宝宝笑道："姑姑，您别挑剔我，我觉得我做得挺不错的。当然，和王伟比还有点儿差距。"陆教授不吭声，用实际行动表明自己的态度，她把更多的体重分配给陆宝宝承担。陆宝宝没办法，勉强又坚持了半小时，就匆匆打道回府了。看陆教授不满的表情，显然是嫌运动的时间太短，但陆宝宝已经顶不住了。

回到家里，陆宝宝把陆教授扶到轮椅上坐下，又给老太太换衣服、洗脸，折腾了半天才算停当，这时候陆教授敲了敲轮椅扶手，陆宝宝茫然地问："您要什么？"陆教授面有不悦道："渴！"这回陆宝宝听清楚了，"哦，我这就给您倒水！"她端来水伺候陆教授喝了，这才松了一口气，一屁股在沙发上坐了下来。陆教授却又敲轮椅扶手，陆宝宝有点儿无奈地问："您要什么？"陆教授指了指电视，又指了指茶几上的遥控器，不满地说："给我！"陆宝宝这才明白过来，老太太要看电视，而且要掌握选台的权利。

陆教授动作娴熟地找到一个正在播放韩国连续剧的频道，认真地看起电视来。看样子，她是追着看的。陆宝宝眼睛看着屏幕，心里想，老太太精神不错嘛，还挺能提要求的，八成是王伟成天给她进补进的。

大概是起先散步给累着了，陆宝宝迷迷糊糊打起了盹，直到陆教授再次敲打轮椅的扶手，她才茫然地睁开眼睛，"您要什么？"

客厅和厨房之间是用两扇对开的木框玻璃拉门隔开的，陆教授沉着脸指了指厨房的方向。陆宝宝还没会过意来，"您要喝水？"陆教授急得使劲指着煤气炉上炖着的虫草汤。

陆宝宝一看手表，"哎哟"一声从沙发上跳了起来，赶紧奔进厨房关火。她手忙脚乱地掀开锅盖，又用一个金属夹子去夹炖盅，谁知没有夹牢，炖盅刚出锅就一个打滑，"砰"的一声砸到了地上，那一盅无比滋补的虫草石斛汤有一大半热乎乎地洒到了陆宝宝的脚背上，她被烫得顿时"啊"的一声惨叫蹦起老高。与此同时，陆教授也蹿到厨房门口，一脸惊慌地问侄女："烫着没有？"

陆宝宝龇牙咧嘴地直吸冷气："疼死我了！"话音刚落，她猛地抬起头来，"姑姑！刚才是您说话？口齿好清楚！啊，您还自己个儿能走？"

陆教授一愣，心里直埋怨自己，怎么一着急就忘了装了！她讪讪地"嘿嘿"了两声。

这下陆宝宝彻底明白过来，"原来您早恢复了，却一直弄虚作假，就是为了骗我们！刚才散步的时候，您是故意修理我的！"

陆教授这一阵子老装口齿不清，早憋坏了，她乘机连珠炮似的说："骗你怎么了？修理你怎么了？张东昱和拉拉的事情你敢说你原来不知道？你没有和拉拉串通起来骗我吗？我的老命都差点儿叫你们送掉，修理你算是轻的了！枉我一直当你亲闺女一样疼。"

陆宝宝说："您修理我没问题，可您老不好好说话，不怕憋着自己，也不怕忘了怎么说话？"

陆教授得意地说："忘不了，晚上回房后，我小声地跟自己说。我还在床上练习蹬腿呢！"

陆宝宝难以置信地说："您可真行！"

陆教授愤愤不平地指着陆宝宝，"谁叫你和王伟都胳膊肘朝外拐！你们一个两个都听拉拉的，合起伙来就骗我一个。我这辈子都没出过那么大的丑，张大姑那通电话，把我给臊得！总之，我这辈子都不会原谅拉拉，想起她我就来气！"

陆宝宝沉默了一会儿，说："姑姑，实话跟您说，拉拉没想瞒您。2008年春节，婚礼之前，她就一直跟王伟说，这事儿得先跟您有个交代再办婚礼——是我给拦下的。为了这个，他们两口子好像还闹过不痛快，我估计，拉拉是不愿意王伟听我的。"

陆教授大感诧异，怔了好半天，问陆宝宝："你为啥要瞒我？"

陆宝宝撇了撇嘴，说："姑姑，我不是咒您，就怕当时一说，您当时就得被气得送医院。就您这要强的性格，我们赌不起——要不是考虑到这一点，王伟也不能听我的，不听拉拉的。"

陆教授很恼火，伸手在陆宝宝后脑勺上拍了一掌。陆宝宝摸摸后脑勺，劝道："您别再装了，再装下去王伟和拉拉真要散了。"

陆教授余怒未消，"早散早好！"

陆宝宝不以为然，"您这可损点！您要再装，我就到王伟面前揭发您！"

陆教授威胁道："你敢！你和拉拉干的好事！已经害得我生死线上走一遭，你要再敢出卖我，我还真就能被你气得二次中风！"

陆宝宝哭笑不得，"您这叫什么？要挟！您这是利用王伟对您的感情，拿自己当筹码，在要挟他！您病得越凄惨，王伟就越没法对拉拉好，时间长了，拉拉只好知难而退——您是打的这主意吧？哎呀姑姑，您不能以自己的喜好来左右王伟的个人幸福，关键要看他自己是不是喜欢和拉拉过，您不喜欢拉拉那不重要。"

陆教授狡黠地笑笑，"咱俩到底都姓陆，一个脾气。假传圣旨，谎称我心脏不好，把王伟骗回北京，等他到了北京，再给他找点事儿让他走不了，其实那些事儿你自己在北京也能办——你不就是因为你自己不喜欢拉拉，才做这样的小动作吗？我没说错吧？也就是王伟信你，不论是我，还是拉拉，谁看不出来你那点儿心思呀？"

陆宝宝说："真人面前不说假话，姑姑说的都对。我跟拉拉确实没缘分，我不太喜欢她，她也非常提防我，可是现在我想明白了，王伟愿意喜欢谁是王伟自己的事儿，他太太配不配得上他，轮不到我操心。"

陆教授敏感起来，"你不是在暗示也轮不到我操心吧？"

陆宝宝笑道："我不敢。王伟是姑姑生的，姑姑有权利操心。"

陆教授沉默了半晌，叹气道："我真是心有不甘哪！我一辈子好强，王伟他爸就更不用说了，王伟呢，继承了我们俩的优点，养出这么个儿子，除了具备遗传基因还得碰概率，不容易呀！我就算是考虑中国人种的优化，都希望他有一个配得上他的太太。"

听到陆教授把王伟的婚姻和中国人种的优化都挂上钩了，陆宝宝忍俊不禁，扑哧一声笑了出来，"姑姑，天下的父母都认为自己的孩子是最优秀的，总觉得人家的孩子配不上自己的孩子。站在拉拉父母的角度，没准还觉得拉拉委屈呢。"

陆教授叹气说："拉拉和我不亲，说话、考虑问题都隔着一层。"

陆宝宝想了想，说："这倒是有点儿。可您自己也有问题吧？我用脚指头都能想象到，您一准是个厉害的婆婆。其实，您这次生病拉拉挺难过的，当时她来北京守了半个月，王伟怕刺激您，硬是不让她去医院看您，后来我爸干脆把她给轰走了。这几个月，王伟不让她来探病，她还是一直在关心您的病情，虫草燕窝都是她托邱杰克带来北京的。"

陆教授赌气说："我不稀罕。我要是不中风，也用不着吃这些个。"

陆宝宝问她："那您还准备接着装哑扮瘫？"

陆教授"嘘"了一声，道："小声点儿！是不是王伟回来了？"

陆教授听得不错，果然是王伟回来了。陆宝宝迎上前道："虫草汤叫我给打翻了，一会儿我重新炖。"

王伟心不在焉地点点头，他显得异常疲惫。陆宝宝关心地问他："你怎么了？不舒服？"他没有回答。

陆宝宝转身朝习惯性装哑扮瘫的陆教授使了个眼色，敦促她开口说话。陆教授有点儿尴尬，干咳了两下，又没声了，王伟对此也没有什么反应。陆宝宝忍不住了，"王伟，有个天大的好消息，姑姑能说话了，走路也好了。"

王伟诧异地看看陆教授，陆教授给陆宝宝作证似的说："好了，不知道怎么的，忽然舌头就好使了，腿也好使了，看来虫草汤还真有效。"

王伟怔怔地说："虫草和燕窝都是拉拉让人捎来的。"

陆教授尴尬地"哦"了两声。陆宝宝忙打圆场，"王伟，你让拉拉来看看姑姑吧，姑姑都好久没见到拉拉了，是不是，姑姑？"

"是呀，你给拉拉打电话吧。"陆教授虽然有些被动，心里还是很乐意的。

王伟并没有表现出她们预计的欣喜若狂，他用双手搓了一把脸，半天没吱声，忽然说："我刚把拉拉送走。"

两个女人都吃了一惊，异口同声道："拉拉来过了？"

王伟默默点了点头。陆宝宝觉得不对劲了，追问道："你上午说出去办事，就是去找她？"

"我们分手了。"王伟说，"通知你们一下。"

陆教授和陆宝宝都目瞪口呆，"怎么会这样？"

"有什么奇怪的。您中风后，大家都认为这是拜她所赐，她自己也这样认为，她跟我说，没脸也没信心再做您儿媳了。"王伟说罢，又转头对陆宝宝说，"顺便说一下，你使的那些小花招，其实拉拉一直都知道。"陆宝宝脸红了一下，没吱声。

"宝宝，你赶快打电话给拉拉，就说我已经好了，让她回来。"陆教授是真急了。

"不用了。"王伟轻轻地说，"她决定了的事情，谁也拉不回来。我了解她。"他站起身，拥抱了一下陆教授，"妈妈，我真高兴您恢复得这样好。真的，我特别高兴。"陆教授支吾着不知道说什么好。

王伟转身回自己的卧室，他只想一个人静静地待着。

63 再见，职场

黄国栋冷不丁冒出一句话："早就预感到会有这么一天。加薪的事情，我知道不能令你满意，可我只能说我尽力了。"

拉拉嘀咕说："我不是因为加薪的事情。加薪的幅度我确实觉得不怎么的，可人生到了我这阶段，对加薪也不是特别敏感了。"

黄国栋马上接口道："我知道，你的财务状况很好，应该说是非常好。你已经到了为理想而活的阶段。"

虽然有一定的思想准备，拉拉还是愣了一下，她干巴巴地笑了一声，试探道："您了解我的财务状况？"

黄国栋"嗯"了一声，索性打开天窗说亮话："其实不断有人怂恿我，你是杜拉拉的老板，你怎么不问问她，她不可以对你保持沉默的。可我心想，如果我问了，拉拉她该怎么回答呢？她说是还是说不是？所以我不问。"

拉拉听了黄国栋的这番话，百感交集地说了一句："谢谢您一直不问我。"

黄国栋估计到挽留拉拉没什么戏了，可总还是必须尝试一下的，他就照例问："拉拉，你我之间应该是很直接的，我想问一问，我能为你做什么吗？"

拉拉知道，这是留人的时候老板的经典问句，处在她的位置上，当然是想尽快把话说死的好，她慌忙说："别为我费心了，老板，我没有什么不满意的。"

黄国栋说："你不觉得我们需要面谈一次吗？你到香港来，或者我到广州去？"

拉拉说："见面总是要见的，不过老板我是真不愿意浪费您的时间，也不想让您误会，我想说的是，我不是因为不满意什么才提出辞职。"

黄国栋沉默了一下，不悦地说："你放心，我不会纠缠你的。我已经反复问了你，我能为你做什么，你都一口谢绝——我已经表示了我百分之两百的诚意，既然你仍然这么坚持，我就没什么可说的了。"

黄国栋的口气比较生硬，拉拉不由得有些尴尬，她想，分享个人感受也许能缓和缓和气氛吧，就说了句老实话："唉，就这么结束了职业生涯，其实，有件事儿我心里还是有些遗憾的——以我的智慧，以我一贯的坚忍付出，却没能做上总监。"

黄国栋一听，心里顿时生出一丝侥幸，他马上说："当总监的事情是可以商量的，喏，我不是说打包票，可是这绝对有得谈，待遇呀什么的都可以谈——不过，拉拉你可要跟我说实话，是不是我去把这件事情谈下来，你就能留下来？你可别逗我玩儿，比如……比如我好不容易给你争来了副总监的头衔，你却还是要走，我在麦大卫面前可就颜面扫地了，那我可伤不起！"他的语气，令拉拉感到他有点儿像个赌气而较真的孩子。

拉拉赶紧说："老板，特别谢谢您，真的。不过，您还是别去争取了。我不是因为不满意薪水或者职位才想离开，实话实说，我主意已定，我要过一种不同的生活。"

黄国栋叹了口气，爽快地说："那就只有恭喜你了。说实话，拉拉，我还是挺羡慕你能作出这样的选择。"

拉拉有些不好意思，赔着笑脸，问他是不是生气了，黄国栋坦率地说："刚听你说要走，我确实不太高兴，不过，你的事情我早有所闻，多少有些思想准备，所以很快就想通了呗。其实，我们所有的人这么努力，不都是为了能尽早过上你那样的生活吗？"

拉拉连说不敢当。

黄国栋笑道："不用谦虚，这是好事儿！"他这么真心实意地一笑，气氛顿时缓和下来。黄国栋又认真地问拉拉的最后工作日是什么时候。拉拉略一迟疑，道："法律规定是提前三十天辞职，如果您认为需要，我也可以再工作六十天。"

黄国栋很领拉拉的好意，他马上接口道："需要，我需要。那就谢谢你了拉拉！对了，接你班的人还得劳驾你帮我招进来呢。"

拉拉觉得黄国栋的直接非常可爱。"黄国栋是一个好人。"她想。

64 按自己的意思活

拉拉走进陈丰的办公室，陈丰站了起来。拉拉递过去一张小纸条，笑道："这是我的邮箱地址。"陈丰下意识地接了过去，喃喃地说："坐一会儿吧。"

拉拉坐下，沉默了几秒钟，叹口气，解释地对陈丰说："我不愿意做马莱的老板，可我更不愿意她早产。"陈丰马上接口说："我知道。"

拉拉又说："如果有可能，我希望过的生活是，不用操心PPT里的EXCEL附件，不用和李卫东争着表现，事实上，对我来说，这样的事情实在是累人累心，我并不擅长此道，我本来就是自觉自愿努力干活的人，可我不喜欢我的努力是被迫的，也不喜欢我的工作节奏不由我自己掌控——其实这不是我个人的问题，你看，奴隶社会为什么生产力就特别低下？这从另一个角度说明了人假如能够自主，效率肯定是更高的，社会也能进步得更快。"

陈丰理解地说："那当然，谁都希望能按自己的节奏自主选择努力的方向。"

拉拉"嗯"了一声，说："我喜欢做的事情不算太多，我希望能专心致志地做好一两件，用一生去做好。现在，我要去实践理想了。"

陈丰想说"你牛"，但是不知道为什么，他觉得没有情绪说这样的话。

陈丰端详着拉拉写给他的邮箱地址，写着邮箱的那张小纸片轻飘飘的，让人觉得随时就会随风而去。他抬起头来笑着问了一句："你不会换手机号码吧？"

拉拉轻快地说了句："不会的。"自己都能觉出这个回答似乎不那么靠得住。

陈丰把纸条仔细地夹进名片夹，说了句："没想到，这就要说再见了。"

拉拉一时无言以对，过了一会儿，她忽然嫣然一笑，道："人类的语言可真有点意思，就说'再见'这词儿吧，字面上的意思是再次见面，但是真正的意思可能是咱别再见面了。"

陈丰心中一动，笑道："哦？那为什么？"

拉拉耸耸肩，"这不好说，各人有各人的原因。也许是因为不方便，比如我移民了咱俩离得太远，这一类大家都愿意接受的原因。不排除是因为我觉得和你往来只能让我不痛快，比如我嫌你嘴太大老拿我跟周围人说事儿，比如你出于八卦想窥探我内心的大小秘密，好笑的是我从来不知道满足了你了我能有啥好处。或者我厌烦了你总是迫不及待地利用我谋利，而你在如愿后除了觉得合算了或者我这人有点儿利用价值，内心并不曾有过任何感谢我的念头，更气人的是你还偏偏喜欢强调我对你很重要，当然，你这么说倒不是因为你成心想愚弄我，你只是想让我高兴一点儿，这我得承认。"

陈丰几次想插嘴，都让拉拉给制止了。好不容易拉拉说完了，她对陈丰努了努下巴，意思是到你说话了。陈丰张了张嘴，说："我都不知道说什么好了，我不是那么糟糕吧？"

拉拉说："你看你，我那就是打比方，说说世上的人情冷暖，没说你。"

陈丰心有余悸，"要是你对我的感觉那么糟糕，我会……怎么说呢，不好受的。"

"我常常想，我不和几种人合作，嘴不好的人，心不好的人，脑子不好使的人，只剩张嘴缺乏行动能力的人，以及缺乏谨慎或者毅力的人。你肯定不是这其中的任何一种人。"拉拉咧嘴笑了，她凝视着陈丰的脸，让陈丰觉得可以放心她的笑容。

拉拉听到自己的话外音：

再见了。我要按自己的意思去活了。

如果我们不再见面，请别说我没人味儿（要是两个人以前关系挺好，我知道这样会让对方不开心，对不起），更别疑心我是针对你。

要是你没有我的音讯了，就让我去吧。我就这么个人。希望你一切顺利，并且最好以为我是当神仙去了。

童家明又惊又喜，因为拉拉已经让他看了有五六万字的《毕业头三年》续集。
"你什么时候开始写的？"
"有空就写，有情绪就写。"
"啊？真狡猾。你一直不肯签合同，我还担心你不肯写呢。"
"我讨厌签合同，因为合同意味着承诺，有了合同，我就不得不写。没有合同，我想写就写，不想写就不写。从今往后，我要按自己的意思去活，而不是按合同的规定去活。"

拉拉本来不愿意接受童家明的邀请加入他的公司，她怕受约束，也不愿意承担固定的职责。可是后来一打听，经商经历对移民颇有益处，而她是存了心撒丫子开溜的人。

拉拉有些纠结，童家明拍胸脯说："放心，你只做你喜欢做的，想做你就做，不想做你就歇着，一句话，你的理想你说了算！财务报表我定期送给你看，时间一到，咱就分红。"

拉拉说："少扯了！这下我算是卖身为奴了，以前在外企还有个上下班的说法，以后只怕是上班也是上班，下班也是上班。"

童家明郑重地指出："不一样。即使如你所说，你的一切作为也完全属于自主性质。同样是在地里干活，长工和富农的感受能一样吗？长工算是雇员，富农，那叫自由职业者。"

"原来我的理想也就这点儿出息。"

童家明说："这点儿出息怎么了？不错啦！没听说吗，生命诚可贵，爱情价更高，若为自由故，二者皆可抛。"

拉拉喃喃地说了一句："别什么都往自由身上赖，留不住爱情了，就说什么皆可抛。"

65 我的理想

拉拉曾经问过王伟，是决定和一个人开始难，还是决定和一个人结束难。当时他不假思索地回答说，结束远比开始难。拉拉说她也这样认为。

分手让人心如刀绞，而在此之后接踵而来的空空如也怅然若失，则是完全不同的另一种痛苦。

各种各样的社会关系真心假意地掺杂其间让当事人不得清净，无论如何，说到底这些痛苦都只能由本人来承担。

最后那次见面，拉拉直言不讳地描述了她对未来的迷惘，她断断续续地说，对失去他的日子充满恐惧，她已经习惯和他在一起了，虽然她承认很多事情她并没有处理好。

而他什么也没有说，只是尽可能地把她搂紧。他做不了什么，分手的决心是她下的，决定是她做的，而什么事情她一旦下了决心，就很难改变了，旁人多说无益，徒然惹她讨厌罢了——王伟深谙此理。

虽然，此前他本人的消沉迷惘，多少对这桩婚姻的结束起到了推波助澜的作用，但是，平心而论，哪怕在对于如何和她相处最不知所措的日子里，他也一直深信不疑，即使母亲的情况终究不能很好地改善，就算他把她一个人扔在广州一年半载，比起他俩可能达到的寿命，那都是相对短暂的，他们终究会像以前一样把日子过下去，吵架，然后和好，周而复始，乐此不疲，即使他们的幸福不比别人更多，至少绝不更少。

王伟的这种想法，在拉拉把离婚协议书邮寄给他后，仍然没有动摇。一同邮寄给他的还有一份医院的B超诊断，证明她彼时无孕在身。据拉拉说，去打离婚证的时候需要这个——显然，她已经详尽地咨询过相关部门。

那份B超诊断比离婚协议书本身还让王伟不舒服，因为那东西代表她不仅有态度，还有了具体的行动，而她一直是以脚踏实地的行动能力著称的，同时她对于下了决心的事情还非常有毅力。陆教授康复的消息让她感到可以放心地离开，她因此加快了行动的步伐。

劝说没有用，王伟也不擅此道。他提出一个提议，本着对双方负责的态度，此事待一年后再作决定，一年后，如果她心意未改，他绝不烦她。

拉拉对此倒也没有异议。她答应得十分爽快，决心之大从中可见一斑。

对于他们的协议普罗大众有两种叫法，一曰分居，二曰试离婚，真正让王伟感到难过的情形是在此之后发生的。她不再主动联络他了，也不从侧面打听他的消息。他有时候打电话过去她也正常地接，可他要是不打电话，她可以一直杳无音信，由此他悲哀地了解了什么叫离婚，就是过去和你紧密结合的那个人，从此和你漠不相关了。

说杳无音信也许不甚准确，鉴于《毕业头三年》及续集的持续热卖，拉拉虽然仍然不肯出头，但是有时候也接受一些邮件访谈。

在这些访谈中，她陆陆续续地表达了她的某些观点，其中三分之二和就业辅导以及职场发展相关，三分之一则涉及经济形势和个人理财。除此之外，她一概双唇紧闭一言不发。有一天，王伟忽然由此产生了一个怀疑，拉拉似有远走他乡的隐居倾向。隐居的理想境界，自然是和任何人也不要往来。

这个怀疑让王伟十分伤感。

2010年的秋天，叶陶要和沙当当结婚了，他尝够了躲躲闪闪的滋味，这次乘着王伟来广州，他下了决心将婚讯对王伟和邱杰克如实相告。邱杰克也松了一口气，骂叶陶鬼鬼祟祟，叶陶红着脸解释："当时就怕照实说了，拉拉姐不给介绍工作，后来我们又吹了，不过后来我们又好了。"邱杰克说："那就一直好下去，别折腾来折腾去，弄得我头都晕，炒你也不是，不炒你也不是。"叶陶保证说："绝不让二位老板再受折腾。"

王伟问什么时候举办婚礼，叶陶说没有婚礼。王伟很诧异，说："你不是广州本地人吗，我印象中，广州人对婚礼还是很重视的。"叶陶直言相告，沙当当和婆家的关系不好，"总之，这当中发生过一些特别的事情，我不指望双方能达成谅解。既然这样，不如把他们分隔开。哪天大家都想通了再往一处凑不迟，实在想不通就少往来，不往来也行，免得都不痛快。"叶陶的态度很干脆。

王伟先是一怔，随即笑道："这也对，万事不要过于勉强，想面面俱到，恐怕反而两败俱伤。"叶陶担心老板认为他对父母和姐姐无情无义，解释道："不是我没有人情味儿，实在是，情况太特别。"王伟说："不用解释，谁都有可能碰上某些匪夷所思的特殊情况。按你自己认为合适的方法去处理就是了。"

虽然叶陶已经声明不准备举办婚礼，王伟还是认为得赶紧准备贺礼。送什么礼物合适，却一时想不到。晚上，王伟独自一人走进天河的一家商场，想找找灵感。猛然听到一阵喧哗，他抬头一看，从中庭的旋转扶梯那儿下来几个人，有男有女，连拉带拽地推搡着一个不足二十岁的小姑娘，不知道要把她带到什么地方去。

小姑娘吓得面无人色，披头散发，身子使劲儿往地上坠，几乎是被拖着在地上滑行。看热闹的人围得外三层里三层，有人面露不平之色，但没有一个出头劝阻的。

王伟正纳闷发生了什么事儿，就听到人丛中爆发出一个特别高亢的女声："我靠！光天化日的想欺负人！"只见一个女子冲进人群当中拦住了那些人的去路，一副奋不顾身的模样。

王伟看到一个熟悉的背影，他的心一阵惊悸：是拉拉！

拉拉用手一指那几个人，厉声喝道："把你们的手放开！我让你们放开她！"那几个人先是一愣，随即骂道："关你屁事，走开！"其中一人伸手要去推拉拉，拉拉尖叫了一声："啊！"这一嗓子，估计她把全身的劲儿都逼到嗓子眼了，称得上惊天地泣鬼神，把那人吓得猛一哆嗦，下意识地把手缩了回去。

王伟怕拉拉吃亏，顾不得多想，拨开人群就冲了进去，一把把拉拉拽到身后，问那几个人："你们干吗？几个人欺负一个小姑娘，不害臊？！"

为首的一人上下打量了一下王伟，见他仪表堂堂身形高大，便不太敢来横的，用解释的口气对王伟说："老板，你有所不知，这女的在我们店里吃面，砸了我们的碗就想跑。"

那小姑娘见有人维护她，胆子大了起来，从地上跳起来说："是他们先欺负人的！我要的面上来一看只有半碗，配料和样板也不对，我好好地提意见，他们就骂人，我才砸碗的。"

王伟听了心里就明白了，这小姑娘也不是善茬。可既然拉拉已经跳出来管闲事了，王伟只好跟着把这蹚浑水蹚到底，他对为首的那人说："有理说理，你们想把人家拖到哪里去呀？"这时候，围观的人群中有人说话了，"想拖到个没人的角落去打人吧？"

那小姑娘把衣袖一撸，亮出手臂给大家看，"看！他们把我的手都掐青了，您再看我这脖子，我的包也被他们抢走了！"果然，雪白的手腕上青一道紫一道的，脖颈和胸前也有好些被手指抓伤的血痕。

还没等旁人作出反应，拉拉暴跳如雷，"反了，反了！在这闹市就敢动手打人！气死我也！"王伟看她脸颊通红，气得声音都变调了。围观的人群也跟着嗡嗡议论，正吵吵着，商场物业管理的人来了好几个，上来就赶人，又要把小姑娘带走。

小姑娘尖声哭叫起来，"我不去，他们会打我的。"拉拉的声音比当事人还尖，眼睛瞪得跟要喷出火来烧死对方似的，"有话就这儿说！我们信不过你们！"

物业管理的人说："在这儿怎么处理？再说，也妨碍公共秩序。"王伟说："这样吧，报警好了，等警察来了，一起到派出所去处理怎么样？"围观者纷纷附和，有人说早报警了。物业管理的人没办法，只好和双方当事人一起站在原地等警察来。王伟又让他们把包先还给小姑娘，小姑娘很老练，一拿到包马上打电话找人求救，一嘴的江湖黑话。王伟在边上冷眼看着，拉拉却没觉出小姑娘的强大，她还生怕小姑娘吃亏，不肯走，王伟只得陪着她一起等警察。

　　等了约莫二十分钟，警察到了。拉拉很不满意地当众质问警察叔叔为什么到得那么慢，警察叔叔不高兴了，问她是谁，王伟赶紧把她拉到身后，自己对警察说："您别在意，她就好瞎问，我们只是路过的群众。"

　　拉拉从王伟身后探出脑袋，说："我是纳税人，问问出警速度都不行吗？"王伟赶紧拉上她就走。

　　拉拉很不服气，边走边挣扎，"你拽我干吗？他们出警速度就是慢！"

　　王伟说："你怎么什么都要管？"

　　拉拉忽然"哎哟"了一声，两手捂着上腹就蹲下了。

　　王伟吃了一惊，"刚才人家也没碰你呀，怎么就伤着了？"

　　拉拉连连摆手，疼得话都说不利索了，龇牙咧嘴地说："没，没人碰我，我这是气的。"

　　王伟哭笑不得，"你还真是嫉恶如仇，人家当事人都没你这么义愤填膺。"

　　拉拉低低地呻吟了一声，"我的腰要断了。"

　　"不是胃疼吗，怎么腰也疼了？"

　　"那团气到处蹿，起先在胃里，现在蹿到腰上去了。"

　　王伟说："那得是多大的一团气呀。"拉拉皱着眉不说话，看表情，她挺难受。王伟说："送你上医院吧？"拉拉摇摇头，低声说："回家歇歇就好了。"

　　"能走吗？"王伟问。拉拉轻轻动了动下巴，表示可以。

　　王伟把拉拉扶到沙发上躺下，侍候她吃了胃药，然后坐在侧面的沙发上守着。过了有半个来小时，拉拉动了一下，王伟忙俯下身子问她："要什么？好些了吗？"

　　拉拉点点头，慢慢坐了起来，"好多了。"

　　"这里没什么变化。"王伟说。

　　"你在想，房东不是说要卖房子吗？"

　　"是，我猜，也许他又改主意了。"

"他没改，我把房子买下了，懒得搬。"

"杰克说你现在很火。"

"谈不上，就那样。"她真心实意地回答。

拉拉沏了一壶茶，王伟伸手去斟，拉拉说："我来。"她斟茶的神态相当的专心致志心无旁骛，一举一动既没有分居女子的怨天尤人，也没有成功人士的志得意满。比起那个暴跳如雷的打抱不平者，她这会儿仿佛换了一个人，显得相当心平气和与世无争。

拉拉斟好茶，先端了一杯递给王伟，自己也端起一杯，两人都低头喝茶。王伟抬头看看拉拉，她又把头发剪短了，长度跟他们照结婚照那次差不多，到耳根那儿，不过没有烫，头发显得有点软。她把头发别到耳后，清楚地露出整张脸和脖颈的轮廓来。大约是因为没有以前那么辛苦了，她的头发和脸盘都显得很有光泽。

王伟看得出了神，不防拉拉也抬头，两个人眼神对上，拉拉嫣然一笑，问他："你已经看了一阵子了，看什么呢？"王伟有些狼狈，支吾着说："你怎么不烫发了？"拉拉伸手掠了一下刘海儿，"嫌麻烦，现在我又不上班，烫那么漂亮给谁看。"

"直发有直发的味道。"

"最近生意怎么样？"

"还好。"

"你呢？"

"老样子。"

"妈妈身体好吗？"

"还好。"他如实相告。

"那就好。"她答应了一声，望着杯中的倒影出神。

"想什么呢？"王伟谨慎地问她。

"我在想，我在两性关系上其实情商挺低的。"她笑着摇摇头，"说实在的，我总是把握不好分寸。咱俩以前在一起的时候，我特缠人吧？"

王伟低头想，是这样，有时候被她缠得喘不过气来似的。

拉拉说："我自己也觉着，我在婚姻期间的表现和倔驴的荣誉称号特别不相称，谁见过缠人的倔驴呀？要是能做到小鸟依人倒也是一条出路，可那又不是我的强项。唉！"

王伟评价说："你属于强势的依人小鸟。"

"没错儿，人家是强人，我是强鸟。"拉拉自鸣得意地笑了起来，似乎非常满意自己是一只强鸟，她一不小心扬手打翻了茶几上的一只茶杯，茶水顿时四下乱溅。

两个人都手忙脚乱地去扶茶杯，他不小心抓住了她的手，刹那间，她整个人就跟过了电似的浑身一颤，他能感到她的身体绷得出乎意料的紧，体温也偏高，但又不是发烧那种。王伟心中也跟着一颤，低头去找拉拉的眼睛，但她把眼光转开了，她的一只手还留在他的手里，两个人都保持着姿势没有动，后来她的身体渐渐放松了。

"你故意的。"拉拉干巴巴地说。

"不是。"王伟辩解，忽然有点心慌意乱。

"撒谎！"拉拉斥责道，冷冷地逼视着他。

他想起了那些个想她的夜晚，她的身影出现在他的梦里，轻巧地穿梭在大街小巷，他想追却一直追不上，偶尔她会对他回眸一笑，靠近一点儿，却发现她满眼焦灼，似乎要对他说什么，接着一晃就不见了。每次从这样的梦中醒来，他的心中就充满了惆怅和茫然，于是他不得不一遍又一遍地体会分手之痛带给他的那份枯燥乏味和无可奈何。同时，他不断地猜想她会不会想他。

"没错儿！"他索性承认。

毛巾毯把他们一起罩住的时候，她心情复杂地叹息了一声，"这不是旧情复燃吗？"

"根本就没有灭过。"他告诉她。

"这样是倒退。"她徒然地犹豫着，还想进一步阐明自己的观点。

"我想你。"他说，温柔地堵住了她的嘴，令她别无选择地闭上了眼睛，他看到那对长长的睫毛扑闪得像一对不安的蝴蝶。

令人恼火的是，她的手机不合时宜地响了，她接起电话低低地喂了一声，他马上听出对方是一个男声。她翻了个身，趴在枕头上开始和那个来历不明的男人讲电话，一脸的一本正经，语气也是若无其事的样子。他想，她掩饰得真好。

那个男人先问她在干什么，她信口雌黄说在做瑜伽。接着，她和那人讨论起成都的酒店和天气，还反复争论什么时段的航班好，听起来，似乎他们准备一起去成都，谈话的内容枯燥乏味，很容易决定的事情，他们却半天不能达成一致。

王伟随手拿过枕边的一本杂志胡乱翻阅。这时候，他们的话题似乎转移到投资上去了，拉拉激烈地表达自己的观点："啊，不一样了，2007年那会儿我们一心想的都是怎么让资产增值，可是到了2010年，大家都在考虑该如何保住自己的资产不贬值。通货膨胀才是主旋律。"那个男人不知道说了句什么，逗得拉拉笑了起来。王伟无聊地把杂志往边上一扔，她看了他一眼，顺手从旁边扯过一条毛巾毯把自己裹住，拿着手机到隔壁的书房去了。

王伟侧耳细听，从隔壁隐约传来她的声音，忽高忽低，听不清楚到底在说什么，她一会儿似乎在和那个男人争论什么，一会儿又显得兴高采烈，唧唧咕咕说个不休。其间王伟去洗了个澡，出来却发现他们还在讲个没完。他的情绪由无聊转为焦躁，不安地在房间里来回踱步，不断地猜测着晚上打电话给她的男人会是个什么样的人。

又等了一会儿，隔壁似乎仍然没有收线的意思。王伟下定了决心，他过去敲了一下书房的门，随即自作主张地推开了房门，拉拉愕然地看着他，不知道他什么意思。

"不早了，要不让他有什么事儿明天再说吧。"他语气温和立场强硬。她一时反应不过来，怔怔地看着他。

手机那头显然大感诧异，哇里哇啦地嚷嚷了句什么，她眼睛看着他，嘴对着手机说："没事儿，家里来了个老熟人。"王伟一愣，这时候拉拉又对那头说："啊？不用，不用报警。放心吧，家明。明天聊！"

她收了线，看了他一眼，示威似的从他身边走过，袅袅婷婷地回卧室去了。

他愣了一下，讪讪地跟了进去，她已经重新钻回毛巾毯里，把自己裹得只露个头在外面。他尴尬地站在床边，进退两难。她得意地笑了起来，一只手从侧面伸出来轻轻捅了捅他，"你不冷吗？"

"你真无聊，和童家明也能讲那么久的电话。"他悻悻地说。

"我们下个月在成都要作一次培训！你陪我去吗？"她说，眼睛亮晶晶地盯着他看。

"你讲课？"

"不，我从不讲课。童家明讲，我协助。"

王伟很久没有睡得这么踏实安心了。一觉醒来，已是日上三竿。他迷迷糊糊地伸手一摸，旁边是空的，不由得一惊，这下彻底清醒了。他一下坐起来，听了听，隔壁卧室传来拉拉走动的声音。他想起前一天晚上，她说过今天要整理衣物。

王伟推开门，拉拉听到声音，回身给了他一个明媚的笑脸，跟外面的蓝天一样明媚，广州总是秋天最美。

"看！这是我上学时用过的红领巾，我一直保存着。"她手上捧着一条少先队的红领巾展示给他看，"那时候，我的理想是做一个外科医生，因为我觉得外科医生能救好多人，特别了不起。不过后来发现自己晕血，只好算了。"

拉拉转身对着镜子把红领巾端端正正地系上，然后，她立正，像一个少先队员那样行了一个举手礼。

她轻声唱起来："我们是共产主义接班人，继承革命先辈的光荣传统。爱祖国，爱人民，鲜艳的红领巾飘扬在前胸。时刻准备，建立功勋，要把敌人，消灭干净！向着胜利，勇敢前进，向着胜利，勇敢前进！我们是共产主义接班人！"

唱到后来，王伟听她似乎有点上气不接下气的样子。王伟走过去，从后面搂住她，"怎么，自己被自己感动了？"

拉拉没有回答。王伟把她的身子轻轻扳过来，低头一看，拉拉的两眼睁得大大的，正努力不让眼泪溢出眼眶。她已经哽咽得说不出话来了。

（全书完）